第二辑

# 中国生肖诗歌大典

Zhongguo Shengxiao Shige dadian

主编 杨吉成

卷二·丑牛卷　卷三·寅虎卷

丑牛卷
寅虎卷

四川出版集团
巴蜀书社

## 图书在版编目(CIP)数据

《中国生肖诗歌大典》/杨吉成主编. —成都:巴蜀书社,2013.6

ISBN 978-7-5531-0230-6

Ⅰ.①中…　Ⅱ.①杨…　Ⅲ.①古典诗歌－鉴赏－中国
Ⅳ.①I207.2

中国版本图书馆 CIP 数据核字(2013)第 069512 号

《中国生肖诗歌大典》(精装、全六册)
主编　　杨吉成

| | |
|---|---|
| 策划编辑 | 施　维 |
| 责任编辑 | 陈　红　童际鹏　张照华　张红义　张　亮　肖　静 |
| | 王群栗 |
| 出　　版 | 四川出版集团巴蜀书社 |
| | 成都市槐树街2号　邮编 610031 |
| | 总编室电话:(028)86259397 |
| 网　　址 | www.bsbook.com |
| 发　　行 | 巴蜀书社 |
| | 发行科电话:(028)86259422　86259423 |
| 经　　销 | 新华书店 |
| 印　　刷 | 四川省南方印务有限公司 |
| 照　　排 | 成都勤慧彩色制版印务有限公司 |
| 版　　次 | 2013年6月第1版 |
| 印　　次 | 2013年6月第1次印刷 |
| 成品尺寸 | 170mm×240mm |
| 印　　张 | 77.5 |
| 字　　数 | 1540千 |
| 书　　号 | ISBN 978-7-5531-0230-6 |
| 定　　价 | 300.00元(精装、全六册) |

本书若出现印装质量问题,请与印刷厂联系

《中国生肖诗歌大典》第二辑

## 丑牛卷目录

**生肖园苑话春牛** /2

### 古代涉牛诗

| 夏人歌 | /14 |
| 国风·王风·君子于役 | /15 |
| 小雅·鸿雁之什·无羊 | /16 |
| 小雅·谷风之什·楚茨 | /18 |
| 小雅·鱼藻之什·黍苗 | /23 |
| 大雅·生民之什·生民 | /25 |
| 大雅·生民之什·行苇 | /31 |
| 周颂·闵予小子之什·良耜 | /34 |
| 周颂·闵予小子之什·丝衣 | /36 |
| 《左传》引古人言 | /37 |
| 天问（摘录） 战国·楚·屈原 | /37 |
| 九章·惜往日（摘录） 战国·楚·屈原 | /40 |

七谏·怨世（摘录） 汉·东方朔 /41

七谏·谬谏（摘录） 汉·东方朔 /42

箜篌引 三国·魏·曹植 /42

咏怀诗五首（录一） 晋·释支遁 /45

敕勒歌 北朝·无名氏 /47

咏死牛诗 隋·柳顾言 /48

咏牛应制 唐·许圉师 /49

牛 唐·李峤 /50

杜秀才画立走水牛歌 唐·顾况 /52

田园言怀 唐·李白 /53

咏石牛 唐·李白 /54

秦州杂诗二十首（录二） 唐·杜甫 /55

| | | | |
|---|---|---|---|
| 暇日小园散病，将种秋菜，督勤耕牛，兼书触目 | 唐·杜甫 / 57 | 禅僧福公寄惠牧牛图答以问牛歌 | 宋·张舜民 / 81 |
| 日暮 | 唐·杜甫 / 59 | 绝句 | 宋·张耒 / 82 |
| 返照 | 唐·杜甫 / 60 | 牧牛儿 | 宋·张耒 / 83 |
| 将牛何处去 | 唐·元结 / 61 | 义牯 | 宋·释惠洪 / 84 |
| 牧童词 | 唐·张籍 / 61 | 病牛 | 宋·李纲 / 86 |
| 官牛 | 唐·白居易 / 63 | 春晚即事 | 宋·陆游 / 87 |
| 田家词 | 唐·元稹 / 64 | 买牛 | 宋·陆游 / 88 |
| 代牛言 | 唐·刘叉 / 65 | 饮牛歌 | 宋·陆游 / 88 |
| 牧牛词 | 唐·李涉 / 66 | 牧牛儿（四首） | 宋·陆游 / 89 |
| 情 | 唐·曹邺 / 67 | 春日田园杂兴 | 宋·范成大 / 90 |
| 小游仙 | 唐·曹唐 / 67 | 出东城门见牧牛 | 宋·曾丰 / 90 |
| 山中吟叠韵 | 唐·皮日休 / 68 | 观小儿戏打春牛 | 宋·杨万里 / 91 |
| 五歌·放牛 | 唐·陆龟蒙 / 69 | 过大皋渡 | 宋·杨万里 / 92 |
| 祝牛宫词（并序） | 唐·陆龟蒙 / 70 | 桑茶坑道中 | 宋·杨万里 / 93 |
| 题弘颛三藏院 | | 过百家渡 | 宋·杨万里 / 93 |
| | 五代·前蜀·释贯休 / 71 | 晨起见牧牛者 | 宋·赵蕃 / 93 |
| 咏卧牛 | 五代·南唐·李家明 / 73 | 安福道中见牛行陇亩间龁草而不食禾问之皆云 | 宋·赵蕃 / 94 |
| 十九日出曹门见水牛拽车 | | 牧牛图 | 宋·释普明 / 95 |
| | 宋·梅尧臣 / 75 | 春郊牧养图 | 宋·戴复古 / 98 |
| 毛老斗牛图 | 宋·文同 / 76 | 牧童 | 宋·葛长庚 / 99 |
| 题潘温叟家藏戴牛画卷二首 | | 江参百牛图 | 元·邓文原 / 99 |
| | 宋·郭祥正 / 77 | 老牛 | 元·宋无 / 100 |
| 书晁说之《考牧图》后 | | 画牛 | 元·释大䜣 / 101 |
| | 宋·苏轼 / 78 | 饭牛歌 | 元·洪希文 / 101 |
| 题竹石牧牛 | 宋·黄庭坚 / 79 | 题牧牛渡水图 | 元·贡师泰 / 102 |
| 题李亮功戴嵩牛图 | | 牧牛图 | 元·贡性之 / 103 |
| | 宋·黄庭坚 / 80 | | |

| 牧牛图 | 元·贡性之 / 103 |
| 牧牛图 | 明·钱宰 / 104 |
| 题野老醉骑牛图 | 明·钱宰 / 104 |
| 题牧牛图 | 明·张以宁 / 105 |
| 牧牛歌 | 明·高启 / 106 |
| 白牛为日本纯上人赋 | |
| | 明·僧来复 / 107 |
| 雨涧牛 | 明·释如兰 / 108 |
| 题画牛 | 明·释普慈 / 109 |
| 题画牛 | 明·金幼孜 / 110 |
| 题画牛 | 明·林环 / 110 |
| 书百牛图 | 明·丘睿 / 111 |
| 题画牛图（二首） | 明·杨旦 / 112 |
| 杂兴 | 清·顾嗣协 / 112 |
| 观峄山牧牛歌 | 清·王尔鉴 / 113 |
| 所见 | 清·袁枚 / 114 |
| 杂兴·咏史 | 清·邵葆祺 / 115 |
| 卖牛词 | 清·端木国瑚 / 116 |
| 吴牛喘月 | 清·佚名 / 117 |
| 看牧牛 | 清·程虞卿 / 118 |
| 牧童归去横牛背 | 清·王广业 / 118 |

### 古代涉牛词曲

| 应天长 | 宋·柳永 / 121 |
| 渔家傲 | 宋·欧阳修 / 122 |
| 减字木兰花 | 宋·苏轼 / 124 |
| 减字木兰花·春 | 宋·黄庭坚 / 125 |
| 满庭芳·用东坡韵题自画莲社图 | |
| | 宋·晁补之 / 126 |
| 白兔记 | 元·刘唐卿 / 128 |
| 村里迓鼓 | 元·王大学士 / 129 |
| 【中吕】粉蝶儿·牛诉冤 | |
| | 元·姚守中 / 130 |

### 古代涉牛赋

| 氂牛赋 | 南朝·宋·孔宁子 / 136 |
| 駃牛赋 | 南朝·陈·臧道颜 / 137 |
| 牛赋 | 唐·柳宗元 / 138 |
| 问牛喘赋·答人 | 宋·梅尧臣 / 140 |

## 寅虎卷目录

**生肖林中觅寅虎** / 143

### 古代涉虎诗

| 西王母吟 | / 152 |
| 国风·郑风·大叔于田 | / 153 |
| 小雅·节南山之什·小旻 | / 154 |
| 大雅·荡之什·韩奕 | / 157 |
| 招魂（摘录） | / 160 |

| | | | |
|---|---|---|---|
| 大招（摘录） | | 月中曾题二小诗于南谿竹上既而忘之 | |
| | 战国·楚·景差 / 161 | 昨日再游见而录之 | 宋·苏轼 / 184 |
| 惜誓（摘录） | / 162 | 题伯时画揩痒虎 | 宋·黄庭坚 / 185 |
| 招隐士（摘录） | / 162 | 挂虎图于寝壁示秸秠 | |
| 七谏·谬谏（摘录） | | | 宋·张耒 / 186 |
| | 西汉·东方朔 / 163 | 猛虎行 | 宋·徐照 / 187 |
| 九思·逢尤（摘录） | | 捕虎行 | 宋·汪襄 / 187 |
| | 东汉·王逸 / 164 | 虎洞 | 宋·陆游 / 188 |
| 猛虎行 | 晋·陆机 / 165 | 题画虎 | 宋·楼钥 / 189 |
| 猛虎词 | 唐·储光羲 / 167 | 画虎图 | 宋·游子明 / 190 |
| 遣兴 | 唐·杜甫 / 168 | 宣差射虎 | 金·李俊民 / 191 |
| 曲江 | 唐·杜甫 / 168 | 射虎得山字 | 金·冯延登 / 192 |
| 复愁 | 唐·杜甫 / 169 | 题伊阳杨氏戏虎图 | |
| 山中夜宿 | 唐·顾况 / 169 | | 金·元好问 / 193 |
| 和李尚书画射虎图歌 | | 赵邈龊伏虎图行 | 元·郝经 / 194 |
| | 唐·独孤及 / 170 | 赵邈龊虎图行 | 元·王恽 / 195 |
| 答东林道士 | 唐·韦应物 / 172 | 和南山弟虎图行 | 元·何梦桂 / 197 |
| 猛虎行 | 唐·张籍 / 173 | 射虎 | 元·张弘范 / 198 |
| 猛虎行 | 唐·韩愈 / 174 | 画虎图赠真一先生 | 元·虞集 / 199 |
| 见乐天诗 | 唐·元稹 / 175 | 题黄敬申虎图 | 元·虞集 / 200 |
| 猛虎行 | 唐·李贺 / 176 | 题胡氏杀虎图 | 元·陈旅 / 201 |
| 小游仙诗 | 唐·曹唐 / 177 | 题虎图 | 元·陈旅 / 201 |
| 题潞州壁 | 唐·释普满 / 178 | 杀虎行 | 元·杨维桢 / 202 |
| 虎迹 | 五代·韦庄 / 178 | 女杀虎行 | 元·吴莱 / 203 |
| 猛虎行 | 五代·释齐己 / 179 | 答禄将军射虎行 | 元·纳延 / 204 |
| 缚虎图 | 宋·司马光 / 180 | 题虎树亭 | 元·王逢 / 205 |
| 虎图 | 宋·王安石 / 181 | 题百禽噪虎图 | 元·张渥 / 207 |
| 阴山画虎图 | 宋·王安石 / 183 | 虎 | 元·於汝玉 / 207 |

| | | | |
|---|---|---|---|
| 画虎 | 明·汪广洋 / 208 | 捕虎行 | 清·黄景仁 / 225 |
| 猛虎行 | 明·高启 / 209 | 圈虎行 | 清·黄景仁 / 226 |
| 虎图 | 明·方孝孺 / 210 | 虎啸风生 | 清·胡葆锷 / 227 |
| 顾进士所藏画虎 | 明·王直 / 210 | 风从虎 | 清·吴熊 / 228 |

## 古代涉虎词曲

| | | | |
|---|---|---|---|
| 题虎 | 明·周述 / 211 | | |
| 题李都督虎 | 明·邱浚 / 212 | | |
| 题画虎 | 明·刘溥 / 213 | 水调歌头 | 宋·辛弃疾 / 229 |
| 虎引子图 | 明·王佐 / 214 | 人月圆·吴门怀古 | |
| 画虎 | 明·吴宽 / 215 | | 元·张可久 / 230 |
| 题虎图 | 明·程敏政 / 215 | 沁园春·虎 | 元·王玠 / 231 |
| 题虎 | 明·林景清 / 216 | 【双调】沉醉东风·归田 | |
| 谢希大虎皮 | 明·储巏 / 217 | | 元·汪元亨 / 232 |
| 画虎行 | 明·陆灿 / 218 | 【双调】水仙子 | 元·无名氏 / 233 |
| 题狮子搏虎图 | 明·王世贞 / 219 | 雁门关存孝打虎 | 元·无名氏 / 234 |
| 荆谿杂曲 | 明·王叔承 / 220 | | |

## 古代涉虎赋

| | | | |
|---|---|---|---|
| 虎洞 | 明·金大章 / 221 | | |
| 追和张外史游仙诗 | 明·余善 / 221 | 猛虎赋 | 明·王廷相 / 240 |
| 山居杂咏 | 明·释慧浸 / 222 | 双虎赋 | 明·屠大山 / 242 |
| 山居诗 | 明·释法杲 / 222 | 戮双虎赋 | 明·邹鲁 / 244 |
| 猛虎行 | 清·冯班 / 223 | 嗤彪赋 | 明·汤显祖 / 248 |
| 猛虎行 | 清·李化楠 / 224 | 编后记 | / 252 |

中国生肖诗歌大典
第二辑（卷二）

# 丑牛卷

何焱林　李朝华　主编

## 生肖园苑话春牛

**牛对人类贡献颇大**

《三字经》有云:"马牛羊,鸡犬豕,此六畜,人所饲。"牛是人类最早驯化的大型动物之一。在新石器时代,牛已作为饲养家畜进入人类生活。

牛是最经济、最易饲养的动物之一,它吃的是草,供给的是肉、奶、毛、骨、角等,不与人争食,不与人争处。在古代,大凡人居之所,便有大片草地,成为天然牧场;尤其山林坡谷之中,河滩溪畔之地,多不宜稼穑,却水草丰茂,是上好的牧场。农作物秸秆,榨油废料等,人之所弃,牛之所食。所以无论塞北江南,乃至雪山草地,都可能成为牛的栖身之所、繁衍之地。

牛周身是宝,肉乳可食,毛可纺织,皮可制革,角可制成多种用具,又是弓弩刀剑的重要饰物。牛角也是军中发号施令的重要用具,所谓"梦回吹角连营";古代军中号角,多为牛角制成,其声苍厉悠远。古人歃血缔盟所必备之物是牛耳牛血。古代诸侯会盟,割牛耳以盛血,以珠盘盛牛耳,主盟者执盘,使与盟会者以血涂口(歃血),以示诚信不渝。《左传·哀公十七年》:"诸侯盟,谁执牛耳?"杜预注:"执牛耳,尸盟者。"《周礼·天官·玉府》:"若合诸侯,则共珠槃、玉敦。"汉郑玄注:"合诸侯者,必割牛耳,取其血,歃之以盟。珠槃以盛牛耳,尸盟者执之。"一只小小的牛耳,关系的往往是战争与和平的大事。执牛耳,亦是主持盟会人的代称,后演化为在某一方面具有权威地位者的代称,成为主事者的代称。

牛血拌和石灰是一种重要的填充材料。牛粪是重要的农家肥,现在仍是一些地区的常用燃料。牛骨可以作肥料,作用具,特别不要忘记,牛骨在中华文明发展史上,还占有特殊一席,那就是在其上刻写文字。汉文字有不下数百年的一段时期,是刻在龟甲与兽骨上的,而兽骨,主要是牛肩胛骨。牛骨在一段时间内作为文字重要载体之一,使汉文字得以延续、发展,也是史书的载体,许多古代历史事实是记录在牛骨上被保存下来的,为其他民族所不曾有。

早期人类对牛的使用,不过作为食物来源之一,养牛即为食牛。在游牧民族中,这种使用过程一直持续到近现代。在现当代,由于矿物能源的使用,农业机械的使用,用牛耕地越来越少,人们对牛的使用,又是饮其乳,食其肉,或许,这是人类历史中的一种"返祖"现象。

牛不仅作为食用家畜、役用家畜服务于人类,在与疾病斗争中,也有大功。中药中有一味重要药物牛黄(Calculus bovis),是牛科动物牛(Bos taurus domesticus Gmelin)的胆结石,多呈卵形,干燥后质轻,表面金黄至黄褐色,细腻而有光泽。中医认为牛黄气清香,味微苦而后甜,性凉;可用于解热、解毒、定惊。内服治高热神志昏迷、癫狂、小儿惊风、抽搐等;外用治咽喉肿痛、口疮痈肿、疔毒症。天然牛黄非常贵重,国际价格高于黄金。

历史上有一种长期困扰人类,死亡率、致残率极高的疾病"天花"。天花又名痘疮,晋代著名药学家葛洪在《肘后备急方》中已有记载:"比岁有病时行,仍发疮头面及身,须臾周匝,状如火疮,皆戴白浆,随决随生","剧者多死。"并指出此病起自东汉光武帝建武年间(25~56),这是世界上最早关于天花的记载。书中还说:"永徽四年,此疮从西流东,遍及海中",是世界上最早关于天花流行的记载(按:永徽乃唐高宗李治年号,《肘后方》中两见永徽年号,此句当是后人所附唐事)。

18世纪,天花在欧洲曾令1.5亿以上的人感染,1/4以上的人死亡,存活下来的也会留下令人不堪的疤痕,俗称麻子。川人常谑称面上有痘斑痕者为麻哥或麻婆,川中有一道名满全国,而且流行于世界的名菜——麻婆豆腐。北京从前也有一种家家必备的用具以麻子命名:那就是王麻子刀剪,而且"王麻子刀剪""老王麻子刀剪""真王麻子刀剪"的金字招牌几乎遍及全国各大城市。

16世纪,我国已发明了人痘苗接种术,清代医家俞茂鲲在《痘科金镜赋集解》中说:"种痘法起于明隆庆年间(1567~1572)宁国府太平县,姓氏失

考，得之异人丹徒之家，由此蔓延天下，至今种花者，宁国人居多。"中国发明的这种人痘接种免疫法，很快传遍世界。1796 年，英国人贞纳（E. Jenner）受人痘接种法启示，试种牛痘成功。方法是先在牛身上种痘，然后取其疫苗，处理后再让人身接种。这种方法经济实用，反应更小，为世界各国普遍采用。到了 20 世纪后半期，天花这种几乎与人类伴生的可怕疾病，终于被彻底消灭。

牛在古代多用于祭祀，称为牛享。《国语·楚语上》："祭典有之曰：国君有牛享，大夫有羊馈，士有豚犬之奠，庶人有鱼炙之荐。"或称享牛，《周礼·地官·牛人》："凡祭祀，共其享牛、求牛，以授职人而刍之。"郑玄注："享，献也。献神之牛，谓所以祭者也。"牛在古代也用于骑乘，其中以"孺子牛"之典流传最为广远。《左传·哀公六年》："女忘君之为孺子牛而折其齿乎？"杜预注："孺子，荼也。景公尝衔绳为牛，使荼牵之，荼顿地，故折其齿。"荼为齐景公庶子。今常借喻甘心为民服务者。佛典亦常以牛为喻，如雪岭白牛，露地白牛皆以喻修为高深，皈依佛法者。水牯牛亦是释家阐扬佛法常用之语，《景德传灯录·福州大安禅师》称："安在沩山，三十年来，只看一头水牯牛，若落路入草便牵出；若犯人苗稼便鞭挞。调服既久，可怜生受人言语。如今变作个露地白牛，常在人面前终日露迥迥地，趁亦不去也。"前蜀贯休有句曰："梵僧梦里授微言，雪岭白牛力得深。"皆以牛喻禅理，谓人之修行，初如不驯之牛，东闯西撞，必须严加管束，到后来修为日深，则从心所欲不越矩了。

西方人也有喜牛爱牛的风习。如美国有水牛城，NBA 联赛有公牛队，西班牙有奔牛节。西风东渐，西方关于牛的一些说法，也渐渐进入国人的日常生活中。如能者、勇者、强者，常被称为牛人；股市行情上涨，则称牛市。美国华尔街以铜牛镇街，希望大发利市；近来上海外滩也塑了一尊铜牛，希望我国金融业牛气冲天。

历史上，我国以农立国，牛被广泛使用，渗透到生活的许多方面，因而成为文艺创作的重要源泉。诗中咏牛，文中状牛，画中绘牛，歌中唱牛，创作出许多优秀作品。

### 中国人用牛最早

中国是驯化与役使牛最早的国家。《易·系辞下》："服牛乘马，引重致远，以利天下。"《新唐书·王求礼传》："自轩辕以来，服牛乘马，今辇以人负，则人代畜。"中国文明史，自人文初祖黄帝以来，即与牛密切相关，所谓"服牛"即使用牛，古人用牛，最初不过作为负重、拉车、骑乘，这就叫做引重致远，以利天下。

随着人类文明发展，尤其农耕社会，牛除了作为肉食的重要来源，也成为重要役使动物。农业生产活动中，牛成为主要役使对象，成为农耕主要劳力来源。

中国社会进入周代，尤其春秋前后，即进入发展快车道，这与农业生产方式和农具的改进密切相关。周以前及西周前期，实行耦耕。《礼记·月令》说季冬之月"命农计耦耕事，修耒耜，具田器"。耦耕就是两人并耕，一人牵引，一人执耒耜翻耕土地。人身直立，力量又小，拉犁耕地既辛苦效率又低。牛是四脚动物，体型庞大，牵引力强，用于耕地，是十分理想的畜力。在春秋前后，金属农具，尤其铁制农具的普遍使用，再加上牛的使用，使生产力迅速提高，农业发展出现一次飞跃。孔门高足冉耕字伯牛，《论语》有孔子对仲弓说，"犁牛之子骍且角"，都是春秋时期使用牛耕的确证。

用牛耕地，使得地耕得深又耕得快，既可以开垦更多荒地，又使土地肥力增加，更有利于作物生长。既扩大了耕地面积，又提高了单位面积产量，粮食产量和质量，较之从前有了大幅度提高，可以供养更多人口，促使人口空前增加，经济空前繁荣，这又为更多人脱离农业生产，从事其他行业提供了物质基础。从而促进了手工业生产发展，特别是带来文化事业的空前发展，出现了众多的思想家、教育家、军事家、农学家、科学家……呈现出"百家争鸣"的局面，为此后两千多年中国社会的发展奠定了文化基础、思想基础。可以说我国的农耕文明，是建立在牛脊梁骨上的，为保护这个主要动力源，历代都有禁杀耕牛的严令。

牛伴随着农耕文明的生长发育，走过了两千余年的风雨历程，献其力，献其身，对创造辉煌的中华文明，有着不可磨灭之功绩。我国北方多饲黄牛，南方多饲水牛，水牛总离不得水，南方气候炎热多雨，水系发达，江河纵横，湖泊众多，池沼密布。即使没有湖泊江河所在，也有山溪涧流，小沟小洼（俗称牛滚凼），利于水牛生存繁衍。君不见每到烈日炎炎，水牛多在小河小溪中泡澡，或在牛滚凼中打滚，故牧童又被人称作"溪童"。

丑牛卷

直到现代，牛才渐渐失去役使作用，但仍是肉类及奶类重要供给者。顺便说一句，在我国，至少是中原地区，一般不饮用兽乳，所以在中国牛类优良品种的选育中，几乎没有乳牛。现代乳牛，多从外国引进。当然，边地少数民族是个例外，牛乳也是他们重要的饮食。

**走进生肖的牛**

牛既与人类生活密切相关，又是大型动物，因而以动物纪年计时，就离不开牛。

十二生肖中有牛，是再自然不过的事。何以牛继子鼠之后，排在第二位，成为"丑牛"呢？排除那些不着边际的传说，后人杜撰的故事，牛在夜间反刍，恐怕是最重要的原因。在《诗经》中就有牛反刍的记载，《小雅·鸿雁之什·无羊》描写牛在夜间的活动："尔牛来思，其耳湿湿。"湿湿是牲畜耳朵摇动之貌，《毛传》说："呞（shī）（牛反刍）而动，其耳湿湿然。"牛有四个胃，所谓反刍，就是把日间吃的草，吐回嘴里，慢慢咀嚼，再吞到胃里消化。牛的反刍行为，大约在丑时前后，即凌晨1～3时。有时主人也在夜间丑时左右为牛加料，以备来日耕作有充沛的体力，因而丑时属牛。后来以动物纪年，凡是丑年生人，其属相一概为牛。

所谓属相不过是用于纪年，以便记忆。比如人说我是属牛的，根据其形貌体态，根据其属相，大致可以判定他的岁数。并没有什么生物学、命相学上的特殊意义，并非属牛者就一定牛气冲天，一辈子都大行牛运，大发利市，或体壮如牛，豪健如牛。属相相克相辅，其实是算命先生说的浑话。含牛之词亦未必义为尽善，名皆褒美。如称两人争执为"顶牛"，同室操戈为"牛打圈"，争论不已为"咬牛筋"，冥顽不灵为"横牛"，粗制滥造为"牛大脚"（牛穿的草鞋），海侃神聊为"吹牛皮"，优柔寡断为"牛皮糖"，脾气暴躁为"牛性子"等。然而，老黄牛的精神，俯首甘为孺子牛的精神，却值得永远提倡。

**文化氛围中的牛**

《左传·成公十三年》："国之大事，在祀与戎。"古代祭祀为国家大事，最盛大庄严的祭祀总离不开牛，贡献在祭坛上最大牺牲"太牢"之一便是牛。《大戴礼记·曾子天圆》："牛曰太牢。"所谓禋祭，即将祭品放在柴堆上焚烧，随烟直达天庭,请上苍享用,也多用牛肉。

在军事上,牛与马的功用不同。一般来说,牛只扮演后勤运载粮秣、兵器、甲胄、鹿砦等角色,偶尔也扮演主角,最有名的要数战国时期田单用火牛阵大破燕军,收复齐国七十余城,使齐国由濒临灭亡转危为安,重新崛起。牛对齐之复兴有大功焉!

历史是不能克隆的,牛虽于战国时对田齐之复兴有大功,但千余年后,牛却对处于安史大乱中的唐朝,造成巨大败绩。唐肃宗时宰相房琯,在陈陶斜与叛军对垒,也想一举击溃安史叛军,收复失土,还于旧都,以安天下。然而时代不同,地点不同,形势不同,更主要是主将不同,《新唐书·房琯传》称:"初,琯用春秋时战法,以车二千乘缭营,骑步夹之。既战,贼乘风噪,牛悉骙栗,贼投刍而火之,人畜焚烧,杀卒四万,血丹野,残众才数千,不能军。"所谓春秋时战法,欲效田单火牛阵耶?其结果不是击败叛军,而是牛受呼噪火燎,惊而反走,唐军几乎全军覆没,四万三秦健儿,尽化猿鹤虫沙,结果是"爪牙一不中,胡兵更陆梁"。杜甫诗《悲陈陶》:"孟冬十郡良家子,血作陈陶泽中水。野旷天清无战声,四万义军同日死。群胡归来血洗箭,仍唱胡歌饮都市。都人回面向北啼,日夜更望官军至。"描述了这悲惨的一幕。

由于马的速度较牛快,且老马识途,故人多骑马代步,但牛也是重要的骑乘畜力。有两个骑牛人留名千古,一个是"骑青牛,过函关,老子姓李"的老子,其《道德经》五千言是兵家、权谋家的重要著作,是全世界译本最多的哲学著作,其清静无为的思想开道家一派,其朴素辩证法思想更是对后世影响深远。另一个骑牛人物是隋唐之交的李密,他挂《汉书》于牛角,且走且读的行为传为佳话,成为典故,被认为勤学典范,可惜他不善营谋,在瓦岗寨借粮给处于饥饿中的王世充,但又与王世充作战,最后输给王世充;投唐而叛唐,竟死于非命。

在国人眼中,牛是勤奋刻苦、任重致远的典型,故常以老黄牛赞誉那些不计名利、踏实苦干、任劳任怨的人。但牛又好斗,倔强,有一种牛劲。宋朝文同写的《毛老斗牛图》诗:"牛牛尔何争?于此辄斗怒。长鞭闹儿童,大炬走翁妪。苍楼八九子,骇立各四顾。何时解角归,茅舍江村暮。"生动地刻画了斗牛之全方位场景——两牛相斗,不分高下,相持难解。任牧童鞭打,任翁妪大炬相燎恐吓,仍然斗个不休,连楼上与牛无关的八九人,也为这场争斗所惊

丑牛卷

吓，四顾茫然，不知如何是好。直到天晚，牛也累了，才解斗分散，悻悻而归。牛之这种特性甚至被玄怪化妖魔化。唐杜牧《李贺集序》："鲸呿（qū）鳌掷，牛鬼蛇神，不足为其虚荒诞幻也。"还有一句"横扫一切牛鬼蛇神"的口号，也令人难以忘却。

牛郎织女的故事，是我国流传得最为久远的凄美爱情故事，是最早关于天上星辰的神话。在晴朗之夜，在旷野之地，抬头观天，在清浅银河的两岸，有两个星座，一个在河西北，有一颗亮星，那就是织女，她的附近有四颗小星，那就是织女之梭；一个在东南，排成"一"字，中间那颗星最亮，那就是牛郎，排在他两边的，就是他与织女生的儿子。

最早咏叹这两个星座的，是《诗经·小雅·谷风之什·大东》："维天有汉，监亦有光。跂彼织女，终日七襄。""虽则七襄，不成报章。睆（huǎn）彼牵牛，不以服箱。"可见《诗经》时代已经有银汉双星织女、牵牛之名，但那时不过是天上星辰之名，还不涉及人间情爱。

到了汉代，《古诗十九首》里的牵牛、织女已经成了隔河相思的恋人。其诗曰："迢迢牵牛星，皎皎河汉女。纤纤擢（zhuó）素手，札札弄机杼；终日不成章，泣涕零如雨。河汉清且浅，相去复几许？盈盈一水间，脉脉不得语。"相去复几许呢？相去16.4光年，太阳光从太阳射到地球才8分多钟，可见织女星与牵牛星相距何等遥远，他们说一句话，即使以光的速度传送，也要16年以后才能听见，所以只能"默默"不得语了。

到了南北朝，这一对恋人，经过数百年苦恋，终于结成夫妻，最早撮合这段姻缘的大约是南朝萧统编的《昭明文选》，其《洛神赋》注文中有："牵牛为夫、织女为妇，织女牵牛之星各处河鼓之旁，七月七日乃得一会。"任昉在《述异记》中更进一步说："大河之东，有美女丽人，乃天帝之子，机杼女工，年年劳役，织成云雾绢缣之衣，辛苦殊无欢悦，容貌不暇整理，天帝怜其独处，嫁与河西牵牛为妻，自此即废织纴之功，贪欢不归。帝怒，责归河东，一年一度相会。"传到后来，就有喜鹊为之搭桥，牛、女渡过鹊桥，方能一年一会，后世常称此会为"鹊桥会"。

牛郎织女的故事，后来与乞巧节相融合，那是我国妇女过的节日，这一天，少女们会到葡萄架下去听牛、女窃窃私语，会向织女乞求给予"心灵手巧"，使她们能像织女般织出最美的云锦，做出最好的女红。这个节日不仅民间过，宫廷也过。最有名的恐怕要数李隆基与杨玉环这一对悲喜鸳鸯吧，记得白居易的《长恨歌》吗？"七月七日长生殿，夜半无人私语时。在天愿作比翼鸟，在地愿作连理枝。"李隆基晚年荒殆朝政，重用李林甫、杨国忠、安禄山等贼臣佞倖，弄到"渔阳鼙鼓动地来"，百姓饱经战乱，唐纪几乎中绝，天生丽质的杨玉环也"宛转蛾眉马前死"，剩下的是"此恨绵绵无绝期"。

除了牛郎织女故事，其他关于牛的故事大都不怎么可人：牛头马面已成地狱走卒；成精成怪最厉害者，恐怕要数《西游记》中的牛魔王，他与大闹天宫的齐天大圣孙悟空拜过把兄弟，他的妻子铁扇公主与儿子红孩儿也广有神通，叫唐僧师徒吃尽苦头。

不过人民还是感激敬重牛对人类所作的贡献，人民把牛尊为神，到处建祠祭祀牛王，有的地方还有牛王节。例如土家族有一个重要节日——牛王节，为农历四月初七、初八、十七、十八等不同日子，因地区而异。四月初八是湘西土家人的牛王节。石柱等地土家人建有牛王庙，农历四月十八日过牛王节，办牛王会，届时要唱牛王戏，以祈消灾，牲畜兴旺，庄稼丰收。土家人过牛王节时，让牛休耕，喂给它精美饲料，感激牛为人类丰收辛勤耕耘。牛王节不仅土家族有，也是苗族、仡佬族的共同节日。其实汉族地区，旧时也有牛王节，也有一些地方举行祭祀活动。

成都有一条通衢大道即名牛王庙街，它表示万千蓉城人民对牛的感念与尊崇。据传旧时成都牛王庙也曾香火鼎盛，由于其地当东大路，为川西到川东的必经之路，每到四月上旬牛王大会期间，其时农事暂歇，春服新就，微风拂煦，郊野明丽，于是信众广集，客商远聚，钟磬之声不绝，香烟之气若云，祈福还愿，打卦占卜，演戏跳神，诸般杂耍，热闹非凡，孩子们尤其乐翻了天。

春节期间，还有"打春牛"习俗，俗称立春为"打春"，表示春天来了。地方官员有时也亲与其事，但更多的是民间活动，从初一到十五，由一二人扮演春牛，再由一人戴乌纱穿官服，扮着春官，走街串户。每到一地，向天挥两三鞭，算是打了春牛，然后说些人寿年丰、招财进宝、四季平安的吉利话，向人讨要利市。

除了生物学上的牛，在我国，还有"特殊牛"：

1. 土牛：古代在农历十二月，出土牛以除阴气，《礼记·月令》："（季冬之月）命有司大难，旁磔，出土牛，以送寒气。"大难即大傩（nuó）祭。郑

玄注："礫，穰也，出犹作也，作土牛者，丑为牛，牛可牵止也。"孙希旦《集解》："出土牛者，牛为土畜，又以作之，土能胜水，故于旁礫之时，出之于九门之外，以穰除阴气也。"这一段说得有些拗口，古十二月为建丑之月，丑属牛，故用牛，又土能克水，故用土牛。

演变到后来，立春时造土牛以劝农耕，《后汉书·仪礼志上》："立春之日，夜漏未尽五刻，京师百官皆衣青衣，郡国县道官下至斗食令史，皆服青帻，立青幡，施土牛耕人于门外，以示兆民，至立夏。"这种习俗，后又演变为打春牛，见前述。

2. 木牛：出自《三国志》，诸葛亮造木牛流马，以解决蜀军后勤供应问题，关于木牛，《三国演义》中更有生动描写。但其究竟为何物，构造如何，至今是谜。而且不吃不饮，不加燃料，有点永动机的味道。

3. 铁牛：牛身大力大，又与耕作密切相关，古人治水或造桥，常铸巨大铁牛，置于堤下或桥堍（tù）（桥头）以镇水。《太平寰宇记》卷四十六河东道蒲州条："开元十二年，于河东自定工东西涧，各造铁牛四，铁人十。其牛下并铁柱连腹入地尺馀，并前后铁铸人六，桥跨河，至今存。"希望以它镇住洪水，造福人民。

4. 石牛：见后以石牛祈雨故事。

**姓氏丛中的牛**

牛也是一个姓氏，在《百家姓》中排名第310位。2006年在国家自然科学基金姓氏研究项目支持下，中国科学院遗传与发育生物学研究所和深圳鼎昌实业有限公司，进行了历时两年的调查，按人数从多到少排列，知姓牛的人数排名第98位。

考查牛姓源流，知此"牛"出自子姓，是商朝开国帝王成汤的后裔。始祖为宋微子启。周朝建立后，封商朝皇族微子于宋地（今河南商丘），建立宋国。微子后人有字牛父者，任宋国司寇（掌管刑狱）之官。宋武公时，游牧民族长逖人进攻宋国，牛父率军抵御，不幸战死，他的儿子便以他的字为姓，成为牛氏。清康熙四十二年（1704），河南省济源市南官庄《牛氏家谱》中载道："殷纣无道，狎侮五常，毒痛四海。其庶兄微子隐而去之，以存宗嗣。去之时，举目过午，以午字出头，因以为姓。此牛姓之所由来也。"此为牛姓来源之又一说。

寮姓改为牛姓。隋代牛弘，因其父合允在魏做官时，被赐姓牛（古代合、古、寮、了常通用，故合也作寮、了等姓），所以牛弘便姓了牛。

此外，有些农家终日与牛为伴，感情深厚，自愿与牛融通，其中一部分便以牛为姓。

有些少数民族改用汉姓时，一部分改姓了牛。今满、藏、土家、蒙古、东乡、回、朝鲜、彝族等皆有此姓。

过去姓氏都有郡望、堂号。牛姓的堂号有"太史堂"，源于唐朝牛凤及，他于武则天长寿年间撰《唐书》，所以起了这个堂号。其他尚有"陇西堂""大雅堂""惟明堂"等。按照《郡望百家姓》中的说法：战国时秦国置陇西郡，牛氏望出于此，其地相当于今甘肃省东乡以东及陇西一带。

中国历史上姓牛的名人不少，列举如下：

牛邯——东汉名将。

牛弘——隋朝大臣，擅长文学，精通律令。

牛仙客——唐代大臣，曾任宰相等职。

牛僧孺——唐朝大臣，牛李（德裕）党争中牛党代表人物，由于他们党争不休，使中唐复兴唐室旧观的一线希望，终成画饼。

牛峤——唐末官吏、五代词人。王建开国，拜为给事中。

牛希济——五代词人。前蜀时，累官至翰林学士、御史中丞。

牛存节——五代十国后梁大将。

牛皋——宋代岳飞副将，后被秦桧毒死，遗言谓"所恨南北通和"。

牛富——南宋抗元名将，曾守襄阳五年，后移驻樊城，率军死守，拒不投降，城破后，身受重伤，以头触柱赴火而死。

历史上属牛的名人不少。属牛而当过皇帝的牛人，一个是汉景帝刘启，另一个是蜀先主刘备，刘备之政绩虽远不及其远高曾祖，名声却大得多，知刘启名者恐不及知刘备者百分之一，这都要拜《三国演义》所赐。此外，霍去病、李白、范仲淹、苏轼等都是大名鼎鼎的属牛人物。他们是军事家、政治家、文学家、诗人，对中华民族的延续与发展都作出了不朽的贡献，值得后代子孙永远怀念。

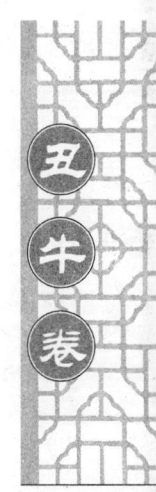

**生物科学中的牛**

属牛的人,可能比较关心牛的生物科学面貌,今简介如下:

牛,属于哺乳纲偶蹄目(Artiodactyla)牛科(Bovidae)牛属(Bos)和水牛属(Bubalus)。

牛属包括4个种:一是家牛(Bos taurus),分布较广,头数最多,如各种兼用牛,中国以役用为主的黄牛,以及日本的和牛等,与人类关系也最为密切。二是驼鹿(Bos indicus),亦称肩峰牛、印度牛;耐热、抗蜱(pí),是印度和非洲等热带地区特有牛种。三是牦牛(B. run–miens),毛长过膝,耐寒耐苦,适应高山地区空气稀薄的生态条件,是中国青藏高原、川西高原的独特畜种,所产奶、肉、皮、毛,是当地牧民的重要生活资源。四是野牛(Bison),如美洲野牛(Bos bison)、欧洲野牛(Bos bonasus)等,可与普通牛杂交,产生杂交优势,为培育新品种提供有用基因。

水牛属中的水牛(Bubalus bubalus),是水稻地区主要役畜,历史上是我国南方地区的主要牛种,在印度则兼作乳用。

世界上牛最多的国家是印度,1984年有牛18220万头(水牛6200万头);次为巴西,有牛13302万头(水牛72万头);前苏联有11988.8万头(水牛33万头);美国有牛11404万头;中国有牛7808万头(水牛1900万头,牦牛约1300万头)。

关于牛的起源与驯化,学者们做了不少研究。根据出土化石和古代遗留壁画等资料,充分证明普通牛起源于原牛,新石器时代开始驯化了。多数学者认为,普通牛最初驯化的地点在中亚,以后扩展到中国和欧洲。亚洲是野牛原种的栖息地,迄今仍有许多牛生活在野生状态;欧洲和北美的野牛基本上已经绝迹。中国黄牛的祖先原牛化石,在南北许多地方都有发现,如大同博物馆的原牛头骨,已有7万年;安徽省博物馆保存的骨心,长一米有余,是从淮北地区发掘到的。东北的榆树县,也发现了原牛化石和万年前野生牛遗骨。

中国水牛起源于南方,这可能由于亚洲北部受冰川侵袭,使原属热带气候的黄河流域以北广大地区,变得干寒起来,古代水牛不得不南迁所致。

驯化了的普通牛,在外形、生物学特性和生产性能等方面都发生了很大变化。野牛体躯高大(体高1.8米~2.1米),性野,毛色单一(多为黑或白),

乳房小、产乳量低，仅够牛犊食用。可是驯化后的牛，体型比野牛小（体高在1.7米以下），性情温驯，毛色多样，乳房变大，产乳量和其他经济性能都大大提高。

在牛的生物学特性方面，依不同牛种（属）而略有差异。其共同点是牛的牙齿都是32枚，其中门齿8枚，上下臼齿24枚，无犬齿，上颚无门齿，只有齿垫。鼻镜光滑湿润，如出现干燥，即为患病征兆。牛的胃分瘤胃、网胃、瓣胃、皱胃4室，以瘤胃为最大。牛习惯于反刍。牛蹄分为两瓣。牛属季节性发情动物，舍饲牛可常年多次发情；但高寒地区的牦牛因终年放牧，受寒冷气候影响，有些例外。牛多单胎，双胎率一般仅占1%~2.3%。

牛属中的4个牛种可以相互杂交，其中有的牛种杂交后代，如瘤牛+普通牛，公、母牛均有生殖能力；有的牛种杂交后代（如牦牛、肉牛+普通牛，或野牛+普通牛），仅母牛能生殖，公牛则不育。水牛属中的水牛种，相互间也可杂交产生后代，但与牛属中的任何牛种杂交，均不能受孕。中国和前苏联用普通牛与牦牛杂交，产生一代犏牛，不仅体型增大，役力更强，而且产奶性能也大大提高，但公犏牛的不育问题，迄今尚未解决。

鲁西黄牛是我国名贵牛种之一，体躯高大，结构匀称，健壮威武，肉用价值高，闻名海内外。其体型特征，是毛色从浅黄到棕红，以黄色居多，鼻与皮肤均为肉红色，部分有黑色斑点。多数牛具有"三粉"特征：即眼圈、口轮、腹下为粉白色；公牛角型多为"倒八字角"或"扁担角"，母牛角型以"龙门角"居多。公牛头短而宽，前躯发达，颈部短而粗壮，肉垂明显，肩峰高大，胸深而宽，四肢粗壮；母牛颈部较长，背腰平直，四肢强直，蹄多为琥珀色，尾细长而呈纺锤形。鲁西黄牛繁殖力较强，母牛一般8月~10月龄即可配种怀胎，终生可产犊7~10头，产仔率较高。

中国牛类资源丰富，良种牛受到国家保护。农业部曾经张榜公告：九龙牦牛、天祝白牦牛、青海高原牦牛、独龙牛（大额牛）、海子水牛、富钟水牛、德宏水牛、温州水牛、延边牛、复州牛、南阳牛、秦川牛、晋南牛、渤海黑牛、鲁西牛、温岭高峰牛、蒙古牛、雷琼牛、郏县红牛、巫陵牛（湘西牛）、帕里牦牛等，是受国家保护的良种牛。

# 古代涉牛诗

## 夏人歌

——《韩诗外传》卷四："桀为酒池①，可以运舟，糟丘足以望十里，一鼓而牛饮者三千人②。"

江水沛兮③，舟楫败兮，我王废兮，趣归于薄④，薄亦大兮。

乐兮乐兮，四牡跻兮⑤。六辔沃兮⑥，去不善而从善⑦，何不乐兮！

**注释**

①桀：夏桀，夏代末帝，姒氏，字履癸；为成汤所灭，夏遂亡。②糟丘：酒糟所堆成的小山，高至登其上可望十里之遥。牛饮：俯身而饮，形如牛饮水，亦指狂饮。③沛：丰沛，江水汤汤之状。④薄：借为亳，韩诗外传作亳。亳为商之都城。传说有三亳：一、谷熟为南亳，汤都，在今河南商丘市东南。二、蒙为北亳，汤受命为盟主之处，在今河南偃师市西。三、偃师为西亳，传说汤攻夏时所居，此薄当为偃师。⑤牡：公畜，古人服牛乘马，以牛、马拉车，骑乘。《易·系辞下》："服牛乘马，引重致远，以利天下。"《诗·小雅·大东》："睆彼牵牛，不以服箱。"孔传："服，牝服也；箱，大车之箱也。"陈奂传疏："牝即牛。服者，负之假借字，大车重载，牛负之，故谓之牝服。"服箱即拉车。夏殷之时，尚不用牛于耕地，故役使牛一般只为拉车。

四牡：驾辕之公牛。此隐指执国大柄之夏王履癸。跻：举足高行。⑥辔（pèi）：驾牲口用的缰绳。⑦《韩诗外传》此句作"去不善今"。

**解 说**

此歌为夏人忧时之作。夏之末世，夏桀王不理朝政，贪于淫乐，世风败坏，国势蜩螗，而商人已经兴起，并用伊尹等暗中谋划，窥视夏室。夏之势已如在大江之滔滔洪波中驾驭朽败之舟，灭顶之灾可立至。我王废，商必兴，人心皆归于亳都矣！亳由此而兴而大矣。

第二段则为劝诫之言，乐啊乐啊，六辔在手，驾辕之牛只要行得正，走得端，去不善之政，行治国之策，则国富民安，有什么不乐啊！言下之意，国破家亡，命尚不保，何乐之有？

## 国风·王风·君子于役

君子于役，不知其期①。曷至哉②？鸡栖于埘③，日之夕矣，羊牛下来④。君子于役，如之何勿思！

君子于役，不日不月⑤。曷其有佸⑥？鸡栖于桀⑦，日之夕矣，羊牛下括⑧。君子于役，苟无饥渴⑨？

**注 释**

①于役：去服徭役。期：预定的时间，期限，《史记·陈涉世家》："会天大雨，道不通，度已失期。"②曷（hé）至哉：曷即何，什么时候回来呀！③埘（shí）：鸡窝。古时在土墙壁上挖成的鸡窝。④羊牛下来：羊与牛离开放牧地，从放牧地下来。⑤不日不月：没有确定的日数月数。即没有规定归期。⑥佸（huó）：会，聚，曷其有佸：怎么能会聚呀？⑦桀：鸡夜间栖息之小木桩，以免其排泄物弄脏鸡身，并便于清扫。⑧括：至，回来。按杨雄《方言》："括，关闭也。"意思是将归来的羊牛关于圈栏，也通。⑨苟：猜测语，或许。

**解 说**

《诗·国风·王风》东周王畿之风，故称《王风》，有诗十篇。周平王东

丑牛卷

迁洛邑（也称王城，在今河南洛阳西五里），故《王风》乃洛邑一带东周民歌。《毛诗正义》云："刺平王也。"是否刺周平王姑无论，但此诗讽刺矛头指向不惜民力、徭役无度的统治者是无疑的。此诗用赋比兴的手法，两段皆以"君子于役"发端，两段皆以鸡与羊牛作比，鸡栖于塒，鸡栖于桀，羊牛下来，羊牛下括，反复咏叹，鸡与羊、牛犹有归时，犹有栖时，当然也有饮有食，而君子服徭役则无日无月，无有定数，不知归期，至于君子是否饥渴，是否能避酷暑，能度寒冬，更不得而知。两相比较，人不如畜。虽然未直接指斥统治者剥削之酷，徭役之重，但统治者不恤民力，不重民生，不解民怨之暴虐行径，则跃然纸上。

## 小雅·鸿雁之什·无羊

谁谓尔无羊？三百维群①。谁谓尔无牛？九十其犉②。尔羊来思，其角濈濈③。尔牛来思，其耳湿湿④。

或降于阿，或饮于池，或寝或讹⑤。尔牧来思，何蓑何笠，或负其餱⑥。三十维物，尔牲则具⑦。

尔牧来思，以薪以蒸，以雌以雄⑧。尔羊来思，矜矜兢兢，不骞不崩⑨。麾之以肱，毕来既升⑩。

牧人乃梦，众维鱼矣，旐维旟矣⑪。大人占之⑫：众维鱼矣，实维丰年⑬；旐维旟矣，室家溱溱⑭。

### 注释

①维：通为。三百维群：三百头羊为一组。②犉（rún）：《毛传》："黄牛黑唇曰犉。"《尔雅·释畜》："牛七尺为犉。"③思：语气词，无实义。濈濈（jí）：聚集貌。④湿湿：牲畜耳朵摇动貌。⑤阿（ē）：山阿。《说文》："阿，大陵也。一曰曲阜也。"讹：动。《尔雅·释诂》："讹，动也。"⑥牧：牧夫。

何蓑何笠：何借作荷，即披蓑衣，戴斗笠。餱：干粮。⑦物：杂色牛。三十维物：毛传："异毛色者三十也。"三十者多也，言有很多毛色的牛。尔牲：要贡献的牲畜。具：备齐。⑧薪：粗柴，树干或大的树枝。蒸：细柴，秸秆草叶之类。⑨矜矜兢兢：坚强、强健的样子。不骞（qiān）不崩：不疾不速，井然有序。《毛传》："骞，亏也。崩，群疾也。"按：骞借作蹇，跛行，意为慢。崩：乱跑，如兵败山崩。其为牧人驯训之功。如此，则下句有据也。⑩麾：同挥，指挥。肱：手臂。毕来：归来完毕，全部归来。升：进入圈栅。⑪众维鱼：众人捕鱼。此处"维"义同"为"，读去声。旐（zhào）：画龟蛇之旗。旟（yú）：画鹰隼之旗。⑫大人：太卜一类的卜官。占：占卜。⑬众维鱼矣，实维丰年：此为占梦词。《易·中孚》（䷼）："中孚，豚鱼，吉，利涉大川，利贞。"孔颖达疏："信发于中，谓之中孚。"众人捕鱼，即表明众人协同，鱼多人闲，众人得鱼，即众人得吉，也是一种太平风俗。扬雄《蜀都赋》即有迎春众人集体捕鱼习俗之描写。广东、海南等地，今犹存此俗。⑭溱溱（zhēn）：《毛传》："溱溱，众也。"室家溱溱：子孙众多。

## 解 说

小雅是《诗经》组成部分之一，有诗七十四篇。多为官吏之作，大抵产生于西周后期和东周初期。以指斥朝政缺失，反映社会动乱，表现周室与西北戎、狄部族及与东方诸侯国间的矛盾为主旋律；《雅》分大、小，古有三说：以政事分，《〈诗〉大序》持此说；以道德分，司马迁《史记·司马相如列传》持此说；以乐曲分，朱熹《诗·小雅集传》持此说。今人高亨以为《雅》为西周王畿之诗，因西周王畿，周人亦称夏。至于何以分大、小，迄今尚无定论。

这是一篇描写世家大户放牧牛羊的诗，应当是西周早期作品。

此篇四章，层次分明，观察细致，描写生动。第一章以问句起兴，给予肯定答复，七尺长的大牛有九十只，可见其牛羊众多，肥而且壮。牛夜间反刍，举灯来照，黑压压一片，唯见其因反刍，耳朵不停摇动。这是现实生活的聚焦式写照。

第二章则写白天看到的牛羊与牧人的活动。牛羊或从山冈下来，或在池边饮水，或卧或动。牧人来了，披蓑衣，戴斗笠，有的还背着干粮。这些牛羊有

丑牛卷

各种毛色，祭祀诸神众祇的牺牲都具备了。

第三章写牧人，一则写牧人不仅放牧牛羊，还要采薪狩猎；二则写牧人把牛羊放牧得肥肥壮壮，调教有方，归来时井然有序，不疾不徐，不乱跑乱窜；用手指挥，就能各归圈栏。

第四章则写劳累一天，该休息了，可是牧人并未"白白"睡觉，而是睡中亦在为主人家做梦。所梦都是主人家所希望的。全篇以年丰族旺作结。

全诗以牛羊暮归为背景，描写贵族牛羊成群，牧人无数，也写出了牛羊归圈的生动场景，对了解周初的生产规模，劳作动态，牛羊驯化，牧人生活，均具参考价值。

## 小雅·谷风之什·楚茨

楚楚者茨，言抽其棘①。自昔何为？我蓺黍稷②。我黍与与，我稷翼翼③。我仓既盈，我庾维亿④。以为酒食，以享以祀⑤，以妥以侑，以介景福⑥。

### 注 释

①楚楚：植物丛生貌，朱熹《诗集传》："楚楚，盛密貌。"茨：蒺藜，草本植物，平卧地面，夏季开黄色花，果实有刺。言：语词。又我，《尔雅·释诂》："言，我也。"高亨："犹爰也，于是。"抽：除去。棘：荆棘、刺。②自昔：从前。何为：干什么？蓺：同艺，种植。《左传·昭公元年》："不采蓺。"《注》："蓺，种也。"黍（shǔ）：一年生草本植物，叶线形，籽实淡黄色，去皮后称黄米，比小米稍大，煮熟后有黏性。稷：黍类，不黏者为稷。《本草纲目》："黏者为黍，不黏者为稷。"③与与：茂盛貌。翼翼：壮盛的样子。《郑笺》："黍与与，稷翼翼，蕃庑（wú）貌。"④庾（yǔ）：露天谷仓。《毛传》："露积曰庾。"亿：万万为亿，又十万为亿，多也盈也。⑤酒食：粮食可以制作食物，也可用于酿酒。享：供献，用酒食供献祭祀。⑥妥：《说文》："妥，安也。"此作安坐。侑（yòu）：劝酒，助兴。高亨注："周代祭祀祖先的礼制，有人装神，其名为尸。当尸进入宗庙，直走到他的位置上的时候，由主祭者跪拜，请尸安坐，这叫作妥。当献上酒食的时候，有人劝尸饮酒吃饭，这叫作

侑。"介：助佑。景：大，《白虎通·封禅》："景星者，大星也。"

济济跄跄，絜尔牛羊①，以往烝尝。或剥或亨，或肆或将②。祝祭于祊，祀事孔明③。先祖是皇，神保是飨④。孝孙有庆，报以介福，万寿无疆⑤！

# 注 释

①济济：庄敬貌，济通齐。《诗·大雅·公刘》："跄跄济济，俾筵俾几。"《郑笺》："济济，士大夫之威仪也。"跄跄：步态端庄有节，高亨注："步趋有节貌。"絜（jié）尔牛羊：絜：借为挈，拿着、带着。亦作洁，即清洁。②以往：以其牛羊前往。尝：冬、秋二季的祭祀，《郑笺》："冬祭曰烝，秋祭曰尝。"剥：宰而剥其皮。亨：借作烹。肆：陈列于案，《广韵》："肆，陈也。"将：将与手有关，即双手捧献。《毛传》："亨，饪之也。肆，陈。将，齐也。或陈于案，或齐其肉。"《郑笺》："祭祀之礼，各有其事。有解剥其皮者，有煮熟之者，有肆其骨体于俎者，或奉持而进之者。"高亨："将，古金文作牂，装肉于鼎。"③祊（bēng）：《毛传》："祊，门内也。"一说祭于庙门曰祊，故庙门曰祊。云："门内祭先祖，所祊徨也。"高亨释祝为庙祝，即庙内主祭者，但此当由其子孙主祭，不劳庙祝。孔明：《郑笺》："孔，甚也。明，犹备也，絜也。"即祭祀之诸事诸礼甚是齐备、盛大。此处明当读芒。高亨注："明读孟。《尔雅·释诂》：'孟，勉也。'即勤勉。"备一说。④皇：通迋（wàng），往也，至也，《郑笺》："皇，暀也。"《泮水》笺云："皇当作暀，犹往也。"先祖是皇者，先祖归往也。《小雅·信南山》同此。神保：神灵美称，即皇尸，扮演先祖受祭之人，朱熹《诗集传》："神保，盖尸之嘉号。《楚辞》所谓灵保，亦以巫降神之称也。"保：《毛传》："保，安也。"皇尸见下注。飨（xiǎng）：接受祭祀、酒食亦曰飨，《国语·周语上》："神飨而民听。"朱骏声《说文通训定声》："受食亦曰飨。"⑤孝孙：孝顺之孙。周后人对先祖皆自称孝孙。有庆：庆，此处作赐；有庆：受赐。《郑笺》："庆，赐也。"庆此处读羌。介：大。报以介福：报以盛大之福禄。

执爨踖踖，为俎孔硕。或燔或炙①，君妇莫莫。为豆孔庶，为宾

为客②。献酬交错，礼仪卒度，笑语卒获③。神保是格，报以介福，万寿攸酢④！

**注释**

①爨（cuàn）：《广雅》："爨，炊也。"即烧火煮食物。踖踖（jí）：恭敬敏捷貌，孔颖达疏："其当执爨灶之人，皆踖踖然敬慎于事而有容仪矣。"俎（zǔ）：《说文》："从半肉在且上。"祭祀或享用的四脚方形青铜盘或木漆盘，常置牛羊肉。此指俎中肉。孔硕：很大，很多。燔（fán）：焚烧。此处为烧肉。《郑笺》："燔，燔肉也。"炙：烤肉。②君妇：君夫人，后。《郑笺》："君妇，谓后也。"或主妇。莫莫：清静敬慎貌。《毛传》："言清静而敬至也。"为豆孔庶：豆，古时陶或青铜或木制之高脚盘，有的加盖。《说文》："豆，古食肉器也。"此指豆中之肉。孔庶：庶，多，饶；孔庶，很多很丰盛。为宾为客：料理很丰盛的食物，是为宴飨宾客。③献酬交错，宴饮时宾主互相敬酒，郑玄笺："始主人酌宾为献，宾既酌主人，主人又自饮酌宾曰酬。"交错，觥筹交错，杯杓往来。礼仪卒度：礼仪周全，无有差错。此处度读（duó）。孔颖达疏："其宾客礼仪尽依法度。"笑语卒获：获字解多歧，此处当依《集韵》《类篇》："忽郭切，音霍。恢廓貌。"即满堂开怀，笑语不绝，直至席散。高亨注引于省吾说："获读为矱（yuē），矱，规也。"矱为尺度，引申为规矩。笑亦中规，未免太拘。④神保：神灵之保佑。格：《说文》："格，木长貌。"徐锴《系传》："亦谓树高长枝为格。"引申为久长，长远。神保是格：神灵保佑十分久长。攸酢：攸：长久；酢（zuò）：答谢，报答。《仓颉篇》："主答客曰酬，客报主人曰酢。"万寿攸酢：即以寿数攸长作为酬答。

我孔熯矣，式礼莫愆①。工祝致告，徂赉孝孙。苾芬孝祀，神嗜饮食。卜尔百福②，如几如式。既齐既稷，既匡既敕。永锡尔极，时万时亿③！

**注释**

①熯（hàn）：《毛传》："熯，敬也。"高亨注通戁（nǎn），敬惧义。式礼莫愆：式，法式，程式；愆：过错。即一点也不违背祭祀礼仪程式。②工祝：

《毛传》:"善其事曰工。"按:工祝即祝工,古人将人之职务列于前,如工倕、匠石,工祝即协助祭祀之男巫。致告:代神告诉孝孙。徂赉:高亨以为,徂为祖之误,形近而误。赉(lài):《说文》:"赉,赐也。"即祖赐孝孙。苾(bì)芬:馨香,《毛传》:"苾苾芬芬,有馨香矣。"嗜(shì):喜欢,《说文》:"嗜,嗜欲,喜之也。"卜:《郑笺》:"卜,予也。"卜尔百福即给予尔百福。③几:《玉篇》:"几,期也。"式:法度。如几如式:孔疏:"所以与汝百种之福,其来早晚,如有期节矣,其福多少,如有法度矣。"即福来有定期,多少有量度。齐:取,与赉义近,但齐为减取,即减少一些。正义曰:"齐与赉,古今字异。赉训取,齐为减取,非训齐为减取也。以上言嘏(gǔ)之意,此言嘏之事,参之以《特牲》《少牢》而事有似,故说为嘏之礼也。其不同者,天子与大夫尊卑既殊,故礼数有异耳。"意为赉、齐有别者,因大夫之礼与天子不同而减,非齐与赉训释不同。《毛传》:"稷,疾。敕,固也。"《正义》引王肃云:"执事已整齐,已极疾,已诚正,已固慎也。"即祭祀礼数十分周到、诚敬、稳妥。既匡:匡借作筐,既筐,表明孝孙亲与其祭,并以筐献、受。按:自"如几如式"起,皆祝嘏(zhù gǔ)之说词,即祭祀时尸祝代神所致之词:执事者已齐敬,已及时,已端诚,已妥藏。极:极致,无穷。永锡尔极:锡即赐予,意为长久地赐尔无穷之寿,极致之福。时:通是,有善美意。时万时亿,即是万是亿,指其寿数,亦指财富。周代十万为亿。

　　礼仪既备,钟鼓既戒①,孝孙徂位,工祝致告。"神具醉止",皇尸载起②。鼓钟送尸,神保聿归③。诸宰君妇,废彻不迟④。诸父兄弟,备言燕私⑤。

### 注释

　　①备:具,尽。《礼记·月令》:"农事备收。"礼仪既备:祭祀之礼仪结束。戒:预备。《诗·小雅·大田》:"既种既戒。"钟鼓既戒:钟鼓已经准备好,以备送尸。②孝孙徂(cú)位:徂:往,到,《尔雅》:"徂,往也。"即孝孙到其主祭之位。工祝致告:即祝官代孝孙致辞,告诉祭祀已经结束。神具醉止:具同俱,皆。止,为语词,即神都醉了。皇尸载起:皇尸,君尸或尸之美称。尸即扮演祖先享祭之巫。载:则。《郑笺》:"具,皆也。皇,君也。载

之言则也。"③聿（yù）：轻快。神保聿归：即神享祭祀，十分满意，轻快地回归上界。④诸宰：众厨师。君妇：君之夫人或王后。废彻：彻通撤，撤去祭品。不迟：不会迟慢。⑤诸父兄弟：长辈亲属及同辈兄弟。备言燕私：备言即即言，马上。燕私：家庭宴饮称燕私。古祭祀后即行宴饮。

乐具入奏，以绥后禄①。尔肴既将，莫怨具庆②。既醉既饱，小大稽首③。神嗜饮食，使君寿考④。孔惠孔时，维其尽之⑤。子子孙孙，勿替引之⑥！

**注 释**

①乐具入奏：具，皆。乐工携乐具进入宴饮之所奏乐。以绥后禄：绥，安。后禄，今后之福禄、地位。古人称祭神之酒为福酒，祭神之肉为胙肉（福肉），饮福酒食胙肉等同受神之赐，故可安享日后之福禄。②尔肴既将：将，行也，即尔肴尔酒已经上齐遍行。肴亦指块肉，有类今彝族之坨坨肉。莫怨具庆：长辈同辈皆无怨尤，而皆庆贺，兴高采烈。《郑笺》云："燕而祭时之乐复皆入奏，以安后日之福禄。骨肉欢而君之福禄安。女之肴羞已行，同姓之臣无有怨者，而皆庆君，是其欢也。"庆读羌。③小大稽首：小大，大人小孩。稽首，叩头，敬谢神明赐福。④神嗜饮食：神嗜好、喜欢所献饮食。使君寿考：考即老，寿考即长寿。《诗·大雅·棫朴》："周王寿考，遐不作人。"《郑笺》："文王是时九十馀矣，故云寿考。"⑤孔惠孔时：惠，《郑笺》："惠，顺也。甚顺于礼，甚得其时。"惠、时亦有惠赐、美善意。维其尽之：维君能尽之，或释为"维其将宴会进行到底。"⑥勿替引之：《毛传》："替，废；引，长。"此句当如是断句："勿替，引之。"即不要将此祭祀废弃，子子孙孙要长相继承。高亨作不要废弃祖先之业，子子孙孙要一代一代传下去。

**解 说**

此诗六章，章十二句，共七十二句，在《诗经》中亦算长诗。此诗为周王室祭祀之歌。毛传等作刺幽王之诗。大小毛公去周未远，或有所据。从"自昔何为"看，以思前人所为似更合情理。美前人以刺今人，所谓"借古讽今"，未必没有可能。

第一章写前人开辟草莱，拔除荆棘，种稷种黍，仓庾丰盈，以作酒食，民安神飨，以求大福。

第二章写备制祭品，陈列祭品，祝祭过程。并有先祖歆飨，赐福孝孙之语。

第三章写制作熟食，炊爨者如何，君妇如何，宾客如何，礼仪俱到，人神尽欢，祭祀者亦得好报。

第四章先是孝孙自述，我十分敬谨，祭祀中规中矩，一点儿也不缺礼违规。接着巫祝代神致词，祖赉孝孙，卜尔百福，永锡尔极，时万时亿。祭祀之目的完全达到。

第五章写祭祀礼毕，孝孙到主祭之位，工祝报告，神已酒醉食饱，扮演先祖之尸也起身离位。钟鼓送神之后，厨夫及君夫人急忙撤下祭品、祭席。敬神亦为"敬"人，诸父兄弟则备言燕私，准备开怀宴饮了。

第六章为收结一篇，说明祭祀之目的及作用。乐具入奏，以绥后禄。使参与祭祀宴飨之诸父兄弟，记得今日之人乐神歆，大快朵颐，既是先人之缔造，亦为后人所经营，要不忘祭祀先祖，缅怀其开创艰难，经营不易，孔惠孔时，维其尽之。子子孙孙，勿替引之。

古人谓："国之大事，惟祀与戎。"祭祀是一种重要典礼，是沟通天人，缅怀祖先的重要活动，宣示的是天人和谐的理念，是感谢上天之赐，也就是自然之赐，祈求和平丰裕，无灾无难，民生幸福康宁。牛在祭祀中是重要的献礼。《庄子·至乐》："具太牢以为膳。"成玄英疏："太牢，牛羊豕也。"

本篇描写层次分明，形象生动，将祭祀全过程及人物活动作了全面铺叙，留下当年祭祀写真，虽时隔两千余年，却仍使读者有亲临祭祀现场，观其人物，见其祭品，闻其酒香，识其肴味，赏其音乐，共其喜乐之感。文字叙述，竟有如此恒久魅力者！

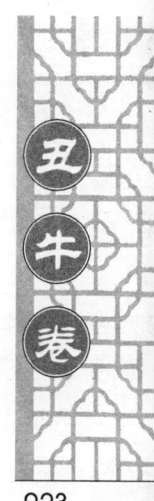

## 小雅·鱼藻之什·黍苗

芃芃黍苗①，阴雨膏之②。悠悠南行③，召伯劳之④。

我任我辇⑤，我车我牛⑥。我行既集⑦，盖云归哉⑧。

我徒我御⑨，我师我旅⑩。我行既集，盖云归处⑪。

肃肃谢功⑫，召伯营之⑬。烈烈征师⑭，召伯成之⑮。

原隰既平⑯，泉流既清⑰。召伯有成⑱，王心则宁⑲。

**注　释**

①芃芃（péng）：草木茂盛貌。②膏：润泽，浇灌。③悠悠：不疾不徐地行走。一说遥远。南行：向南行军。④召（shào）：召为封地，其地在今陕西岐山西南，伯为爵位，此召伯为姬虎，周之宗室，宣王、幽王之臣。劳之：时时慰劳军士，鼓舞士气。一曰召伯身先士卒，不辞劳苦。《正义》曰："以《崧高》言'王命召伯，定申伯之宅'"，又曰"因是谢人"，与四章"肃肃谢功"相当，故知此南行谓宣王之时，使召伯营谢邑，以定申伯之国，将徒役南行也。⑤我任（rèn）：任之本义为负担，我任，即我挑担。辇：用人推挽的车。⑥我车我牛：我赶车，我牵牛。⑦集：成功，《左传·成公二年》："此车一人殿之，可以集事。"⑧盖：借为盍（hé），即何不。⑨徒：步兵。御：驾车兵。⑩我师我旅：《周礼》：古五百兵为旅，五旅为师。⑪归处：回家安处。⑫肃肃：紧迫严正貌。谢功：营建谢邑之功。功即工，工程。谢邑在今河南唐河县南，一说即今河南信阳。⑬营：营造。⑭烈烈：威武雄烈。征师：行进中的队伍。⑮成之：组成，成就。⑯原：广平之地。隰（xí）：水草丰茂低湿之地。既平：尽皆治理。⑰泉流既清：流水就道，故泉流变清澈。⑱有成：成功。《郑笺》："召伯营谢邑，相其原隰之宜，通其水泉之利。"⑲王：指周宣王。

**解　说**

这是歌颂召伯姬虎的诗篇，分为五章。

诗以"芃芃黍苗，阴雨膏之"起兴。第一章说苗秀而齐，必须有阴雨膏泽；人事有功，也必须在上者知人善任，爱人惜人。召伯在漫漫南行途中，不断慰问行旅，身先士卒，亲执劳作，富有人情味。

第二章则写一路上挑担推车，牵牛赶车，浩浩荡荡，终于抵达目的地。牛在这里是劳力，也是财产。

第三章与第二章内容相似。

第四章述及谢邑营造之工，快而好地完成，归功于召伯，是对召伯的歌颂。

第五章则说召伯不仅会带兵，而且因地制宜，规划建设。何处筑城池，何处开沟渠，一切皆井井有条。

此篇借咏叹召伯营建谢邑，说明用人之道，使民之道。审时度势，劳逸兼顾，则民乐从，力半而功倍。

## 大雅·生民之什·生民

厥初生民①，时维姜嫄②。生民如何？克禋克祀③，以弗无子④。履帝武敏⑤，歆，攸介攸止⑥，载震载夙⑦，载生载育，时维后稷⑧。

注释

①厥：其，当。厥初：当初。生民：《毛传》："生民，本后稷也。"即当初生后稷。②时维姜嫄：时，是。姜嫄：姜姓传为炎帝后裔。姜嫄传为有邰氏之女，帝喾之妃。两句云：后稷乃姜嫄所生之子。③克禋（yīn）：克，能，进行；《尔雅》："克，能也。"禋：郊祭，烧牲升烟祭天。《说文》："洁祀也。一曰精意，以享为禋。"祀：一般祭祀。④以弗无子：弗借作祓（fú），攘除灾难的祭祀，《说文》："祓，除恶祭也。"以祭祀祓除其无子之疾。《毛传》："弗，去也，去无子，求有子，古者必立郊禖焉。玄鸟（燕子）至之日，以太牢祠于郊禖，天子亲往，后妃率九嫔御。"⑤履帝武敏：履，踩踏。帝，天帝。武，步武，此指足迹。敏，借为拇，足大拇指。即践踏天帝之拇指印。⑥歆：欣喜，心有所动，感到欣喜。攸介攸止：攸，乃、长、安闲。介，《广雅》："介，独也。"亦借为戒。即独处慎行。止，休息，少走动，昔人以为动则伤胎气。安然独处，安静休息。⑦载震载夙：载，于是。震，借作娠，此处尤指胎动。《尔雅·释诂》："娠，震动也。"《注》："娠，犹震也。"《左传·昭公元年》："邑姜方震大叔。"《左传·哀公元年》："后缗方震。"《集韵》："升人切，音申。与娠同。女妊身动也。"夙，夙之甲骨、金文、及小篆

皆为夕而手持物之象,意谓深夜凌晨犹劳作不休,引申为夜间不得安息。故此句叙述姜嫄因胎动及妊娠期感到的种种不适。一说夙或为孕字,形近而误。⑧生:生子。育:养育。时维后稷:是为后稷。后稷:姓姬名弃,后稷本尧、舜时农官名,周人以其为周始祖,称其为后稷。按:周之世系,从稷至文王,仅十五代,文献记载恐有缺失,其中或有未述及之先王先公。

诞弥厥月①,先生如达②。不坼不副③,无灾无害。以赫厥灵④,上帝不宁⑤。不康禋祀⑥,居然生子⑦。

**注释**

①诞:大,《书·汤诰》:"诞告万方。"《传》:"诞,大也。"弥:满。厥月:其月。诞弥厥月,即怀足了月份。②先生如达:即姜嫄先于他妃生子。达,《郑笺》曰:"达,羊子也。"即羍(dá)。言其生产如生羊羔般顺利。③不坼不副:坼,撕开。副,割裂。即不将产道、产门弄伤。④以赫厥灵:赫,惊吓,恐吓。《新唐书》:"伐恩恃权,震赫中外。"《诗·大雅·桑柔》:"反予来赫。"灵,此指上帝,即震吓天帝。关于此,屈赋《天问》中有一段述后稷出生后行事的类似记载:"何冯弓挟矢,殊能将之?既惊帝切激,何逢长之?"惊帝切激:即切激数天帝之过,且冯弓挟矢,有与天神叫阵之勇。则稷少年之行,有类普洛米修斯。⑤上帝不宁:因为以赫厥灵,切激惊帝,故上帝不得安宁。⑥不康禋祀:高亨读康为赓,即继续。不康禋祀即不继续禋祀。⑦居然生子:高亨以为,居当读胡,何也。何必生下这样的儿子。《史记》曰:"弃为儿时,屹如巨人之志。"见得稷小时即卓立不群,如所引《天问》,敢于为民争利而与天帝对抗。不康禋祀即不再继续举行禋祀以祭天。当然,当稷长大,知道祭祀之重要,则"卬盛于豆,于豆于登。其香始升,上帝居歆"了。前人读诗至此,多不解何以"无灾无害"而能"以赫厥灵,上帝不宁"?诗中叙述得十分简单,隐约其词。后稷之出生不光是一段神话,其作为更远超古人。此诗为周后人所作,故语焉不详,如果参看屈赋《天问》及《史记》有关说法,即知稷少年时,不仅胸有大志,而且敢于与上帝论是非。大约当时水、旱灾严重,"十日并出",残伤禾稼,或水灾频仍,浩浩怀山镶陵,浩浩滔天,民生极为艰难,使得负有农官之责的后稷对天帝大加指斥,语言切激。

并以箭指天，不康禋祀，即不再举行燔牲祭天之礼，使得上帝惊吓不已。故少时之后稷不仅是兴农之好官，而且是敢与天帝抗争之英雄。此章提前叙及后稷少时作为，引起天帝震惊，见其不凡。诗人一语带过，不事张扬，得作诗三昧。

诞寘之隘巷①，牛羊腓字之②。诞寘之平林，会伐平林③。诞寘之寒冰，鸟覆翼之④。鸟乃去矣，后稷呱矣⑤。实覃实訏⑥，厥声载路⑦。

### 注 释

①诞寘之隘巷：诞，指婴儿。隘，狭小。即将稷弃之小巷。②腓（féi）：庇护。《说文》："字，乳也。"即牛羊庇护并用乳汁喂养稷。③句意为：弃置森林，适逢砍伐森林。④鸟覆翼之：寒冰上，鸟群用翅膀覆盖他。⑤呱：呱呱，小儿哭声。鸟飞去后，稷不但未死，还呱呱啼哭。⑥实覃实訏：覃（tán），悠长。訏（xū），大，《毛传》："訏，大也。"稷之哭声悠长而响亮。⑦厥声载路：哭声一路都能听见。关于稷之出生，《史记》有一段记载：《史记·周本纪》："周后稷，名弃。其母有邰氏女，曰姜原。姜原为帝喾元妃。姜原出野，见巨人迹，心忻然说，欲践之，践之而身动如孕者。居期而生子，以为不祥，弃之隘巷，马牛过者皆辟不践；徙置之林中，适会山林多人，迁之；而弃渠中冰上，飞鸟以其翼覆荐之。姜原以为神，遂收养长之。初欲弃之，因名曰弃。"此段虽为神话，但能见当时性关系较自由，古有所谓郊禖之期，今人以为，其早期即是一种男女自由交往的形式，今之少数民族地区还有此种遗风。可能姜嫄出游，与人野合而生稷，因非婚生，故尔弃之，置冰上不死，一如斯巴达人置初生婴儿于冰上，不死，证其生命力强，以为神，姜嫄在丈夫面前亦有了交代，遂收养稷。古之郊禖后演为帝王乞子之祭祀，《毛传》："弗，去也，去无子，求有子，古者必立郊禖焉。玄鸟至之日，以太牢祠于郊禖，天子亲往，后妃率九嫔御。"玄鸟就是燕子，古人以为，燕子在清明前后北归。

诞实匍匐①，克岐克嶷②，以就口食③。艺之荏菽④，荏菽旆旆⑤，禾役穟穟⑥，麻麦幪幪⑦，瓜瓞唪唪⑧。

**注释**

①实：语词。匍匐：爬行，即稷长到能爬行时候。②克岐克嶷（nì）：《毛传》："岐，知意也；嶷，识也。"即稷长到能爬行时即知人之意，能认识外界事物。即幼小聪慧。③就：往、求。口食：食物，如今人说口粮。马瑞辰《通释》："就之言求也。以就口食，犹《易·颐》'自求口食'。"弃已经长大到自种自食的年龄。④艺之荏菽：艺，树艺，种植。荏菽，大豆古名。⑤旆旆（pèi），犹沛沛，茂盛貌。⑥禾役穟穟（suì）：禾，谷子，其实为小米。役，行列。穟穟，谷穗结实累累貌，《毛传》："役，列也。穟穟，苗好美也。"孔颖达疏："种禾则使有行列，其苗穟穟然美好也。"⑦麻麦：麻搓绳织布，麦为食物，为吃穿重要作物。幪幪（měng）：茂盛貌。⑧瓞（dié）：小瓜。唪唪（běng）：果实累累。《毛传》："唪唪然，多实也。"

诞后稷之穑①，有相之道②。茀厥丰草③，种之黄茂④。实方实苞⑤，实种实褎⑥，实发实秀⑦，实坚实好，实颖实栗⑧，即有邰家室⑨。

**注释**

①穑：稼穑，种庄稼。②相：助也。道：方法。《郑笺》："大矣，后稷之掌稼穑，有见助之道。"即得种田之法，兴农之道，稷不仅为农官，而且为农艺师。③茀（fú）：整治，除去。茀厥丰草：清理干净地上的荒草。④黄茂：《毛传》："黄，嘉谷也。茂，美也。"或许黄为黄色的粟子之类。高亨读黄为茛，释为茂盛。⑤实方实苞：方，田畴方方正正，行距窝距均匀成列，黍稷盈畴，齐齐整整。说明稷兴农业，已知农田建设，整顿田块，使之多成矩形，阡陌交通，往来方便。实苞，十分茂密。高亨解实作是。⑥实种实褎（yòu）：《毛传》："种，杂种也。褎，长也。"即实行多作物间种，庄稼渐渐生长。⑦实发实秀：发，生长。秀：长而垂之穗。⑧实颖实栗：颖，有芒之穗。栗，谷实饱满。⑨即：前往，到。邰（tái）：后稷所封国，在今陕西省武功县西南。有邰：有为语词，如有唐，有宋。意为将这些丰收之庄稼收到有邰氏家里去。

诞降嘉种①，维秬维秠②，维穈维芑③。恒之秬秠④，是获是亩⑤。恒之穈芑，是任是负⑥，以归肇祀⑦。

**注释**

①降：天降，天赐。嘉种：优良品种。②秬（jù）：黑黍，古以为嘉谷。秠（pī）：一壳里有两粒米的良种黑黍。③穈（mén）：谷子之一，其苗红色，亦称赤粱粟。芑（qǐ）：白苗谷子，《说文》："芑，白苗嘉谷也。"亦称白粱粟。④恒：借作亘（gèn），遍及。恒之秬秠：遍种秬秠。⑤是获是亩：逐田逐亩收获。⑥是任是负：任，担在肩上。负，背负，背在背上。是，可释为或。⑦肇祀：肇，始。收获嘉谷，归始郊祭于天。

诞我祀如何？或舂或揄①，或簸或蹂②；释之叟叟③，烝之浮浮④。载谋载惟⑤，取萧祭脂⑥。取羝以軷⑦，载燔载烈⑧，以兴嗣岁⑨。

**注释**

①舂（chōng）：将谷类放入石臼内去壳或去皮，或将物品放入臼内捣碎。揄（yóu）：用瓢等把舂好的米从石臼中舀出来。②簸：簸扬去壳去糠。蹂：蹂之释多歧，《郑笺》："蹂之言揉也。""舂而抒出之，簸之又揉湿之，将复舂之，趣于凿也。"凿即精米。《左传·桓公二年》："粢食不凿，昭其俭也。"孔《疏》："蹂之言揉，既簸去糠，或复以水揉湿之，将更舂以趣于凿。"所谓蹂，即从臼中将初舂之糙米舀出后摊于晒席上喷、洒水，赤脚铲行并踩踩使水均匀浸润于米粒上，再舂成精米，即使谷皮易脱也使谷物不致因过分干燥而碎裂。高亨释为手搓去糠，恐非。趣，同趋。③释之叟叟：释，淘米。叟（sōu）一作溲，叟叟：淘米声。④烝之浮浮：烝，同蒸。浮浮，蒸气上腾貌。⑤载谋载惟：载，词缀，一般缀在词前，如《归去来兮辞》："载欣载奔""载歌载舞"。谋，谋划，筹算。惟，考虑。载亦有祭祀义，意为谋划考虑祭祀之事。⑥取萧取脂：萧，一种香蒿。脂，牛、羊的脂肪。禋祀用香蒿垫底，上置牛、羊脂焚烧，方有香气。⑦取羝以軷：羝（dī），公羊。軷（bá），路祭称軷，祭后以车轮碾过祭牲，表示今后行道无险碍。⑧载燔载烈：燔，投肉于火以烧炙。烈，串肉于火上烧，即烤炙。⑨以兴嗣岁：兴，兴旺，发达。嗣岁，来岁，下

一年。即祭祀为求来年一切兴旺发达，平和安宁。

卬盛于豆①，于豆于登②。其香始升，上帝居歆③。胡臭亶时④。后稷肇祀⑤，庶无罪悔⑥，以迄于今。

**注释**

①卬（áng）：我，《说文》："卬，我也。"豆：古盛食器，形如高足盘，有陶、木、青铜等材质。句意为我将祭品盛于豆中。②于豆于登：登，如豆而浅。《毛传》："木曰豆，瓦曰登。"豆荐酱肴，登盛羹汤。③上帝居歆：居，安。歆，享。④胡臭亶时：胡，何也。臭，此指芳香之气。亶，诚也。时，恰是时候。时亦有美意，即何芳香之臭正得其时，或何芳香之臭诚美？⑤后稷肇祀：此句与前"不康禋祀"相呼应。前不康禋祀即不再燔牲祭天。而今后稷始亲行祭祀，表示人神重归于好。下句"庶无罪悔"方有着落。⑥庶无罪悔：庶，《郑笺》释为众，即众民。高亨释为幸，幸为佳，幸无罪悔。庶其实也有庶几意，即差不多。人神重归于好，则后稷终于修补好与天帝的关系，没有了过错。则天帝庇廕其子孙，至于今日。

**解说**

《大雅》，旧训雅为正，谓诗歌之正声。《诗大序》："雅者，正也，言王政之所废兴也。政有小大，故有《小雅》焉，有《大雅》焉。"《大雅》多为西周王室贵族之作，主要歌颂周王室祖先乃至武王、宣王等的功绩，有些诗篇也反映了厉王、幽王的暴虐昏乱及其统治危机。《诗大序》之说有一定道理。

本篇是周始祖后稷大兴农业之史诗，也是我国由渔猎经济进入农耕经济的史诗，后稷可以看作是我国提倡大规模农业耕作的第一人。后被人们尊为农神。诗传为周公所作，至少是西周早期诗作。

一、二、三章写后稷出生事。

第四章写稷在大田劳作，种瓜得瓜，种豆得豆。

第五章写稷实行科学种田，拔除荒草，选择良种，整顿田块，阡陌交通，引水灌溉，结果喜获丰收。这些收成，都送到有邰氏家去了，有邰家即其母家，有母系社会遗风。

第六章叙述选育良种，后稷归其为天赐。后稷阅历渐增，知道神道设教的功用,即将良种的选育与丰收的获得归之上天所赐,也就有了必须祭祀的理由。

第七章写祭祀的谋划与准备,其中的劳作过程,写得层次分明,如"或舂或揄,或簸或蹂。释之叟叟,烝之浮浮。"读之如亲临其境。

第八章写祭祀过程。所可注意者"上帝居歆",与第三章的"上帝不宁"形成鲜明对比。后稷肇祀,即后稷此时方祭祀,也可理解为后稷开始这种祭祀。

农业的兴旺与发展才能有余粮剩帛,才能有聚落之兴、城市发展,才能有更多人脱离生产,从事其他行业,特别才能有文化事业的发展。后稷是中国历史上第一个从事农业生产、农业管理的人,其开阡陌,除草莱,育良种,不违农时等一系列垦殖之法,使得我国农业在他首创的基础上不断发展,成就了中华民族灿烂文明。他是奠定中华民族五千年文明史的伟人之一,其功劳在史,福惠在民,值得我们永远纪念。

## 大雅·生民之什·行苇

敦彼行苇①,牛羊勿践履②。方苞方体③,维叶泥泥④。

**注释**

①敦(tuán):敦,此地用为密集,丛簇。行苇:行道旁的芦苇。②牛羊勿践履:即牛羊不要践踏。③方:方才,刚好。苞:荣茂。体:长成形体。谓草木方成形体,勿使牛羊践踏。④泥泥:唐陆德明《释文》:"张揖作'苨苨',云草盛也。"维叶泥泥:其叶茂盛繁密。

戚戚兄弟①,莫远具尔②。或肆之筵③,或授之几④。

**注释**

①戚戚:亲爱貌,《毛传》:"戚戚,内相亲也。"②莫远具尔:莫,勿,不要。远,疏远。具,通俱。尔,借作迩,近。即同胞兄弟,莫要疏远,都要亲近。③肆:布列,铺展。筵:席。或肆之筵:或铺设筵席。④授之几(jī):

古人席地而坐，有靠背之坐具，一般用于老人。《说文》："几，坐所以凭也。"几，亦为陈列酒肴之用具，类矮脚小桌。

肆筵设席，授几有缉御①。或献或酢②，洗爵奠斝③。

### 注释

①此九字为一句：设席，重席，筵上加席。缉，续，《郑笺》："缉，犹续也。"御，侍者。即兄弟之老者，既为设重席授几，又有导引入席及席间继续侍候者。②献：敬酒致意。酢：以酒回敬。③洗爵奠斝（jiǎ）：爵与斝皆酒杯。周人宴会礼仪：主人敬酒，从几上拿起一只酒杯，先洗一洗，谓之洗爵；后斟酒敬客，客人饮毕，置杯于几上，谓之奠斝。客人回敬主人也是这样。

醓醢以荐①，或燔或炙②。嘉肴脾臄③，或歌或咢④。

### 注释

①醓醢（tǎn hǎi）以荐：醓，多汁肉酱。醢，肉酱。荐，进，上。②燔：烧肉。炙：烤肉。③嘉肴脾臄：嘉，美。肴，荤菜。脾，通膍，牛胃，即毛肚。臄（jué），牛舌及所连之肉。④或歌或咢（è）：唱而有调为歌，唱而无调为咢。一说歌为唱歌，有声有字；哦哦有声而无字为咢，为唱歌者帮腔。《毛传》："徒歌曰咢。"《尔雅》："徒击鼓谓之咢，徒歌谓之谣。"

敦弓既坚①，四鍭既钧②，舍矢既均③，序宾以贤④。

### 注释

①敦（diāo）弓：《毛传》："画弓也。天子敦弓。"既坚：硬弓，难以拉开的弓。②四鍭既钧：鍭（hóu），古箭之一，金属箭头，箭羽剪齐，多用于田猎。《释器》云："金镞翦羽谓之鍭。"《孔疏》："鍭矢，参亭三分之，一在前，二在后，轻重钧亭也。"何按：《孔疏》意为箭前端三分之一，因金属箭头重，箭羽箭身占三分之二，使箭之前后重量均等。一说钧借作均，即四矢同等，均齐。即校射时四人一批次，用同样箭。③舍矢既均：舍矢，射箭，《诗·小雅·车攻》："不失其驰，舍矢如破。"既均，每人都射一样多的箭。

④序宾以贤：序，排序。贤，才能。序宾以贤即以射箭中的数排列参射宾客之名次。

敦弓既句①，既挟四镞②。四镞如树③，序宾以不侮④。

**注释**

①句（gòu）：借作彀，用力张弓。《说文》："彀，张弩也。"敦弓既句：敦弓既已张弦。②既挟四镞：四人皆已握箭在手。③树：树立，即四支箭射中四侯，笔直如立在其上。校射时，四人各射一侯，侯上有的。④不侮：序宾射箭有优劣，以不侮参射者为准则。对未射中或成绩落后者不得轻视无礼。

曾孙维主①，酒醴维醹②，酌以大斗③，以祈黄耇④。

**注释**

①曾孙维主：周自孙之子以下，对先祖皆称曾孙。《诗·周颂·维天之命》："骏惠我文王，曾孙笃之。"《郑笺》："曾，犹重也。自孙之子而下，事先祖皆称曾孙。"维主，做主人。②酒醴维醹：酒醴皆指酒。醹（rú），味道醇厚的酒。③酌：斟酒。大斗：大的酒斗。④以祈黄耇（gǒu）：《诗·小雅·南山有台》："乐只君子，遐不黄耇。"《毛传》："黄，黄发也；耇，老。"国之元老，亦称黄耇。此二句说主人以大斗酌酒祈神赐予长者长寿。

黄耇台背①，以引以翼②。寿考维祺③，以介景福④。

**注释**

①台背：台借为骀，骀背即驼背，唐黄滔《大唐福州报恩定光多宝塔碑记》："雪顶之僧，指西土之未有，骀背之叟，庆东闽之天降。"年老者脊柱多弯曲而成驼背。②引：在前导引。翼：在旁辅翼，搀扶。高亨则以引作寅，大约据古虯亦作螾，据谐声说，引亦作寅。寅，《尔雅·释诂》："寅，敬也。"翼，《毛传》："敬也。"即对待老叟，以恭以敬。③祺：吉祥。对于年高长者，寿考就是吉祥。④介：《郑笺》："介，助也。"景福：大福。

### 解 说

古人说诗与今人说诗,多有不同,古人多讲微言大义,今人则多讲针砭贵族的豪奢,人民的反抗。角度不同,观点不同。

《毛传》等以为《行苇》是叙周成王时事。本诗以"敦彼行苇,牛羊勿践履"起兴,爱及道边初生芦苇,泽及草木。推延及长辈兄弟等亲属及乡里的长老。

本诗以宴会为焦点,陈设嘉肴,飨以美酒,或歌或咢,以叙兄弟亲情。酒酣饭饱之后则行校射,虽亦是席间乡射行乐之礼,也有提倡尚武精神之意。

最后两章,由射归席,以宴黄耇。可能这时黄耇才来入席,或者最后归结到养老,史称西伯善养老,此亦见周早期的风习。以大斗斟酒,以祈黄耇寿考。

这首诗说明,周之执政者爱护草木,有环保意识。敦睦同辈,尊重老者,有尊老爱幼之心。如此,则老有所养,幼有所育。周初政治清明,教化大行,于此可见一斑。

尊老是儒家文化,也是中国传统文化的支柱之一,老吾老以及人之老,幼吾幼以及人之幼,只有老有所养,幼有所育,壮有所为,社会才能和谐安定,对当今社会亦有指导意义。

此诗以牛羊无践履起兴,一则说明牛羊在生产生活中的重要,再则以行苇生长正茂喻周室正在兴旺发达中,不要像牛羊那样行不由径,横冲直撞,损害了这种茂盛的生长,影响了周室内部的团结。牛也是肴馔之一,是兄弟团结的调合剂。

## 周颂·闵予小子之什·耜

畟畟良耜①,俶载南亩②。播厥百谷,实函斯活③。或来瞻女④,载筐及筥⑤。其饟伊黍⑥,其笠伊纠⑦,其镈斯赵⑧。以薅荼蓼⑨,荼蓼朽止⑩,黍稷茂止,获之挃挃⑪。积之栗栗⑫,其崇如墉⑬,其比如栉⑭。以开百室⑮,百室盈止⑯,妇子宁止。杀时犉牡⑰,有捄其角⑱。以似以续⑲,续古之人⑳。

## 注释

①畟畟（cè）：锋利貌。《毛传》："畟畟，犹测测也。"孔颖达疏："以畟畟文连良耜，则是利刃之状，故犹测测以为利之意也。"一说深耕貌。马瑞辰《通释》引胡承珙说："《尔雅》：深，测也。《说文》：测，深所至也。畟畟、测测，皆状农人深耕之貌。"耜（sì）：耕器，最初用木制，以后前端用金属制成。②俶（chù）载：农事开始。南亩：南边之田。南边向阳，古人坐北向南，田一般在居所之南。③实：种子。函：藏于土中。斯活：出苗，生长。④瞻：看视，送饭。女：汝。⑤载：拿、持。筐：方筐。筥（jǔ）：圆筐。⑥饟：送饭。伊：是，此，亦作语词。⑦笠：斗笠，晴雨具。纠：纠结，用绳或带将斗笠系在颈上以防风吹落。⑧镈（bó）：锄类农具。赵：锄地。《毛传》："赵，刺也。"《郑笺》："以田器刺（地）也。"⑨薅（hāo）：除去田间杂草，中耕。荼、蓼（liǎo）：皆草名。⑩朽：枯萎、腐烂。止：感叹语词。⑪挃挃（zhì）：割禾声。⑫积：囤积，仓储。栗栗：众多。⑬崇：高。墉（yōng）：城墙。⑭比：排列。栉（zhì）：篦子，比梳之齿更密，用以篦头。⑮以开：即开启。百室：上百处囤放粮食的仓房。⑯盈：堆满。⑰时：是、此。犉（rún）：牛七尺为犉，或黄牛黑唇曰犉。牡：公牛。⑱捄（qiú）：借为觩，角弯弯貌。⑲似：借为嗣，继。《尔雅》："嗣，继也。"接着做前事。续：接续未来事。⑳古之人：古代贤人。高亨以为指社神与稷神。社神名后土，其在治土方面有卓越贡献。稷神即后稷，其在种谷方面有贡献。

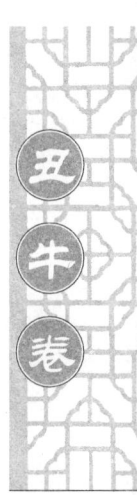

## 解说

这是一首描写农事的诗，以"良耜"起兴，说明农业工具在农事中的重要。但这里没有提到牛耕，牛在诗中仅是作为祭祀的牺牲之用。

诗从耕翻土地开始，继而播种，继而出苗，继而饟田，继而中耕，继而丰收，终而祭祀，以酬答神灵之赐，怀念先人之德，从而继承前人之业。这首诗从一个侧面，说明周人重农，比之夏商二代，农业有了长足发展，而畜力用于农耕，当在春秋前后。牛力用于耕地，铁犁用于农事，使得农业生产以更大规模进行，产量相应提高，人口随之繁衍，城市随之增加，为学术上的百家争鸣创造了必要条件。中国社会从此进入迅速发展的快车道。

过去，人们往往有一个错误的观点，认为《颂》是对帝王将相的赞歌，但本篇实际上是对农事的描写,对工具的称赞,更是一曲丰衣足食、社会安宁的和谐欢乐颂。

## 周颂·闵予小子之什·丝衣

丝衣其紑①,载弁俅俅②。自堂徂基③,自羊徂牛④。鼐鼎及鼒⑤,兕觥其觩⑥,旨酒思柔⑦。不吴不敖⑧,胡考之休⑨。

### 注释

①丝衣:一种祭服。紑(fóu):衣服鲜明貌。②载:借为戴。弁:圆顶帽,革制或布制。俅俅:恭顺貌。《毛传》:"俅俅,恭顺貌。"清马瑞辰《毛诗传笺通释》以为"冠饰华美貌"。③徂:往。基:门两侧之堂。《毛传》:"基,门塾之基。"陆德明《释文》:"塾,音孰,门侧堂也。"④自羊徂牛:从小牲到大牲,表示周王巡视供祭祀及食用的牛羊情况。⑤鼐(nài):大鼎。鼒(zī):小鼎。《孔疏》:"发举其鼐鼎及鼒鼎之覆幂,而告此鼎之絜矣。"絜同洁。⑥兕觥(sì gōng):古酒器。腹椭圆形或方形,圈足或四足,有流(流金等饰纹)和鋬(pàn)(把)。盖一般成带角兽头形,盛行于商和西周前期。后泛指酒器。觩(qiú):兽角弯曲貌。⑦旨酒:美酒。柔:安和。⑧吴:大声喧哗。《毛传》:"吴,哗也。"敖:借为傲,傲慢无礼。⑨胡考:即寿考。《毛传》:"胡,寿也;考,成也。"马瑞辰《通释》:"胡考犹寿考也。"休:美、善。

### 解说

此诗解题,高亨《诗经今注》认为:"这篇是周王在秋收以后,用新谷祭祀社(土神)稷(谷神)所唱的乐歌。"

从全诗来看,有祭有宴,当是祭后请老者宴饮,即所谓"绎"祭,续前日之祭。此诗一章九句,较为简单,主要叙述周王衣帽鲜洁,进退有据,亲自检查祭器、祭牲,说明对祭祀的重视。但此祭不那么繁缛紧张,祭后宴饮,仍有节制,不能借酒使气,大声喧哗,放诞无礼,以免惊吓老者。周王可谓得敬老养老之大旨!

## 《左传》引古人言

杀老牛莫之敢尸。

**解说**

此句摘自逯钦立《先秦魏晋南北朝诗》。见于《左氏传·成公十七年》，注曰："尸，主也。"即杀老牛谁敢做主！此语为中行偃召韩厥杀晋厉公时，韩厥对中行偃所引古人之语。以阻止中行偃杀晋厉公。

从此句可以看出，古人对老者的尊重，即使是老牛，因其壮岁时曾为人做过许多事，立下许多"功"，故至老就应受人敬重保护。

## 天问（摘录） 战国·楚·屈原

该秉季德，厥父是臧①；胡终弊于有扈，牧夫牛羊②？干协时舞，何以怀之③？平胁曼肤，何以肥之④？有扈牧竖，云何而逢⑤？击床先出，其命何从⑥？恒秉季德，焉得夫朴牛⑦？何往营班禄，不但还来⑧？昏微遵迹，有狄不宁⑨；何繁鸟萃棘，负子肆情⑩？眩弟并淫，危害厥兄⑪；何变化以作诈，而后嗣逢长⑫？

**注释**

按：东汉王逸注此章，望文释义，史实引用甚为杂乱，既言成汤，忽又及夏事，又及晋事，又重而述舜事，极无章法。当王逸之时，汲冢竹书未出，《山海经》又被当作不经之论，王逸未能贯通此段文义，今不取。

①该：亥之借字。王亥之名，见于《山海经·大荒东经》："有人曰王亥，王亥托于有易、河伯，仆牛。有易杀王亥。"古本《竹书纪年》："殷王子亥宾于有易而淫焉，有易之君绵臣杀而放之，是故殷主甲微假师于河伯以伐有易，灭之，遂杀其君绵臣也。"王亥，《史记·殷本纪》亥作振，《世本》作核，《汉书·古今人表》作垓。秉：持。季：亥之父，即冥。据《史记·殷本纪》为契后第六代传人。厥：其。臧（zāng）：善。②胡：何以。终弊：弊，倒毙

死亡义，《国语·楚语》："以弊于鄢。"有扈：古国名。扈或为易之误。终弊于有扈：终于败亡于有扈。③干：盾。《礼记·祭统》："朱干玉戚以舞大武。"注："朱干，赤盾。"协：多人合同。时舞：应时之舞，时髦之舞。怀：相思、爱慕。《诗·周南·卷耳》："嗟我怀人。"④平肋：胁，肋。平肋，胖来不见肋骨。曼肤：皮肤光泽，面部红润。⑤牧：牧人。竖：童仆，小子。逢：遇见，撞见。⑥击床先出：牧奴击杀王亥于床，先人而出。见得室内仍有人在，留者其谁？为向牧奴指认王亥而令其杀之者？其命何从：杀亥之命，何人所颂？若为易君，何须用问？据后文看，当是王亥之弟恒所令，此场戏亦是恒借刀杀人之局。⑦恒秉季德：王恒秉承其父季（冥）之位。由于不言承兄，可见是弑兄自立。《史记》未将其列入殷之传承系统，大约其继位时间很短。朴牛：大牛。王逸注："朴，大也。"章炳麟《新方言·释动物》："《说文》'朴、特，牛父也。'《楚辞·天问》曰：'焉得夫朴牛。'今山西谓牛父为朴牛。浙东移以言猪，谓猪父为朴猪。"⑧营：经营，营谋。班：赐。禄：本义为福，此为赏赐奖品。亦有借此向其所恋之易后示爱之意。不但：但为怛（dá）之讹，怛，害怕，恐惧，不怛即不怕。还来：还要到易国来。⑨昏：日暮。微：据《史记·殷本纪》，微为振（王亥）子，继振而立，为成汤六世祖。《索隐》引皇甫谧云："微字上甲，其母以甲日生故也。商家生子，以日为名，盖自微始。谯周以为死称庙主曰'甲'也。"遵迹：循其旧迹。《说文》："遵，循也。"有狄：即有易。《史记·殷本纪·索隐》："旧本简狄之狄作易"，注谓易狄同音。狄：徒历切，定母，锡部，今惕、剔、踢、裼、悐、扬、逷、锡等皆从易得音；逷与逷同，见狄与易古可互易。不宁：即注①上甲微灭有易事。⑩繁鸟：众鸟。据《史记·殷本纪》："殷契，母曰简狄，有娀（sōng）氏之女，为帝喾次妃。三人行浴，见玄鸟（燕子）堕其卵，简狄取吞之，因孕生契。"契为殷先祖，《诗·商颂·长发》："玄王桓拨，受小国是达。"《毛传》："玄王，契也。"《国语·周语下》："玄王勤商，十有四世而兴。"韦昭注："玄王，契也。殷祖由玄鸟而生。"故其子孙皆"鸟"。商当是以燕子为族徽之部落。亥、恒及其随从皆"鸟"，故称繁鸟。萃：聚集。负子：背弃子孙，不顾其祸福。肆情：肆其情欲，指亥、恒皆与易后有私。⑪眩弟：善于蛊惑欺骗之弟，指亥弟恒。并淫：亥与恒乔装牧人，入有易与易王后并为淫乱。危害厥兄：指恒唆使有易牧竖屠其兄事。⑫作诈：诡诈百出。逢：

昌盛、庞大。《书·洪范》："身其康强，子孙其逢吉。"长：长久。此指成汤为亥后嗣，享国久远。

**解说**

《天问》作者屈原（约前340～约前278），名平，字原，芈（mǐ）姓，屈氏，出生于秭归三闾乡乐平里（今湖北秭归），楚武王熊通之子屈瑕后代，为楚宗室。屈原事楚怀王，娴于辞令，明于法度，忠心国事，勤政爱民，主张联齐抗秦，曾任三闾大夫等职。因不愿与上官大夫靳尚、令尹子兰等同流合污，屡遭排挤。怀王死后，顷襄王听信谗言，更将屈原流放于荆楚间。屈原有国不能报，有才不能施，眼睁睁看着国事蜩螗颓败，不能有任何作为，怀满腔忠愤，愁苦地行吟于江南山陬水泽，在得知秦将白起攻破郢都后，知楚政已不可为，愤而投汨罗江自杀殉国，走上了一个爱国者的最后归宿。

屈原热爱人民，忠于祖国的节操，开拓了中华民族爱国主义的先河，成为了中华民族一脉相传的精神财富。

屈原是伟大的爱国诗人，创立了"楚辞"这种文体，开创了"楚辞"文学一派，也开创了"香草美人"以喻明君贤臣、德行善政的文艺传统。留下了《离骚》《九歌》《天问》等传诵千古的佳作，成为中华民族，乃至全人类的优秀文化遗产。其作品《天问》更是一篇奇文，对许多天文历象，历朝史事，以提问方式，进行描述勾画。为我国上古史的研究，提供了宝贵的参考。

本章足以补殷商史籍之不足，殷王亥与其弟恒，及上甲微夜袭有易之事，不见于他典，其情节曲折离奇。所谓殷王，当时不过一部族首领，王亥与其弟恒，不过是一对花花公子。二人因贪恋易王绵臣（亦一部族首领）王后美色，不爱"江山"爱美人，乔装进入易境，为易王牧放牛羊。一次执干而舞中，大显身手，为易后垂青，终得易后芳心。这里的牛，是作为放牧对象及颁赐奖赏出现的。

孟子称"食色，人之性也"，但男女相悦亦须"有礼有节"，不可非礼无节，不然小则自取其辱，大者丧生失国，殷先王亥与恒即因色欲而丧生失国者，"殷鉴不远"，可不慎乎。

亥弟恒更是一个既贪色，也贪权的野心家，指使有易牧人，赚杀王亥，并得袭位，故《天问》有"恒秉季德"之说。复借得朴牛，进入有易，欲与王

丑牛卷

后再续欢好,真有"牡丹花下死,做鬼也风流"之豪气。螳螂捕蝉,黄雀在后。殷先王上甲微率随恒至易,趁易王绵臣杀恒后不注意,夜袭有易,遂灭其国。

最后令屈子感叹,也令人沉思的是:"何变化以作诈,而后嗣逢长?"为什么坏人篡夺王位,行为狡诈,却能子孙昌盛?

## 九章·惜往日(摘录) 战国·楚·屈原

闻百里之为虏兮①,伊尹烹于庖厨②。吕望屠于朝歌兮③,宁戚歌而饭牛④。

### 注释

①百里:百里氏名。古代姓、氏有别,姓起于女系,氏起于男系。秦汉以后,姓、氏合一,通称姓,或兼称姓氏。《通志·氏族略序》:"三代之前,姓氏分而为二,男子称氏,妇人称姓……三代之后,姓氏合而为一。"百里奚(xī)为春秋时著名政治家,姜姓,百里氏,名奚,也称百里侯、百里子,因受封于百里,后因以为姓。原为虞国大夫,虞亡时被晋俘,晋献公嫁女时以其做奴隶,陪嫁入秦,后出走到楚,为楚人所执,被秦以五张羊皮赎回,用为大夫,故称五羖大夫。终助秦穆公建立霸业,为秦贤相。虏:俘虏。②伊尹:商朝大臣,名伊,一名挚,尹是官名;传为奴隶出身,司职厨师,后得用,任为国政,助商汤灭夏桀。被尊为阿衡,汤死后,相继辅佐商王卜丙(外丙)、仲任。③吕望:姜姓,吕氏,名望,字子牙。辅佐武王灭商有功,封于齐,俗称姜太公。《史记·齐太公世家》:"吕尚盖尝穷困,年老矣,以渔钓奸(干)周西伯。西伯将出猎,卜之,曰:'所获非龙非彲(chī)(同螭),非虎非罴;所获霸王之辅'。于是周西伯猎,果遇太公于渭之阳。"唐司马贞《索隐》谯周曰:"吕望尝屠牛于朝歌,卖饮于孟津。"④宁戚:姬姓,宁氏,名戚。春秋莱棠邑(今山东青岛平度)人,王逸注《离骚》称:"宁戚宿齐东门外。桓公夜出,宁戚方饭牛,叩角而商歌。桓公闻之,知其贤,举用为客卿,备辅佐也。"桓公二十八年(前658)拜为大夫。后长期任齐国大司田,为齐桓公主要辅佐者之一。

## 解 说

《九章》是楚辞的篇名，包括9篇作品，汉代王逸认为都是屈原流放于江南时所作。在语言形式上，《九章》突破了《诗经》以四字句为主的格局，每句五、六、七、八、九字不等，参差错落，灵活多变；句尾多用"兮"字来协调音节，形成起伏跌宕、一唱三叹的韵致。

所录诗句，写屈原怀才不遇的悲愤和积极济世的强烈愿望。诗人怀念史上明君能招贤纳能、不拘一格起用人才，国家得以兴盛的往迹。

## 七谏·怨世（摘录） 汉·东方朔

宁戚饭牛而商歌兮①，桓公闻而弗置②。

## 注 释

①宁戚：曾经牧牛，以歌引起齐桓公注意，举为客卿，拜为大夫，后来成为齐桓公主要辅佐者。商歌：悲歌，《淮南子·道应训》："宁戚饭牛车下，望见桓公而悲，击牛角而疾商歌。桓公闻之，抚其仆之手曰：'异哉，歌者非常人也。'命后车载之。"②弗置：改变宁戚之地位。

## 解 说

作者东方朔（前154～前93），本姓张，小字曼倩，平原厌次（今山东惠民）人。西汉辞赋家。武帝即位，征四方士人，东方朔上书自荐，诏拜为郎。后任常侍郎、太中大夫等职。他性格诙谐，言词敏捷，常在武帝前谈笑取乐，时时察言观色，言政治得失，陈述强国之计。但武帝始终把他当俳优看待，不得重用，于是写《答客难》《非有先生论》，以抒发己志。著述甚丰，后人汇为《东方太中集》。

"七"是古代一种文体，以7篇并列的议论或抒情文字所组成。《七谏》属于楚辞一类，写作风格与《九章》比较一致。《怨世》是《七谏》中的一篇。

东方朔通过此诗充分刻画了屈原对在上者不用贤才，任其沦落草野，报国无门的怨愤。

何按：弗置不能释作不理，《说文》："弗，矫也。"即矫枉，改变宁戚现在的处境。

## 七谏·谬谏（摘录）　　汉·东方朔

玉与石其同匮兮①，贯鱼眼与珠玑②。驽骏杂而不分兮③，服罢牛而骖骥④。

**注释**

①匮（guì）：匣，收拾衣物的家具。②贯：穿绳。珠玑（jī）：不圆之珠称玑。珠玑：泛指珠宝。③驽（nú）：劣马，能力低的马。《玉篇·马部》："驽，最下马。"骏，良马。《说文·马部》："骏，马之良材者。"④服：驯服，此处为驾驭。罢（pí）：同疲，劳累。骖（cān）：古代驾在车前辕马两旁的马。骥（jì）：《说文》："骥，千里马也。"

**解说**

此诗亦为《七谏》中的一篇，讥讽楚王重用身边进谗言的小人而疏远贤才。诗中列举了四种截然相反的事物来作形象比喻，如玉与石、鱼目与珍珠、劣马与骏马，以罢牛驾辕而以骐骥作骖。清楚地表明楚王轻弃贤才而用庸劣，疏忠良而亲奸佞。

## 箜篌引　　三国·魏·曹植

置酒高殿上，亲交从我游①。中厨办丰膳②，烹羊宰肥牛。秦筝何慷慨③，齐瑟和且柔④。阳阿奏奇舞⑤，京洛出名讴⑥。乐饮过三爵⑦，缓带倾庶羞⑧。主称千金寿⑨，宾奉万年酬⑩。久要不可忘⑪，薄终义所尤⑫。谦谦君子德，磬折欲何求⑬。惊风飘白日⑭，光景驰西流⑮。盛时不再来⑯，百年忽我遒⑰。生存华屋处⑱，零落归山丘⑲。先民谁不死，知命复何忧⑳？

## 注释

①亲交：亲戚、朋友、故旧。《庄子·山木》："亲交益疏，徒友益散。"②中厨：内厨房，此指达官、巨富、皇室等的内庭厨房。《玉台新咏·古乐府〈陇西行〉》："谈笑未及竟，左顾勅中厨。"丰膳：丰盛的肴馔。③秦筝：古秦地之筝，类瑟，传为蒙恬所创，故名秦筝。④齐瑟：齐地之瑟。其声轻和柔美。⑤阳阿：一种乐曲。战国楚宋玉《对楚王问》："客有歌于郢中者，其始曰《下里》《巴人》，国中属而和者数千人；其为《阳阿》《薤露》，国中属而和者数百人；其为《阳春》《白雪》，国中属而和者不过数十人。"奇舞：高超曼妙新奇之舞。⑥京洛：洛阳别称。东周、东汉均建都于此，故名。汉班固《东都赋》："子徒习秦阿房之造天，而不知京洛之有制也。"名讴：美妙著名的诗篇。自《诗经》起，以洛阳为中心的诗多有名篇。⑦乐饮：畅饮。《史记·高祖本纪》："沛父兄诸母故人日乐饮极欢，道旧故为笑乐。"三爵：三杯，亦言其多。⑧缓带：松缓衣带，不拘形迹。《穀梁传·文公十八年》："姪娣者，不孤子之意也。一人有子，三人缓带。"杨士勋疏："缓带者，优游之称也。"庶羞：多种佳肴美馔。《仪礼·公食大夫礼》："上大夫庶羞二十，加于下大夫以雉兔鹑鴽。"胡培翚《正义》引郝敬云："肴美曰羞，品多曰庶。"⑨千金寿：隆盛祝寿之词。战国时鲁仲连为赵国解秦兵之围。平原君以千金为鲁仲连寿。事见《史记·鲁仲连邹阳列传》。后因以为祝诵之辞。⑩万年酬：宾客酬答主人以万年福寿之祝。⑪久要：旧日好友。久有旧义，要即要好。此处读平声。《文选·箜篌引》刘良注："久要，久交也。"⑫薄终：以薄情薄行终交。义所尤：义之所责。尤，责备。《左传·襄公十五年》："尤其室。"注："责过也。"⑬磬折：示谦恭。《后汉书·马援传》："述鸾旗旄骑，警跸就车，磬折而入。"李贤注："磬折者，屈身如磬之曲折，敬也。"磬折亦有屈辱义。⑭惊风：狂风，劲风。汉司马相如《上林赋》："然后扬节而上浮，凌惊风，历骇飚。"⑮光景：光，光明。景，太阳。句意曰白日西驰。⑯盛时：盛壮之时，盛年。⑰遒：迫近。《说文》："遒，迫也。"《楚辞·九辩》："岁忽忽而遒尽兮，恐余寿之弗将。"⑱生存：活着。华屋：高檐广厦，朱门绣户。金装玉饰之屋，多用作对别人居室的美称。此形容人所处居室的考究与奢侈。⑲零落：死亡，人死如树叶之飘零。《文选·孔融〈论盛孝章书〉》："海内知识，

零落殆尽。"张铣注:"零落,死也。"山丘:坟茔的隐语。陶潜:"托体同山阿。"⑳知命:知天理命数。世间万物,生灭变化,皆由天定。《易·系辞上》:"乐天知命,故不忧。"

### 解说

作者曹植(192~232),字子建,三国时魏沛国谯县(今安徽省亳州市)人。其为曹操妻卞氏所生第三子。曹植自幼聪颖,年十岁余,便诵读诗、文、辞赋数十万言,出言为论,下笔成章,深得曹操喜爱与宠信。建安二十五(220)年,曹操病逝,其兄曹丕继为魏王,旋即称帝。曹丕曾与曹植争当曹操继承人,对植素来猜忌,即位后便利用手中权力对曹植进行迫害,曹植即从一个优游宴乐的贵介公子,沦为处处受限制与打击迫害的对象。据传曹植《七步诗》:"煮豆持作羹,漉菽以为汁。萁在釜下燃,豆在釜中泣。本自同根生,相煎何太急?"便是对这种迫害的当场控诉。此一故事也成为同室操戈,兄弟阋墙常用之典,"煮豆燃萁"的成语亦由此而来。黄初七年(226),曹丕病逝,魏明帝曹叡继位,仍对他严加限制,最后封于陈郡。232年,曹植病逝,谥曰思,故后人称之为"陈王"或"陈思王"。曹植在文学上成就巨大,钟嵘《诗品》曾说"骨气奇高,词采华茂,情兼雅怨,体被文质"。成为当时诗坛最杰出代表。刘勰说:"文帝以位尊减才,思王以势窘益价。"

后人因曹植在文学上的成就,将他与曹操、曹丕合称为"三曹",南朝宋文学家谢灵运更有"天下才有一石,曹子建独占八斗"之说。清王士祯尝论汉魏以来两千年间,诗家堪称"仙才"者,曹植、李白、苏轼三人耳。

"蓬莱文章建安骨",建安风骨尤为后世称道,而曹子建为建安文学中之领军人物,成就最高,以笔力雄健,词采华赡见长。今存《曹子建集》,为宋人所辑。

《箜篌引》为乐府《相和六引》之一。亦名《公无渡河》。晋崔豹《古今注·音乐》云:"《箜篌引》,朝鲜津卒霍里子高妻丽玉所作也。子高晨起刺船而棹,有一白首狂夫,被发提壶,乱流而渡,其妻随呼止之,不及,遂堕河水死。于是援箜篌而鼓之,作《公无渡河》之歌,声甚悽怆。曲终,自投河而死。霍里子高还,以其声语妻丽玉,玉伤之,乃引箜篌而写其声,闻者莫不堕泪饮泣焉。丽玉以其声传邻女丽容,名曰《箜篌引》焉。"

这是为乐曲《箜篌引》填写的歌词。前写烹羊宰牛，置酒高会，弹筝鼓瑟，舞蹈吟讴，宴乐亲交。中段写酒过三巡，缓带宽衣，放浪形骸，宾主敬酒酬答，互道白首为期，互不相忘。而以薄终为不齿。末段则言光景西驰，盛时不再，百年不过一弹指间。即使生居华屋，死则同归山丘。从古及今，谁能不死？能知世间万象，生灭变易，皆由造化所定，明白这个道理，直面天命，夫复何忧。表现出曹植的旷达胸怀。但现实生活，比想象的更加严酷，曹植终在四十一岁盛年之时，郁郁而终。

## 咏怀诗五首（录一）　　晋·释支遁

傲兀乘尸素①，日往复月旋②。弱丧困风波③，流浪逐物迁④。中路高韵益⑤，窈窕钦重玄⑥。重玄在何许？采真游理间⑦。苟简为我养，逍遥使我闲⑧。寥亮心神莹⑨，含虚映自然⑩。䌽䌽沉情去⑪，彩彩冲怀鲜⑫。踟蹰观象物⑬。未始见牛全⑭。毛鳞有所贵⑮，所贵在忘筌⑯。

### 注　释

①傲兀：傲岸、孤傲，不与人偶。晋葛洪《抱朴子·疾谬》："以傲兀无检者为大度，以惜护节操者为涩少。"尸素：尸位素餐之省。食俸禄而不尽职责者。《陈书·后主纪》："政刑日紊，尸素盈朝，耽荒为长夜之饮。"②句意为日月往复运行，日往月来。③弱丧：幼而失其故居。《庄子·齐物论》："予恶乎知恶死之非弱丧，而不知归者邪！"郭象注："少而失其故居，名为弱丧。夫弱丧者，遂安于所在而不知归于故乡也。"成玄英疏："弱者弱龄，丧之言失。谓少年遭乱，丧失桑梓，遂安他土而不知归。"④流浪：漂泊转徙，居无定所。晋陶潜《祭从弟敬远文》："余尝学仕，缠绵人事，流浪无成，惧负素志。"⑤中路：半路，中途。此指中道，中年。三国魏阮籍《咏怀》诗之十："黄鹄游四海，中路将安归。"高韵：高雅幽深之韵味，此指其中年参禅学佛，以佛学为高韵。⑥窈窕：幽深高邈貌。南朝宋宗炳《明佛论》："萍沙见报于白兔，释氏受灭于昔鱼，以示报应之势，皆其窈窕精深，迂而不昧矣。"重玄：高深的哲理。《老子》："玄之又玄，众妙之门。"《晋书·隐逸传·索袭》：

"味无味于慌惚之际,兼重玄于众妙之内。"此处重读平声。⑦采真:顺乎天道,合乎自然。《庄子·天运》:"古之至人,假道于仁,托宿于义,以游逍遥之虚,食于苟简之田,立于不贷之圃。逍遥,无为也;苟简,易养也;不贷,无出也。古者谓是采真之游。"郭象注:"游而任之,斯真采也。真采则色不伪矣。"成玄英疏:"谓是神采真实而无假伪,逍遥任适而随化遨游也。"后亦指求仙修道。游理:游于佛理。⑧此二句中之"苟简""逍遥"见前"采真"注。⑨寥亮:一作嘹亮,清越响亮。晋向秀《〈思旧赋〉序》:"邻人有吹笛者,发声寥亮。"⑩含虚:内里虚寂,身心清明。⑪亹亹(wěi):孜孜以求,勤勉奋发貌。《汉书·张敞传》:"今陛下游意于太平,劳精于政事,亹亹不舍昼夜。"沉情:沉湎之情,幽情。⑫彩彩:华丽装饰。《诗·曹风·蜉蝣》:"蜉蝣之翼,采采衣服。"朱熹《诗集传》:"采采,华饰也。"冲鲜:冲有深远、平和、淡泊意,如冲虚,冲融。鲜,鲜洁、清明。句言心地明美。⑬踟蹰:同踟躇。此处有连绵不绝,执著等义。《文选·王延寿〈鲁灵光殿赋〉》:"西厢踟蹰以闲宴,东序重深而奥秘。"李善注:"踟蹰,相连貌。"象物:取象于物,以资效法。《左传·宣公三年》:"昔夏之方有德也,远方图物,贡金九牧,铸鼎象物,百物而为之备,使民知神奸。"⑭未始见牛全:即不见全牛,已臻悟境。《庄子·养生主》:"臣之所好者道也,进乎技矣;始臣之解牛之时,所见无非牛者,三年之后,未尝见全牛也。"指知其肯綮,见其要害,握其关键。⑮毛鳞:泛指禽兽。⑯忘筌:用得鱼忘筌之典。《庄子·外物》:"荃者所以在鱼,得鱼而忘荃;蹄者所以在兔,得兔而忘蹄。"荃通筌。

### 解 说

作者支遁(314~366),字道林,世称支公,也称林公,别称支硎,本姓关。陈留(今河南开封市)人,或说河东林虑(今河南林县)人。东晋高僧、佛学家、文学家。他初隐余杭山,25 岁出家,曾居支硎山,后于剡县(今浙江省嵊县)沃洲小岭立寺行道,僧众百余。晋哀帝时应诏进京,居东安寺讲道,三年后回剡而卒。

支遁擅长草书、隶书,诗亦为人所重,《广弘明集》录其诗二十余首。支遁在内典之中,对《般若经》用功尤深。出家前即习《般若经》。后又常辩论、讲诵《般若》,其习"般若"讲义之代表作为《即色游玄论》,今已佚。

今存《支遁集》二卷，附补遗一卷。

此诗为其述怀之著，讲其学佛之经过。其早岁心无定主，傲兀不羁，若失故居，随波逐流，不止所行，不明所止。中道才得高韵，渐明真谛，倾心佛学，得钦重玄。所谓重玄，优游于佛理之间，采其真旨，所谓真旨，即顺乎天道，合乎自然之法则。达至苟简、逍遥之境，使自己心地明澈，了无滞碍，诗以不见全牛，得鱼忘筌为悟道之境界。即忘却色相，达于悟境。证得菩提。

昔人言支遁之诗多老庄之语，以本诗论，即数引《庄子》，言道胜于言佛。谈玄甚于谈法。这大约是早期佛学名家所具之特征。当魏晋之时，玄学之风盛行，佛学传入，为谈玄增加了哲学上的深度。其时佛家的宗派还不甚健全，诸如禅宗等犹未建立，佛经的翻译未广，佛理的研习未深，佛子往往借玄学以谈空说无，故支遁虽言内典，仍言不离玄，其诗尤甚。支遁虽不如后代之玄奘、惠能等对佛教贡献，然其对佛教在中国的传播，汉传佛教在中国的建立及兴盛，与有力焉，与有功焉。

## 敕勒歌　北朝·无名氏

敕勒川①，阴山下。天似穹庐②，笼盖四野③。天苍苍，野茫茫，风吹草低见牛羊④。

**注释**：

①敕勒：敕勒是南北朝时期北方的一个少数民族。居住在今山西北部和内蒙古南部一带，其后裔融入了今天的维吾尔族。川：指平原、草原。敕勒川，大概因敕勒族居住此地而得名。②穹庐：指游牧民族所住的圆顶帐篷。即今蒙古包。③野：为了押韵，此处可按古音读作yǎ。④见：同现。

**解说**：

辽阔的敕勒川在阴山脚下。天空像一座巨大的帐篷，笼盖了整个原野。苍天辽远空旷，草原一望无际，微风吹倒了绿草，露出了隐藏的牛羊。一般认为，敕勒歌是南北朝时期民歌。一说这是北齐人斛律金所唱的敕勒民歌。这首歌原为鲜卑语，后被翻译成汉语。歌词所反映的意象，优美的意境，实难用语言描摹。"风吹草低见牛羊"是画龙点睛的一笔，在苍茫无垠的天地之间，清

风吹拂着丰茂的草原。清风拂过,显露出遍地散布的牛群和羊群。画面开阔无比,而又充满动感,弥漫着活力。诗没有写人,读者却能意识到那牛羊遍布草原的主人——勇敢豪爽的敕勒人。他们才是大地的主人,是大自然的子民。他们也给苍茫大地带来蓬勃生机,带来美的意蕴。在诗中,我们不但感受了大自然的壮阔崇高,而更重要的,是感受了牧民们宽广的胸怀和豪迈的性格。

(杨吉成注)

## 咏死牛诗  隋·柳顾言

一朝辞绀簦①,千里别黄河。
对衣徒下泣,扣角讵闻歌②。

**注释**

①绀簦(gàn dēng):绀是带红的黑色;簦是古代有柄的竹笠,遮雨用具。绀簦是指出行常用之物,影射长途跋涉之劳。王维《工部杨尚书夫人赠太原郡夫人王氏墓志铭》:"夫人一入空门,便蒙法印,朱帘绀簦,无复馀乘。"②对衣:用汉代王章"牛衣对泣"的典故。王章穷得被子都没有,睡在麻编的牛衣里(本来是给牛用的),又得了病,与妻子面对面而泣。但妻子却批评他一顿,鼓励他奋斗。见《汉书·赵尹韩张两王传》:"章疾病,无被,卧牛衣中,与妻诀,涕泣。其妻呵怒之曰:'仲卿!京师尊贵在朝廷人谁逾仲卿者?今疾病困厄,不自激昂,乃反涕泣,何鄙也!'"扣角:春秋时宁戚叩击牛角唱歌的典故。事见前注。讵(jù):怎么。

**解说**

作者柳顾言(542~610),名謦(qǐng),字顾言;襄阳人。初仕梁。梁亡入隋,为晋王谘议参军。仁寿初年(约601)引为东宫学士,为太子所亲狎。炀帝即位,拜秘书监。大业六年(610)从幸江都,途中病故。有诗集五卷。

这是一首比较特殊的五言诗,录自《艺文类聚》卷二十九。隋代是五言古体诗过渡到近体诗的时代。两汉至晋,诗歌以五言古体为主流,每首句数不限,长短不拘,并常出现对偶句。当佛教文化传入后,因翻译佛经而接触到拼音文字，从而认识到汉字字音可由声母和韵母合成；而诗歌的押韵，实际上是韵母的相同或相近；在此期间，又发现了汉字的平仄声调，诗人由此悟出平仄交替的音乐性规律，于是具有平仄格律的近体诗应运而生。本诗后两句实已具备近体五言的形态。

诗题是吟咏死牛，故诗中多见"辞""别""徒""讵"等语。牛是与人非常亲近的牲畜，古人常赞美其埋头苦干、任劳任怨。但此诗并不由此切入，而是全用典故衬托出牛的这种品行，并表明与世间高士有割不断的联系。寥寥四句，飘逸而不黏重。头两句说，这条牛辞别了人间风雨，离开了千里黄河，该好好休息了。传说黄河与天上银河相通，而牛郎星就在天河边上放牛。后面两句都是双关语，上句既蕴涵牛衣对泣之典，又可理解为见到牛衣，牛却不在，徒然使人下泪；末句也是如此，既蕴涵扣角而歌之典，又可理解为即使敲击牛角，牛如何能听到歌声呢，一种惋惜之情，跃然纸上。

（冯广宏补充）

## 咏牛应制　唐·许圉师

逸足还同骥①，奇毛自偶麟②。
欲知花迹远③，云影入天津④。

### 注释

①逸足：逸伦之足，疾速之足，犹疾足。汉傅毅《舞赋》："良骏逸足，跄捍凌越。"骥：骐骥之省称，古之神骏。汉枚乘《七发》："将为太子驯骐骥之马，驾飞轸之舆，乘牡骏之乘。"②奇毛：奇异的毛色、毛皮，按：道家以为兽为毛虫，因其全身为毛覆盖。又《大戴礼记·曾子天圆》："毛虫之精者曰麟，羽虫之精者曰凤。"故奇毛亦指奇兽。偶麟：与麒麟相般配。麟为麒麟的省称，麒麟为传说中的仁兽，形状像鹿，头有角，身有鳞甲，尾像牛尾。③花迹：花蹄之迹，即牛脚印。汉郭宪《洞冥记》："元封二年，大秦国贡花蹄牛……蹄如莲花，善走多力，帝使辇铜石以起望仙宫，迹在石上，皆如花形。"④天津：银河。《楚辞·离骚》："朝发轫于天津兮，夕余至乎西极。"此诗咏牛，故暗用牛郎织女故事。

**解 说**

　　作者许圉（yǔ）师，安州安陆（今湖北安陆）人。博涉艺文，举进士。显庆二年（657）累迁黄门侍郎、同中书门下三品，兼修国史。三年，以修实录功封平恩县男，赐物三百段。龙朔中为左相。李白娶许圉师的孙女许紫烟（一名许萱）为妻。

　　诗题"应制"是指应皇帝之命写诗、作文，后人称此等诗文为应制之作。既为应制诗，故以歌功颂德、祝祷吉祥为主。此诗夸牛跑得如骐骥一样快，毛色形态如同麒麟一样华美庄严。用花迹隐喻宫殿瑰丽，御苑华赡。花映云霞，直升云汉。另亦用《洞冥记》大秦国献花蹄牛，并进而联想到牛郎织女故事，想象丰富，诗人之心，何其大哉，何其敏哉！诗为五言绝句，首联对仗。

　　一首短短的应制诗，因遵皇帝之命而作，故句句用典，紧紧扣牛，真为难得之作。

## 牛　唐·李峤

齐歌初入相①，燕阵早横功②。
欲向桃林下，先过梓树中③。
在吴频喘月④，奔梦屡惊风⑤。
不用五丁士⑥，如何九折通⑦。

**注 释**

　　①齐歌：指宁戚叩牛角而歌，以引齐桓公注意之事。其歌词有"吾将舍汝相齐国"之语，故有初入相之说，然宁戚终身未曾为相。②横功：周赧王三十一年（前284），燕将乐毅破齐，连克七十余城，唯莒（今山东莒县）和即墨（今山东平度东南）不下，两军相持年馀，齐将田单首以火牛阵击退燕军，尽复齐七十二城事。③桃林：用《尚书·武成》放牛桃林典故："王（武王）来自商，乃偃武修文，归马于华山之阳，放牛于桃林之野，示天下弗服。"梓（zǐ）：落叶乔木，木材可供建筑及制造器物。此处用秦文公伐梓树时，树里跑出公牛的典故。《史记·秦本纪》："文公二十七年，伐南山大梓，

丰大特。"特即公牛。《集解》引徐广说："今武都故道有怒特祠，图大牛，上生树本，有牛从木中出，后见丰水之中。"《正义》引《括地志》云："大梓树在岐州陈仓县南十里仓山上。"引《录异传》云："秦文公时，雍南山有大梓树，文公伐之，辄有大风雨，树生合不断。时有一病人，夜往山中，闻有鬼语树神曰：'秦若使人被发，以朱丝绕树伐汝，汝得不困耶？'树神无言。明日，病人语闻，公如其言。伐树，断，中有一青牛出，走入丰水中。其后牛出丰水中，使骑击之，不胜。有骑坠地。复上，发解，牛畏之入，不出，故置髦头。汉、魏、晋因之。武都郡立怒特祠，是大梓牛神也。"④喘月：即吴牛喘月。刘义庆《世说新语》曰："满奋畏风，在（晋）武帝坐。北窗作琉璃（玻璃）屏风，实密似疏，所谓疏者，目睹其外，不见遮拦。奋有难色。帝笑之。奋答曰：'臣犹吴牛，见月而喘。'"⑤奔梦屡惊风：此处或用二故事：南朝宋刘义庆《幽冥录》："护军琅琊王华，有一牛，甚快。常乘之，齿已长。华后梦牛语之曰：'衰老不复堪苦载，载二人尚可，过此必死。'华谓偶尔梦，与三人同载。还府，此牛果死。"唐丘悦《三国典略》曰："梁出师拒侯景，纶将发营于乐游苑，临贺王正德诣于纶所，始入牙门，有飘风触旗杆而折。至是将杀牛劳士，一牛走入马厩，抵杀纶所乘骏马，又以两角贯一马腹，载之而行，冲突营幕，军中惊乱。"⑥五丁：即五丁力士。《十三州志》："秦王未知蜀道，乃刻石牛五头，置金于尾下，言此天牛能粪金。蜀人信之，乃令五丁共引牛成道。"秦人始从五丁力士所辟之道入蜀。⑦九折：指九折坂，言蜀道险陡，曲折太多，绝难行走。

### 解说

作者李峤（644～713），字巨山。赵州赞皇（今属河北）人。少有才名，为唐进士。累官监察御史。李峤对唐代律诗和歌行体的发展有一定影响。他前与王勃、杨炯相接，又和杜审言、崔融、苏味道并称"文章四友"。诸人死后，成为文坛老宿，为时人所宗。其诗大部分为五言近体，风格近似苏味道而词采过之。

此诗为五言律诗，几乎句句用典，说明牛在社会发展中的功用。一是宁戚因叩牛角歌而为齐桓公所重用，既利桓公，也利齐国百姓；二则田单设火牛阵大破燕军，以复齐国，建历史功勋。三、四两句之典为暗用，可见牛在传说中之久远。在吴喘月，见牛在农事中任重耐劳，历经炎暑，酷热难当，仍奋蹄不止。奔梦惊风，见牛服役之苦，而役使者未必怜悯，故牛屡屡惊风之发，疑有人又将屠牛祭祀，睡梦中亦不得安宁，说牛亦有况人之意。五丁力士虽因蜀王贪便金之牛被派遣，却收开通蜀道之功，而始与秦塞通人烟，与外部世界沟通，走出了盆地。可见牛之于人，功则高矣，绩则伟矣。

## 杜秀才画立走水牛歌　唐·顾况

昆仑儿，骑白象，时时锁著师子项①。奚奴跨马不搭鞍②，立走水牛惊汉官。江村小儿好夸骋，脚踏牛头上牛领③。浅草平田擦过时，大虫著钝几落井④。杜生知我恋沧洲，画作一障张床头⑤。八十老婆拍手笑⑥，妒他织女嫁牵牛。

### 注释

①昆仑儿：唐代富豪之家，常以南海国之人为奴，亦称昆仑奴。唐裴铏《传奇·昆仑奴》："时家中有昆仑奴磨勒，顾瞻郎君曰：'心中有何事，如此抱恨不已？何不报老奴？'"白象：白色的象，世间所无，古以为瑞征，《三国志·魏志·乌丸鲜卑传》："记述随事，岂常也哉。"裴松之注引《浮屠经》："始莫邪梦白象而孕，及生，从母左胁出，生而有结，堕地能行七步。"佛家以其为神兽，为普贤菩萨坐骑。师子：即狮子。项：颈项。②奚奴：泛指奴婢。唐代常以东北奚族男女为奴，故称。不搭鞍：骑马不用马鞍。③立走：水牛用两后腿直立行走。江村：江边村落。夸骋：夸耀其善骑驰。牛领：牛颈。④擦(cā)：同擦，疾驰而过。大虫：此指老虎。唐李肇《唐国史补》："大虫老鼠，俱为十二相属。"著钝：害怕被牛冲撞而吓呆了。几落井：差点儿掉到井里。⑤沧洲：滨水之地，古人常用以称隐士的居处。三国魏人阮籍《为郑冲劝晋王笺》："临沧洲而谢支伯，登箕山而揖许由。"杜甫《曲江对酒》："吏情更觉沧洲远，老大悲伤未拂衣。"障：帷幕。张床头：张挂在坐床之前。⑥老婆：指八十岁老太太，非今人俗称妻为老婆。

### 解说

作者顾况（约727～约815），字逋翁，号华阳真逸（一作华阳真隐），晚年自号悲翁，苏州海盐恒山人（今在浙江海宁境内），唐诗人、画家、鉴赏家。至德二年（757）登进士第，曾任著作郎，因作诗嘲讽得罪权贵，贬饶州司户参军。晚年隐居茅山。有《顾逋翁诗集》4卷，辑入《唐诗百名家全集》，《华阳集》3卷，辑入《四库全书》。《全唐诗》录其诗4卷，《全唐文》编录其文3卷。

此为题画诗，杜秀才为顾况画了一幅画张挂在床头。画中颇具浪漫主义情怀，故诗的语言亦落拓不羁，生动地描述了唐时北方的一些生活场景，如昆仑儿骑象牵狮（此出想象），奚奴骑不加鞍之马，江村牧童踏牛头骑上牛颈，使水牛前蹄抬立，以两只后腿为支撑，好像直立行走的水牛，故称"立走"，这一情景把"汉官"惊呆了。浅草平田一擦而过，画出牛之速；大虫受惊几乎落井，画出牛之勇。这是大胆想象的艺术夸张，充分体现了绘画艺术之张力。爱屋及乌，八十岁的老太太看了这幅画，喜欢得嫉妒织女能嫁给牛郎这样的好郎君。诗赞杜秀才画技之高，立意之妙，不落俗套，不说画得什么形象生动逼真，惟妙惟肖那些评画之套语，而以八十岁老婆婆妒忌牛郎作结，真是妙想灵思，神来之笔。

## 田园言怀　唐·李白

贾谊三年谪①，班超万里侯②。
何如牵白犊③，饮水对清流。

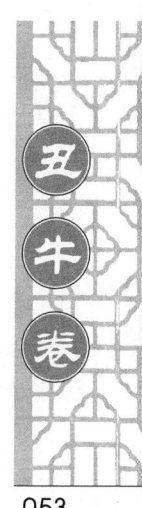

## 注 释

①贾谊（前200~前168），洛阳人；西汉初年政论家、文学家。年轻时由河南郡守吴公推荐，被汉文帝召为博士。不到一年，破格提为太中大夫。但是在二十三岁时，因遭群臣嫉恨，贬为长沙王的太傅。三年后方被召回长安，为梁怀王太傅。②班超（33~103）：字仲升，扶风安陵人，东汉著名军事家和外交家。为人有大志，不修细节，但孝敬恭谨，审察事理。他曾出使西域，为促进民族融合，做出巨大贡献。班超在西域31年，封为定远侯。③白犊：白色牛儿。《淮南子·人间训》："昔者宋人好善者，三世不解，家无故而黑牛生白犊。"中国古人常以白色动物为瑞，如白兔、白象、白马、白蛇等都是。

**解 说**

　　作者李白（701～762），字太白，四川省江油市青莲乡人，号青莲居士。李白祖籍陇西成纪（现甘肃省秦安县陇城）。有诗仙、诗侠之称，与杜甫并称"李杜"，有《李太白集》传世。

　　李白二十岁时只身出川，开始了广泛地漫游，足迹遍及大半个中国，到过南北东西许多地方，结交了许多朋友。在漫游中创作了大量优秀诗篇。诗名广为人知，诗篇广为传诵。天宝元年（742），因道士吴筠推荐，李白被召至长安，供奉翰林，文章风采，名震天下。李白初因才气为玄宗所赏识。因不容于权贵，在京仅三年，就弃官而去。安史之乱发生的第二年（756），他痛感时艰，参加了永王李璘幕府，希望为国出力。永王因与肃宗争夺帝位兵败，李白受到牵连，流放夜郎（今贵州境内），途中遇赦。晚年漂泊东南，依当涂县令李阳冰，762年病逝于安徽当涂，享年六十一岁。其墓在安徽当涂，四川江油、湖北安陆有纪念馆。代表作有《蜀道难》《将进酒》等，有《李太白集》传世，清人王琦为之作注。近代李白诗有多种语言译本，为各国人民所喜爱，其《春日醉起言志》诗曾被德国作曲家谱成歌曲传唱。

　　诗为五言绝句，本不需对仗，但前后两联皆为对仗句，别有情趣。意思说，虽作太中大夫或封万里侯的贾谊、班超能成大业，展大丈夫志，然均历尽坎坷，远不如寄情山水、返璞归真，当个农夫更潇洒自在。

## 咏石牛　唐·李白

怪石巍巍巧似牛，山中高卧数千秋。
风吹遍体无毛动，雨打浑身有汗流。
芳草齐眉难入口，牧童扳角不回头。
自来鼻上无绳索，天地为栏夜不收。

**解 说**

　　相传李白少年时在蜀见到像牛的岩石，因作此诗，但《全唐诗》未载，当属民间流传。此诗通俗而有趣，在民间流传甚广，多处有此诗刻于石。此处所录，为达县龙滩乡玉坪寨村石牛山所传之一种，另有一些版本，文字略异，不赘。

资中县发轮场镇牛儿山民间所传,仅有四句,但说是清代本地秀才韩道高所作。

按:据四川《彰明县志》载:"石牛沟,有石状如牛。"李白曾赋诗一篇《咏牛》,生动、形象地对石牛加以歌颂;"怪石巍巍巧似牛,山中高卧数千秋。风吹遍体无毛动,雨打浑身有汗流。芳草齐眉难入口,牧童扳角不回头。自来鼻上无绳索,天地为栏夜不收。"故石牛非雕刻的石牛,而是石状如牛。此石现移江油市李太白纪念馆保存。

(冯广宏补充)

## 秦州杂诗二十首(录二) 唐·杜甫

闻道寻源使①,从天此路回②。
牵牛去几许③,宛马至今来④。
一望幽燕隔⑤,何时郡国开⑥。
东征健儿尽⑦,羌笛暮吹哀⑧。

云气接昆仑⑨,涔涔塞雨繁⑩。
羌童看渭水⑪,使客向河源⑫。
烟火军中幕,牛羊岭上村。
所居秋草净,正闭小蓬门⑬。

## 注释

①寻源使:汉武帝时派遣张骞等出使西域,寻找黄河源头,后人称其为寻源使。见《汉书·张骞传》。②从天:喻黄河之水道从天而来。李白:"君不见黄河之水天上来"。"此路回"见下注。③牵牛:牵牛星座。《晋书·天文志上》:"牵牛六星,天之关梁,主牺牲事。"南朝梁宗懔《荆楚岁时记》称:汉张骞奉命出使西域及寻河源,乘槎经月,到一城市,见有一女在室内织布,又见一男子牵牛饮河,知已到天河牵牛渚也。后带回织女送给他的支机石。晋张华《博物志》亦言其事。诗问河源距牵牛饮河处有多远?④宛马:大宛汗血

马的省称。⑤幽燕：今河北北部及辽宁一带，唐以前属幽州，又其地战国时为燕国故地，故称。其时正值安史之乱，幽燕为安史叛军根据地。故山河阻隔。⑥郡国：郡与国，泛指地方行政区划。汉初兼用封建及郡县制，分天下为郡与国。郡直属中央，国分封诸王、侯。至隋始废国存郡。⑦东征：幽燕比之长安、秦州，其地在东，故称东征，亦有用周公东征故事之意。⑧羌笛：古之管乐器。长二尺四寸，三孔或四孔。出于羌中。⑨昆仑：昆仑山，在新疆、西藏间，西接帕米尔高原，东延入青海。极高峻，多雪峰、冰川。最高峰达7719米。神话称其上有瑶池、阆苑、增城、县圃等神仙居所。⑩涔涔（cén）：雨落不止貌。《艺文类聚》卷二引晋潘尼《苦雨赋》："瞻中塘之浩汗，听长雷之涔涔。"⑪羌童：羌族儿童。仇兆鳌引邵注谓："渭水在秦州，其源出临洮，故羌童得以观也。"⑫使客：即前注出使西域及探河源的张骞等。又仇注："鄯州鄯城县有河源军，属陇右道。"则唐之使节，有去河源军者。⑬蓬门：蓬草为门，形容寒陋，亦多作自己居所的谦称。

### 解说

诗题中秦州本属古陇西郡，在今甘肃东南部，今为天水市市区所在地。仇兆鳌《杜诗详注》称此诗为乾元二载（759）杜甫至秦州后所作。

杜甫（712～770），字子美，自号少陵野老，巩县（今河南巩义）人，我国唐代伟大诗人、世界文化名人，后人尊为"诗圣"。他见证了唐由盛及衰的经过，其所写诗，全方位反映了这一过程，被称为"诗史"，其诗学成就是全面的。首先，他将由沈佺期、宋之问等初创的近体诗推向全面成熟，奠定了近体诗的架构，并创作了大量近体诗篇。其次，他的歌行体实为新乐府创作之滥觞。尤其是他直击了权贵的贪腐与豪奢及安史之乱给国家造成的极大损害，给人民带来的极大痛苦，写成了《三吏》《三别》等反映民间疾苦的伟大诗篇。

杜甫与四川有着特殊的渊源，入蜀后，在西蜀、巴东居留前后近十年之久，是其生活相对安定时期，川中风物民情，更激发了诗人灵感，创作灵泉如不尽长江，滚滚而来，他差不多有三分之二的诗篇是在蜀中写成的，这些诗篇遣词瑰丽，感情深挚，结构严谨，属对工稳，叙事状物，摄人心魄。前人称《诗》无"蜀风"，杜诗正可补蜀风之缺。为了纪念这位伟大的诗人，自唐时起，人们即自发地建立草堂祭祀，迄今垂一千二百余年，正如朱德元帅题草堂对联所赞:"草堂留后世,诗圣著千秋。"

唐代宗大历五年(公元770),杜甫贫病交迫,在衡阳市湘江中一条小船上,走完了他忧国忧民的艰难人生道路。有《杜工部集》传世。清人仇兆鳌著《杜诗详注》也流传广远。其他研究杜诗的著作,灿如繁星,中国人、外国人翻译杜诗者也不少,为传播杜诗起到了很好的作用。

自唐人起,人们将李白与杜甫并称"李杜",李白与杜甫,是我国诗学界耀眼的双子星座,他们的光芒,将永远璀璨于人类文明的广阔天空。

此二诗一为其第八首,二为第十首。皆因秦州而兴感,一言汉武帝曾使张骞等通西域,寻河源,至今天仍有马儿不断进入中原,乃汉室之遗泽。而今安史为乱,道路梗阻,幽燕悬隔。何时能戡定祸乱,使天下重为一家?如今只能听到羌笛哀鸣于暮色苍茫之中了。

第二首继前诗意,云掩昆仑,秋雨涔涔,更添诗人愁绪。牛羊放牧岭上,虽有人家,其如军中烟火不绝何?天下不得太平。所幸居所之秋草还未沾上硝烟,正好关上蓬门,暂避战乱于一时。

## 暇日小园散病,将种秋菜,督勤耕牛,兼书触目　唐·杜甫

不爱入州府,畏人嫌我真①。及乎归茅宇,旁舍未曾嗔。老病忌拘束,应接丧精神。江村意自放②,林木心所欣。秋耕属地湿③,山雨近甚匀。冬菁饭之半,牛力晚来新④。深耕种数亩,未甚后四邻。嘉蔬既不一,名数颇具陈⑤。荆巫非苦寒⑥,采撷接青春⑦。飞来两白鹤,暮啄泥中芹⑧。雄者左翮垂⑨,损伤已露筋。一步再流血,尚惊矰缴勤⑩。三步六号叫,志屈悲哀频。鸾凤不相待⑪,侧颈诉高旻⑫。杖藜俯沙渚⑬,为汝鼻酸辛。

### 注　释

①州府:州之治所。仇兆鳌注:"州府,府之州治也。"真:率真,不拘俗礼。②应接:应酬接待。《后汉书·马援传》:"客卿幼而歧嶷,年六岁,能应接诸公,专对宾客。"自放:自我放任,摆脱拘束,自由自在。唐韩愈《与

崔群书》:"仆无以自全活者,从一官于此,转困穷甚,思自放于伊颍之上,当亦终得之。"③属地:触地,至地。《吕氏春秋·明理》:"其气有上不属天,下不属地。"④菁(jīng):本义为韭菜的花,此泛指蔬菜,冬菁即冬天的蔬菜。冬天菜蔬,可以当一半饭食。晚来:后来,近来,如晚近。牛大春农事毕后,有近半年的休整期,正好用于秋耕。一个新字,见得牛浑身是劲。⑤名数:名称,名目,即蔬菜的种类。具陈:备陈,一一说出来。⑥荆巫:即荆山与巫山,泛指峡江地区。晋张载《登成都白菟楼》诗:"西瞻岷山岭,嵯峨似荆巫。"⑦采撷(xié):采摘,摘取。青春:新春,来年春天。⑧芹:多年生草本植物,夏开白花,茎、叶可食。亦名"水芹""水靳",古名"楚葵"。另有一种旱芹,有特殊香气,俗名"药芹"。⑨翮(hé):羽毛,此指翅膀。⑩矰缴(zēng zhuó):系有丝绳射飞鸟用的短箭。句言鹤曾遭人射伤。⑪鸾凤:鸾与凤皆禽中之王者,此借指有大力,居高位者。⑫旻(mín):本指秋天,亦泛指天。高旻:苍天。⑬藜(lí):藜草。藜科,茎直立,叶子菱状卵形,边缘有齿牙,下面生粉状物,花黄绿色,嫩叶可食。其茎老可作杖。诗中藜即指藜杖。沙渚(zhǔ):江中小沙洲。

**解 说**

此诗为杜甫流寓夔州时所作。从诗题看,当是闲暇时在小园散步,所谓散病,即散心,排遣心绪,消解愁烦,消除疲劳。《孟子·公孙丑上》:"宋人有闵其苗之不长而揠之者,芒芒然归,谓其人曰:'今日病矣,予助苗长矣。'"所谓督勤耕牛,即督勤牛耕。山雨均匀,土地润湿,正是秋耕种蔬菜时节。

诗首二句即言不爱入州府,即不愿干谒当官,那是因为自己直率,不愿到处打拱作揖,怕当官嫌他不拘礼节。虽然自己粗疏,归到茅檐下,邻舍却并不嗔怪,一则说明民众不拘虚礼,再则说明杜甫与邻居相处和睦。接着自解:老病忌拘,应接伤神,还是江村自我疏放,亲近草木,来得自由自在。菜的重要不仅可以佐餐,更在于瓜菜可当半年粮,尤其来春青黄不接之时,可助度过春荒。比之四邻,杜甫种菜时刻,不算甚晚,则明年春天,菜蔬不缺。所种蔬菜之诸多品种,杜甫都能一一说出其名称,可见他对巴蜀蔬菜品种,已相当熟悉。荆巫非苦寒之地,秋种之蔬,明春可望大有收获。末段则写所见。两只白鹤,暮色苍茫中飞来觅食,其雄者伤及露筋,流血不止。鸾、皇鸟之尊上,却不加荫庇，任其罹难，鹤只有向天悲鸣，泣诉上苍。说鸟劫亦在说人事，当局者不关心民瘼，任黎庶遭受种种苦难，此才是杜甫所悲悯者。

## 日暮  唐·杜甫

牛羊下来久①，各已闭柴门。
风月自清夜②，江山非故园。
石泉流暗壁，草露滴秋根③。
头白灯明里，何须花烬繁④。

### 注释

①句用《诗经·王风·君子于役》"日之夕矣，牛羊下来"句意。②清夜：清肃明静之夜。汉司马相如《长门赋》："悬明月以自照兮，徂清夜于洞房。"③秋根：带胯。佩带上用以挂弓矢刀剑等的饰物。唐白居易《和春深》诗之四："通犀排带胯，瑞鹘勘袍花。"语意双关，亦说繁露成珠，滴在秋蔬秋草等所植之土中，润其根株。④花烬（jìn）：灯花。仇兆鳌注："世俗有喜事则结灯花。"

### 解说

此诗为杜甫在瀼西时作。写诗人在日暮时之所见及心境。诗以牛羊下来起兴。牛羊已经下括安定，邻舍之柴门已闭，一日生事已了。但诗人有一腔心事。风月自清，而江山非故园，有作客他乡之愁与故园之思。夜渐深，石泉在山壁上虽不可见，流动之声则清晰可闻，草木之露渐浓，滴进屋里，把衣带上的秋根也濡湿了。滴进土里，润泽植物生长。秋根本为挂刀剑印绶等之衣带上之饰物，可自己年老身卑，困于山野，尚为衣食发愁，何须饰物，何来刀剑印绶？濡湿就任其濡湿吧。此时灯花偏暗，俗言灯花爆，喜事到。明灯里，头白如霜，仕途早绝，喜从何来？徒令人感伤而已。诗之末句，写灯花也跟诗人开玩笑，显出一派凄清与无奈。

## 返照　唐·杜甫

返照开巫峡①，寒空半有无。
已低鱼复暗②，不尽白盐孤③。
荻岸如秋水，松门似画图④。
牛羊识童仆，既夕应传呼⑤。

**注释**

①返照：落日，夕辉。②鱼复：古县名。县治在今重庆奉节东白帝城。春秋时为庸国鱼邑，秦置县。三国时刘备为东吴所败，退居于此，改名永安。晋复旧名。西魏改民复，唐贞观间改名奉节。唐又先后以其为巴州、信州、夔州治所。③白盐：山名，在三峡瞿塘峡口南岸，高1415米。这里石灰岩质地较纯，被地下水溶出的碳酸钙贴附在黑色岩层风化面上，呈白色，在阳光照射下，银辉闪烁，如雪花盐堆成的山，故命山名为白盐。与北岸的赤甲山相对，蔚为奇景。④松门：松门峡，《十道志》称其在夔州，为峡江之一要隘。⑤既夕：晚上，天全黑下来。

**解说**

此诗亦杜甫在瀼西所作，诗写黄昏山峡景色，俨然一幅风景画。从"寒空半有无"及荻岸如水看，为深秋暮景。所谓"半有无"，即为夕阳所照射之处则清晰可见，是为"有"；夕阳照不到处，则一派灰暗迷蒙，是为"无"。鱼复浦低，夕阳所不照，一片模糊，故"无"，白盐孤峰入云，为夕辉烛照，较之白日，反更分明，故为"有"。荻花遍布的江岸低，风起处起伏如秋波，与江水混为一体，是"无"，而松门峡秀丽如画，则是"有"。夕照沉西，霞光渐隐，黄昏中牛羊唯识童仆，能随着童仆的呼叫声进入圈栏。牛、羊、童仆隐约可见是"有"，声音可闻不可见，是"无"。

诗用"半有无"把夕阳中高山与河谷间之景，写得层次分明，简直是一幅夕照下的峡江写真图。而牛羊与童仆则是这幅画中唯一的人事描述，是点睛之笔，使得这幅写真画在静中有动，充满了忙碌与生机，一天的峡江生活也在牛羊与童仆的模糊身影与吽鸣声、呼唤声、蹄声中画上安详的句号。

## 将牛何处去  唐·元结

将牛何处去？耕彼故城东①。
相伴有田父②，相欢惟牧童。

**注释**

①将：携带，这里指牵引。彼：那，与此相对。故城：指古遗址，已荒废之城。②田父：农夫，更指老农夫。

**解说**

作者元结（719~772），字次山，号漫叟、聱叟，唐文学家。曾避难入猗玕洞，因号猗玕子，河南（今河南洛阳）人。天宝进士。曾参与抗击史思明叛军，立有战功。后任道州刺史。

所作《舂陵行》《贼退示官吏》等曾为杜甫所推崇。其《大唐中兴颂》文体上三句一韵，类似秦石刻体制，风格雄浑峻峭。后人对元结评价甚高，唐代裴敬把他与陈子昂、苏源明、萧颖士、韩愈并提，又有人把他看作韩柳古文运动的先驱。

此诗亦为五言绝句，意境简略。描写少有人烟的荒城，自问牵牛何去，自答耕那故城东边的荒地。伴随牛儿的有农夫，让牛儿轻松快活的有放牧它的牧童，呈现出一派人牛相依、恬静自娱的农耕生活情景。

## 牧童词  唐·张籍

远牧牛，绕村四面禾黍稠①。陂中饥鸟啄牛背②，令我不得戏陇头。入陂草多牛散行，白犊时向芦中鸣③。隔堤吹叶应同伴④，还鼓长鞭三四声⑤。牛牛食草莫相触，官家截尔头上角⑥。

**注释**

①禾黍（shǔ）：禾指稻，黍指黍子，一年生草本植物，叶线形，籽实淡

黄色，去皮后称黏黄米，比小米稍大，煮熟后有黏性。稠：稠密。②陂(bēi)：山坡，斜坡。《说文》："陂，阪也。"③白犊：白色小牛，此指牛犊。参见前注。又古人常以白牛为瑞，晋王嘉《拾遗记·昆吾山》："越王勾践使工人以白马、白牛，祠昆吾之神。"芦：芦苇。④吹叶：吹树叶发出乐音。《文选·李陵〈答苏武书〉》"胡笳互动"李善注引晋傅玄《〈笳赋〉序》："吹叶为声。"《续文献通考·乐考十》："张舜民《使北记》曰：'胡人吹叶成曲，以番歌相和。'"⑤彀(gòu)：《释文》："张弓曰彀。"此指牧童之友挥鞭空击作声，鞭弯如弓，故用彀字。⑥官家：即官府。

### 解 说

作者张籍（约767～约830），字文昌。苏州吴人，一说和州乌江（今安徽和县乌江镇）人。贞元初，与王建同在魏州学诗。贞元十二年（796），孟郊至和州访张籍。贞元十四年，张籍北游，经孟郊介绍，在汴州认识韩愈。韩愈为汴州进士考官，荐张籍。贞元十五年进士及第。元和元年（806）与白居易相识，互相切磋，对各自的创作产生了积极的影响。元和十一年，转国子监助教。15年后，迁秘书郎。长庆元年（821），受韩愈荐为国子博士，迁水部员外郎，又迁主客郎中。大和二年（828），迁国子司业。故世称"张水部""张司业"。张籍的乐府诗与王建齐名，并称"张王乐府"。著名诗篇有《塞下曲》《征妇怨》《采莲曲》《江南曲》等。

这是一首以牧童视角写的放牧牛羊的诗。远牧牛，一则爱惜家园附近的草地禾稼，再则家园周围的牧草或已见枯竭，所以要到较远的地方放牧。入陂之后，牧草较丰，可惜饥鸟时时啄牛背，牧童不得不时时赶鸟，想玩也玩不成。陂中草多，牛儿分散，牛犊不时向苇深处哞叫寻母，本该在母亲身边依偎戏耍的牧童，见到此情此景，心中是酸是苦？好在牧童并非单人独牛，隔江还有伙伴，便卷着树叶，吹出山歌，呼朋唤友。对岸伙伴，抽动长鞭，啪啪有声，以相呼应，你唱我和，并不寂寞。这时牧童还告诫牛羊，尔等不可胡斗，不然者，官家捉去，把尔等角截了，看你还斗不斗？活画出官府的威势及小孩子以官相恐吓的儿童心理。

这首诗是短歌行体，一诗换三韵，用韵很自由。有偶句押韵，亦有上下两句押韵者。

## 官牛 唐·白居易

官牛官牛驾官车,浐水岸边般载沙①。一石沙,几斤重,朝载暮载将何用?载向五门官道西②,绿槐阴下铺沙堤。昨来新拜右丞相③,恐怕泥涂污马蹄。右丞相,马蹄踏沙虽净洁,牛领牵车欲流血。右丞相,但能济人治国调阴阳④,官牛领穿亦无妨。

**注 释**

①浐水:唐时流经长安的八水之一,源出蓝田县西南秦岭,北流汇诸水后,东流入灞水,浐灞合流绕大明宫而过,再入渭水东去。②五门:古时王宫有五道门。《周礼·天官·阍人》"阍人掌守王宫之中门之禁"汉郑玄注:"郑司农云'王有五门,外曰皋门,二曰雉门,三曰库门,四曰应门,五曰路门。路门一曰毕门。'玄谓雉门,三门也。"后亦泛指王宫。官道:国家修的道路,一般指大道。③右丞相:唐天宝元年以中书令为右丞相,为国之重臣。④调阴阳:用《汉书》邴吉语:"三公典调阴阳,职所忧也。"邴吉故事详见后"问喘"一词注。

**解 说**

作者白居易(772~846),亦名乐天,郑州新郑(今河南新郑市)人。贞元十六年(800)中进士,十八年,与元稹同举书判拔萃科,二人订交。诗坛以元白并称。元和元年(806)撰《策林》75篇,作《观刈麦》《长恨歌》《池上》等。元和四年,与元稹、李绅等倡导新乐府,为唐代新乐府运动的领军人物。提倡诗文为时为事而作,呼吁"立采诗之官,开讽刺之道,察其得失之政,通其上下之情"。其为诗文,抨击时弊,不畏权贵,"志在兼济,行在独善",虽数遭贬谪,不改其初。有《白氏长庆集》传世,代表诗作有《长恨歌》《卖炭翁》《琵琶行》等。

诗开始用提出问题,来引起读者注意,引导读者思索。古以十斗为一石(dàn),一石沙至少上千斤。朝载晚载,如此费力淘神,做什么用呢?建房?改土?都不是,原来是弄去铺官道。铺官道干什么?到这里作者才揭出谜底,

原来昨天才有人官拜右丞相，右丞相怕官道的泥弄脏了他的马蹄。可见这位新官上任三把火是何等威风，何等豪奢，何等不惜民力、畜力。右丞相，你的马蹄倒是干净了，可知因为你铺路拉沙，牛颈因负载过重，皮磨得都快流血了！右丞相，你若能安顿好人民，治理好国家，奢侈一点，摆一摆谱，官牛为你磨穿颈皮，也是没有关系的哩！

## 田家词　唐·元稹

牛咤咤，田确确①，旱块敲牛蹄趵趵②。种得官仓珠颗谷，六十年来兵蔟蔟③，月月食粮车辘辘。一日官军收海服④，驱牛驾车食牛肉。归来攸得牛两角，重铸锄犁作斤劚⑤。姑舂妇担去输官，输官不足归卖屋，愿官早胜仇早复⑥。农死有儿牛有犊，誓不遣官军粮不足。

### 注释

①咤咤：象声词，状喘息声。确确：田土因干旱坚硬貌。②旱块：因干旱而变得坚硬的土块。趵趵（bō）：象声词，牛蹄踏在坚硬泥土上的声音。③珠颗：粒状物美称。唐白居易《拣贡橘书情》诗："珠颗形容随日长，琼浆气味得霜成。"蔟蔟（cù）：丛集貌。此处兵亦指刀剑等兵器。④海服：海疆，亦泛指边疆。《魏书·广陵王羽传》："海服之寄，故唯宗良，善开经策，宁我东夏。"此处指为方镇割据的沿海地区。⑤攸得：平安，安闲。攸亦有长远义。斤：斧。劚（zhú）：斧属，刃如锄形，俗称锛子。⑥官：指皇家。仇：此地指割据之方镇与朝廷为仇，更与民为仇，语意双关。

### 解说

作者元稹（zhěn）（779~831），字微之，别字威明，洛阳人（今河南洛阳）。稹8岁丧父，母贤能文，亲授书传。15岁以明两经擢第。21岁初仕河中府，25岁与白居易同科及第，并结为终生诗友。28授左拾遗。元和四年（809）为监察御史。后历通州（今四川达州市）司马、虢州长史。元和十四年任膳部员外郎。次年靠宦官崔潭峻援引，擢祠部郎中、知制诰，为时论所非。长庆元年（821）迁中书舍人，充翰林院承旨。次年，居相位三月，出为同州刺史、浙东观察使。大和三年（829）为尚书左丞，五年，逝于武昌军节度使任上，年53，赠尚书右仆射。早年和白居易共同提倡"新乐府"，与白居易并称"元白"，其诗风人称"元和体"。其诗词浅意哀，仿佛孤凤悲吟。元稹之作，以诗成就最大，其乐府诗多受张籍、王建影响，其"新题乐府"源于李绅。传奇有《莺莺传》，一名《会真记》，为《西厢记》故事蓝本。有《元氏长庆集》60卷等传世，补遗6卷，存诗八百三十余首，收录诗赋、诏册、铭谏、论议等共100卷。

元白之诗，走通俗一路，为民间所喜，但人亦评为"元轻白俗"，所谓见仁见智，文艺批评，本不当用一种模式来衡量。

唐天宝安史之乱后，各地方武官拥兵自重，不服从中央，形成方镇割据之势，并威胁到中央统治。方镇之间为争夺地盘也混战不休，长期困扰李唐朝廷，给人民带来极大苦难。本诗即写当时民生的艰难。牛喘不止，耕作不休，即使久旱，也要力耕，方能为官家种得珍珠一样贵重的粮食。六十年来兵锋猬集，烽烟四起，战无已日，国无宁日，民无安日，月月都要输送军食。一旦官军平定方镇割据势力，田家愿驾牛驱车送牛肉劳军；军士也可解甲归田，安闲地买得牛儿，重购犁锄，再置斧锛，过上夫耕妇织的太平生活。兵士的姑姑春米，妻子挑去送官粮，粮不够就卖房子。但愿官家早日平定四海，为朝廷也为农家报得冤仇。结语说农夫死了还有儿在，牛死了还有犊在，发誓不使军粮不足。一方面表现农民拥护官军，另一方面说明农民希望天下太平。

## 代牛言　唐·刘叉

渴饮颖川水①，饿喘吴门月②。
黄金如可种，我力终不歇③。

## 注释

①颖川：郡名。秦始皇十七年置郡，辖今河南省中部及南部地区。唐废郡，改称许州。②吴门：古吴县城的别称，即今苏州市。因吴县为春秋吴国国都，因称吴县为吴门，此句语出《风俗通》："吴牛望见月则喘，彼之苦于日，

见月怖喘矣。”③这两句说：黄金真的可以种植的话，我（指牛）定会终日耕耘不止。

**解说**

作者刘叉，唐代河朔（今河北一带）诗人，活动在元和年间（806～821），馀未详。他以“任气”著称，喜评论时人。家境贫困，曾为韩愈门客。后游齐、鲁，不知所终。

此诗为入声韵绝句，以拟人化写法写牛对人类的勤劳、忠实和任劳任怨的特性。口渴了饮点河水，工作到天黑月亮出，肚子也饿了。要是黄金可以种植的话，我定会终日耕耘不止的。这种抽象思维，可谓独特。

## 牧牛词 唐·李涉

朝牧牛，牧牛下江曲；夜牧牛，牧牛度村谷。荷蓑出林春雨细①，芦管卧吹莎草绿②。乱插蓬蒿箭满腰③，不怕猛虎欺黄犊。

**注释**

①荷蓑：披上蓑衣。②芦管：本为芦笳，一种乐器，宋曾慥《类说·集韵》：“胡人卷芦叶而吹，谓之芦笳。”唐李益《夜上受降城闻笛》诗：“不知何处吹芦管，一夜征人尽望乡。”此借指牧笛。③蓬蒿：蓬草与蒿草，长得较直较高。《礼记·月令》：“（孟春之月）藜莠蓬蒿并兴。”蓬蒿似箭，春已深矣。

**解说**

作者李涉，约生活于唐宪宗元和（806～821）年间及文宗大和（827～835）年间，自号清溪子，洛阳人。初与弟李渤隐庐山香炉峰下，后出山作幕僚。宪宗时为太子通事舍人，谪峡州司仓参军。大和中，为太学博士，复流康州。

著有《李涉诗》一卷。存词六首。

此诗写牧童辛苦，也写牧童天真。上午到江边牧牛，傍晚在村口牧牛，在细雨中牧，在草地上牧。然而，牧童虽过早地承担起生活的艰辛，却不失童真,他把自己想象成英雄,将蓬蒿当箭,胡乱插满腰间,猛虎敢来叼黄牛犊,他就用这些箭来射杀猛虎。刻画儿童心理活动细致入微,活脱如见。我们不也有儿童时代吗,我们小时不也把手中的一柄竹片想象成一把宝剑,把手中的一根木棍看成长枪,仿佛也有万夫不当之勇,把自己当成《说唐》中的第几条好汉吗?不也把地上滚动的铁环,当作可以巡游天地的风火轮吗?读此诗不禁回首远去的儿童时代,令人感到十分欣悦温馨。

## 情 唐·曹邺

东西是长江,南北是官道①。
牛羊不恋山,只恋山中草。

**注 释**

①官道:官府修的大路。亦指大路。

**解 说**

作者曹邺(816~?),晚唐诗人。字邺之,阳朔人。大中四年(850)进士。为官有直声。咸通九年(868)辞归,寓居桂林。擅长作诗,以五言古诗见称。诗作反映社会现实,体恤民疾,针砭时弊。有《艺文志》《经书题解》及《曹祠部诗集》二卷传世。

此诗为仄声韵绝句。描写牛羊往山上走,只是为了生活的需要。从西向东是长江,南北向是官道。此诗说明老百姓同牛羊一样,以食为天的简单道理。

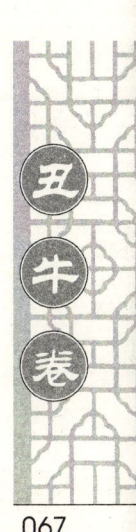

## 小游仙 唐·曹唐

绛树彤云户半开①,守花童子怪人来。
青牛卧地吃琼草②,知道先生朝未回。

**注 释**

①绛(jiàng):深红色。绛树:神话传说仙宫树名。《淮南子·地形》:"(昆仑)山上有林,其修五寻,沙棠琅玕在其东,绛树在其南。"彤云:红

霞。宋之问《奉和春日玩雪应制》诗:"北阙彤云掩曙霞,东风吹雪午山家。"这两句讲仙家的花园多奇树异花,景致非常美丽。②青牛:指水牛;青是黑色。琼草:像美玉一样的嫩草。

**解说**

作者曹唐,唐代诗人。字尧宾。桂州(今广西桂林)人。生卒年不详。初为道士,后举进士不第。咸通(860~874)中,为使府从事。以游仙诗著称。除游仙诗,尚有《送康祭酒赴轮台》及《病马五首》,写景雄阔,寄意遥深。有《曹从事诗集》一卷。

此诗为游仙体七绝,发挥神仙生活的想象。诗中言仙家宅院遍植奇花异草,少有人访,有头牛儿清闲自在地吃仙草,看来主人到玉皇大帝那里上朝还未回来,透露出高墙深院之外一派宁静祥和的气氛。

## 山中吟叠韵 唐·皮日休

穿烟泉潺湲,触竹犊觳觫①。
荒篁香墙匡②,熟鹿伏屋曲③。

**注释**

①觳觫(hú sù):牛因恐惧发抖。《孟子·梁惠王上》:"(齐宣)王坐于堂上,有牵牛而过堂下者,王见之曰:'牛何之?'对曰:'将以衅钟。'王曰:'舍之,吾不忍其(牛)觳觫,若无罪而就死地。'"赵岐注:"觳觫,牛当到死地处恐貌。"②荒篁:野竹林或一大片竹林。墙匡:围墙、墙垣。③熟鹿:成年的鹿,经过调教,能听从指挥,胜任劳务的驯鹿。屋曲:屋的隐蔽处。

**解说**

作者皮日休(834~883?),字逸少,后改袭美,自号间气布衣、醉吟先生、鹿门子等。襄阳(今湖北襄樊)人。咸通八年(867)应进士试,以榜末及第。曾任著作佐郎、太常博士等职。后参加黄巢起义军,任翰林学士。巢败,不知所终。

皮日休为晚唐著名诗人、散文家,与陆龟蒙并称"皮陆",有《松陵集》

唱和。诗文多抨击时弊、同情人民疾苦之作。

《新唐书·艺文志》录有《皮日休集》《皮子文薮》《皮氏鹿门家钞》多部。

此诗写山中景色，烟穿泉流，牛犊触竹，荒竹香墙，鹿卧屋曲，俨然山居风光。此诗第一句五字为下平声一先韵；第二句五字为入声一屋韵；第三句五字为下平声七阳韵；末句五字为入声屋韵；句中不论平仄。此种体裁，实为文字游戏，偶一为之，可也，若以此为擅场而自矜，则过。

## 五歌·放牛　唐·陆龟蒙

江草秋穷似秋半，十角吴牛放江岸①。邻肩抵尾乍依偎②，横去斜奔忽分散。荒陂断堑无端入③，背上时时孤鸟立。日暮相将带雨归④，田家烟火微茫湿⑤。

### 注释

①十角：十只角则有五只牛。江南多耕牛，故称吴牛，多指水牛。②依偎（wēi）：紧靠着。③荒陂（bēi）：荒凉的山坡。《说文》："陂，阪也。"断堑（qiàn）：壕沟、陷坑。无端：无缘无故。④相将：相互、相偕，相共。汉王符《潜夫论·救边》："相将诣阙，谐辞礼谢。"⑤微茫：迷蒙模糊，状细雨薄暮景色。

### 解说

作者陆龟蒙（？～881），字鲁望，别号天随子、江湖散人、甫里先生。江苏吴江（今苏州）人。曾任湖州、苏州刺史幕僚。后隐居松江甫里，有《甫里先生文集》，小品文主要收在《笠泽丛书》中。其《野庙碑》《记稻鼠》等，针砭现实，议论精到，切中时弊。其《耒耜经》则是唐末记述江南农具的专著。

这是一首描写吴江放牛的古风，生动有趣。牧牛场景，如在目前，牛忽而一处吃草，彼此肩相邻，尾相挨，亲密接触。一会儿因牧童呵斥或该处草已吃完，而横去斜奔，各顾东西，或上荒坡，或入断堑。牛低头吃草，鸟儿或因吃牛身寄生虫，或当临时歇息地，时时停于牛背，直是一幅牧牛图画。日暮归来，野景模糊，牛身带雨，暮色苍茫中，田家炊烟也因秋雨霏霏而显得润湿，

何等美妙感人的描写,这就是雕句琢字之功夫。作者身临其境,观察入微,字里行间流露出对乡间生活的热爱。

## 祝牛宫词(并序)　　唐·陆龟蒙

冬十月,耕牛为寒筑宫①,纳而阜之②。建之前日,老农请乞灵于土官,以从乡教③,予勉之,而为词曰:

四牸三牯④,中一去乳⑤。天霜降寒,纳此室处。老农拘拘⑥,度地不亩⑦。东西几何,七举其武⑧。南北几何,丈二加五⑨。偶楹当间,载尺入土⑩。太岁在亥,余不足数⑪。上缔蓬茅,不远官府⑫。耕耨以时,饮食得所⑬。或寝或讹,免风免雨⑭。宜尔子孙,实我仓庾⑮。

### 注释

①筑宫:建牛舍。②阜(zào):喂牛料槽。纳而阜之,即纳入牛宫中饲之,此处阜作动词用。③土官:土地之神。当时尚无"土地菩萨"之称。乡教:乡村的教化,此指乡风乡习。④牸(zì):雌畜,此指母牛。牯(gǔ):雄畜,此指公牛,或阉过之公牛。⑤去乳:指才断奶的牛犊。⑥拘拘:拘谨,身体佝偻。《庄子·大宗师》:"伟哉,夫造物者将以予为此拘拘也!"成玄英疏:"拘拘,挛缩不申之貌也。"⑦度(duó)地:测量土地。《礼记·王制》:"度地居民。"释文:"量也。"度作动词用读duó。不亩:不到一亩。⑧七举其武:半步为武,古六尺一步,一武则三尺,武亦泛指脚步,七次举足,则二丈一尺也。⑨丈二加五:指南北宽一丈二尺五寸。此为作诗押韵,实际尺寸未必尽如此。⑩偶楹:两根楹柱。当间:当中、当前。载尺入土:将柱子埋一尺进土中。⑪太岁:本指岁星,即木星,后指太岁之神,凡太岁神所在方位及与之相反方位,均不可兴造、移徙和嫁娶、远行,犯者必凶。此说源于汉代,传至后世,说愈繁而禁愈严,不过迷信之说,今人不可妄信。在亥:亥位在西北偏北方向。余不足数:其余方位都没有关系。⑫从上下句对偶看,"不"或为"下"之误。下远官府,亦可见民对官府的畏惧。⑬耕耨(nòu):耕田耘草。泛指耕种。《周礼·天官·甸师》:"掌帅其属耕耨王藉,以时入之,以共盏

(zī）盛。"盉古通粱。饮食：指牛的饮食。⑭訛：活动。《诗·小雅》："或寝或讹。"《毛传》："讹，动也。"免风免雨：遮风遮雨。⑮宜尔子孙：语出《诗经·周南》。意为牛可安居，不受风雨侵扰，宜其子孙繁衍。仓庾（yǔ）：庾为露天谷仓，此泛指粮仓。

### 解 说

  这是一首修筑牛舍的祝祷词，过去破土动工、上梁、合龙等都要致祝词，避太岁，选择吉日，选择方位，以免犯煞犯冲。此诗对兴建牛舍的过程，作了细致描写，从乞灵土官（即今之土地菩萨），到丈量土地，东西长多少，南北宽多少，至选择方位，避开太岁，到埋柱一尺等。也反映出当时的风俗，对今人了解唐时农家生活，建造兴建等，都是一篇绝好的风俗志。

  陆龟蒙是读书人，遵从孔子不语怪力乱神的教导，本不当参与这种带有迷信色彩的活动，但修建牛舍是助农利农的美事，也是爱畜育畜的善举，故尔勉从其请，为其作祝牛宫兴建之词，所谓入乡随俗也。过拘则滞。

  全文以祈福之语结束，也是农民心愿，愿牛子牛孙顺利繁衍，愿农家仓满庾满，过上温饱无虞的太平日子。

## 题弘颀三藏院　　五代·前蜀·释贯休

  仪清态淡雕琼瑰，卷帘潇洒无尘埃。岳茶如乳庭花开①，信心弟子时时来。灌顶坛严伸䨻塞②，三十年功苦拘束。梵僧梦里授微言，雪岭白牛力深得③。水精一索香一炉，红莲花舌生醍醐④。初听喉音宝楼阁，如闻魔王宫殿拉金瓦落⑤。次听妙音大随求⑥，更觉人间万事深悠悠。四音俱作清且柔⑦，爱河浊浪却倒流⑧。却倒流兮无处去，碧海含空日初曙。

### 注 释

  ①岳茶：山茶，即山茶花。如乳：像乳一样洁白，所种为白山茶。②灌顶：梵语意译。古印度帝王即位仪式，佛教密宗所效法。凡弟子入门或继承阿阇（shé）梨位，须先经本师以水或醍醐灌洒头顶。灌，谓灌持，表示诸佛护

念、慈悲；顶，谓头顶，代表佛行崇高。唐法崇《佛顶尊胜陀罗尼经疏》："所谓灌顶者，若初修道者，入真言门先访师主大阿阇梨，建立道场，求灌顶法，入修三密，愿证瑜伽，犹如世间轮王太子，欲绍王位，以承国祚，用七宝瓶，盛四大海水，灌顶方承王位，故号佛子。"阿阇梨为梵语音译，意为规范师，纠正弟子行为不全规范者。甓（pì）：义同贰。甓塞即贰塞，心在两处，志不专一，所谓二心不定，即生塞滞，故谓贰塞。③微言：精深微妙之言。《逸周书·大戒》："微言入心，凤喻动众。"朱右曾校释："微言，微眇之言。"雪岭白牛：佛经中雪山大力白牛，喻持戒有大力者。红莲花舌：善说要言妙道者，所谓舌灿莲花。醍醐：从酥酪中制出的油。《大般涅槃经·圣行品》："譬如从牛出乳，从乳出酪，从酪出生酥，从生酥出熟酥，从熟酥出醍醐。醍醐最上。"此喻佛法。⑤喉音：指由一切生物喉间发出之声，亦指凡人之声。魔王宫殿拉金瓦落：一片混杂，不成音调。即使妙道，起初聆听，未曾开悟，听来不知所云，如魔宫金瓦落，叮叮当当，不得要领。⑥妙音：美妙乐音，《艺文类聚》卷五七引汉傅毅《七激》："大师奏操，荣期清歌……沉微玄穆，感物悟灵，此亦天下之妙音也。"此喻释家妙谛。随求：追随求索。⑦四音：四大之音，释家以地、水、火、风为四大。以四者包含坚、湿、暖、动四种性能，人身即由此构成。晋释慧远《明报应论》："夫四大之体，即地、水、火、风耳，结而成身，以为神宅。"⑧爱河：此指情欲如滔滔大河，可以溺人。《楞严经》卷四："爱河干枯，令汝解脱。"《云笈七籖》卷九六："欲得苦海倾，当使爱河竭。"

### 解 说

作者释贯休（823～912），俗姓姜，字德隐，婺州兰溪（一说为江西进贤县）人，唐末五代著名画僧。7岁时投兰溪和安寺圆贞禅师出家为童侍。贯休记忆力特别好，日诵《法华经》千字，过目不忘。贯休雅好吟诗，常与僧处默隔篱论诗，或吟寻偶对，或彼此唱和，见者无不惊异。贯休受戒以后，诗名日隆，乃至于远近闻名。

贯休生性骨鲠，不畏权贵，其赠钱镠（liú）诗曰："贵逼身来不自由，几年勤苦踏林丘。满堂花醉三千客，一剑霜寒十四州。莱子衣裳宫锦窄，谢公篇咏绮霞羞。他年名上凌烟阁，岂羡当时万户侯"。钱镠令其改"十四州"为

"四十州"，贯休不改，拂袖而去。至今传为佳话。

贯休后至蜀，先住在东禅寺，后移住新建的龙华道场。王建对贯休十分敬重，频加赏赐，并加"龙楼待诏""三教玄逸大师""守两川僧大师""赐紫大沙门"等荣号，获"食邑三千户"之禄秩。贯休献王建诗中有句"一瓶一钵垂垂老，千水千山得得来"，因此也被称为"得得和尚"，乾化二年（912）终于所居，世寿81。

贯休诗画作品甚多，尤以十六帧罗汉像为传世名作。《宣和画谱》曾说："以至丹青之习，皆怪古不媚，作十六大阿罗汉，笔法略无蹈袭世俗笔墨畦畛，中写己状眉目，亦非人间所有近似者。"

成都大慈寺原藏有贯休《罗汉渡海图》，亦《十六罗汉图》之流亚。

这是一首多次换韵的古风，一首禅诗，主旨在说明修行专心则得精进，二心则生滞塞。三十年严拘得心猿，牢锁住意马，谛听梵僧精妙之言，才能像雪岭白牛那样深得大力，摒除一切魔障，才能如醍醐灌顶。后面一段描写谛听妙音，入善知识境。第一境界不过是听人喉间发出之音，即凡俗之声，如拉得魔宫瓦落，只觉得一片哗啦之声，茫然不知其所以。第二境界是渐悟禅意，初得妙谛，随之大力求索，对人间万事有更深了悟。第三境界是听得四大之一片天籁，渐入菩提精境，爱河之波却浊浪排空，倒灌而来，所谓爱河，不必欲海，亦指尘世之爱。但只要把持得住，破得这一片业障，则如一轮旭日，在来日的碧海晴空中升起，又是一番光明天地。

073

## 咏卧牛　五代·南唐·李家明

曾遭宁戚鞭敲角，又被田单火燎身①。
闲向斜阳嚼枯草，近来问喘为无人②。

### 注释

①宁戚：事见前注，此不赘。田单：妫姓，田氏，名单，临淄人，战国时田齐宗室远房亲属，任齐都临淄的市掾。周赧王三十一年（前284），燕将乐毅破齐，克七十余城，唯莒（今山东莒县）和即墨未下，齐国危在旦夕。时齐愍王被杀，其子法章在莒立为齐王，号召齐民抗燕。乐毅攻城一年不克，命

燕军撤至两城外九里处设营筑垒，欲攻心取胜，成相持局面。即墨处胶东，为齐大邑，物资充裕，人口较多。即墨被围不久，守将战死，军民推田单为将。田单利用两军相持时机，集结七千余士卒，增修城垒，加强防务。他和军民同甘共苦，亲自巡视城防；编妻妾、族人入行伍，尽散饮食给士卒，深得军民信任。单又派人入燕行反间计，称乐毅名为攻齐，实欲称王齐国，故缓攻即墨，若燕国另派主将，即墨指日可下。燕惠王本怨乐毅久攻即墨不克，果然中计，派骑劫取代乐毅。骑劫一反乐毅战法，改用强攻，仍不能下，企图用恐怖手段慑服齐军。田单将计就计，诱使燕军行暴，派人散布谣言，说害怕燕军把齐军俘虏的鼻子割掉，又担心燕军刨齐人在城外的祖坟。齐军同仇敌忾，纷纷请战。田单进而麻痹燕军，命甲伏城内，用老弱、妇女登城守望。又派使者诈降，让即墨富豪持重金贿赂燕将，称即墨将降，唯望保全妻小。围城逾三年的燕军，见大功将成，更加懈怠。赧王三十六年，反攻时机成熟，田单集中千余头牛，角缚利刃，尾扎浸油芦苇，披五彩龙纹外衣，一夜列阵，点燃牛尾芦苇，牛负痛从城脚预挖的数十个地道直奔燕营，五千精甲紧随其后，城内军民擂鼓击器，呐喊助威。燕军见火光中无数角上有刀、身后冒火的怪物直冲而来，惊惶失措。齐军勇士乘势冲杀，城内军民紧跟助战，燕军夺路逃命，互相践踏，骑劫在混乱中被杀。田单率军乘胜追击，齐国民众也持械助战，很快将燕军逐出国境，尽复齐地。②问喘：用汉相邴吉问牛喘典故。《前汉书》："邴吉为丞相，常出，逢斗者，死伤横道，吉不问。又逢人逐牛，牛喘息吐舌。吉止驻，使骑吏问：'逐牛行几里？'吏怪之。吉曰：'人斗杀伤，长安令、京兆尹所当禁，吾备宰相，不亲小事。方春少阳用事，未可大热，恐牛近行。此时气失节，三公典调阴阳，职所忧也。'"

### 解 说

　　作者李家明，庐州西昌人，生卒年月不详，为南唐中主李璟之伶官，任乐部头。一天，李璟见牛在树荫下卧着乘凉，说：这牛还是觉得热呀！李家明即仿牛之语气作此诗。

　　此诗使用三典：一是宁戚叩牛角而歌，此事为熟典，本书多次引用；二是田单布火牛阵破燕军，以复齐失地。三是邴吉问牛喘之典。语言平实，意蕴深厚。牛劳累一生，耕田拉磨，为人贡献多多，现在年老，闲卧斜阳，淡嚼枯草,连一个问它喘息的人也没有。以牛况人,人间事亦何尝不如此,人年老投闲,饥劳无人过问,有时甚至被儿女所弃,露宿街头,见世态炎凉,人情如纸。

## 十九日出曹门见水牛拽车　宋·梅尧臣

只见吴牛事水田,只见黄牛负车轭①。今牵大车同一群,又与骡驴走长陌②。昂头阔步尘蒙蒙,不似绥耕泥洎洎③。一一夜眠头向南,越鸟心肠谁辨白④?

**注释**

①吴牛:吴地多水牛,故云吴牛。轭(è):驾车时搁在牛马颈上的曲木。一般黄牛用于赶车,故称只见黄牛负车轭。黄牛不能耕水田,故南方只见黄牛拉车,北方则可耕旱地。②走长陌:走长路。陌此处泛指路,晋陶潜《咏荆轲》:"素骥鸣广陌,慷慨送我行。"③绥耕:不紧不慢,徐徐地耕种。洎洎(pò):翻动的样子。④越鸟心肠:此用《古诗十九首·行行重行行》句:"胡马依北风,越鸟巢南枝。"义为鸟与畜皆有思念故园之情。吴地在南,故以越鸟巢南枝相喻,吴牛夜夜睡觉,每一只都头向南而卧,足见吴牛恋乡情切。

**解说**

按:曹门始建于唐,唐开封城墙东壁原有两座城门,曹门偏北,因直通山东曹州府(今山东菏泽曹县)得名。北宋在今开封城墙外另筑外城,为使内城城门与外城城门名称相区别,原曹门称旧曹门,又称望春门。而以外城门称曹门。

作者梅尧臣(1002~1060),字圣俞,宣城(今安徽宣城)人。宣城古名宛陵,故世称宛陵先生。少时历任州县官属;中年后赐同进士出身,授国子监直讲,官至尚书都官员外郎。在北宋诗文革新运动中,与欧阳修、苏舜钦齐名,并称梅欧或苏梅。早期诗作曾受西昆诗派影响,后诗风变化,强调《诗经》《离骚》的传统,反对浮艳空泛。主张"状难写之景如在目前,含不尽之意见于言外"。所作多反映社会现实和民生疾苦,诗风平淡含蓄,语言朴素自然,形象清新隽永,如"五更千里梦,残月一城鸡"(《梦后寄欧阳永叔》)

等，的确是写景抒情佳句。为了矫正宋初诗坛靡丽之习，其诗不免流于质朴古硬，缺少文采，有过分议论化、散文化倾向。他对宋代诗风的转变影响很大，刘克庄称其为宋诗的开山祖师。今存《宛陵先生集》60卷。

这是一首悯畜诗，同时也表现当时运输之频繁，畜力之匮乏。本来吴牛只从事于耕田，黄牛方从事于拉车。可是如今竟与骡子、驴马一起，干起长途拉车的活儿。原来饥吃家乡嫩草，渴饮家乡甜水，平安地耕着家乡土地，踏着软绵绵，黏糊糊的田泥，晚间酣睡在自家的牛圈，何等惬意；现在却满头尘土，跋涉于千里万里之外，终日黄沙滚滚，尘土蒙蒙，不得休息。岂有不念家思家者？岂有不思念那一片宁静清幽的水泊、山林、田园、平畴之理？故每头牛夜晚睡觉都将头朝向南方，这种越鸟巢南枝的思乡情结，有谁来为其申诉、剖白？由畜及人，赶车者岂不也是千里跋涉，长年奔波在险山恶水之间？岂不也有一份越鸟心肠？此诗虽不及人，却隐隐有人在，所谓不著一字，尽得风流者。

## 毛老斗牛图  宋·文同

牛牛尔何争？于此辄斗怒①。长鞭闹儿童，大炬走翁姬②。苍楼八九子，骇立各四顾③。何时解角归④，茅舍江村暮。

**注释**

①辄：动辄，总是。斗怒：斗而生怒，怒而越斗。②长鞭：赶牛鞭。大炬：大的火炬。牛怕火，故老翁老妇点燃大炬赶来驱斗牛。③苍楼：指颜色灰暗之旧楼房。骇立：惊吓地站立在楼上。楼别本亦作搂，恐系笔误。④解角：牛角松开。牛斗时两牛角相触，势均力敌时，两牛角长时相顶，互不退让。

**解说**

作者文同（1018~1079），字与可，号笑笑居士、笑笑先生，人称石室先生。梓州永泰县（今四川绵阳市盐亭县）人。为北宋名画家、诗人；与苏轼为表兄弟。宋仁宗皇祐元年（1049）进士，迁太常博士、集贤校理，历官邛州、大邑、陵州、洋州（今陕西洋县）等知州或知县。文同以学名世，深为文彦博、司马光等人赞许。有《丹渊集》40卷传世。

这是一幅生动的江村斗牛图。两牛相斗，在农村是常见的事，也是一件大事，牛斗有时伤人，有时伤牛。所以解斗是当务之急。首先是牧童用鞭子赶，家中的老夫老妇唯恐伤己牛、伤人牛，赶快点燃火炬来解斗。即使与斗牛无关，在楼上的八九人，也恐牛斗祸及人、祸及牛而张皇四顾，看有谁能解牛之斗。然而，任你鞭打火燎，使尽各种招数，牧童无法解斗，老农无法解斗，只有等到江村日暮，四野昏黑，牛也因长久相持而肚渐饥、力渐乏，才不得不罢斗归家，牛未伤，人无灾，一场角斗终于平安落幕。可惜的是，这种牛斗场景，今人怕是再也难见到了，读这首诗，联想当时情景，不也是一种文学享受！

### 题潘温叟家藏戴牛画卷二首　　宋·郭祥正

　　不辞耕遍主家田，日暮归时欲饱眠。
　　渡尽惊波莫回首，后来犹苦牧儿鞭①。

　　茫茫陂水暮秋天②，乍脱耕犁未得眠。
　　矫首冲波方尽力③，牧儿何用更挥鞭。

**注释**

①牧儿：牧童。②陂（bēi）：此指池塘。《诗·陈风·泽陂》："彼泽之陂，有蒲与荷。"③矫首冲波：抬头奋力在水中行进之状。

**解说**

作者郭祥正（1035～1113），字功父，自号谢公山人，又号漳南浪士。当涂（今属安徽）人。少有诗名，梅尧臣称赞其为李白后身。熙宁年间曾知武冈县（今湖南武冈），签书保信军节度判官。他赞成王安石实行新法，又为王安石所不满。有《青山集》传世。

诗题"戴牛"指唐代画家戴嵩所绘之图。韩滉（huàng）镇守浙西，戴嵩为巡官，以滉为师，擅画田家，写山泽水牛尤为著名，与韩干画马并称"韩马戴牛"。

诗描述画家戴嵩真有恤牛之心，体察入微。牛儿起早睡晚耕作未得闲，累

耶、苦耶！回程渡河奋力冲坡，牛儿真倍苦了，但愿牧童再也不要鞭打。

## 书晁说之《考牧图》后　宋·苏轼

我昔在田间，但知羊与牛。川平牛背稳，如驾百斛舟①。舟行无人岸自移，我卧读书牛不知。前有百尾羊，听我鞭声如鼓鼙②。我鞭不妄发，视其后者而鞭之③。泽中草木长，草长病牛羊。寻山跨坑谷，腾踔筋骨强④。烟蓑雨笠长林下，老去而今空见画。世间马耳射东风，悔不长作多牛翁⑤。

**注释**

①百斛（hú）：斛：量具名。百斛言其多。古以十斗为斛，南宋末改为五斗。汉焦赣《易林·节之师》："稼穑成熟，亩获百斛。"②鼓鼙（pí）：古代军中两种乐器，即大鼓和小鼓。③视其后者而鞭之：语见《庄子·达生》："闻之夫子曰：善养生者，若牧羊然，视其后者而鞭之。"意思是看到哪只羊落后，便挥鞭促其前进。④腾踔（chuō）：凌空跳跃。⑤马耳射东风：充耳不闻之意，犹如风吹马耳。唐李白《答王十二寒夜独酌有怀》诗："世人闻此皆掉头，有如东风射马耳。"多牛翁：指庄园主。常璩《华阳国志》记富翁程郑："牛饮水者，昔程郑于此饮牛，江为之竭，因以为名。"牛群饮水，居然把河水喝干，那牛的数量真是极多了。

**解说**

作者苏轼（1037～1101），字子瞻，又字和仲，号东坡居士，世称苏东坡。眉州（今四川眉山）人，祖籍栾城。唐宋八大家之一，为豪放派词人代表。其诗、词、赋、散文，成就极高，善书法、绘画，是中国文学艺术史上罕见的全才。其散文与欧阳修并称欧苏；诗与黄庭坚并称苏黄；词与辛弃疾并称苏辛；书法为北宋四大家之一，其画则开创湖州画派。有《苏东坡全集》和《东坡七集》等传世。

诗题中晁说之（1059～1129）。字以道，巨野（今属山东）人，或说澶州（今河南濮阳）人。工诗，善画山水，通六经，尤精易学。元丰五年（1082）

进士，曾守成州，以岁旱尽免民税，转运使大怒，督责甚严，因乞老归。靖康初年（约1126）以著作郎召，迁秘书监，除中书舍人，兼太子詹事。旋因论议不合而去职。这幅《考牧图》就是他的作品，所谓"考牧"，是指老年人在放牧牛羊，图上表达的意象，即为此种晚年的乐趣。

这是一首题画的杂言古风，前面10句平韵；接下4句换韵，亦用平韵；末尾4句，每两句一韵，则平仄交替；句法和声韵错落有致，号为名篇。诗中以"我"字开篇，显示作者把自己装进了这幅画里。起始6句，描述个人骑牛的感觉，在牛背上就像坐船一样的平稳，甚至可以读书；下面4句又转入牧羊的想象；再下面4句，叙述画面上牧草过分茂盛，牛羊反而吃不到嫩草，只有翻山越岭去寻觅。最后4句抒发感慨，想起以往蓑笠入林的野趣，如今只有从画上去寻找这种美好的感觉；何况面对世间种种闲言碎语，真不如回家做个庄园主人更胜一筹。

（冯广宏补充）

## 题竹石牧牛　宋·黄庭坚

野次小峥嵘①，幽篁相依绿。阿童三尺箠②，御此老觳觫③。石吾甚爱之，勿遣牛砺角④。牛砺角尚可，牛斗残我竹。

### 注释

①野次：郊野，野外栖止处。小峥嵘：指山势嶙峋的小山石。②幽篁：竹林。《楚辞·九歌·山鬼》："余处幽篁兮终不见天。"王逸注："幽篁，竹林也。"箠（chuí）：《说文》："箠，击马也，从竹，垂声。"此处指牧牛鞭。③觳觫（hú sù）：恐惧颤抖貌。见前注。此处代指牛。④砺（lì）：粗磨刀石。砺角即磨角。

### 解说

作者黄庭坚（1045~1105），字鲁直，自号山谷道人，晚号涪翁，又称豫章黄先生，洪州分宁（今江西修水）人。北宋诗人、词人、书法家，为江西诗派开山之祖。英宗治平四年（1067）进士。历官叶县尉、北京国子监教授、校书郎、著作佐郎、秘书丞、涪州别驾、黔州安置等。

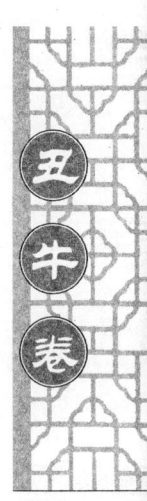

山谷是"苏门四学士"之一,诗风奇崛瘦硬,力摒轻俗之习。开一代风气,为江西诗派开山祖。书法精妙,与苏、米、蔡并称"宋四家"。主要墨迹有《松风阁诗》《华严疏》《经伏波神祠》《诸上座》《李白忆旧游诗》《苦笋赋》等。书论有《论书》等。词齐名秦观,晚年词风疏宕,深于感慨,豪放秀逸。有《山谷集》70卷传世。

此为题画诗。画中表现竹林与石山间放牛之景。一小牧童手执牧牛鞭防着肥牛,一怕牛儿去石山磨角,伤了石景,更怕牛儿打架毁了美丽的竹林。全诗生动,让那诗中画面浮现在读者眼前。

### 题李亮功戴嵩牛图　宋·黄庭坚

韩生画肥马①,立仗有辉光②。戴老作瘦牛③,平生千顷荒④。觳觫告主人,实已尽筋力。乞我一牧童,林间听横笛。

**注 释**

①韩生:唐朝画家韩干(约706~783),京兆蓝田(治今陕西西安)人,一作大梁(今河南开封)人。相传年少时曾为酒肆雇工,经王维资助,学画十余年而艺成。擅绘肖像、人物、鬼神、花竹,尤工画马,曾师曹霸。唐玄宗年间,被选入宫为"供奉"。他曾不断到马厩等处写生,画法大有提高。作品有《玉花骢图》《照夜白图》等。所绘马匹,体形肥硕,仪态安详,比例准确,一改前人画马螭颈龙体、筋骨毕露、姿态飞腾的"龙马"风,开创盛唐一代画马风格。人物画曾绘《李白封官图》《五王出游图》《须菩提图》等。②立仗:即仪仗,唐李肇《唐国史补》卷下:"每元日冬至立仗,大官皆备珂伞,列烛有至五六百炬者,谓之火城。"③戴老:指戴嵩,唐代画家,生卒未详。为唐画家韩滉弟子。嵩擅画田家、川原之景,画水牛尤为著名,其牛偏瘦,后人谓得"野性筋骨之妙"。相传曾画饮水之牛,水中倒影,唇鼻相连,见其观察精微。明代李日华评其画谓:"固知象物者不在工谨,贯得其神而捷取之耳。"与韩干并称"韩马戴牛"。传世作品有《斗牛图》。④千顷荒:一顷为一百亩地,千顷则为十万亩。荒:辽阔,广远。《广雅·释诂一》:"荒,远也。"句意为牛一生耕种了十万亩田地,即数不清的田地。

**解 说**

　　李亮功为黄山谷及苏东坡等之友人，余未详。

　　诗为题画而作，诗人以韩干马与戴嵩牛作比较，韩生画马而肥，见得这些马多为太平年间生养，为达官贵胄所畜役，故而体圆膘肥。而戴老所画之牛则筋骨暴涨，说明其一世劳累，至老不息，一生耕种田地无数，养活人口，也包括马在内的牲口无数。说明唐之繁荣是建立在农人、牲畜的辛苦劳作上的。牛到老年，精力已经枯竭，仍无怨无悔，只求主人不要再强迫它做力不胜任的劳作，并看在多年辛勤的面上，赐给它一个牧童，牧放于林间，啃啃林间青草，听听牧童短笛，过几天闲散的日子。林间二字，也有暗用周武王放牛于桃林之野意。

### 禅僧福公寄惠牧牛图答以问牛歌　宋·张舜民

　　诃诃诃，栖岩老法师，寄我牧牛颂①。我是人间百岁人，今朝却作婴儿弄。堪笑其间有一牛，满身变白尾犹黑。想君不是上上根②，教人费尽闲心力。我昔有一牛，其毛元自白③。如今牛已无，欲求不可得。蓑笠与鞭绳，同时皆弃掷。身心无住著，冷坐溪边石。却问山中人，闲寻牧牛客。

**注 释**

　　①诃诃诃：笑声。牧牛颂：宋代普明禅师所作的《牧牛图颂》。全图表现一条黑牛逐渐变成白牛的过程，从头角起，然后牛身，最后牛尾，分为"未牧、初调、受制、回首、驯伏、无碍、任运、相忘、独照、双泯"十个阶段，借牧人驯牛的经过，体现调伏心意的禅修过程。"牧牛"比喻"治心"，以牧童泛指人，将牛比作心；或将牧童比作心，而将牛比作性。其着眼点在于调心证道，以人牛不见、心法双亡为最高境界。②上上根：佛家将人的根基分为几等，最高一级为"上上"。③元：即"原"。

**解 说**

　　作者张舜民，字芸叟，号浮休居士，又号矴斋。邠州（今陕西彬县）人。

治平二年（1065）进士，为襄乐令。元祐初年（约 1086）做过监察御史，刚直敢言。徽宗时升任右谏议大夫，不久以龙图阁待制知定州，又改知同州。后曾因元祐党争牵连治罪，贬为楚州团练副使，商州安置。后来又出任集贤殿修撰。他又是画家。

这首杂言古风，乃回答"禅僧福公"所赠《牧牛图》而作，因此全用佛教禅宗语言。首先发出一阵笑声，感谢隐居岩壑的老法师赠图；然后比喻自己虽然是百岁老人，但在禅学方面只能算是婴儿。下面说自己所秉根器愚钝，好比黑牛变白，还拖着一条黑尾巴。然后诗句由七言转为五言，表明原初心性本似白牛，可是现在这条牛却不知去向，连牧牛的器物都给丢掉了，只有求善于牧牛的高人，前来指点迷津。全诗虽在讲牛，却不是具体的牛，而是抽象的牛。在其他牛诗中，可谓独树一帜。

（冯广宏补充）

## 绝句　　宋·张耒

天高列岫出林外①，霜落大江流地中。
晚日桥边数归牧，牛羊部分听儿童。

**注释**

①列岫（xiù）：排列着的峰谷。讲天高云淡，群峰显现于丛林之外。

**解说**

作者张耒（1054～1114），字文潜，号柯山，人称宛丘先生、张右史。因其魁梧逾常，人称"肥仙"。他是熙宁进士，历任临淮主簿、著作郎、史馆检讨。哲宗绍圣初，以直龙阁知润州。宋徽宗初，召为太常少卿。为苏门四学士之一。

作品有《柯山集》50卷、《拾遗》12卷、《续拾遗》1卷。

此诗描写天高气清，林外丘壑山峦重叠。霜天中大江奔流，牛羊在牧童的带领下乖乖地走着。诗的三、四句，活现出在黄昏的桥边，牧童数着牛羊的数目，而部分牛羊东躲西窜，弄得他手忙脚乱。山川风景，有静有动，短短四句，勾画出一幅乡村晚景的绝妙图画。

## 牧牛儿  宋·张耒

牧牛儿，远陂牧，远陂牧牛芳草绿①，儿怒掉鞭牛不触②。涧边古柳南风清，麦深蔽日野田平。乌犍砺角逐草行③，老牸卧噍饥不鸣④。犊儿跳梁没草去⑤，隔林应母时一声。老翁念儿自携饷⑥，出门先上冈头望。日斜风雨湿蓑衣⑦，拍手唱歌寻伴归。远村放牧风日薄⑧，近村牧牛泥水恶。珠玑燕赵儿不知⑨，儿生但知牛背乐。

### 注释

①陂（bēi）：此指山坡草地。②掉：摇动，挥。《说文》："掉，摇也。"牛不触：牛不用角触碰他，不恼他。③乌犍（jiān）：黑色且阉过的公水牛，驯顺有力，易于驾驭。亦泛指耕牛。唐唐彦谦《越城待旦》诗："清溪白石村村有，五尺乌犍托此生。"砺角：磨角，指牛角尖尖如新磨。④牸（zì）：母畜，此指老母牛。噍（jiào）：咀嚼，吃食物。⑤跳梁：同跳踉，跳跃。⑥饷：本义为饷田，给大田工作的人送饭。此指给牧儿送饭。⑦蓑衣：用蓑草或棕丝制成的如披风般的雨具。披蓑衣，戴斗笠为昔日农家雨天劳动的着装。⑧风日薄：风吹日晒。薄有迫义，《易·说卦》："雷风相薄。"⑨珠玑：珍珠、宝玉。《墨子·节葬下》："诸侯死者，虚车府，然后金玉珠玑比乎身。"燕赵：燕姬赵女，泛指美女。《史记·李斯列传》："佳冶窈窕赵女不立于侧也。"《古诗十九首·东城高且长》："燕赵多佳人，美者颜如玉。"后多以燕赵代指美女。

### 解说

诗描写春日牧场风光及牧童的苦与乐。先写牧童赶牛到春草丰美的远山牧场放牧，牧童嫌牛走得慢，挥鞭恫吓，甚或抽打，但牛儿并不反抗，并不恼恨，因牛与牧童已经是老朋友了，何况牧童是赶它们去一个有吃有喝的地方。一路之上，南风拂煦，古柳飘摇，麦深蔽日，平田如砥，连乌犍也欣赏起这一派田园春色来，一路摇着尖尖的角儿，不紧不慢的前行。

到了牧地，老母牛已经饿了累了，俯卧在地上只顾吃草，叫也懒得叫一声。牛犊与孩子一样，真个童稚心性，蹦跳着一头扎在深草丛中嬉戏与吃食。

只是隔着树林，不时地回应母亲声声的呼唤。舐犊之情，令人心为之动。牛念其犊，父亦惦其子。老翁怕儿饿着，亲为牧儿送饭，不知儿牧向何方，出门时先登上附近的矮冈，看看其子今在何处，写得很有生活气息，不是经历或亲见者，写不至如此细致。

春日天气不定，上午还是春光明媚，薄暮时已是斜风细雨，蓑衣都在滴水了。

远村放牧免不了风吹日晒，近村放牧水草又都不理想，只能赶远不就近了。什么珍珠宝玉，什么燕赵丽人，对于牧童来说那是从来也没有看见过，甚至也没有听说过的天方夜谭。只有骑在牛儿背上时，随牛之所之，漫步于青山绿水之间，听听泉唱鸟鸣，看看山光野趣，随意吹吹身边短笛，也算是及时行乐吧。

## 义牯  宋·释惠洪

快山山浅亦有虎，时时妥尾过行路①。一竖地坐牧两牯，以棰捶地不知顾②。虎搏竖如鹰搦兔③，两牯来奔虎弃去。回往荷痒挨老树④，牯相喘视同守护。虎竟不能得此竖，竖虽不救牯无负。一村嚣传共鸣鼓⑤，而虎已逃不知处。嗟乎异哉两大武⑥，高义可与贯高伍⑦。令走仁义名好古，临事真情乃愧汝⑧。此事可信文公语，为君落笔敏风雨⑨。

### 注　释

①山：在江西筠州（今高安市）新昌县。妥尾：虎尾常下垂。②竖：小孩子，此指牧童。牯：被阉过的公牛，亦泛指牛。棰：木棒，此指牧牛鞭。③搏：攫取。搦（nuò）：抓，捕捉。《广韵》："捉搦也。"虎抓牧童如同鹰抓兔子一般。④荷痒挨老树：谓虎挨老树以搔疮痒。意为缓兵，伺机再攫牧童。⑤嚣传：一作喧嚣，传播虎伤人的消息，并鸣鼓驱虎。⑥大武：指牛，《礼记·曲礼下》："凡祭宗庙之礼，牛曰一元大武。"⑦可与贯高伍：谓两牯之高义，可与古代义士贯高为伍。贯高重然诺，其事见《史记·张耳陈余列传》。贯高（？～前198）：西汉初赵国丞相，因愤刘邦侮辱赵王，欲杀刘邦，为赵

王张敖劝阻。后人告发其谋反，累及赵王，贯高等被捕赴京，贯高虽受酷刑，仍力证赵王不反，终脱赵王之罪。⑧令：按：令此处指县令。据《宋史》，惠洪所指的高安县令当是萧服。萧服庐陵人，字昭甫，曾访得王祥卧冰池、孟宗泣笋台等古迹，皆为其筑亭以纪念，是诗中所举名为好古者也。"临事真情乃愧汝"临事真情不知确指何事，或为张商英当国时，曾引其为吏部员外郎。张商英（1043～1121），北宋蜀州（四川崇庆）新津人。字天觉，号无尽居士。张商英于哲宗朝曾力攻元祐大臣司马光、文彦博，苏轼等，无论生者死者，均大张挞伐，罗织其罪，无一幸免。又与蔡京、章惇等相互纠缠不清，与蔡京友善而后反目，复攻蔡京，徽宗立，竟入元祐党籍，天道好还耶？真所谓此一时也，彼一时也。为忠不易，为奸亦未必容易。⑨文公：即石门老衲文公。敏风雨：像风雨一样没有阻滞。

## 解 说

作者：释惠洪（1070～1128），一名德洪，字觉范，号冷斋，一号寂音尊者。俗姓喻（一作姓彭）。宜丰县桥西乡潜头竹山里人。北宋著名诗僧。著有《石门文字禅》《冷斋夜话》《林间录》《禅林僧宝传》等，《义牯》诗亦见其《冷斋夜话》卷九《牛逐虎》，叙其本事为："筠溪快山有虎，尝搏牧牛童子，为两牛所逐，虎既去，牛捍护之，童子竟死。石门老衲文公为余言之，为作诗记之，以讽含齿戴发不义者。然予能讽之，其能已之哉？"

惠洪之著，尤以《冷斋夜话》著称于世，"满城风雨""脱胎换骨""痴人说梦""大笑喷饭"等成语皆出自此书。惠洪与苏轼、黄庭坚、秦观等为友，尤为黄庭坚所推崇，赞其韵胜不减秦观，气爽绝类徐俯。其《赠惠洪》："吾年六十子方半，槁项顶螺忘岁年。韵胜不减秦少觌，气爽绝类徐师川。不肯低头拾卿相，又能落笔生云烟。脱却衲衫著蓑笠，来佐涪翁刺钓船。"

禅宗向称直指人心，不立文字之教。他却是文字禅的首倡者。

义牯者有情有义之牯也，其与牧童日日相伴，朝夕相依，为牧童牵引，受牧童呵护，影相顾，性相习，彼此不仅相熟，而且成了患难与共的朋友。朋友遭难，能不相救？

义牯者行侠仗义之牯也，牧童人小影单，猛虎仗其爪牙之利，筋骨之强，捕食牧童，则是恃强凌弱。两牯岂能坐视？

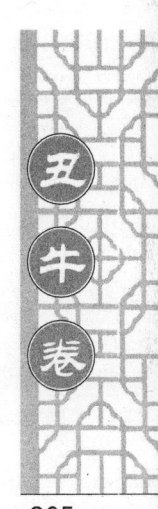

两牯未与牧童同行,不能及时驱走猛虎,救其于生,但能冒着被虎伤,甚至被虎吃的危险,看住牧童尸体,不让老虎继续蹂躏,也算不负牧童了。其行为,与历史上不顾生死,救主于危殆的汉代贯高可以相提并论了。

牛犹能于危急时不顾己之生死,救友于难,何况人乎?然而人亦良莠不齐,未必皆见人危难而不顾自身安危,慨然出手相救。看一看某县令,虽然找得王祥卧冰之池,孟宗哭竹生笋之台,但亲临其事,未必不左右逢源,上下其手,甚至落井下石,焉能不对汝(二牯)生愧。

两牯救牧童,事之有无已无管紧要,惠洪意在以事说禅,所谓患难知君子,事久见人心了。此一文字禅也。

此诗句句押韵,可算仄韵柏梁体。

(周裕锴注)

## 病牛  宋·李纲

耕犁千亩实千箱①,力尽筋疲谁复伤②?
但得众生皆得饱,不辞羸病卧残阳③。

### 注释

①千亩:言耕地之多。实:粒实,谷粒。也可作动词看,意为充实。千箱:箱此处作储粮器,包括粮仓。千箱言其极多。②谁复伤:谁为其年老生病而忧伤?③羸(léi):瘦弱。

### 解说

作者李纲(1083~1140),字伯纪。北宋末抗金名臣。福建邵武人。政和二年(1112)进士及第。五年,任监察御史兼权殿中侍御史。宣和元年(1119),上疏要求朝廷注意内忧外患问题被谪。宣和七年七月,李纲被召回朝,任太常少卿。其年冬,金军直逼宋京开封。赵桓(宋钦宗)即位之靖康元年(1126)金兵入侵汴京时,任京城四壁守御使,亲自登城督战,击退金兵。李纲因坚决反对向金割地求和,被罢官。金军在宋廷答应割让河北三镇之后撤兵。之后李纲即被驱赶出朝。旋又被加上"专主战议，丧师费财"的罪名，谪夔州（今四川奉节白帝城）。宋高宗南渡即位初，一度起用为相，曾力图革新内政，仅77天即遭罢免。其词风格雄健，为豪放派劲旅。有《李忠定公别集》。

李纲作为有宋一代抗金名将，因其力主抗金，立于南宋朝廷，时常遭贬斥。此诗言简意深，表现出牛一生献力人群，到了老年，力尽精疲，病倒尘埃，连个可怜它的人也没有。但第三、四句："但得众生皆得饱，不辞羸病卧残阳"，表现牛刻苦耐劳，服务人群，普济众生的仁者心肠，亦即贤者不计个人名利，一心为国为民的献身精神写照。

## 春晚即事　宋·陆游

龙骨车鸣水入塘①，雨来犹可望丰穰②。
老农爱犊行泥缓，幼妇忧蚕采叶忙。

**注释**

①龙骨车：农具名，抽水用的水车。以木板为槽，前有轴，带动叶片链条，借用人力转动，引水上行灌溉。②丰穰：长势良好的稻子。

**解说**

作者陆游（1125～1210），字务观，号放翁，越州山阴（今浙江绍兴）人。南宋爱国诗人。陆游自幼好学不倦，荫补登仕郎。淳熙二年（1175）范成大镇蜀，邀陆游至其幕中任参议官，是年45岁，到他64岁罢官东归，前后近二十年，存诗2400余首。此前仅存诗200余首。他一生写诗13000余首，经其选汰，仍存诗9300余首，编入《剑南诗稿》，共85卷，是我国存诗最多的诗人之一。所以名《剑南诗稿》，是为纪念其在蜀中的生活。诗稿中留下许多在蜀咏蜀的诗篇，四川崇州有陆游祠。其中《关山月》《书愤》《农家叹》《示儿》等篇久为世人传诵。其他尚有《渭南文集》《南唐书》《老学庵笔记》《放翁词》和《入蜀记》等。

此诗描写暮春农忙的情景，天有些干，水车忙着车水，农夫心疼小牛让其犁田慢慢犁，祈望一场春雨来，丰收还有望，少女则忙着采桑叶喂蚕。说明诗

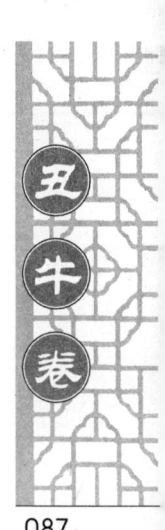
丑牛卷

人时时关心着农事,关心着农夫们一年的生活、命运。

## 买牛　宋·陆游

老子倾囊得万钱①,石帆山下买乌犍②。
牧童避雨归来晚,一笛春风草满川。

**注释**

①老子:年岁大的人,老头子。②乌犍(jiān):犍,公牛,尤指骟去睾丸的公牛,水牛毛黑,故乌犍指水牛。

**解说**

这首七绝,写老夫爱牛,攒钱买头大水牛牵回家。牧童雨后骑着牛儿一路吹着横笛,在春风中欢乐地归去。诗句反映了牛在农家生产、生活中的重要作用。

## 饮牛歌　宋·陆游

门外一溪清见底,老翁牵牛饮溪水。溪清喜不污牛腹,岂畏践霜寒堕趾。舍东土瘦多瓦砾,父子勤劳艺黍稷。勿言牛老行苦迟,我今八十耕犹力。牛能生犊我有孙,世世相从老故园。人生得饱万事足,舍牛相齐何足言①!

**注释**

①舍牛相齐:指春秋时宁戚的故事。事见前注。

**解说**

这首七言古风四句一韵,平仄交错。开头四句描写老翁牵牛到清溪中饮水,也不怕寒霜冻坏脚趾,已经相当辛苦。中间四句代老翁表达心情,由于这里土地贫瘠,一家父子只有辛勤劳作才有点收获,别说牛老,就是自己已经八十岁了，仍然要下地干活。末尾四句语气一转，把哀伤之情化为积极思想，牛老仍能生犊，我老也有子孙，凭借劳动自能得到温饱，何必像宁戚那样利用牛来求官呢。此诗意在言外，虽然客观地表达牵牛老翁的自白，但实际是抒发作者个人的感慨。

## 牧牛儿（四首） 宋·陆游

南村牧牛儿，赤脚踏牛立。衣穿江风冷，笠败山雨急。

长陂望若远，隘巷忽相及①。儿归牛入栏，烟火茆檐湿②。

溪深不须忧，吴牛自能浮。童儿踏牛背，安稳如乘舟。

寒雨山陂远，参差烟树晚。闻笛翁出迎，儿归牛入圈。

**注释**

①长陂（bēi）：长长的山坡。隘巷：僻陋的巷子。《诗经·大雅·生民》叙述后稷诞生时被抛弃："诞寘之隘巷，牛羊腓字之。"②茆（máo）檐：茅屋的屋檐。

**解说**

这四首五言古诗，是作者描写故乡吴中的农家风景，前两首与后两首立意与结构略同，描写的主人公都是年幼的牧童和壮实的水牛，极富生活气息。第一首写小小的牧童，顽皮地赤脚站立在宽阔的牛背上，这天真的孩子，衣服穿孔，斗笠陈旧，却承受着寒冷的江风和山雨的袭击，一种怜悯之情，跃然纸上。第二首写黄昏时分，牧童骑牛归家，山坡看来相当绵长，可是牛已路熟，很快就到达他家那条陋巷，家里已经在烧晚饭，雨湿的茅檐正升起缕缕炊烟，这里又使人感到一丝温暖。第三首是唯一采用平声韵的古绝，写牧童引牛渡过深溪，但大水牛却能浮在水面，孩子稳稳地坐在牛背上，一点儿也不害怕。第四首写牧童吹着牧笛归来，他那老爷爷慌忙出迎，心疼地拉着被山雨淋湿的孩

子。全诗文字很少，用笔寥寥，但寄寓着深刻的人间真情。

（冯广宏补充）

## 春日田园杂兴 宋·范成大

骑吹东来里巷喧，行春车马闹如烟①。
系牛莫碍门前路，移系门西碌碡边②。

**注释**

①行春：谓官吏春日出巡。《后汉书·郑弘传》："弘少为乡啬夫，太守第五伦行春，见而深奇之，召署督邮，与孝廉。"李贤注："太守常以春行所主县，劝人农桑，振救乏绝。"亦泛指春游。②碌碡（liù zhou，又读作 lù dú）：碾谷脱粒的农具，用石磙及框架构成，以牛马或人力牵引。

**解说**

作者范成大（1126～1193），字致能，号石湖居士。平江吴郡（郡治在今江苏吴县）人。宋高宗绍兴二十四年（1154）进士。出使金朝时，为改变接纳金国诏书礼仪和索取河南"陵寝"地事，慷慨抗节，不畏强暴，几乎被杀，终不辱使命而归。卒谥文穆。他与杨万里、陆游、尤袤合称南宋"中兴四大诗人"。他的诗从江西派入手，继承白居易、王建、张籍等新乐府的现实主义精神，终于自成一家，风格平易浅显、清新妩媚。其诗题材广泛，以反映农村社会生活内容作品成就最高。有《石湖居士诗集》《石湖词》等著作传世。作者的《四时田园杂兴》是一组诗，共有60首，这里仅选择春季的一首。

此诗描写春日的乡村一隅景象，骑牛吹笛及踏春的车马来来去去，牛儿就别挡路了，系到门西石碌子那边去吧。写踏春热闹情景，如在目前。

## 出东城门见牧牛 宋·曾丰

出逢春客放牛天，浩叹微官久自缠。
回首未能收白犊，归家犹可养乌犍①。

**注 释**

①白牯：白色母牛或阉牛，亦泛指白牛。此处用佛家《牧牛图》所表现的黑牛化为白牛的隐喻。乌犍：阉过的公牛，常泛指耕牛。

**解 说**

作者曾丰（1142～1224），字幼度，江西人。乾道五年（1169）进士，授永州教授，历任赣县县丞，义宁、浦城县令，广东经略司曹，德庆知府，湖南参帅，朝散大夫等职。归乡后，筑室"樽斋"，因以为号，以诗酒自娱，四方求诗者经常满座。著有《缘督集》。

这首七绝是作者出城到郊野察访，见到有人放牛而引起的感触。头两句是发现当时已到春天，我这芝麻官被杂务所纠缠，连时令都淡忘了。末两句中的"回首"，指回顾以往行为，遗憾的是不能收敛心性，收佛家所说黑牛变白之效；"归家"指辞官归隐，那时倒还可以喂头水牛来耕田，当个老农，返本还源。

（冯广宏补充）

## 观小儿戏打春牛　宋·杨万里

小儿着鞭鞭土牛①，学翁打春先打头②。黄牛黄蹄白双角，牧童绿蓑笠青篛③。今年土脉应雨膏④，去年不似今年乐。儿闻年登喜不饥⑤，牛闻年登愁不肥。麦穗即看云作帚⑥，稻米亦复珠盈斗⑦。大田耕尽却耕山，黄牛从此何日闲？

**注 释**

①土牛：土制之牛形，旧时用以表示劝农和庆祝春耕的开始。《后汉书·礼仪志上》："立春之日，夜漏未尽五刻，京师百官皆衣青衣，郡国县道官下至斗食令史，皆服青帻，立青幡，施土牛耕人于门外，以示兆民，至立夏。"②学翁：翁此地指老者，或为其父，或为其祖，或为别家老人，学翁即学老年人。③蓑（suō）：蓑衣。笠：斗笠。篛（ruò）：同箬，竹之一种，其叶宽大，可作斗笠或包粽子。青篛即竹叶尚青。④土脉：地气。膏：肥。⑤登

(dēng)：成熟。⑥云作笒：比喻天上一缕缕条形云，如像笒帚。此处比喻麦穗甸甸，如若天上笒帚形的云。⑦珠盈斗：喻穗粒饱满，装满量斗。

**解 说**

作者杨万里（1127～1206），字廷秀，号诚斋。江西吉州（今江西省吉水县）人。南宋大诗人。绍兴二十四年（1154）进士。历任国子博士、太常博士，太常丞兼吏部右侍郎，提举广东常平茶盐公事，广东提点刑狱，吏部员外郎等。反对以铁钱行于江南诸郡，改知赣州，不赴，辞官归家，闲居乡里。在中国文学史上，与陆游、范成大、尤袤并称"南宋四家""中兴四大诗人"。今存《诚斋集》，有诗文133卷。

此诗咏"打春"的欢乐景致：小儿学打春牛庆节，牛与小儿色彩相衬为诗添彩。因是年雨水丰沛收获在握，更运用夸张与比喻手法：麦穗看作云作笒，稻米亦复珠盈斗，更烘托出对丰收的向往与把握。最后回复到咏牛、叹牛，牛怕是从此不得闲了。

## 过大皋渡　宋·杨万里

隔岸横洲十里青①，黄牛无数放春晴。
船行非与牛相背，何事黄牛却倒行②？

**注 释**

①横洲：洲横卧江中，隔岸相望。②倒行：倒退，非逆行。

**解 说**

《寰宇志》称：大皋渡在江西吉安泰和县城北八十里，渡口附近有城因大皋渡得名，称大皋渡城。《泰和县志》言："泰和北三十里抵庐陵县界，又北三十里有大皋渡城，盖以大皋渡名。"

这是一幅春光明媚，牛群出牧的风情画。是作者过大皋渡所见情景及感受。首句隔岸横洲，见得诗人虽在船上，却隔着十里青青长洲，洲上无数黄牛，在春日晴光中放牧。此句亦是诗眼，"放春晴"三字犹见前数日或阴或雨，今日一派春和景明气象，草也更茂更绿，原野也更清更秀，诗人的心在春光明媚、春风坦荡中是何等开朗！更为生动的是船顺风顺水而行，牛虽然同向而行，牛行本缓，更因其吃草等其他原因稽迟，船上人正顾上欣赏沿岸风光，心有别骛，乍见之下，牛却向后退走，一时之间，不明所以，这是许多人都经历过而未必描写过的心理场景，正如陶潜诗"此中有真意，欲辩已忘言"。欲说未成，欲说未能。

### 桑茶坑道中　宋·杨万里

晴明风日雨干时，草满花堤水满溪。
童子柳荫眠正着，一牛吃过柳荫西。

**解 说**

此诗描写作者路过桑茶坑的道路时见到的悠闲景致：春天天气多变，下雨然后风过雨干时，小溪水涨了，岸边野草中野花盛开，牧童在树荫下睡着了，牛儿在旁吃草。好一派清新自然的雨后风光！

### 过百家渡　宋·杨万里

一晴一雨路干湿，半淡半浓山叠重。
远草平中见牛背，新秧疏处有人踪。

丑牛卷

**解 说**

按：百家渡为旧名，在湖南零陵。今已成往迹。

此诗为诗人在渡口看到的春天景色：时雨时晴的天，远近的山峦呈现出浓淡不一，重重叠叠的如画之景，正是草长莺飞之时，在那如镜的水田里，农夫正忙着插秧哩！正如范成大诗："绿遍山原白满川，子规声里雨如烟。乡村四月闲人少，才了蚕桑又插田。"（《村居即事》）系此时此景的真实写照。

### 晨起见牧牛者　宋·赵蕃

前者蓑而眠，后者笠而坐。陂长不待鞭，草软无用莝①。蚕耕輂廑力，午放长逸卧②。薄暮翁洗犁，儿歌互相和。

**注释**

①陂（bēi）：山坡。茥（cuò）：锄草或铲草。②蚤：与"早"字通。蹔：与"暂"同。廑（qín）力：廑与"勤"通，即勤劳。午放：中午休息。

**解说**

作者赵蕃（1143～1229），字昌父，号章泉，原籍郑州。南宋著名诗人，清《四库全书》辑其作品有《乾道稿》等。绍定二年（1229），以直秘阁致仕，卒谥文节。这首五言古风，描写清晨看见几个牧牛人的场景，由此联想到农家生活的逸趣。放眼望去，前边一些人躺在蓑衣上，后边一些人却戴着斗笠席地而坐；耕牛正在草坡上吃细草，不用再铲，大家乐得休息。等到那些耕牛吃饱肚子，上午就要出大力来耕田了，可是到了中午，耕牛就可以卧地休眠。到了黄昏回家时，就该老人去洗净犁头上的田泥了，那时孩子们唱起儿歌，你唱我和，多么高兴。

（冯广宏补充）

## 安福道中见牛行陇亩间龁草而不食禾问之皆云　宋·赵蕃

种得离离职尔劬①，朝塍暮陇只生刍②。
丝毫无补家先实，愧杀纷纷小丈夫。

**注释**

①离离：庄稼籽粒茂盛下垂之状。《诗经·小雅·湛露》："其桐其椅，其实离离。"职：由于。劬（qú）：劳累。②塍（chéng）：田间的土埂。陇：通"垄"，即田埂。生刍：鲜草。《诗经·小雅·白驹》："生刍一束，其人如玉。"

**解说**

此诗是作者在安福道中见牛"龁（hé）草而不食禾"而引发的感慨。安福县在江西中部，龁是咬的意思，那里的牛只吃草而不会去吃禾叶，使作者由此联想到人。诗中前两句说牛，眼前的庄稼长得茂盛异常，全靠着你的辛劳，从早到晚都在田间耕作，只需要一堆鲜草而已。后面两句，转向世间那些小丈夫，他们对社会毫无贡献，个个家庭里却非常殷实；面对田间成群的勤苦老牛，难道不感到一点羞愧吗？此诗颇有现实意义，对于今人也是一声警钟。

（冯广宏补充）

## 牧牛图 宋·释普明

### 一、未牧
狰狞头角恣咆哮①，奔走溪山路转遥②。
一片黑云横谷口，谁知步步犯佳苗③。

### 二、初调
我有芒绳蓦鼻穿④，一回奔竞痛加鞭⑤。
从来劣性难调制⑥，犹得山童尽力牵⑦。

### 三、受制
渐调渐伏息奔驰，渡水穿云步步随。
手把芒绳无少缓，牧童终日自忘疲。

### 四、回首
日久功深始转头，颠狂心力渐调柔。
山童未肯全相许，犹把芒绳且系留。

### 五、驯伏
绿杨阴下古溪边，放去收来得自然。
日暮碧云芳草地⑧，牧童归去不须牵。

### 六、无碍
露地安眠意自如⑨，不劳鞭策永无拘。
山童稳坐青松下，一曲升平乐有余⑩。

### 七、任运

柳岸春波夕照中,淡烟芳草绿茸茸。

饥餐渴饮随时过,石上山童睡正浓。

### 八、相忘

白牛常在白云中⑪,人自无心牛亦同。

月透白云云影白,白云明月任西东。

### 九、独照

牛儿无处牧童闲,一片孤云碧嶂间⑫。

拍手高歌明月下,归来犹有一重关。

### 十、双泯

人牛不见杳无踪,明月光含万象空。

若问其中端的意⑬,野花芳草自丛丛。

**注 释**

①狞狞:形貌或性情凶恶可怕。②溪山:小溪与山丘。牛须水草,故牧牛地常在溪畔与山丘。③黑云:喻诸业障,诸尘缘。佳苗:喻诸善知、诸善事、诸善业、诸善根。④芒绳:草绳。但穿牛鼻者多用细青篾条拧成牛鼻索。⑤奔竞:追逐名利。晋干宝《晋纪总论》:"悠悠风尘,皆奔竞之士;列官千百,无让贤之举。"加鞭:痛加鞭笞,喻严"惩"追名逐利之行。⑥调制:调教,牵制、训诫。⑦山童:此指牧童,因山中有草,溪中有水,皆牧牛所必须。故牧童有时称山童,有时称溪童。⑧碧云:晴空中的云,青云、庆云。《文选·江淹〈杂体诗·效惠休"别怨"〉》:"日暮碧云合,佳人殊未来。"张铣注:"碧云,青云也。"此处有黑云散尽,晴云在天之意。⑨露地:释家语,喻三界(欲界、色界、无色界)烦恼俱尽,无遮拦处。《百喻经·野干为折树枝所打喻》:"舍弃而走,到于露地,乃至日暮,亦不肯来。"《法苑珠林》卷一〇一:"处中六者:一、阿兰若处;二、在塚间;三、在树下;四、在露地;五

是常坐；六是随坐。"⑩升平：太平。此喻烦恼尽除，心地平和，无忧无虑。与一般所谓升平有别。《汉书·梅福传》："使孝武帝听用其计，升平可致。"颜师古注引张晏曰："民有三年之储曰升平。"此指国泰民安。⑪白牛：释家指修行有成，皈依佛法者。亦作露白地牛。⑫碧嶂：青山如屏，阻却前路。唐李白《忆襄阳旧游赠马少府巨》诗："开窗碧嶂满，拂镜沧江流。"此处喻欲证菩提，犹有一层业障，不过已非一片黑云横谷口那般险恶，而是清凉境中的一层碧嶂。⑬端的（dí）：确实，真、果然。

**解 说**

作者释普明，普明生卒年不详，一说为宋僧，一说为明僧。据考证，从万松行秀禅师（1166～1246）《请益录》中称"太白山普明禅师颂牧牛图十章"看，此普明当是宋僧。本书采此说。按：行秀，亦称万松行秀，金元间曹洞宗名僧，河南省怀庆府河内县〔今河南省沁阳市。隋朝开皇十六年（596）野王县改为河内县，沿用至民国二年（1913）改为沁阳县。1989年撤销沁阳县，设立沁阳市〕人，俗姓蔡，号万松老人。金章宗明昌四年（1193），受命入内廷说法，受赐袈裟。

这十首诗可称禅诗，乃禅宗僧伽讲修行修心之法，以牧童喻人，以牛喻心。或相反以牧童喻心，以牛喻人身。所谓心猿意马，人心总是一刻不停地思虑，总是无所羁缚地天马行空，想入非非。只有像牛穿了鼻子，有了羁缚，受过调教，才能慢慢有所收敛，渐入悟境，最后达到人自无心，万象皆空，人牛双泯的境界。释家所谓跳出三界，即跳出欲界、色界、无色界，万念皆空，无欲无想。

今简引释家说十图之言于下：一、未牧：心烦躁不安，万虑相煎，百欲搅扰，不得安宁。二、初调：如牛穿鼻，虽痛苦却有羁缚，得以收住心性。三、受制：心渐渐收敛，意不乱驰，此正紧要关口，一刻也不能放松手中的绳索，须严加自我控制。四、回首：能自省与觉照，调服心性，但此时仍不能纵其自由。五、驯伏：能自我驾驭心性，使不生妄念，渐臻悟境。六、无碍：心得自由，无所羁执，怡悦随之而生。七、任运：人得自由，心亦无羁，任其运营，不劳"山童"。八、相忘：心无杂念，与世相忘，白牛长云，来去自如。九、独照：慧根开悟，性灵自见。牛儿无处，牧童自闲，但青山碧嶂，犹有一重关隘未过。此关隘何指？指犹有皮囊，未达寂灭，难成大道。十、双泯：人牛不见，万象虚寂，涅槃道成。十诗言佛家四谛，所谓苦、寂、灭、道是也。

《牧牛图》在禅门流传广远，偈颂甚多，而以宋释普明此诗受关注度最高，解说者亦多。

【赏析】《易经》云："君子卑以自牧。"人的心性未经琢磨时，就如同未受调驯的野牛，扬头横角，恣意咆哮，狰狞可畏。未能制御的野牛终日奔走在溪山之间，越走越远，不知回家；禅人不知调御心性，也会有违"明心见性"的宗旨，远离真心的家园，无悟道之可能。色、受、想、行、识这样的五阴恶念就像乌云一般到处弥漫，遮住了光明本性，以致迷失了归途。只可惜，那难得的善根所生长的佳苗，被狂奔的野牛践踏殆尽。

## 春郊牧养图　宋·戴复古

我之居，元在野①，平生惯识牛羊者。今见蒲江出此图，半日不知渠是画②。一犍当前转头立③，一犍渡浦毛犹湿。中有一苍骑以牧④，牯送羜相随数十足⑤。殿后两枚黄觳觫⑥，分明如活下前坡。路转山南春草多，耳根只欠牧儿歌。

### 注 释

①元：原来。野：乡野，既称其为乡下人，也有在野之意。②渠：它。③犍（jiān）：骟去睾丸的公牛。亦泛指牛。④苍：灰白色，此指老者。⑤牯（gǔ）：母牛，也指阉割了的公牛。羜（zhù）：五个月大的小羊。《说文》曰：五月生羔也。⑥殿后：走在最后。觳觫（hú sù）：指牛，见前注。

### 解 说

作者戴复古（1167~?），字式之。常居南塘石屏山，故自号石屏。天台黄岩（今属浙江台州）人。一生不仕，浪游江湖，后归家隐居。曾从陆游学诗，作品受晚唐诗风影响，兼具江西诗派风格；部分作品抒发了爱国思想，反映了人民疾苦，具有现实意义。今存《石屏诗集》《石屏词》等。

此诗描写一幅画得栩栩如生的春牧图。画中一领头水牛正回头，另一头则刚渡过河，仿佛看得见湿湿的毛，中间一牛背上老者为放牧人，后面一群母牛、小牛跟着，最后是两头黄牛。牛群下坡转到山南，活脱脱像真的一样，就差耳边听得牧童歌声了。

### 牧童　宋·葛长庚

杨柳荫初合，邨童睡正迷①。
一牛贪草嫩，吃过断桥西。

**注释**

①邨（cūn）：村字的异体字。

**解说**

作者葛长庚（1194～?），字白叟，又字如晦，号海琼子，又号海蟾，白玉蟾，闽清（今属福建）人。入武夷山为道士。嘉定中诏征赴阙，管太乙宫，封紫清明道真人。善篆隶草书，有石刻留惠州西湖玄妙观。所著《海琼集》，附词一卷。其词颇有思致，不愧词人，陈廷焯《白雨斋词话》卷二："葛长庚词，一片热肠，不作闲散语，转见其高。其《虞美人》诸阕，意极缠绵，语极俊爽，可以步武稼轩，远出竹山之右。"

此诗为五绝，写一乡村小景：牧童在树荫下睡着了，牛儿自己跑到断桥西边吃草去了，贪食而不顾牧童的调教，一直边吃边走，自由自在，全诗富有生活气息。

### 江参百牛图　元·邓文原

湿湿群行四百蹄①，耕犁初罢乐相随。
春风绿遍川原草，回首牧人知是谁。

**注释**

①湿湿：牲畜耳朵摇动貌。《诗·小雅·无羊》："尔牛来思，其耳湿湿。"毛传："呞而动其耳，湿湿然。"四百蹄者，一百头牛也，当然这是略数。

### 解 说

江参：活动于公元12世纪前后，字贯道，南徐（今江苏省镇江市辖丹徒）人，居霅川（今浙江湖州市南），形貌清癯，平生嗜香茶，和叶梦得等众多文人学者过从甚密。终生漂泊，曾居三衢（今浙江常山县），治园筑馆，园依《楚辞》意曰"崇兰"，与陈与义、程俱等交往甚多，生卒年不详。长于山水，师董源、巨然、赵叔问，参以"范郭"画法，创"泥里拔钉皴"，自成一家。传世作品除《百牛图》（美国纽约大都会博物馆）、《千里江山图》（台北"故宫博物院"）外，还有《摹范宽庐山图》（台北"故宫博物院"）等。

作者邓文原（1258~1328），字善之，一字匪石，生活于宋、元间，人称素履先生，四川绵州（今绵阳）人，其父早年避兵入杭，或称杭州人。绵州古属巴西郡，人亦称其为"邓巴西"。博学善书，宋末应浙西转运司试中魁。入元，官至国子祭酒，卒谥文肃。传世书迹有《临急就章卷》等。

这一首七绝，描述一百牛四百蹄，真是一支劳动大军。力耕郊原，秋收万石何难！回程之时，牛乐人也乐，但不知谁人有能耐守牧这一群牛。

## 老牛  元·宋无

草绳穿鼻系柴扉①，残喘无人问是非②。
春雨一犁鞭不动③，夕阳空送牧儿归。

### 注 释

①穿鼻：用绳或环贯穿鼻中隔，以便控制。汉焦赣《易林·明夷之讼》："穿鼻系枺，为虎所拘。"牛长到一定年龄就要穿鼻，以便驾控。旧时戏称孩子发蒙读书为穿牛鼻子，意谓从此被管束起来了，不得贪玩了。柴扉：柴门。②残喘：指老牛苟延残喘。此处暗用汉相问牛喘的典故。③句说风雨中无论怎样挥鞭，也无法使老牛拉动犁耙。

### 解 说

作者宋无（1260~1340），字子虚，号晞颜，苏州（今江苏苏州）人。工诗，善画墨梅。

此诗写耕牛晚年的凄凉处境：一条草绳将之拴在柴门上，苟延残喘也无人过问。风雨中农夫使劲抽打挥鞭，可怜的老牛也犁不动了，夕阳中牧童丢下牛自己回家了。诗实写老牛的命运，虚喻人事，发人感悟。

### 画牛　元·释大䜣

草暖犊子肥，牧闲牛耳湿①。
谁知荷蓑翁②，风雨租税急。

**注释**

①牛耳湿：牛耳因反刍咀嚼而动，见前注。②蓑：草雨衣，《说文》："衰，草雨衣也。秦谓之萆（bì）。"字亦作蓑。

**解说**

释大䜣，元诗僧，字笑隐，南昌陈氏之子，居杭州凤山，迁中天竺。曾主持建康集庆寺。有诗蒲室集6卷，文9卷。何按：释大䜣生卒年不详，此按《四库全书》排序排列。

诗写农夫不避风雨、辛勤荷蓑春耕，是为了种植庄稼，交完官税。从老农雨中劳作的辛苦，反映当时民间租税的繁重。

### 饭牛歌　元·洪希文

牛吒吒，蹄趵趵①。枯萁啖尽芳草绿②，自晡薄夜不满腹③，撷菜作糜豆作粥④。饲饥饮渴两已足，脱绁解衔就茅屋⑤。不愁饥肠雷辘辘⑥，风檐独抱牛衣宿⑦。丁男长大牛有犊⑧，明年添种南山曲⑨。

**注释**

①吒（zhà）：嚼食作声。《礼记·曲礼》："毋咤食"。趵趵（bō bō）：蹄声。元稹《田家词》："牛趵趵，田确确。旱地敲牛蹄趵趵。"②萁（jī）：草名，状似荻而细。此处萁当是枯豆秆。③晡（bū）：申时，即午后3～5时。薄（bó）：临近的意思。④撷（xié）：采摘。糜（mí）：此处指撷菜煮成较稠

的粥。⑤绚（zhèn）：穿在牛鼻子上以备牵引的绳子，牛绳。衔（xián）：此地指套在牛嘴上的篾制竹笼，以防牛吃庄稼，俗称"牛嘴笼"，借用马衔之衔字。⑥辘辘（lù）：车行声。⑦牛衣：亦作"牛被"，给牛御寒用的覆盖物。颜师古注："牛衣，编乱麻为之，即今俗呼为龙具者。"⑧丁男：古称能任赋役的成年男子。牛有犊：牛生了牛崽。⑨曲：弯曲的意思，此指山坳。

**解 说**

作者洪希文（1282～1366），字汝质，号去华，莆田人，元代诗人。尝官训导。其诗清遒激壮，为有元名家。有《续轩渠集》等传世。

此诗描写一位对未来充满希望而不怕眼前劳苦的农夫：牛儿待哺，他喂了干草喂青草，自己到夜晚还腹中空空，胡乱煮点菜汤加上豆子稀粥就对付了，却把牛当宝贝似的解了绳牵进屋。自己就披牛衣宿檐下，心里却踏实，只要儿子长大了，牛儿下了犊子，明年多种点地，日子就好过了。

## 题牧牛渡水图　元·贡师泰

儿骑牛，儿骑牛，两牛渡水当中流，一牛带犊临沙洲。沙洲泥深没牛足，中流浪高拍牛腹。长绳坠手衣裹身，前者起顾后俯伏。牛背敧倾不自由①，谁云稳比万斛舟②？待儿出险走平地，画图忽落东海头。东海头，饭牛之子曾封侯③。

**注 释**

①敧（qī）：倾斜不安貌。②斛（hú）：量器名，亦为容量单位。古代以十斗为一斛，南宋末年改为五斗。③饭牛之子：指宁戚，春秋时卫国人，家贫，为人挽车，至齐，夜喂牛，扣牛角而歌，齐桓公闻而异之，拜为上卿，后迁国相。

**解 说**

作者贡师泰（1298～1362），字泰甫，宣城（今属安徽）人，元泰定四年（1327）进士。师泰为官，勤理政，善断狱。巡视上都，见徭役不均，民受其困，遂不论贫富，均其徭役，百姓受惠。他生性倜傥，形貌伟岸，文学知名当时，为元朝"名高一代"的显赫人物。著有《诗经补注》等。

此诗描写了牧童的艰辛。中流浪高水急，牧童俯在颠簸的牛背，手里还拖着长绳，绳子那头是未过河的泥地中的母牛和小牛，险象横生。画面那边是平地，牧童让人联想到同样牧过牛的宁戚，肯这样吃苦的孩子谁说长大了不是良才呢？

## 牧牛图  元·贡性之

溪童饮牛渡溪水①，牛遇水深行复止。人知水深牛不行，谁识回头顾其子？桃林之野春雨晴，烧痕回绿春草青②。太守劝农当二月，土膏肥暖牛可耕③。邯郸城头征战息，宁戚徒劳吟白石④。一声笛里太平歌，牛背溪童自朝夕。

**注释**

①溪童：村野溪水边放牧的儿童。②烧痕：烧荒的痕迹。冬天将杂草烧掉，草灰以备来年作肥料。③膏：肥美。④宁戚：参见前注释③。吟白石：宁戚《饭牛歌》中歌词有"南山矸，白石烂"。

**解说**

作者贡性之，字友初，一作有初，生卒年未详，宣城（今安徽宣城）人。贡师泰之侄。以胄子除簿尉，有刚直名，后补合省理官。入明不仕，居山阴（今浙江绍兴），改名悦，躬耕自给以终，门人私谥曰真晦先生。工诗，善画梅、竹。有翠竹红梅图，又有《题画梅送友人诗》。著有《南湖集》等。

此诗描写的画境是春二月桃林边，牧童在溪水旁饮牛，牛渡水也知护犊子。官府不也该这样爱抚百姓吗？劝农民该春耕了，春雨湿润了肥地，又逢太平年景，连牧童的牧笛也透露出了欢快，上下和谐，一片春景，这一切多好啊！

## 牧牛图  元·贡性之

郊原春草绿茸茸①，牛背如舟卧牧童。

自是太平新气象，错将画意属良工。

**注释**

①茸茸（róng）：草初生纤细柔软的样子。

**解说**

原野上春草丰茂，牛儿平宽的背上横躺着惬意的牧童。这不是画师想出来的画面，而是生活中真实的场景、太平盛世的景象：百姓安宁，一派丰乐。

贡师泰，贡性之叔侄皆由元入明，可能由于其入元不仕，清人编辑时仍将其诗列为元诗，本书沿旧贯，仍将其列为元人，以重先人之节。

## 牧牛图  明·钱宰

野老春耕歇①，溪儿晚牧过②。
夕阳牛背笛，强似饭牛歌③。

**注释**

①野老：村野农夫，老庄户。②溪儿：乡间牧童。③饭牛歌：宁戚叩牛角而歌，以引齐桓公注意。注见前。

**解说**

作者钱宰（1299～1394），字子予，一字伯均，会稽人。元至正中，中甲科，因亲老不赴，教授于乡。洪武初年征修礼乐书，寻以病去。洪武六年（1373）授国子助教。以赋早朝诗忤旨，遣归。二十七年又召修书传会选，书成，优加博士致仕。撰有《临安集》等。

此诗描写一幅恰适安闲的乡野春天，农夫犁完地，由牧童将牛放牧后回家。牧童在牛背上悠闲地吹着短笛的情景，难道不比战乱不息的周代，乡间布衣谋士宁戚唱那白石歌祈望太平罢征战好到哪儿去了吗？

## 题野老醉骑牛图  明·钱宰

村田乐事老来稀，记得江南春社时①。

儿女醉扶黄犊背，帽檐颠倒插花枝。

### 注释

①春社：祭祀名，祭祀土地、以祈丰收。周代用甲日，后多用于立春后第五个戊日举行。

### 解说

此诗题于一幅画，春社时农夫们快乐陶醉的情景。画中一帽檐颠倒、插满花枝的醉酒老汉，骑在牛背上已不稳当，被儿女们左右扶着骑在黄牛背上回家去了，农夫终年忙碌，难得如此快乐。

## 题牧牛图　明·张以宁

返照在高树①，归牛度层坡②。一犊牟然赴其母③，老牸返顾情何多④？牧儿见之亦心恻，人间母子当如何？日暮倚门乌尾讹⑤。

### 注释

①返照：夕阳。宋林逋《孤山后写望》诗："返照未沉僧独往，长烟如淡鸟横飞。"②层坡：重重山坡。③牟：牛鸣，《说文》："牟，牛鸣也。"牟然：牛犊鸣叫貌。④牸（zì）：母畜，此指母牛。⑤倚门：父母望子归来的习用语，《战国策·齐策六》："王孙贾年十五，事闵王。王出走，失王之处。其母曰：'女朝出而晚来，则吾倚门而望；女暮出而不还，则吾倚闾而望。'"闾指闾巷，古闾巷亦有门。乌尾讹：乌，乌牸之省，乌尾即黑色母牛之尾。乌牸，《晋书·王羲之传》附王献之："桓温尝使画扇，笔误落，因画作乌驳牸，甚妙。"讹：动。《尔雅·释诂》："讹，动也。"《诗·小雅》："或寝或讹。"《毛传》："讹，动也。"

### 解说

作者张以宁（1301～1370），字志道，古田人。有俊才，人呼"小张学士"。元泰定中，以《春秋》举进士，官至翰林侍读学士。入明，复授侍讲学士。居古田翠屏山下，学者称翠屏先生。著有《翠屏集》与《春王正月考》等。

此诗述夕阳在高树，牛儿下重坡，一派放牧暮归景象。一头牛犊不停鸣叫着，奔向它的母亲；其母也回头看着赶上来的牛犊，何等动人的母子之情！牧童被此情此景所感，而动了恻隐之心，放慢了催促的鞭子。人间母子之情又如何呢？看看倚门而望牧童归来的母亲吧，牧童常走在牛的身后，她看见吃饱的牛儿不停地摇着尾巴，和牛尾后的牧童，一颗悬着的心终于放下来，眼角也许还噙着泪水。世间母爱，牛与人同，本诗宛然如一幅母子爱怜图。

## 牧牛歌　明·高启

尔牛角弯环，我牛尾秃速①。共拈短笛与长鞭，南垄东岗去相逐②。日斜草远牛行迟，牛劳牛饥唯我知。牛上唱歌牛下坐，夜归还向牛边卧。长年牧牛百不忧，但恐输租卖我牛③。

**注释**

①秃速：速同邀，仆邀，凡短之貌，《前汉·息夫躬传》："仆邀不足数。"秃速即秃得毛都没有了。②垄：亦作垅，田埂。《汉书·陈胜传》"掇耕之垄上。"亦指高地。③输租：缴纳、献纳。《新唐书·食货志》："至德宗杨炎，遂作两税法，夏输无过六月，秋输无过十一月。"

**解说**

作者高启（1336～1373），字季迪，长洲（今江苏苏州）人；为元末明初诗人。生性警敏，读书过目成诵，久而不忘，尤精历史，嗜好诗歌，与张羽、徐贲、宋克等人常在一起切磋诗文，号称"北郭十友"；同时，与杨基、张羽、徐贲被誉为"吴中四杰"。他为人孤高，朱元璋拟委任他为户部右侍郎，固辞不受，朱元璋怀疑他作诗讽刺自己，对其产生忌恨，后借故处以腰斩之刑。存《高太史大全集》《凫藻集》等。

此诗描写了牧童们与牛相依为命同忧共乐的内心世界。无忧无虑，整天与牛为伴，牛儿们自去追逐玩耍，我们则拿着短笛长鞭跟着。牛的辛劳和饥饿唯我知道，回去睡觉还伴着牛。这种日子比什么都好，只担心的是有一天交不上租税逼得把牛卖了。全诗通过写牛反映牧牛者在残酷的重赋下不幸的命运。

## 白牛为日本纯上人赋　明·僧来复

耕云不住海门东①，牧向楞伽小朵峰②。
露地已忘调服力③，雪山谁识去来踪④？
放归祇树随羊鹿⑤，种就昙花伴象龙⑥。
一色天阛头角别⑦，水晶池沼玉芙蓉⑧。

**注释**

①耕云：谓住在山上，唯有耕云犁雨而已。海门：或指江苏省海门市，其地处黄海之滨，东临黄海，与日本隔海相望。或指内河入海口，则此指长江口。日本在其东方。②楞伽：释家山名，传在狮子国（今斯里兰卡），楞伽为至宝，或不可进入之意，佛曾在此说大乘经，即《楞伽经》。③露地：无遮覆处。释家语，喻三界（欲、色、无色）烦恼俱尽，处于没有覆蔽的地方。《百喻经·野干为折树枝所打喻》："舍弃而走，到于露地，乃至日暮，亦不肯来。"《法苑珠林》卷一〇一："处中六者：一、阿兰若处；二、在冢间；三、在树下；四、在露地；五是常坐；六是随坐。"调服力：调教驯服之力。五蕴皆除，六尘不染，烦恼俱尽，进入空无之境，也就忘其调服之力了。④雪山：此指印度北部喜马拉雅诸峰，传说佛祖成道前曾在此苦修。后指佛教圣地或僧侣住地。《艺文类聚》卷七六引南朝梁简文帝《相宫寺碑》："雪山忍辱之草，天宫陀树之花，四照芬吐，五衢异色。"见前雪山白牛注。⑤祇树：祇树给独孤园之省称，舍卫国祇陀太子所置园林。借称佛寺。南朝梁沈约《瑞石像铭》："莫若图妙像于檀香，写遗影于祇树。"亦称祇园。羊鹿：释家以羊鹿易驯，故以喻纯良易受教化者。⑥昙花：优昙钵花省称，灌木状主茎圆筒形，木质。分枝呈扁平叶状，多具2棱，少具3翅，边缘具波状圆齿。刺座生于圆齿缺刻处。幼枝有刺毛状刺，老枝无刺。夏秋季晚间开大型白色花，花漏斗状，有芳香。原产墨西哥。释家以其洁白而视为吉祥纯洁之花。象龙：陆上象力最大，水中龙力最大，故释氏用喻诸阿罗汉中修行勇猛有最大能力者。亦作龙象。《大般涅槃经》卷二："世尊，我今已与诸大龙象菩萨磨诃萨断诸结漏。"⑦阛(huán)：市场的围墙，也指市场。天阛指天。同戴一天，头角不同，喻人悟

性有别。⑧玉芙蓉：白莲花。宋朱熹《莲沼》诗："亭亭玉芙蓉，迥立映澄碧。"此处也有玉琢芙蓉那样洁白圆润。一语双关。

**解 说**

　　来复为明初僧人，字见心，为天竺（今印度）僧。朱元璋聘来为其讲经，传来复回国前写诗谢恩，其诗中有"殊域及自惭，无德讼陶唐"句，一说诗为"金盘苏合来殊域，玉碗醍醐出上方。稠叠滥承天下赐，自惭无德颂陶唐"，因"殊"字拆开为"歹朱"朱元璋疑来复骂其为歹朱，来复因而被杀。今有人认为，来复被杀是因其陷于胡惟庸党案，其实胡案亦未必不是冤案。不过来复与成都大慈寺却有渊源，来复曾题五代时得得和尚（贯休）的《渡海罗汉图》。收藏家狄平子见原画左边有一题记，云此幅原绢上，有僧来复题云："蜀僧贯休临唐卢棱伽过海罗汉图，藏在成都大圣慈寺六祖院内罗汉阁。后五百年弟子来复游方过此，恭观敬题。云云"。今大慈寺罗汉阁与《渡海罗汉图》俱不存。

　　"白牛"，为露地白牛之略称，释家比喻皈依佛法者。《景德传灯录·福州大安禅师》："安在沩山，三十年来，只看一头水牯牛，若落路入草便牵出；若犯人苗稼即鞭挞。调服既久，可怜生受人言语。如今变作箇露地白牛，常在人面前终日露迥迥地趁亦不去也。"宋黄庭坚《作浩然词赠何造诚》："无钩狂象听人语，露地白牛看月斜。"亦作露地牛。

　　这是僧伽赠僧伽之诗，自然以释典入诗。"耕云"意为纯上人修持深山，以耕云犁雨为功课，也指云游四方，以求证果。亦以心性为白牛，牧向佛祖说法，世人不能到的楞伽山小峰上去。颔联则说纯上人修为高深，已到随心所欲不越矩之境界。祇园为世尊修真之所，颈联则到祇园，伴象龙，已入菩提精境。尾联说虽然同戴一天，但了悟不同，纯上人已经是水晶作池沼，脂玉作芙蓉那样纯粹，达到正等正觉的高僧。

　　此诗为称赞纯上人，与俗世中赠人褒扬对方，表示钦慕等之格式无甚差别。可贵处在于中日民间交往，源远流长。

## 雨涧牛　　明·释如兰

溪岸野桥横，乌犍带犊行①。

无人挂书读②，雨外候春耕。

**注释**

①乌犍（jiān）：指水牛。唐代唐彦谦《鹿门集·越城待旦诗》："清溪白石村村有，五尺乌犍托此生。"②挂书：此指牛角挂书，本喻勤读。《新唐书·李密传》："闻包恺在缑山，往从之。以蒲鞯乘牛，挂《汉书》一帙角上，行且读。"但此处反其意而用，有牛角却无人挂书而读。

**解说**

释如兰为明代骨相学倡导者之一，为明初著名诗僧，余未详。

此诗描写村景，老牛带着小牛行走着过了溪上的小桥，可是无人在牛角上挂着书读，此暗用唐人李密挂书于牛角，边行边读之典。等下了春雨，牛儿们就该春耕了。

## 题画牛　明·释普慈

林下逍遥饱则眠，何人能似尔安然①？
因思昔日陶弘景②，金作笼头不易牵③。

**注释**

①尔：你。此处将牛拟人化。②陶弘景：南朝宋、齐、梁时期道教思想家、医学家。丹阳秣陵（今南京）人，仕齐，拜左卫殿中将军。入梁，隐居茅山，武帝礼聘不出，但朝廷大事辄就咨询，时人称为山中宰相。梁武帝曾经亲手写诏召陶弘景，并赐以鹿皮巾，弘景画双牛图送给武帝，图上一牛散放水草之间，一牛着金络头被人执绳以杖驱之，意思是愿作自由自在的山野之牛，不愿作金络服饰的被驱赶的牛，甘愿息影山林。③笼头：套在牛、马头上用来系缰绳挂嚼子的用具。也叫络头。《南史·隐逸传下·陶弘景》："唯画作两牛，一牛散放水草之间，一牛著金笼头。"

**解说**

作者释普济（1354~1450），俗姓钱，苏州常熟人。
此诗借牛写人，表现出作者不与世争、淡泊名利的人生态度。

### 题画牛　明·金幼孜

服箱力稼不知年①，报主多情只自怜。
好是野田春种后②，饱肥芳草卧深烟③。

**注释**

①服箱：拉车。《诗·小雅·大东》："睆（huǎn）（圆而亮）彼牵牛，不以服箱。"《毛传》："服，牝服也；箱，大车之箱也。"陈奂《传疏》："牝即牛。服者，负之假借字，大车重载，牛负之，故谓之牝服。"力稼：从事稼穑，从事农业劳动，犁田耕地，拉碾拉车。②野田：郊野之大田。③深烟：江南入梅之后，多数时日，烟雨朦胧，雾霾深锁；深烟亦有烟花深处之意。

**解说**

作者金幼孜（1367~1431），名善，号退庵，以字行。江西峡江县人。建文二年（1400）进士。永乐元年（1403）任翰林检讨。与吉水学士解缙同值文渊阁，升侍讲，为太子讲学。幼孜讲授《春秋》，进呈《春秋安旨》三卷。有《北征诗》《北征录》等，后人辑其遗文成《文靖公全集》，传于世。

这是一首题画诗，画中之牛应是一只上了年纪的老牛。拉车耕田不知有多少年月了，回报主人的多情照料，只有自我宽慰，自我怜惜。好在春耕完成后有一段农闲时间，可以饱餐春天回青的芳草后，俯卧在无人打扰的原野深处或山坳里，伴着春日烟景，追随朝晖夕照，歇息一阵子。劳后有逸，物理之自然，也说明东家会使唤牲畜，劳逸结合，张弛有度。

### 题画牛　明·林环

春满空原草色深，乌犍追逐过遥岑①。
半村残照人家晚，似恐天寒去路阴。

**注释**

①乌犍：水牛。遥岑：远山。

## 解 说

作者林环（1375～1415），字崇璧，号䌹（jiǒng）斋，福建莆田人。明永乐四年（1406）状元。授翰林院修撰。预修《永乐大典》，为《书经》部分总裁官。善诗文，著作颇丰。后人赞其诗"清思异质，藻而不浮，朴而不枯，极诗家音色之妙"。工书法，擅狂草。存《䌹斋诗文集》22卷。䌹（jiǒng）：单衣。

此诗意境为画之意境：春天的原野草色青青，暮归水牛相互追逐从山边过来。赶在太阳落山前往回赶，不然，暮色苍茫归家的路会阴冷下来而变得模糊不清。诗、画合璧，一幅生动形象的牧牛暮归图呈现在读者面前。

### 书百牛图　明·丘睿

我本农家子，儿时曾作牧。倒骑牛背上，蓑笠吹横竹。老大客京国①，久不见此畜。忽然睹斯图，心若有所触。泛观天下物，无物似牛犊。既以拽犁耙，又用转车毂②。为我运百货，为我生百谷。论功亦莫比，论苦亦良酷。云胡世上人，甘心肆口腹？既然食其力，何忍食其肉。水陆珍百品，物物可充欲。孟子有遗言，不忍其觳觫③。

## 注 释

①横竹：即横笛，牧笛。京国：京城，首都，国都。三国魏曹植《王仲宣诔》："我公实嘉，表扬京国。"②毂（gǔ）：车轮中心的圆木，周围与车辐的一端相接，中有圆孔，用以插轴。《老子》："三十辐共一毂。"③觳觫（húsù）：牛恐惧之状。详前注。

## 解 说

作者丘睿（1420～1495），字仲深，号琼台，广东琼山人。景泰五年（1454）进士，官至礼部尚书，文渊阁大学士，特命参与中枢政务，开尚书入阁先例。著有《大学衍义补》等。

此诗作者为牧童出身，从小伴牛长大，对牛甚知甚爱。牛对人而言，功

劳、苦劳均多,而人对牛却无心肝,既役其力,还食其肉!作者最后举孟子遗言,不忍牛被杀前的惨状,呼吁人们爱牛,别再杀牛了。以牛推及其他,爱护动物,仍然是今天的新课题,本诗描述形象,有其现实教育意义。

### 题画牛图(二首)　　明·杨旦

东风吹老绿杨枝,可是春郊罢耒时①。
带雨细齝原上草②,夕阳归路向迟迟。

南亩功成便退身,中流游咏任天真。
牧童何处空江晚,清世应无叩角人③。

**注释**

①罢耒(lěi):地已耕毕。耒为古耕器。②齝(chī):牛反刍。③叩角人:指春秋时布衣宁戚,牧牛时叩打牛角,唱白石歌事。

**解说**

作者杨旦,字晋叔,福建建瓯人。明弘治三年(1490)进士。历任吏部主事、考功郎、太仆少卿、太常少卿、南京户部尚书,后改吏部尚书(辅政大臣)。

此诗描写春耕已毕,农闲的情景,牛儿沐着小雨吃草,天黑时慢慢往回走,连牧童也跑不见了,这时的牛真自在。

### 杂兴　　清·顾嗣协

骏马能历险①,力田不如牛。
坚车能载重②,渡河不如舟。

**注释**

①骏马:好马。《韩非子·十过》:"垂棘之璧,吾先君之宝也;屈产之

乘，寡人之骏马也。"②载量：载重。

## 解 说

作者顾嗣协，字迂客，号依园，又号楞伽山人，江苏长洲（属苏州）人，生卒年未详。清代诗人，著有《依园诗集》等。康熙四十六年（1707），任新会县令。他立志革除弊端，到任后在县署题对联"留一个不要钱的新会县，成一个不昧心的苏州人"以表心志。到任第三年六月，列举先前新会腐败"陋规"12条，申请"勒石永禁"，让后来为官者也受到制度的约束，为地方"除苦累事"。存世有《依园诗集》6卷、《漪园近草》等。

此诗表明物以致用为尚，各种器物有其适用范畴，用于此有效，用于彼未必有效；用于此有大功，用于彼未必有功，不能一把标尺，一个刻度来衡量、要求万事万物，懂得这个道理方能协洽天人，处世圆融。古人有知人善任之说，读此诗，亦可以说知物善用。富含哲理，颇具辩证观。

## 观峄山牧牛歌  清·王尔鉴

牧儿驱牛晓满峄，群牛乱石横山脊。起者伏者石如牛①，卧者立者牛如石②。忽然扣角一长歌，南山白石纷坡陀③。腰间插斧口吹笛，头戴笠子肩披蓑④。醉眠芳草松风下，饮犊归来月在野。借问世上悠悠儿⑤，谁似山中牧牛者？

## 注 释

①石如牛：山上的石头立着，和横卧的牛一样。②牛如石：山上放牧的牛横卧的、站立的，远看像石头一样。③扣角一长歌：用宁戚典。南山白石：宁戚歌中有"南山矸，白石烂"之语，意南山白石，到处都有。坡陀：山势起伏的样子。④笠子：斗笠，用竹条编，内嵌竹叶做帽子。蓑：蓑衣，用一种不容易腐烂的草（民间叫蓑草）编织成的雨衣，也有用棕制作的。⑤悠悠儿：指过着悠闲生活的人。

## 解 说

作者王尔鉴，字在兹，号泰峰，河南卢氏人。清代进士，雍正五年

(1727)任邹县县令。工书,摩崖多留题墨刻。有《巴县志》存世。历史上《巴县志》有三部,一为王尔鉴修的乾隆《巴县志》;二为清同治《巴县志》;三为上世纪30年代,向楚主编有民国《巴县志》。被后人引用最多的,以乾隆《巴县志》为最,又称王志,乾隆旧志。

诗题中的峄(yì)山,又名邹山,在山东邹县东南。

此诗描写牧牛生活的悠闲自在和有趣。牛儿如满坡石头,石头也像牛,牧童一吹笛,纷纷跑下坡,醉了眠在芳草松树下,雨来有蓑衣斗笠,月亮出来方回家。诗通过对牧牛生活的刻画,歌颂芳草松风的大自然,向往乡间林下的自由与宁静。

## 所见 清·袁枚

牧童骑黄牛,歌声振林樾①。
意欲捕鸣蝉,忽然闭口立②。

**注释**

①歌声:指山歌牧歌之声。林樾(yuè):林间空地。唐皮日休《桃花坞》诗:"窦缘度南岭,尽日寄林樾。"②闭口立:形容牧童捕蝉,怕蝉觉有人来,作噤声停步之状,悄悄地向蝉所在树边靠拢。

**解说**

作者袁枚(1716~1797),字子才,号简斋,晚年自号仓山居士、随园主人、随园老人。钱塘(今浙江杭州)人。为清乾嘉时期代表诗人之一,与赵翼、蒋士铨合称"乾隆三大家"。曾任沭阳、江宁、上元等地知县,推行法制,不避权贵,颇有政声。三十三岁父亲亡故,辞官养母,在江宁(南京)购置隋氏废园,改名"随园",筑室定居,世称随园先生。钱宝意有诗颂赞:"过江不愧真名士,退院其如未老僧;领取十年卿相后,幅巾野服始相应。"他有对联:"不作高官,非无福命只缘懒;难成仙佛,爱读诗书又恋花。"作诗主"性灵",认为"自三百篇至今日,凡诗之传者,都是性灵,不关堆垛"。有《小仓山房集》《随园诗话》等传世。其《随园诗话》尤为人所重。

一首五绝,短短二十字,却写出了牧童牧牛的天真与快乐,特别是欲捕鸣蝉时闭口噤声，蹑手蹑脚，慢慢靠拢鸣蝉之神态，读之如见，确系经济笔墨。

## 杂兴·咏史　清·邵葆祺

高阁深源事竟然①，漫夸夷甫不言钱②。
名归青史怜他日，望重苍生忆往年③。
入水牯牛空恋佛④，舐丹鸡犬易登仙⑤。
儒林声气禅林味⑥，祇为人才惜此贤⑦。

### 注　释

①高阁：放置图书的高架。唐韩愈《寄卢仝》诗："《春秋》三传束高阁，独抱遗经究始终。"借指书籍。深源：深深的源头。②夷甫：晋王衍的字。他自诩清高，不说"钱"字。《世说新语·规箴》："王夷甫雅尚玄远，常疾其妇贪浊，口未尝言'钱'。妇欲试之，令婢以钱绕床，不得行。夷甫晨起，见钱阂行，令婢'举阿堵物!'"后阿堵亦与青神、孔方成为钱之代称。漫夸二字，道尽底里，假作清高，令人生憎。③他日：来日，《孟子·梁惠王下》："他日见于王。"④入水牯牛：水牯牛为禅家常用语。此用宋袁州（今江西宜春）杨岐山方会和尚事。宋无为子杨杰论其事云："杨岐会老跨三脚驴，入水牯牛队中，拽把牵犁，种田博饭，横吹玉笛，饱吞粟蒲。四十年来，丛林以为奇特。岂不闻三世诸佛说梦，诸方老宿说梦，是杨岐当日语。不知杨岐自做梦后，还觉也未?"⑤舐丹：吃丹药。《水经注》八公山条称："山上有淮南王刘安庙。（安）养方术之徒数千人，多神仙秘法鸿宝之道。忽有八公，皆顺眉皓素，诣门希见。门者曰：'吾王好长生，今先生无住衰之术，未敢闻。'八公咸变成童，王甚敬之。八士并能炼金化丹，从有入无，乃与安登山埋金于地，白日升天，余药在器，鸡犬舐之者，俱得上升。故山即以八公为目。"⑥禅林：佛教寺院的别称，亦称丛林。有时亦用于指佛教。⑦祇：同只，现在已很少用此字。

### 解　说

作者邵葆祺，字寿民，号屿春，大兴人。嘉庆元年（1796）进士，历任吏部员外郎。有《桥东诗草》等传世。

此诗名为咏史，可能为讽喻当时某朝官之作。首二句仿佛言史，但"事竟然"三字，言外之意说不然之事竟成真了，一定是有人在自诩清高。颔联似实有所指。"怜他日"三字，即为其人之未来能否青史留名担心，而其人为苍生所重已是明日黄花。但不知所指者谁。颈联用宋方会和尚事，说明即使入水牯牛队，自耕而食，躬自修持，勤礼佛陀，也不过是自欺欺人的一场幻梦，何人得道，何人成佛？于事何补？而巴结权贵者终于"鸡犬升天"，修成"正果"，挤进"神仙"之列，有慨叹世上功名利禄，往往不是苦苦修持得来，而是靠投机钻营，走邪门下歪道得来。尾联说其人本是儒林之士，却要去谈空说无，辜负其才，不免为之可惜。

## 卖牛词　　清·端木国瑚

朝向陇上去①，千犁随身走。暮向市上来，千刃随身受。既困牧儿鞭，又苦屠儿手。命尽主人心，肉尽忍人口②。异日要扶犁，陇上还记否③？

**注释**

①陇（lǒng）：田埂；田间稍稍高起的小路。②忍人：狠心的人。③陇上：田埂上面。

**解说**

作者端木国瑚（1773~1837），字子彝、鹤田、井伯，晚号太鹤山人，浙江青田县人。嘉庆间举人，任归安教谕；道光中被召卜寿殿，特授内阁中书。诗的主题是作者见到有人卖牛而联想到牛的种种遭遇。全诗代牛诉说，为牛喊冤。被卖的牛，是被人牵去犁田，还是进入屠门遭杀？早上有一千套犁，等着去拉；晚上有一千把刀，等着去杀；牧人的鞭，屠夫的刀，随时都无情地落下。这太不公平了！牛的主人要想一想，以后在田间扶犁的时候，还记得这个憨厚的老伙计吗？

（冯广宏补充）

## 吴牛喘月 　清·佚名

岂是骄阳曝，缘何喘不休①。梦方安越鸟，气早馁吴牛②。畏日心偏怯，耕云力未酬。急将同鹿铤，误亦等鱼钩③。兔魄人争赏，狐疑尔自愁④。霜从蹄下衬，火向鼻端流⑤。地认燕军垒，途停汉相驺⑥。清时民物阜⑦，牧笛韵成讴。

### 注释

①喘：江淮间的吴地水牛，见月疑是日，因惧怕酷热而不断喘气。②越鸟：古诗有"越鸟巢南枝语"，日落月升，南鸟已安。馁：气馁，灰心丧气。③鹿铤：亦作鹿挺，铤而走险意。《左传·文公十七年》："小国之事大国也，德，则其人也；不德，则其鹿也。铤而走险，急何能择！"后以"鹿铤"比喻为赴险犯难。鱼钩：误以月为日，即如鱼误以钩为饵而吞。④兔魄：指月亮。狐疑：疑虑。《汉书·文帝纪》颜师古注："狐之为兽，其性多疑，每渡冰河，且听且渡。故言疑者，而称狐疑。"⑤霜：此指月光。李白诗："床前明月光，疑是地上霜。"火：吴牛见月生喘，气从鼻出，如受火炙。⑥燕军垒：用田单设火牛阵大破燕军典故。汉相驺（zōu）：汉代高官出行时的车驾及其侍从，亦称驺从。此用汉丞相邴吉于出行途中问牛喘事。⑦清时：清平之时，太平光景。阜：繁富，丰盛，晋常璩《华阳国志》："是时世平道治，民物阜康。"

### 解说

这是一首试帖诗，题用《世说新语》晋人满奋"吴牛喘月"故事，要求考生按固定格式写诗。

此诗用了许多有关牛的典故，诗眼在"兔魄人争赏，狐疑尔自愁"一句，无论何时，皎月在天，人们总是举头瞻顾，分外欣赏。同是禽兽，月升之时，越鸟已安，悠游梦乡，而吴牛偏以为日，狐疑不已，自喘不休。同是一轮明月，心理不同，感受则大相径庭。其寓意为必须认清事物，不要以月为日，不可颠倒黑白，混淆是非，务必准确判断人事。再者不可疑心太重，所谓杞人忧天，自寻烦恼。写诗即为干利禄，求功名，结句免不了说几句粉饰太平的话：

目今世道清明，民丰物阜，战争没有了，灾疫没有了，牧童无忧无虑，牧笛声调悠扬，韵致天成，如歌如吟，悦耳动听，真是一片盛世景象呀！而嘉道之间，清朝败征已显，内忧外患频仍，财用捉襟见肘，用《红楼梦》的话说，渐渐"尽上来了"！

## 看牧牛　　清·程虞卿

边城秋到霜飞早，塞草萧萧折北风①。
一角发声沙碛里②，万牛回首夕阳中。
职当扰猛还谁任③？饥为求刍即尔功④。
我是吴人休问喘⑤，垂鞭且控五花骢⑥。

### 注 释

①塞草：边塞之草，塞外之草。折北风：秋草被北风折断了。②角：古代军队中吹的号角，多用兽角制成。③扰猛：安抚和防御入侵者。④求刍：寻求草料。⑤问喘：用汉相邴吉问牛喘典；又暗用吴牛喘月事。⑥五花骢：杂色的马。《说文》："骢，马青白杂毛也。"

### 解 说

作者程虞卿，字赵人，天长（属安徽省）人。嘉庆十二年（1807）举人。有《水西间馆诗》存世。

此诗点出边塞牧牛，意在扰猛。有牛群之处为我大清国属地，外敌休要来侵扰。诗人来自江南，深知牛性，寄语牧者只管牧牛之职——严守疆土。不过边城的秋天还是肃杀的，万牛散牧虽壮观，然这么苦寒的地方，牧牛守边的工作是丝毫不能懈怠的。

## 牧童归去横牛背　　清·王广业

犹有童心在，言归未遽归①。一枝横牧笛，数尺卧牛衣②。歧路当头转，崇山侧面围③。夕阳鸦翅闪，村店杏花飞④。书少齐腰捆，鞭宜执耳挥⑤。仄行怜蟹躁，倒跨认驴非⑥。乌牸秋消喘，黄鲐叟款扉⑦。南荣如献曝，扣角颂朝晖⑧。

### 注释

①遽（jù）：立即，即刻。②牛衣：牛之御寒被盖物，多用菱草、乱麻编成。《汉书·王章传》："章疾病，无被，卧牛衣中。"颜师古注："牛衣，编乱麻为之，即今俗呼为龙具者。"此用其意。③歧路：本义为岔路，此处有歧途、错误道路之意。当头转：走上错路，立即掉头。侧面围：高山峻岭，四面环绕。④鸦翅：乌鸦翅膀。夕阳余晖在鸦翅上闪闪发光，有金乌西坠意。杏花飞：暗用杜牧《清明》诗意。清明时节，杏花飘零，已届暮春。⑤齐腰捆：暗用李密挂书牛角故事，但书太少，不用挂在牛角上，捆在腰间就行了。执耳：即执牛耳，谓主事者。古诸侯会盟，割牛耳以敦盘盛血，以珠盘盛牛耳，主盟者执盘，使会盟者以血涂口（歃血），示诚信不渝。《左传·哀公十七年》："诸侯盟，谁执牛耳？"杜预注："执牛耳，尸（主）盟者。"⑥仄行：横行。蟹横行，荀子以为其性暴躁。倒跨：民间传说八仙中之张果老常倒骑驴。这样只看到驴尾，不见驴面，把驴的形象也弄错了。⑦乌牸（zì）：青色母牛。黄鲐（tái）：指老人。杨雄《方言》："鲐，老也。秦晋之郊，陈兖之会，曰耇鲐。"《注》："言背皮如鲐鱼。"叟：老丈。款扉：叩门。⑧南荣：屋的南檐。荣为屋檐两头翘起部分。《文选·司马相如〈上林赋〉》："偓佺之伦，暴于南荣。"李善注引郭璞曰："荣，屋南檐也。"沈括《梦溪笔谈》："荣，屋翼也。"献曝：喻献无价值之物，《列子·杨朱》："昔者宋国有田夫，常衣缊黂（fén）（麻衣），仅以过冬。暨春东作，自曝于日，不知天下之有广厦隩室，绵纩（kuàng）狐貉。顾谓其妻曰：'负日之暄，人莫知者，以献吾君，将有重赏。'"扣角：化用宁戚扣牛角典。

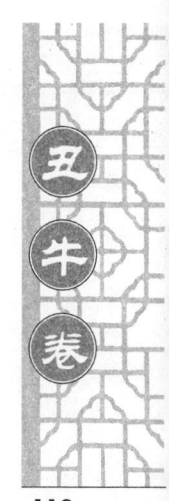

### 解说

作者王广业，字子勤，江苏泰州人。清道光六年（1826）进士。十一年十月由兵部郎中入直，官至漳州府知府。有《海陵竹枝词》等存世。

此亦试帖诗。原题注"句出宋雷震诗"。何按：宋雷震《村晚》原诗为："草满池塘水满陂，山衔落日浸寒漪。牧童归去横牛背，短笛无腔信口吹。"雷诗描绘的是牧童成天放牧，终于任务完成，在薄暮归家时的淡淡欣喜。此诗开头两句，有一种童心犹在，言归未归，无可奈何的情绪。以切牧童归去之旨，以下诸句亦语意双关。

二联牧笛犹在，喻自己虽有一定才能，奈何天不与时，欲售无主，只能如汉之王章，剩得数尺牛衣可卧。三联谓不要临歧而哭，而要及早回头，纵然山围四面，仍有一途可通。说牧童亦喻己。夕阳鸦翅，见得天色已晚；杏花飘零，见得青春不再，有暗喻自己功名不就，老而无成之意。以下诸句，则是作者对往昔生活与见闻之追忆，或对归休生活的憧憬。诗中有对世事、对人情的评议，提醒自己走斜路时，不可妄执，不要像螃蟹那样险躁横行，不要像倒骑驴那样颠倒看人看事。牛到秋梢可以停喘，人到老年可以歇肩，归结到：退处林泉，南荣有可献之曝，一曲商歌，晨阳有可颂之暖。

# 古代涉牛词曲

## 应天长　宋·柳永

　　残蝉渐绝。傍碧砌修梧，败叶微脱①。风露凄清，正是登高时节②。东篱霜乍结③。绽金蕊、嫩香堪折④。聚宴处，落帽风流，未饶前哲⑤。　　把酒与君说。恁好景佳辰，怎忍虚设。休效牛山，空对江天凝咽⑥。尘劳无暂歇⑦。遇良会、剩偷欢悦⑧。歌声阕。杯兴方浓，莫便中辍⑨。

### 注释

　　①碧砌（qì）：碧绿的台阶。修梧：高大修长的梧桐。败叶：枯凋萎黄的树叶。②登高时节：古人以九月上中旬，特别是九月初九，为登高游赏时节。③东篱：东边的篱笆，句用陶潜诗"采菊东篱下，悠然见南山"意。乍结：突然结霜。④金蕊：中秋时节，菊花开放，菊花主要品种为黄菊，故菊花又称黄花。金蕊即金色花蕊、黄花花蕊。嫩香：初放菊花之香。⑤落帽：《晋书·孟嘉传》："（孟嘉）后为征西将军桓温参军，温甚重之。九月九日，温燕龙山，僚佐毕集。时佐吏并著戎服，有风至，吹嘉帽堕落，嘉不之觉。温使左右勿言，欲观其举止。嘉良久如厕，温令取还之，命孙盛作文嘲嘉，著嘉坐处。嘉还见，即答之，其文甚美，四坐嗟叹。"后落帽遂成重九登高雅事。未饶：不让于、不逊于。前哲：从前之贤人哲士。⑥恁（nèn）：这般、如此。牛山：

山名，在今山东淄博市。春秋时齐景公泣牛山即其地。《晋书·慕容德载记》："（慕容德）北登社首山，东望鼎足，因目牛山而叹曰：'古无不死！'怆然有终焉之志。"休效牛山：勿效前人对牛山而哀泣人生短促，应及时行乐。凝咽：悲怆幽咽、哭泣，《文选·谢朓〈鼓吹曲〉》："凝笳翼高盖。"唐张铣注："凝笳，其声凝咽也。"⑦尘劳：尘世的劳碌烦恼，《无量寿经》卷上："散诸尘劳，坏诸欲堑。"⑧剩偷：留与我辈的是偷闲欢悦。⑨歌声阕（què）：歌曲称阕，汉马融《长笛赋》："曲终阕尽，余弦更兴。"歌声阕，即唱歌之声一遍接一遍。杯兴：酒兴。中辍：中途停止。

### 解 说

作者柳永（987～1053），北宋词人。原名三变，字景庄。后改名永，字耆卿。排行第七，又称柳七。崇安（今属福建）人，出身官宦，为人放荡不羁，流连于秦楼楚馆，终生潦倒。宋仁宗朝进士，官至屯田员外郎，故世称柳屯田。创作慢词独多，对宋代慢词发展影响颇大。擅长白描手法，铺叙刻画，情景交融，调常以俚语入词，尤擅中长调，其词流传广远，影响甚大，开一代词风。在词之发展上占有重要地位。有《乐章集》传世。

这是一首描写重阳登高宴饮词，上片写残蝉渐绝，败叶微脱，风露凄清，篱霜乍结，秋气渐深的景象，在这一片萧瑟肃杀的景象中，唯黄花傲霜而开，清香四溢，长人精神，予人勇气，且天高气爽，正是登高宴集的良辰佳期。"落帽风流，未饶前哲"，写出宴享的盛大丰饶，更写出宴集者与前贤一样，皆一时之才人俊杰，不让魏晋风流。

下片写宴乐中作者抒发之感慨，虽有及时行乐，莫辜负良辰美景民之意，其"休效牛山，空对江天凝咽"句，亦表明作者高出前人，直面尘世的旷达胸襟。

此词一洗作者词作中常有的闺阁情，儿女气，有人生得意须尽欢，莫使金樽空对月之慨，为柳词中不可多得者。本词中牛作为山之定语。但以牛名山，足见人们对牛的重视，而牛山之典常用，故录之。

## 渔家傲  宋·欧阳修

七月芙蓉生翠水①，明霞拂脸新妆媚②。疑是楚宫歌舞伎③，争宠丽，临风起舞夸腰细④。　　乌鹊桥边新雨霁⑤，长河清水冰无地⑥。此夕有人千里外⑦，经年岁，犹嗟不及牵牛会⑧。

### 注 释

①芙蓉：莲花别名，多年生水生草本植物，睡莲科。《西京杂记》卷二："文君姣好，眉色如望远山，脸际常若芙蓉。"后因以指美人面。翠水：绿水，翠较之绿更显其柔嫩。②明丽的霞光照在新妆成的脸上，显得分外娇媚。③楚宫：古代楚国宫殿。歌舞伎：跳舞唱歌的女伎。④夸腰细：自夸腰细。史称楚王好细腰，故常以楚腰称女子的细腰。《韩非子·二柄》："楚灵王好细腰，而国中多饿人。"唐李商隐《碧瓦》诗："无双汉殿鬓，第一楚宫腰。"⑤乌鹊桥：指喜鹊所搭之桥，民间传说，每年农历七月七日，乌鹊在银河上搭桥，牛郎、织女始能渡河一会。唐韩鄂《岁华纪丽·七夕》："七夕鹊桥已成，织女将渡。"原注引《风俗通》："织女七夕当渡河，使鹊为桥。"霁(jì)：雨过天晴。⑥长河：银河，亦称银汉、河汉。无地：不尽，无穷，南朝梁任昉《〈王文宪集〉序》："若乃统体必善，缀赏无地；虽楚赵群才，汉魏众作，曾何足云！"冰无地：秋日新雨之后，天高气爽，万里无云，明河在天，一片纯白，宛如无穷无尽的冰晶构成。西人称其为牛奶路。⑦时当七夕，如此良夜，有人却漂泊他乡，离家千里。⑧经年岁：一年或一年以上谓之经年，经年经岁，已在一年以上。嗟(jiē)：文言感叹词。长年漂泊在外，还不及牛郎织女一年一度的鹊桥会哦！

### 解 说

作者欧阳修（1007~1073），字永叔，号醉翁，又号六一居士。原籍庐陵（今属江西）人，出生于绵州（今四川绵阳）。北宋卓越的文学家、史学家、政治家、诗人，为"唐宋八大家"之一。仁宗朝累擢知制诰、翰林学士；英宗朝官至枢密副使、参知政事；神宗朝迁兵部尚书，以太子少师致仕。卒谥文忠。为范仲淹庆历新政的支持者，北宋诗文革新运动的领导者。奖掖后进，苏轼兄弟及曾巩、王安石皆出其门下。其为文辞气超迈，意境雄浑，佳构迭出，其《醉翁亭记》尤为世人传诵。其一生著述丰赡，有《欧阳修全集》，《新五代史》74卷，《新唐书》75卷等。今绵阳南郊有祠名曰六一堂，为纪念欧阳修而建。

欧阳修为唐宋八大家之一,其词深婉清丽,袭南唐余绪。此词取先抑后扬之手法,上片写良宵美景,衣罗飘香,新妆楚舞,醇酒美人之燕乐,止于此,不过是一般及时行乐的泛泛之作,欧阳修不复为欧阳修也。

下片笔锋一转,"乌鹊桥边新雨霁,长河清水冰无地"。雨霁河清,正是牛女渡河相聚的好时辰。可是此刻却有天涯羁旅,触景伤情,望河汉而兴叹,思佳会而伤神。自己长年漂泊,离乡千里,恰是今宵七夕,却不能与家人团聚,享天伦之乐,看小儿女向天孙乞巧,只能茕茕孑立于异地他乡,黯然神伤,比之牛郎织女,犹有不及。此正表示出欧阳修关注苍生,兼济天下的儒者心肠。

## 减字木兰花  宋·苏轼

帝生龙子,颁赐群臣,余答曰:"臣无功受赏。"帝曰:"此事岂容卿有功乎?"同舍每以为笑。余过吴兴,而李公择生子,三日会客,求歌辞,乃作此词戏之,举座皆绝倒。

惟熊佳梦①,释氏老君亲抱送②。壮气横秋③,未满三朝已食牛④。　犀钱玉果⑤,利市平分沾四坐⑥。多谢无功⑦,此事如何到得侬⑧。

### 注释

①熊梦:贤才得明主之征。明吕坤《答孙立亭论格物第四书》:"熊梦有征,麟绂失系,因喜成悲,高怀奈何!"②释氏:指佛教。老君:即太上老君,道教教主。③横秋:喻气势充塞天地。苏轼《次韵王定国得晋卿酒相留夜饮》:"短衫压手气横秋,更著仙人紫绮裘。"④三朝:三天。古人生子,有做三朝酒之习。食牛:指年少而有雄心大志。《尸子·卷下》:"虎豹之驹,未成文而有食牛之气;鸿鹄之鷇(kòu),羽翼未全而有四海之心。贤者之生亦然。"⑤犀钱:洗儿钱。过去婴儿出生满三天,要为婴儿举办酒宴,谓之洗三。玉果:此指柑橘,以其形圆皮光润,故称。唐皮日休《早春以桔子寄鲁望》诗:"不为韩嫣金丸重,直是周王玉果圆。"⑥利市:指喜庆所予赏钱。宋孟元老《东京梦华录·娶妇》:"女家亲人有茶酒利市之类。至迎娶日,儿家

以车子或花檐子发迎客引至女家门,女家管待迎客,与之彩段,作乐催妆上车檐,从人未肯起,炒咬利市,谓之'起檐子',与了然后行。"⑦多谢无功:为调侃语,即主人生儿子我无功劳。⑧侬:我。

### 解说

作者苏轼(1037~1101),字子瞻,又字和仲,号东坡居士,世称苏东坡。眉州(今四川眉山)人,祖籍栾城。其诗、词、赋、散文成就极高,善书法、绘画,是中国文学艺术史上的罕见全才。唐宋八大家之一,其散文与欧阳修并称欧苏;诗与黄庭坚并称苏黄;词开豪放一派,与辛弃疾并称苏辛;书法为北宋四大家之一;其画则开创湖州画派与文人画论。存诗2700余首,其词《水调歌头》《念奴娇》等传诵千古,一新词坛风气,一洗唐、五代以来绮罗之风,脂粉之气。有《苏东坡全集》和《东坡乐府》等传世。

法书有《中山松醪赋》《洞庭春色赋》《人来得书帖》《答谢民师论文帖》《李白仙诗帖》等,绘画有《潇湘竹石图》《小鸡啄米图》《雨竹》等传世。

此词是东坡为李公择生子做三朝酒而戏作。李公择即李常(1027~1090),字公择,少时读书庐山舍,抄书九千卷,后名李氏山房。苏轼作有《李氏山房藏书记》。

此词上片以"惟熊佳梦"起兴,称赞公择得子,为卿相之种,得天地呵护,且未满三天,已有食牛壮气。极尽赞誉能事。下片则一方面赞主人殷勤好客,宴赏丰盛;一方面以"无功受赏"相调侃,令四座绝倒。此词虽为游戏之作,亦能别出一格,贺人生子,不是称此子长命百岁,将来大发,而是得释氏老君呵护,必然能顺利成长,志气高远,将来必为国栋梁。

此词虽称食牛,但牛非儿食,而以之表示新生儿的强壮和豪气。

## 减字木兰花·春   宋·黄庭坚

余寒争令①,雪共蜡梅相照影。昨夜东风,已出耕牛劝岁功②。
阴云幂幂③,近觉去天无几尺。休恨春迟,桃李梢头次第知。

### 注释

①争令:争节令。本已春天,但余寒不消,冬犹不去,欲与春天争雄。

②岁功：一年农事之功。汉王符《潜夫论·爱日》："竟亡一岁功，则天下独有受其饥者矣。"③幂（mì）幂：重叠覆盖貌。

**解说**

作者黄庭坚（1045～1105），字鲁直，自号山谷道人，晚号涪翁，又称黄豫章，洪州分宁（今江西修水）人。北宋诗人、词人、书法家，为江西诗派开山之祖。英宗治平四年（1067）进士。哲宗绍圣初，坐修《神宗实录》失实被贬；新党执政，谓其修史"多诬"，屡贬涪州别驾，安置黔州等地。他早年受知于苏轼，与张耒、晁补之、秦观并称"苏门四学士"。诗与苏轼并称"苏黄"；词亦与秦观齐名。见前注。

这是一首小令，既是劝农词，也是慰人词。春天乍暖还寒，常常让人觉得冬日不尽，春耕无日。本词不是怨冬不去，恨春不来，而是走积极向上一路。纵是春寒料峭，但昨夜东风，已报春归，已出耕牛，准备东作，辛勤的农人，不是坐等回暖，而是与春争时。桃李不畏春寒，已经应节而开，只有奋发，才能早得一分春意。

## 满庭芳·用东坡韵题自画莲社图　宋·晁补之

归去来兮①，名山何处？梦中庐阜嵯峨②。二林深处，幽士往来多③。自画远公莲社④，教儿诵、李白长歌。如重到，丹崖翠户，琼草秀金坡⑤。　生绡，双幅上，诸贤中履，文彩天梭⑥。社中客，禅心古井无波⑦。我似渊明逃社，怡颜盼、百尺庭柯⑧。牛闲放，溪童任懒，吾已废鞭蓑⑨。

**注释**

①归去来兮：陶渊明《归去来辞》首句，此或表作者有挂冠之想。②名山：指庐山。庐阜：即庐山。阜亦泛指山。嵯（cuó）峨：高而峻峭的山势。③二林：庐山东林寺、西林寺，白居易《与微之书》："仆去年秋，始游庐山，到东西二林间香炉峰下，见云水泉石，胜绝第一，爱不能舍，因置草堂。"幽士：出尘绝俗之士。④自画：晁补之此画，是据李公麟画"稍附益而成"。远

公：晋庐山东林寺僧慧远，为中国净土宗初祖。莲社：为释慧远、慧永等十八贤所结诵佛及谈诗之社，因寺池有白莲花，故称莲社。俗家居士有刘程之、张野、周续之，陶渊明因喜饮酒，未去参加活动而逃社。⑤丹崖：赤色峭丽的崖壁。魏嵇康《琴赋》："丹崖崄巇，青壁万寻。"翠户：两山间青翠如门户。琼草：如琼玉般美好之草。金坡：本指翰林院，此言山坡绮丽。⑥生绡：未漂煮过的丝织品，古多用以作画，故亦指画卷。唐韩愈《桃源图》诗："流水盘回山百转，生绡数幅垂中堂。"中履：画之重心所在。天梭：织女之梭。梁简文帝《七夕》诗："天梭织来久，方逢今夜停。"⑦社中客：莲社中人。禅心：禅定之心，清寂无妄之心。古井无波：枯井无水，喻内心淡泊恬静，不为外界所扰。⑧渊明逃社：陶渊明未参加莲社活动。怡颜盼：开心顾盼。此句用陶潜"眄庭柯以怡颜"意。⑨牛闲放：用禅宗故事，谓学道如牧牛，初期要拽紧牛索，不让其任意奔驰。功夫深时，便不需牵扯，随意牧放。见前《牧牛图》注。溪童：指在溪边牧牛之童，即牧童。鞭蓑（suō）：牧鞭与蓑衣，牧牛用具。

**解 说**

作者晁补之（1053～1111），字无咎，号归来子，济州巨野（今山东菏泽市）人。苏轼称其文博辩隽伟，必显于世，由此知名。补之能诗善画，评论艺文人物，有独到处。晚年信佛，多沙门气。《宋史》称其"才气飘逸，嗜学不知倦，文章温润典缛，其凌丽奇卓，出于天成。"为苏门四学士之一，其所作诗文收入《鸡肋集》中，凡70卷，后人另有收录晁补之词作，成《晁氏琴趣外篇》6卷，两种著作辑本，均传于世。

此词以"归去来兮"起兴，道出词人归隐林泉之意。归向是梦寐以求的庐山，由此引出自画《远公莲社图》的初衷。画成，视之真如重到丹崖翠户，琼草金坡。下片主要写画中诸贤，皆有禅定之心。不过我仍在尘寰，如逃社之陶渊明。最后作者以牛闲放，废鞭蓑，进入无可无不可之境界以自解。亦作禅家语。

以词题画者不多，以长调题画尤不多见。此词章法老到，布局井然，从陶潜归去来而想到归隐，想到莲社，时间相隔千年，地域相隔千里，自然不能与远公诸贤聚首，但他能画，将梦中景化为能见之图画，并教儿诵李白长歌以助兴。李白《庐山谣·寄卢侍御虚舟》有"五岳寻仙不辞远,一生好入名山游。庐山秀出南斗傍,屏风九叠云锦张。影落明湖青黛光,金阙前开二峰长。银河倒挂三石梁,香炉瀑布遥相望",亦正是画作中的景象。此词有人有己,有形有神,层层相扣,确是佳作。

末三句说到词作者已渐入修持佳境,能调服心性,达到收放自如,不需勤加约束而能从心所欲,直释子语也。

## 白兔记　元·刘唐卿

**第三十二出私会**

【山歌①】（丑上）牧童儿,牧童儿骑上黄牛短笛吹。春游芳草地,夏赏绿荷池,秋饮黄花酒,冬吟白雪诗。爹娘养我能快活,谁知此地受孤恓②。（此段是唱）

爹娘养我如金宝,如今不值半文钱。自家李家庄上看牛的牧童是也。今朝放十三头牛,出来不见了一头,想是风大吹了一头去了,待我叫他一声："黄牛呵!"

（内应介③。丑）呀!元来棒柸三丫头在此睡着了④,待我藏过了他水桶。我不见牛,他不见水桶,要打与他一同打。（旦醒介）

【粉蝶儿】睡思朦胧（此句是唱）,觉来时却是牧童在此。牧童,我的水桶在那里?

（丑）你可见我黄牛么?

（旦）我不曾见你黄牛。

（丑）我也不曾见你水桶。

（旦）小厮,你去寻将来,与你两个钱。

**注　释**

①山歌：与以下粉蝶儿均是曲牌名。剧中丑角,一般扮小儿或劳动者;旦角,一般饰演女子。②恓（xī）：同凄。③介：戏曲中表示动作或说话的词。④元来：同原来。棒柸（pēi）：讨人厌的,讨打的。元人俗语。

**解 说**

作者刘唐卿，太原人，约元世祖至元十六年（1279）前后在世。有《蟾宫曲》等。

《白兔记》亦名《刘知远白兔记》，演绎刘知远与李三娘故事。刘知远为五代最短朝代汉的建立者，仅四年时间，便为郭威篡夺。《白兔记》一作无名氏作，一作刘唐卿作。

此段元曲，为大剧中的一段插曲，写一个牧牛小厮与一个挑水丫头间找牛找桶之事，富于民间情调，生动有趣。

## 村里迓鼓　元·王大学士

一个放顽撒泼，一个唱歌厮骂。一个村村棒棒牛撒橛乔画①，一个狗打肝腌臜相欠欠答答②。一个弹的捹③，一个舞的虾④，一个唱的哑，一个水底浑如纳瓜⑤。

**注 释**

①村村棒棒：匆忙急迫貌。撒橛（jué）：橛本小木棍，或木制马衔，用以控制牛马。此处撒橛即牛撒欢。乔画：乔装打扮，乱涂乱抹。乔有不着调，不懂行，"老外"之意。如"乔太守"等②狗打肝：不修边幅，仪容不整，蓬头垢面，元人俗语。腌臜（ā zā）相：肮脏的相貌。川中俗语也有此词，不过读（wā zuā），今多不用。欠欠答答：口唇乱动。元卢挚《沉醉东风·闲居》曲："村酒槽头榨，直吃的欠欠答答，醉了山童不劝咱，白发上黄花乱插。"此处有不成腔，不搭调，口齿不明意。③捹（bèn）：手乱舞貌，此处意为乱弹，不成曲调。④虾：像虾一样弯曲，蹦跳，不成舞艺。⑤纳瓜：喻乱摸乱刨。此句倒装，原为"一个浑如水底纳瓜"。

**解 说**

作者王大学士，其人其事不详，或即王和卿，增补本《录鬼簿》记其名云"王和卿学士"，或为一人。曲题"村里迓鼓"，为曲牌名。迓鼓本是鼓谱，元曲即借其为乐调。

这是一首描写村民自娱自乐演戏唱曲的情况,语带调侃。从化妆到弹唱、舞蹈,都被作者尽情刻画为"山寨版"。弹的人笨手笨脚,乱拨乱奏;舞的人勾头驼背,如虾般乱蹦乱跳;唱的人声音嘶哑,不成腔调;动作如在水里捞瓜,东摸西刨,没有章法,可供一笑。作者主旨在逗乐,不必上纲上线。当然,村间社戏,也并不尽如作者所描写的那样一团糟,虽则草台班子,亦大有好戏在、能人在。当年戏剧界的一些前辈,也跑过滩,搭过草台,沦落江湖。

## 【中吕】粉蝶儿·牛诉冤　元·姚守中

【粉蝶儿】性鲁心愚①,住烟村饱谙农务②。丑则丑堪画堪图③。杏花村,桃林野,春风几度④。疏林外红日西晡,载吹笛牧童归去⑤。

【醉春风】绿野喜春耕,一犁江南雨,力田扶耙受驱驰⑥。因为主甘分受苦。苦,苦。经了些横雨斜风⑦,酷寒盛暑,暮烟晓雾。

【红绣鞋】牧放在芳草岸,白苹古渡。嬉游于绿杨堤,红蓼平湖⑧。画工描我在远山图。助田单英勇阵,驾老子暮山居,古今人吟未足⑨。

【石榴花】朝耕暮垦费工夫,辛苦为谁乎?一朝染病倒在官衢,见一个宰辅,借问农夫,气喘因何故⑩?听说罢感叹长吁。那官人劝课还朝去,题着咱名字奏銮舆⑪。

【斗鹌鹑】他道我润国裕民,受千辛万苦。每日向堰口拖船,渡头拽车。一勇性天生胆气粗,从来不怕虎。为伍的是伴哥王留,受用的是村歌社鼓⑫。

【小上楼】感谢中书部,符行移诸处。所在官司,禁治严明,遍下乡都⑬。里正行,社长行,叮咛省谕:宰耕牛的捕获申路⑭。

【幺】食我者肌肤未肥,卖我者家私不富。若是老病残疾,卒中身亡,不堪耕锄,告本官,送本都,从公发付。闪得我丑尸骸不着坟墓⑮。

【满庭芳】衔冤负屈，春工办足，却待闲居。圈门前见两个人来觑，多应是将我窥图。一个曾受戒南庄上的忻都，一个是累经断北疆王屠⑯。好教我心惊虑：若是将咱卖与，一命在须臾。

【十二月】心中畏惧，意下踌躇，莫不待将我衅钟⑰，不忍其觳觫。那思想耕牛为主，他则是嗜利而图。被这厮添钱买我离桑枢，不睹是牵咱过前途，一声频叹气长吁，两眼凄惶泪如珠。凶徒，凶徒，贪财性狠毒，绑我在将军柱⑱。

【耍孩儿】只见他手持利刃将咱觑，唬得我战扑速⑲，魂归地府。登时间满地血模糊，碎分张骨肉皮肤。尖刀儿割下薄刀儿切，官秤称来私秤上估。应捕人在旁边觑。张弹压先抬了膊项，李弓兵强要了胸脯⑳。

【二】却不道"闻其声不忍食其肉"㉑？划地加料物宽锅中烂煮，煮得美甘甘、香喷喷，软如酥，把从前的主顾招呼。他则道三分为本十分利，那里问一失人身万劫无㉒。有一等贪餔啜的乔人物㉓，就本店随机儿索唤，买归家取意儿庖厨㉔。

【三】或是包馒头待上宾，或是裹馄饨请伴侣，向磁罐中软火儿葱椒焐，胜如黄犬能医冷，赛过胡羊善补虚㉕。添几盏椒花露，你装的肚皮饱旺，我的性命何辜！

【四】我本是时苗留下犊，田单用过牸㉖。勤耕苦战功无补。他比那图财害命情尤重，我比那展草垂缰义有余㉗，我是一个值钱底物：有我时田园开辟，无我时仓廪空虚。

【五】泥牛能报春，石牛能致雨㉘，耕牛运土遭诛戮。从今后草坡边野鹿无朋友，麦垅上山羊失伴侣。那的是我伤情处，再不见柳梢残月，再不见古木昏乌。

【六】筋儿铺了弓，皮儿鞔做鼓㉙，骨头儿卖与钗环铺㉚，黑角儿做就乌犀带㉛，花蹄儿开成玳瑁梳㉜。无一件抛残物。好材儿卖与了鞋匠，碎皮儿回与田夫。

丑牛卷

【尾】我原阳寿未终,死的真个屈苦!告你个阎罗王正直无私曲,诉不尽平生受过苦。

### 注 释

①粉蝶儿:曲牌名。鲁:笨。形容牛的性格。②烟村:烟霞笼罩的村庄。饱谙(ān):精通,熟悉。③则:"虽然"的土语。堪画堪图:可以形于书画,历来有许多以牛为主题的画作,或画中有牛。④杏花村:暗用唐杜牧《清明》诗"牧童遥指杏花村"典。桃林:指武王伐纣功成,归马放牛,示其不再用于作战。《书·武成》:"归马于华山之阳,放牛于桃林之野,示天下弗服。"⑤西晡(bū):傍晚,红日西下。⑥耙(pá):将田中泥耙(bà)平的农具。⑦甘分:心甘情愿。横风邪雨:疾风骤雨。⑧白苹:浮生水草。一般生于河塘间近岸处。一作白萍。南朝宋鲍照《送别王宣城》诗:"既逢青春献,复值白苹生。"红蓼:蓼子花之一种,多生水边,五代齐己《放鹭鸶》诗:"白萍红蓼碧江涯,日暖双双立睡时。"⑨田单:用火牛阵大破燕军,前见注。驾老子:老子为传说中的道教始祖,《史记·老子韩非列传》:"于是老子乃著书上下篇,言道德之意五千余言而去,莫知其所终。"司马贞索隐引汉刘向《列仙传》:"老子西游,关令尹喜望见有紫气浮关,而老子果乘青牛而过也。"蓦(mò):突然。山居:出离尘世而居。吟未足:古人今人咏牛之诗犹吟赏未够。⑩官衢:官道。宰辅:辅政高官,一般指宰相。汉王符《潜夫论·本政》:"周公之为宰辅也,以谦下士,故能得真贤。"气喘:指郎吉问牛喘事。⑪銮舆:帝王乘舆,亦指帝王。指郎吉把天气不正而牛喘之事奏报朝廷。⑫伴哥:杂剧中农村少年泛称,元卢挚《蟾宫曲》:"沙三、伴哥来嗏,两腿青泥,只为捞虾。"王留:犹张三、李四,元、明杂剧中一般泛用人名。元石德玉《秋胡戏妻》第一折:"王留他情性狠,伴哥他实是村。"社鼓:农村社日祭神敲击之鼓乐。宋陆游《秋社》诗:"雨馀残日照庭槐,社鼓咚咚赛庙回。"指牛听到这些音乐,也是一种享受。⑬中书部:即中书省,为朝廷传宣诏令之所。此处为押韵而作中书部。符:符令,即政府文告。乡都:乡镇,都市。⑭里正:古时乡官。《公羊传·宣公十五年》"什一行而颂声作矣"汉何休注:"一里八十户,其有辩护伉健者,为里正。"社长:古以社为基层地方组织,选年老晓农事者任社长。唐顾况《田家》诗:"县帖取社长,嗔怪见官迟。"

行：等，们。省谕：领会，知晓。申路：捆绑处罚、申斥、告诫于路人。⑮闪得：抛弃、害得。高明《琵琶记·糟糠自厌》："教孩儿往帝都，把媳妇闪得苦又孤。"⑯受戒：指出家当过和尚，受过戒律。所谓戒律，即宗教规定，凡为教徒，不得违犯的一些行为准则，如释家有五戒，即不杀生、不偷盗、不邪淫、不妄语、不饮酒等。忻都：作者杜撰的法名。累经断：累断经，经借为筋，即韧带。北疆：北边。⑰衅钟：古杀牲以其血涂钟上。⑱桑枢：以桑木作门之转轴，喻贫寒之家。《庄子·让王》："原宪居鲁，环堵之室，茨以生草；蓬户不完，桑以为枢。"将军柱：堂前大柱，亦泛指大柱子。此地指屠牛柱。⑲扑速：同扑簌，本为鸟翅扑腾声，此借作发抖有声。⑳应捕：捕盗贼之吏卒。《元史·宋本传》："在法，民间失盗，捕之违期不获犹治罪，太常失典守，及在京应捕官，皆当罢去。"弹压：宋元时掌纠察的下级官吏，类似下级警官。《元典章新集·兵部·整治军兵》："各处军官千户、百户、弹压人等，每岁十月一日例放伊还家。"抬了：俚语，即整个要下。弓兵：宋元间负责地方巡逻、缉捕的兵士，属巡检司。强要：不给钱硬要。㉑语出《孟子·梁惠王上》："君子之于禽兽也，见其生，不忍见其死；闻其声，不忍食其肉。是以君子远庖厨也。"划（chǎn）地：铲平。加料：加佐料。㉒轮回说，杀生者死后将入畜生道，历无穷轮回，而不得复投生为人。㉓铺（bū）啜：吃喝。乔人物：不三不四之人，无赖汉。㉔随机：随意。取意：随意。南唐尉迟偓《中朝故事》："上又诏重修安国寺，毕，亲降车辇，以设大斋。乃十二撞新钟，舍钱一万贯，令诸大臣各取意击之。"㉕煟（wǔ）：文火慢煨。胡羊：胡地之羊，今亦指绵羊。㉖时苗留犊：魏时典故。《魏略》："钜鹿时苗，字冑，为寿春令。始之官，乘牝牛。岁余，生一犊子。及限，留其犊而去。"唐李瀚《蒙求》："时苗留犊，羊续悬鱼。"田单：战国时齐将，曾摆火牛阵大破燕军。㉗展草：此指报恩。晋陶潜《搜神后记》卷九："广陵人杨生，养狗一，甚怜爱，行止与俱。后生饮酒醉，行大泽草中，眠不能动。时方冬月，燎原，风势极盛。狗乃周章号唤，生醉不觉。前有一坑水，狗便走往水中，还以身洒生左右草上，如此数次，周旋跬步，草皆沾湿，火至免焚，生醒方见之。"垂缰：亦报恩之例。南朝宋刘敬叔《异苑》卷三："苻坚为慕容冲所袭，坚驰骝马，堕而落涧，追兵几及，计无由出。马即踟蹰，临涧垂鞍与坚。坚不能及，马又跪而授焉，坚援之，得登岸而走庐江。"㉘泥牛报春：旧俗于立春时以泥

丑牛卷

土制牛，象征春耕开始，劝农耕种。唐张说《喜雨赋》："越人以泥牛待沃，胡士卖土龙求费。"石牛致雨：石刻之牛能致雨水。《太平御览》引顾微《广州记》曰："郁林郡山东南有一池，池边有一石牛，人祭祀之，若旱，百姓杀牛祈雨，以牛血和泥，泥石牛背，祀毕则天雨大注。"㉙筋儿铺弓：牛筋韧性好，可做弓弦。鞔（mán）鼓：用牛皮蒙鼓。㉚钗环铺：首饰店。钗环为头钗与环佩，皆妇女饰物。牛骨卖与店铺，可做妇女饰品。㉛乌犀带：指以牛角做带扣之类，冒充乌犀的角。㉜花蹄：佳牛、神牛。汉郭宪《洞冥记》："元封二年，大秦国贡花蹄牛，蹄如莲花，善走多力，帝使拳铜石以起望仙宫，迹在石上，皆如花形。"玳瑁：爬行动物，形似龟。甲壳黄褐色，有黑斑和光泽，可做饰品、入药。宋范成大《虞衡志》："玳瑁生海洋深处，状如龟鼋，而壳稍长。背有甲十二片，黑白斑文，相错而成。"此指以牛蹄做梳子，冒充玳瑁梳。

### 解说

作者姚守中，洛阳（今河南）人。曾官平江路吏。约元世祖至元二十七年（1291）前后在世。近人孙楷第考证出姚守中名埭，其先世为营州柳城（今辽宁朝阳市）人。《录鬼簿》将其列在"前辈已死名公才人，有所编传奇行于世者"第二十四人。所作杂剧三种，即《郝廉留钱》《逢萌挂冠》《扯诏立东宫》等，均失传；仅存散套《牛诉冤》，即本套曲。

中吕是一种曲调。古乐十二律之一。十二律分别是：黄钟、太簇、姑洗、蕤宾、夷则、无射（为阳六律，简称律）；林钟、南吕、应钟、大吕、夹钟、中吕（为阴六律，简称吕）。粉蝶儿为曲牌名，南、北曲均有，属中吕宫，北曲较为常见。

这是一首代牛写的冤词。牛是重要的役使家畜，尤其在水稻产区，普遍用牛耕田。因而牛对农业生产，也就是对人的生计，有大功劳。不仅如此，此曲还叙述了牛在历史上曾扮演过的重要角色，如载老子出关，助田单破燕，也写出邴吉因牛喘而感知阴阳失调，气候不好等。历代政府，为了保证农业生产正常进行，都颁布有禁止屠宰耕牛的法令，对屠宰耕牛者都要进行惩处。有农耕需要，有官府文牒，牛可以逃过被屠之劫了吧？不！正当春耕结束以为可以稍事休息，过过闲散日子的老牛，却遇上了两个贪财忘义之徒。一个是当过和尚的忻都,一个是以屠宰为业的王屠。牛的命运由此而定。从一定层面上反映了当时一些人的贪婪,一些下级官吏知法犯法,见违法而不执法,甚至仗势乘机强买强索。尤其是和尚忻都,本应严持不杀生的戒律,应扫地不伤蝼蚁命,飞蛾扑火纱罩灯,现在却干起了杀生的勾当,为了一点蝇头小利,什么戒律法条,阿鼻地狱的惩罚,都可以置诸脑后。

当然,这里涉及如何对待不能再役使的动物的问题。从牛的角度来看,总觉得是冤屈而死的。

本曲构思巧妙,布局严整,层次分明,描写生动,极富情感。尤其是刻画牛之忠勤,"人"之贪婪,形成强烈对比。遣词造句,俚而不亵,雅俗共赏。有的句子相当优美,富有哲理,如"绿野喜春耕,一犁江南雨";"有我时田园开辟,无我时仓廪空虚";"再不见柳梢残月,再不见古木昏乌";卓有词彩,甚堪玩味。其实文学作品俚俗与典雅未必是绝对对立的,典雅之词也可以写出俚俗之作,俚俗之词亦可以包含雅意箴言。正如明朱权《太和正音谱》所评,其词"如秋月扬辉"。在元散曲中,确是佳构。

# 古代涉牛赋

## 犩牛赋  南朝·宋·孔宁子

惟兹兽之攸生,亦栖遐而凭阻①;遁绵野于岷隅,挹清源于庸渚②。奔逸躅而伦㹀,载坟首而乳羍③。茸长犩之繫鬘,戾狼情而首鼠④。迈羔羊之如膏,侔蜉蝣之楚楚⑤。既作表于礼乐,又为容于军旅。奉潘岳之休明,被戎荒而既序⑥。班踩赂而来庭,超邛蒟乎其所⑦。

### 注释

①兹兽:指牦牛。攸:语助词,意近于"所"。栖遐:住在遥远的地方。凭阻:依靠险阻。②绵野:绵延的原野。岷隅:岷山的角落。挹:取水。庸:西土古国,旧属巴方。渚:水中的小块陆地。③逸:奔跑得很快。躅(zhuó):牛蹄。伦:同类。㹀:当作𤙉(zuǒ),山牛。坟首:大头。典出《诗经·小雅·苕之华》"牂羊坟首,三星在罶。"乳羍(zhù):出生五个月的小羊。④繫鬘(pēi shì):胡须奋张之状。戾(lì):逼近。首鼠:踌躇;进退无定。⑤迈:超过。蜉蝣:体形细长柔软的昆虫,有翅不能折叠,寿命很短。⑥潘岳(247~300),字安仁,姿仪甚美,后人常称其为潘安。为西晋文学家,梁钟嵘《诗品》将潘岳作品列为上品。他曾将西行途中见闻感受写成《西征赋》。休明:美好清明。戎荒:西部边远之地。既序:按部就班。⑦班:

献奉。琛(chēn)赂：宝物财货。邛蒟(jǔ)：古代蜀地出产的蒟酱，邛崃一带尤为特产，远销外地。汉武帝时番禺令唐蒙出使南越，就吃到这种蒟酱。

### 解说

作者孔宁子（？～425），晋代至刘宋间的文学家，会稽山阴（今浙江绍兴）人。晋义熙初年，为刘裕（宋武帝）太尉主簿。永初年间，为刘义隆（宋文帝）镇西咨议参军，以文义见赏。景平末，会稽太守褚淡之起用为将军。又曾任黄门侍郎、步兵校尉、侍中等职。

赋中描写的犛牛，今作牦牛，是川西和西藏高山草原特有的牛种，呈黑褐，身体两侧和胸、腹、尾毛长而密，四肢短而粗健，被人称作"高原之舟"，是世界上生活在海拔最高处的哺乳动物。

此赋全文失传，仅类书中摘录此节，是全文中的精华部分。前段形容牦牛的栖息地域和特殊性状，后段说明其食用价值和珍贵地位，常常作为贡品而受到珍视。全节简要而层次严谨，辞藻华丽，用典允当。

（冯广宏注）

## 駃牛赋  南朝·陈·臧道颜

若乃①豪宗威胤②，公侯王后，乘轻御肥③，貂蝉耀首④。翟翟华貂，烁烁云母⑤。良犉擢足于双岛⑥，名骏叠迹于左右。贵游踊跃于绝伦，观者妍媸其好丑。遂慕骏駃以相高⑦，精彼奇选之希有。仪体既美，特资高足。名参飞兔，价齐骥骏⑧。乃有超群独出，骓毛文角，玷斑凝白，鲜纤绢曲⑨。殊相允备⑩，名不虚假。伟质魁梧，骨奇形雅。竦若惊鹿⑪，飙若奔马⑫。

### 注释

①若乃：古赋中常用的前置语。②豪宗威胤：豪门贵族子弟。③轻肥：驾轻车乘肥马。④貂蝉：饰有貂尾和玳瑁蝉之冠帽。⑤翟翟(dí)：翟本羽毛，翟翟谓貂皮衣服驰马乘车时飘飘摇摇貌。烁烁：饰物如云母般闪闪发光，车具装饰华贵。⑥犉(rún)：七尺之牛。擢(zhuó)：擢有登、及义。岛：《集

丑牛卷

韵》："岛，古通鸟。"双岛者双鸟也，如马踏飞燕。双无实义，为与下句左右对偶而已。意为良犇快及双飞鸟。⑦骏驶以相高：良马快牛相同比伦。⑧名参：名参与飞兔同列。飞兔：一作飞菟，骏马名。《吕氏春秋·离俗》："飞兔、要衰，古之骏马也。"高诱注："飞兔、要衰，皆马名也。日行万里，驰若兔之飞，因以为名也。"骥、骤：皆古良马名。⑨骅毛文角：言此牛毛色鲜纤如良马毛色一样光洁。骅为良马名；文同纹；文角为角有花纹。凝白：即白毛虽有少数斑痕，却如冰雪般洁白。鲜：光鲜。纤：纤细，指角之文。绢：如绢般柔滑。曲：牛角弯弯。⑩殊相允备：形象特出，即伟质魁梧，骨奇形雅。殊为奇特，允为助词，确有之意。⑪竦：同悚，此句言快牛急奔时如惊鹿之速。⑫飙：暴风，风速极大。

### 解 说

作者臧道颜，南朝陈人，有《驶牛赋》《吊驴文》等传世。生卒年月未详。文题"驶（kuài）牛"，即快牛之意。古代有名八百里的快牛，豪门养骏马，也争养快牛，用以夸耀于人。这篇短赋以此为题材。读之也可一新耳目，不能全以老牛拉破车为词。

此赋仅存这一段落，文字甚简，但充分表现出古赋的夸张手法。描写快牛，形神俱备，竟言其能与兔、马、鹿并驾齐驱，可称匪夷所思。运用文词，则具优美华贵特色，而且句法参差，音调铿锵，显示出作者的笔力。

（李之正注）

## 牛赋　唐·柳宗元

若知牛乎①？牛之为物，魁形巨首，垂耳抱角，毛革疏厚。牟然而鸣，黄钟满脰②。牴触隆曦③，日耕百亩。往来修直，植乃禾黍。自种自敛，服箱以走④。输入官仓，己不适口。富穷饱饥，功用不有。陷泥蹶块⑤，常在草野。人不惭愧，利满天下。皮角见用，肩尻莫保。或穿缄縢⑥，或实俎豆⑦。由是观之，物无逾者。不如羸驴，服逐驽马。曲意随势，不择处所。不耕不稼，藿菽自与⑧。腾踏康庄⑨，出入轻举。喜则齐鼻⑩，怒则奋蹄。当道长鸣，闻者惊辟。善识门户，终身不惕。牛虽有功，于己何益？命有好丑，非若能力。慎勿怨尤，以受多福。

**注释**

①若：你。②黄钟：十二律吕阳声之首，宏大浑厚。脰（dòu）：颈子。③牴触隆曦：冒烈日。④服箱：拉车，箱为车上盛物之器。⑤蹶块：跌倒泥中。⑥尻（kāo）：脊骨的末端，屁股。缄縢：《庄子·胠箧》："将为胠箧探囊发匮之盗而为守备，则必摄缄縢，固扃鐍。"郭象注："缄、縢，皆绳也。"穿缄縢：指以绳索穿牛鼻。⑦实俎豆：以牛肉为祭品。⑧藿菽：豆类。⑨康庄：大道，五达为康，六达为庄。⑩齐：同挤。

**解说**

作者柳宗元（773～819），字子厚，世称"柳河东"，因官终柳州刺史，又称"柳柳州"。祖籍河东（今山西永济市）。柳宗元为唐代文学家、哲学家、散文家和思想家，与韩愈共同倡导古文运动，并称"韩柳"。与刘禹锡并称"刘柳"。与王维、孟浩然、韦应物并称"王孟韦柳"。与唐代的韩愈、宋代的欧阳修、苏洵、苏轼、苏辙、王安石和曾巩，并称为"唐宋八大家"。

柳宗元出身官宦家庭，少有才名，早有大志。为考进士，初文以辞采华丽为工。贞元九年（793）中进士，十四年登博学鸿词科，授集贤殿正字。一度为蓝田尉，后入朝为官，积极参与王叔文集团政治革新。永贞元年（805）九月，革新失败，贬邵州刺史，十一月复贬永州司马（任所在今湖南省永州市零陵区），在此写下了《永州八记》。元和十年（815）春回京师，不久又被贬为柳州刺史，政绩卓著。柳宗元一生留诗文作品达600余篇，其文的成就大于诗。骈文有近百篇，散文论说性强，笔锋犀利，讽刺辛辣。游记写景状物，多所寄托。哲学著作有《天说》《天对》《封建论》等。柳宗元的作品由唐代刘禹锡保存下来，并编成集。有《柳河东集》《柳宗元集》等。

柳宗元被贬谪柳州后，有感于当地人民杀牛而作这一牛赋。赋文并不转弯抹角，而是开门见山，高度赞扬牛的品格，利满天下，物无逾者，但最终肩尻莫保，使人遗憾。而善识门户、曲意随势的羸驴驽马，则可以腾踏康庄，当道长鸣，以此衬托牛的委屈，为之不平。结句"慎勿怨尤，以受多福"，以命运为托词，作差为慰藉之语，表示无可奈何。此赋虽然写牛，实际上暗含讽世

丑牛卷

之义。

（李之正注）

## 问牛喘赋·答人　宋·梅尧臣

　　客有感前史问牛喘①，广而赋义有由。余得摭遗辞②，掇遗韵，索遗意，而用以酬。夫寒为冬，燠为夏③，和为春，肃为秋。和以发生，则物萌而抽；燠为长养，则物盈而周；肃为登就，则物实而收；寒以闭结，则物藏而休。是则阴阳之道顺，而燮和之职修。

　　若乃当春而燠，是为行夏令；而火侵于木时，则有雨水不降，草木早落；火讹相惊④，疾疫多作。故丞相当是月而见牛喘，恐天令之愆错。问从来之远迩兮，或力或暵而可度⑤。匪贱人而忧畜，实原微而意博。所以元化日调，万汇时若⑥。

　　及其后世，我自我，物自物，天自天，人自人。胡为乎冬，胡为乎春；孰谓差忒，孰谓平均。曰：吾委佩而端见⑦，服美而食珍。上奉天子，下役烝民，夫何预于我哉，我亦无愧于兹辰。

### 注　释

　　①前史：《汉书·邴吉传》记汉宣帝时，邴吉为丞相，出巡，见有互殴者，不问。及见牛喘，乃细问之。言非贱人忧畜，治安自归地方官，而调燮阴阳，天人大事攸关，才是宰相本职。②摭（zhí）：拾取。③燠（yù）：暖、热。④讹：野火，柳宗元《述旧言怀诗》："讹火亟生煆（xiā）。"⑤暵（hàn）：干旱、亢阳。⑥时若：四时和顺，当雨则雨，当晴则晴。⑦委佩：恭敬貌。俯身行礼时佩饰垂至地。《礼记·曲礼下》："立则磬折垂佩，主佩倚，则臣佩垂；主佩垂，则臣佩委。"郑玄注："君臣俛仰之节，倚谓附于身，小俛则垂，大俛则委于地。"端见：端庄恭谨地出现于君前；见即现。

### 解　说

　　作者梅尧臣（1002～1060），字圣俞，世称宛陵先生，北宋著名现实主义诗人。宣州宣城（今属安徽）人。宣城古称宛陵，世称宛陵先生。初试不第，以荫补河南主簿。50岁后，于皇祐三年（1051）始得宋仁宗召试，赐同进士出身，为太常博士。以欧阳修荐，为国子监直讲，累迁尚书都官员外郎，故世称"梅直讲""梅都官"。曾参与编撰《新唐书》，并为《孙子兵法》作注，所注为孙子十家注（或十一家注）之一。有《宛陵先生集》60卷。

作者为了酬和他人而作此赋，以汉丞相邴吉问及牛喘之事为主题，可说是借牛发挥。主旨是阐述为官者应当如何执政为民。赋中提到，一方面应该重视时令，要与人事（古时主要为农事）相调和，不能任意役民，要像邴吉那样调协阴阳，做到"元化日调，万类时若"；一方面也含有防御灾害，及时济众之意，

不能如后世之官不管天人，不管时令差忒，食禄不干事。

（李之正注）

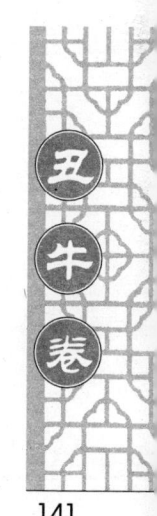

中国生肖诗歌大典
第二辑（卷三）

# 寅虎卷

李之正　陈述爵　主编

## 生肖林中觅寅虎

**虎在十二生肖中的地位**

新世纪第一个年代的末尾——2010年，农历是庚寅年，那是个虎年。

寅虎在十二生肖中排位第三，继子鼠、丑牛之后。因为虎的繁殖期大多较集中在每年十一月到来年的三月，建"寅"的正月恰在其中，位于子、丑两月之后。老虎习惯于白天睡觉，夜晚活动；雌雄交配也多在觅食饱足之后的寅时，也恰在子丑二时之后。故"寅"与"虎"相联属，自是理所当然。所以古纬书《易卦通验》上说："立秋如虎啸，仲冬虎始交，或云月晕时乃交，又云虎不再交，孕七月而生。"生于"摄提格之年、孟陬之月、析木之日"的明代江南才子唐寅，取其字为伯虎，显是自然之理了。

虎，在十二生肖中给人的印象很深，因为自古以来，它便是人类顶礼膜拜的神物，很受国人的尊崇、敬畏、喜爱。《周易·乾·文言》说："云从龙，风从虎，圣人作而万物睹"，虎由于行走生风，居然与龙相提并称，象征着圣人有所作为。《履》卦（☱）辞还有"履虎尾，不咥人"之语，虎不伤人，前提是人类要刚正而和悦。《颐》卦（☶）六四爻辞说："颠颐，吉，虎视眈眈，其欲逐逐，无咎。"说的是虎攫食其他动物，乃至人畜，是理所当然的事，因为大自然就是这样的"物竞天择"。《革》卦（☱）九五爻辞："大人虎变，未占有孚。"象辞则说："大人虎变，其文炳也。"意思是说，大人物要改变得文采绚烂，很有体面，必须先有诚信，给人一种可敬的形象，并不在乎占卜。《周易》本经里有这么多地方提到虎，可见上古时代的先民，对虎是相当了解和关切的。

在古代神话里，虎常是仙人的坐骑或所养的宠物，并被认为是陆地上所有兽类的统治者。虎为百兽之王，威猛、英武、强大、有力，是健康美的化身，也是勇敢品德的标志。所以出生于虎年的人，被认为是英勇、乐观者，也是宽容、慷慨者，他们能够长寿而且善于领导。当前流行的民俗文化说法中，认为虎年生的人，外见宽容，内心刚强，有好勇好誉之情；但为人有舍己成仁的气概。这种人个性较为固执强硬，有时专断独行，喜冒风险，百折不回，对自己充满信心；而且性情坦白磊落，赢得人们信任。他们不会把东西囤积起来以备将来不时之需，但却能随机应变。属虎的人天生喜欢接受挑战，不喜欢服从别人。可是正因为有这种性格，在感情生活上，无论是夫妻关系还是热恋中的情人，总是有些好事多磨——这些拟虎于人的话，古代就传播了下来，现代人当然不能全信，但足以说明，人们总是在不断探索虎与人类生活的关系，企图从虎的特性那里得到生活上和做人方面的启迪。

**虎与天文星象的关系**

中国人对虎非常熟悉和喜爱，在五六千年前的黄帝时代，就以它满身威武和野性，闯入中华先民的视野，受到特殊的青睐和礼遇，被视为"四神"之一，是"二十八宿"时节不可替代的图腾。

提到"二十八宿"，那就说来话长了。上古时期天文学家开始发现，在穹隆似的天空中，有一条比较恒定的太阳运行轨道，于是称之为"黄道"，在现代人看来，黄道实际是太阳各年视运动的平均轨道，亦即地球绕日公转的平均瞬时轨道。天文学家用日晷测影的办法，又知道了穹隆似的天区里还有一条"赤道"，在现代人看来，那就是地球赤道向着天区的投射。天空中赤道与黄道并不重合，而是大致交夹成 $23°26'$ 的弧角，并且形成两个东西相对的交叉点，那就是春分点和秋分点。相对而言，赤道与黄道间还有两个离得最远的"至"点，那就是夏至和冬至两点。接着，为了要知道一个"太阳年"里到底有多少天，所以急欲求得的办法是把春分那个节气固定下来，作为农业耕种的开始日期。

相传上古时代五帝之一的颛顼建都帝丘时，就曾组织当时的天文学家，编成了一部我国最早的历法《颛顼历》，把一年定为 366 天。至迟在战国时代，天文学家还沿着那条黄道线，将空中的恒星群进行分区，比较整齐地划出了二十八段，每段有个比较明显的星座（宿），称之为"二十八宿"，同时确定了他们的名称。四个象限里各有七宿，东方的苍龙七宿是：角、亢、氐、房、心、尾、箕；北方的玄武七宿是：斗、牛、女、虚、危、室、壁；西方的白虎七宿是：奎、娄、胃、昴、毕、觜、参；南方的朱雀七宿是：井、鬼、柳、星、张、翼、轸。其中与虎有关的西方七宿，有着"白虎"之名，以"觜觿"为虎首，与东方的苍龙七宿恰相对应。

远古先民最初是靠对星象和气候的客观观察来定季节的。当时居住在黄河流域的各民族，都从事于农业和畜牧业生产，了解一年之中的季节变化，是头等重要的大事。到了商周时期，人们观察到春初薄暮出现的二十八宿中之"心宿二"，即带红色的亮星"大火"（天蝎座α2），可以作为一个重要的标志物。《尔雅·释天》将它记录下来："大火谓之大辰。"晋郭璞注："大火，心也，在中最明，故时候主焉。"当大火出现于东方时，温暖的春天来了，耕种的季节到了。换句话说，当太阳的周年视运动运行到大火的位置时，春分即将来临，一年四季由此不难划分。可见古人辨认季节，是从区分春秋二季开始。《三国志·蜀志·秦宓传》："天帝布治房、心，决政参、伐。"房、心，参、伐皆为星名，从远古起始，先民辨识春秋二季，就分别以这些亮星为准。

在西方，曾将天区黄道附近区域分成十二个区段，每段都有一个星座坐镇，称为"黄道十二宫"，这与古代中国人"二十八宿"的思路相同，只不过粗糙了一点。直至明末，学者始将黄道十二宫的天蝎宫与大火对应起来。

作为上古二十八宿的实物证据，河南新郑市博物馆藏有一件东汉时期的"四神规矩铜镜"。镜的背面有着精美的纹饰，其中铸有"青龙、白虎、朱雀、玄武"的图形，分布在镜钮中心外区的左右上下，因居四方之位，故称"四神"。其中白虎正是西方之神。

殷商甲骨卜辞中也有四方神名——东方曰析，析从木，木盛在春，木神就是"句芒"，亦即春神、龙神；春天过去了，秋天即来临，春种秋收，秋天草木枯萎，西方落叶，一片肃杀，似乎是一种神力所致，这个神是威猛可怕的，于是选择了兽中之王猛虎来作为这个神的形象。虎，古音同"下"，与辰字从"上"的意思相反。虎神就是秋神。

虎神与天象的关系，还有下面这些线索。天空中与东方辰星相对的是西方

参星,辰为龙星,参为虎星。由于一个在东,一个在西,二星不得相见。参、辰各主一时,东方七宿在春天出现,主生;与之相对的西方七宿在秋季出现,则主杀。人们以虎代表西方七宿,五行中西方属金,色白,所以叫"白虎"星,带有杀气。直到现代,还流传着男女婚姻上的若干宜忌,比如说属虎的和属龙的结婚会"龙虎相斗"。不过"白虎"本身并不是什么怪物,《宋书·符瑞志》载:"王者不暴虐,则白虎仁,不害物。"白虎被古人视作"五灵之一",所以称"神";而且白色又被视为圣洁、高贵的象征,应该属于一种祥瑞。

**真实生活中的虎习性**

在生物学里,虎属于猫科动物,是当今亚洲处于食物链顶端的现存食肉动物之一。它拥有猫科动物中最长的犬齿,最大的爪子,集力量与敏捷于一身。虎的前肢一次挥击的力量,可达1000公斤;爪刺深度可达11厘米;一次跳跃最长的跨距可达6米!可说是最完美的捕食者。

全世界的虎有8个亚种。几乎整个亚洲地带的森林中,都有它的足迹——向北扩展的西伯利亚虎;向西延伸的西亚虎;向南迁徙的东南虎;向西南开拓的孟加拉虎;更有一些跨海而达南洋的苏门答腊虎、爪哇虎和巴里虎。

一般雄虎身长约2米,体重约190公斤,尾长约90厘米;雌虎身长约1.7米,体重约140公斤。体型最大的西伯利亚虎,身长可以达到2.6米,体重320公斤。虎的怀孕期一般为95~110天,每胎产仔2~4个,可也有生1仔或5仔的时候,可生到六、七仔的情况极为稀少。虎的寿命很少超过20年。

老虎一般昼伏夜出。它们比较爱水,也擅长游泳,只要在植物浓密而且有水的地方,便可住下。它也像狗那样,喜欢四处撒尿,抓磨树干来留下标记。

虎没有固定的巢穴。为了觅食,它不可能久居一处。因此,虎即使在自己的领域内,也会经常移动。在一处猎获之后,连吃带休息可能停留一至三天,然后再到另一处捕猎,再停个两三天,然后再移到第三处,大约十天左右一个循环。个别的虎也会远走他方,这可能由于原来领域中实在缺食,经常找不到食物,只好另找地盘。

老虎遇到猎物时,往往先寻找掩护体,慢慢潜近,等到猎物靠近时,就突然跃出,攻击猎物的背,这样就能避免被对方反扑时所伤。老虎用爪子抓穿猎物的背以后,把它拖倒在地,再用锐利的犬齿紧咬它的咽喉,使它窒息,直到猎物死亡才松口——这种攻击方式,是猫科动物采取的典型方法。老虎在捕猎和打斗时会经常受伤,简单的伤对于它们并无大碍,这是由于免疫力强。凡是战死的老虎,基本上都伤在致命的地方。

成年的老虎一天平均吃下6公斤左右的肉,一年大概能吃2200公斤左右。有人调查过,东北虎猎食的各类动物,包括野猪、马鹿、驼鹿、梅花鹿、狍子、麝、野兔、猞猁、狼、黑熊、棕熊等等,有时野猪可占70%。

虎终身都能认识和自己有血缘关系的同类。一个虎的家庭,雄虎负责保卫领地,随时会回到母虎和幼虎的身边。当幼虎长大以后,雄虎便到很远的地方寻找新领地。有时成年虎虽然不和自己父母亲在一起,但却会通过标记或气味来联系——猛虎其实也蛮有柔情。

**虎在民俗文化中的形象**

在传统的民俗文化中,虎文化是重要的组成部分。长期以来,虎一直被当作权力和力量的象征。

虎为百兽之长、山林之王,故有"山君"之号,一直为人们所敬畏。李时珍《本草纲目》描述虎:"山兽之君也,状如猫而大如牛,黄质黑章,锯牙钩爪,须健而尖,舌大如掌生倒刺,项短鼻塞。夜视一目放光,一目看物,声吼如雷,风从而生,百兽震恐。"

在古代传说中,人们相信虎是极其有力的动物。民间视虎为神兽,借其威猛、勇武而镇祟辟邪、保佑安宁,老百姓往往喜爱悬挂老虎的画图,认为虎能驱除家庭的三大灾难——火灾、失窃和邪秽。

汉代《风俗通》说:"虎者阳物,百兽之长也。能噬食鬼魅……亦辟恶。"相传上古之时,有兄弟二人,名叫神荼和虞,性能执鬼。常常在度朔山上的桃树下,检阅百鬼,如果百鬼无理,妄与人祸,神荼与虞就要缚以苇索,执以饲虎。于是后人常常在家门上面,装饰起桃人、苇索,并且垂虎形于门,认为这样便能辟邪驱祟。那时的虎画,经常被挂在墙上,并且正对着大门,觉得这样一来,恶魔便会因惧怕老虎而不敢进入。直到当今社会,也有儿童戴着虎头帽、穿着虎头鞋,用以驱邪。有的人还睡虎头枕,以便使自己像老虎一样,更加强壮。在中原地区的陕西,姑娘的陪嫁品中,必有一对特大的面老虎,当地

还有给新娘挂面老虎的习俗。

在早期，人们还认为虎能减除旱灾。有人相信，一头虎在500年后将变得雪白，然后还能再活1000年。因为它是动物中的神灵，当它们死后，灵魂将渗入地下变为琥珀——这便是"琥珀"一词的由来，意思是"虎之魂魄"。

虎还是高尚、威望的象征。在中国古代法庭上，放着许多"虎头牌"，上面多能见到"回避""肃静"的字样。古时的"虎符""虎节"，是调兵遣将的信物、兵权的凭证。加上"虎"的状语，每每能使人肃然起敬。如"虎将"喻将军英武善战；"虎子"喻儿子雄健奋发；"虎士""虎夫""虎贲""虎步"，喻英雄好汉及其威武雄壮的步伐。武科进士榜为"虎榜"；睥睨雄视称"虎视"；形势雄威称"虎踞"。豪雄人杰奋发有为称"虎啸生风"，古来又有"大人虎变""君子豹变"的说法。《易经·革》（☲）云："大人虎变，其文炳也。"《疏》曰："损益前王，创制立法，有文章之美，焕然可观，有似虎变，其文彪炳。"以后常用以喻大人物的行止屈伸，变化莫测，如虎身上斑斓多彩的花纹。吉祥图案里的"大人虎变"，多为山林猛虎的花纹图案，常见于什器、衣料上面。

在我国许多地方，每逢端午节，人们还有随身配饰"艾虎"的习俗，或以艾编成，或剪彩为虎，粘艾叶，以求"艾虎镇五毒（蝎、蛇、蜈蚣、蜘蛛、蟾蜍）"。各地的"艾虎"，形式多样，种类很多，如安徽淮北地区是用黄布给孩子做肚兜、鞋子，上面绣上虎头，另点缀五毒形状；北方各地是给娃娃手腕上扎五色线，佩艾虎香包；华东等地的习俗则是剪彩帛制虎头，虎头上缀着大蒜、八卦符、小粽子等物，系在儿童背上以辟邪。许多地方还用雄黄酒在孩子额头上书写"王"字，模仿老虎的脸型。这一方面表示人们对虎的崇拜，一方面借雄黄以驱毒，借虎威以镇邪，还寓意表达对孩子的祝福。

虎的特性是谨慎、低调，但由于身强力大，爪牙锐利，威猛无比，人们又害怕它，又尊重它。由畏生恨，有时把它同豺狼蛇蝎连属并提，俗语里就有虎狼之心、养虎贻患、放虎归山、虎入羊群、为虎作伥、三人成虎、谈虎色变、拉大旗作虎皮、笑面虎、房老虎、电老虎、油老虎等恶语。于是打虎就成了英雄，驱虎、灭虎就施了善政。由于人类的大量捕杀，到如今虎群大量消失，现在虎又成了珍稀保护动物，即使是英雄，也不得用武虐虎、杀虎，否则就触犯了刑律。

人对虎有这种两面心情，既崇敬又害怕，既喜爱又憎恶，想来也很可笑。虎既与人隔阂很深，相反又并不生疏，总体说处于一种微妙的矛盾之中。正因为如此，人对虎的了解就比较详细。所以历来虎在画家笔下，有很多生动逼真的造型；出土文物中，金铸玉雕的虎也不少。从旧石器、新石器的岩画上，商周的青铜器中，秦汉的石雕里，魏晋南北朝的壁画上，乃至唐宋诗画以及明清文人诗文、小说中，虎的形象被刻画得栩栩如生、淋漓尽致，这些作品分布在我国东北、东南、西南、华南（黄河、长江流域）广大地区。可以说，虎在中国文化传统中是极其重要的组成部分，它在人们的心目中，好的方面多于负面的东西。如民间相传的一些故事，楚国最贤明、最勤政的宰相令尹子文，原是一个被抛于野外的弃婴，虎不但没有吃掉他，反而哺乳他，让他长大成人，为了不忘虎恩，取名为斗穀於菟。所谓"於菟"，就是楚语中虎的意思。

据唐人小说记载，唐乾元初年，吏部尚书张镐把女儿德容许给了裴冕的儿子越客，相约来年成婚。不料尚书被贬房州司户，怀疑女婿来年未必赴约。到迎娶那天，张镐设宴于花园。其间，忽有一猛虎将姑娘衔走，径直送到越客旅居之处，遂得成婚。现在，贵州、陕西民间往往保留有虎媒之祠，以记其事（见《太平广记》），祝愿有情人终成眷属。虎有成人之美的神话传说，还有《景帝梦虎》《老虎抛来的姻缘》《老妇与虎》等，至今仍在民间流传。

**古代诗文中描写的虎**

从古以来，写虎的诗文很多，可见虎在文人心中的地位。《诗经》中虽未见咏虎诗篇，却有咏虎的诗句，比如"有力如虎，执辔如组"（《邶风·简兮》）；"袒裼暴虎，献于公所"（《郑风·大叔于田》）；"取彼谮人，投畀豺虎"（《小雅·巷伯》）如此等等。再如"不敢暴虎，不敢冯河"（《小雅·小旻》），那就是成语"暴虎冯河"的出处，意思是空手搏虎，徒步渡河，比喻冒险行事，有勇无谋。其后楚辞里也有咏虎之处，如《招隐士》有三处涉及"虎"，分别是"猿狖群啸兮虎豹嗥，攀援桂枝兮聊淹留""罔兮沕，憭兮栗，虎豹穴""虎豹斗兮熊罴咆，禽兽骇兮亡其曹"。

楚辞之后、唐代之前的诗中，未见专门咏虎的篇章。唐储光羲的《猛虎词》，可谓是今天所能见到的较早的咏虎诗篇了。古诗中以"猛"字修饰虎的诗句很多，在清人所编的《全唐诗》里，"猛"与"虎"连用者共有57处，

寅虎卷

而以《猛虎行》为题的诗，便有李白、韩愈、张籍、李贺、李咸用、齐己等诗人之作。在《全宋诗》中，"猛虎"两字连用的共有205处，如梅尧臣的五律《道傍虎迹行》前两联："朝履猛虎迹，暮宿猛虎林。猛虎终夜啸，阴风生远岑。"提到"猛虎"一词便有三处。宋陆游的诗句"行人畏虎少晨起，舟子捕鱼多夜归"（《初寒》），清顾亭林的诗句"空山向晚城先闭，寥落居人畏虎狼"（《居庸关》二首之二），还反映出人们对虎的畏惧心理，衬托起"猛虎"之猛。

在古诗中，有些并非真的咏虎，而是以虎衬托所喻之威。如宋代释惠崇的《句》中"杀气生龙剑，威风动虎旗"（其五十三）与"剑静龙归匣，旗闲虎绕竿"（其九十），反映古人以"虎旗"来壮胆扬威；宋范仲淹的《出守桐庐道中十绝》（其三）中的诗句"宁知白日照，犹得虎符归"与梅挚的《五日公宴》中的诗句"虎符新合晚芳天，良会难并乐与贤"，反映古人以"虎符"作为调兵遣将用的兵符；而宋吕本中的诗句"七年此端居，畏病如畏虎"（《符离阻雨》），是以"畏虎"来比喻"畏病"；欧阳铁的诗句"爱山如爱酒，畏暑如畏虎"（《句》其十五），是以"畏虎"来比喻"畏暑"；许棐的诗句"倦骨畏寒如畏虎，可曾一步出柴扉"（《迓张宰》），这是以"畏虎"来比喻"畏寒"。

汉魏间著名诗人王粲的诗句"西京乱无象，豺虎方遘患"（《七哀诗三首》其一），则是以"豺虎"比喻搅乱"西京"、致使民不聊生的一方恶霸。以虎为衬托而具有代表性的，还有唐裴说的诗句"深山不畏虎，当路却防人"（《旅行闻寇》）；还有宋代诗僧释居简的诗句"民不畏虎宁畏官，汝遑恤我输官难"（《第三度风潮》）。明初的解缙，才情横溢，曾主持编修《永乐大典》，他奉献过一幅《猛虎顾彪图》，画着一只老虎回过头来注视着一只小虎，并在上面题诗一首："虎为百兽尊，谁敢触其怒？唯有父子情，一步一回顾。"此诗寓有深意，后来鲁迅"怜子如何不丈夫"的诗句，则与之异曲同工。

本卷收录了一些古代有关虎的诗歌，包括《诗经》《楚辞》，以及许多古体诗、乐府诗、近体诗、宋词、元杂剧和赋文。这些历代诗文，从不同时期的不同角度，描述虎的自然属性，虎与人类的关系，虎与中国传统文化的渊源，以及通过虎表达作者的社会认知和喜怒哀乐的思想感情。我们选文、注释和解说，试图让读者能较全面而深刻地认识作为生肖之一的虎，其本质属性和它对人类社会生活的启示作用。即使是部分民间俗语、儿歌，对当今多元化的文化领域，也能起到一定的参照作用。

千百年来，人们总是不断探索虎与人类生活的关系，企图从虎的特性那里得到生活的启迪。

虎文化和任何事物一样，都带有两面性。让我们从正面汲取、发扬虎的可贵的东西——不入虎穴、焉得虎子；众虎同心，大人虎变，用以指导我们的生活，勉励我们奋发有为。限制、剔除负面的东西——虎荡羊群，虎落平阳，假虎张威，为虎作伥，调整好人与人、人与社会、人与自然的关系，使我们生活得更加美好！

# 古代涉虎诗

## 西王母吟

徂彼西土，爰居其野①。虎豹为群，於鹊与处②。嘉命不迁，我为帝女③。彼何世民，又将去予。吹笙鼓簧，中心翱翔④。世民之子，惟天之望⑤。

**注释**

①徂：往，去。西土：西方之土，作为国名，《尔雅·释地》："觚竹、北户、西王母、日下，谓之四荒。"郭璞注："西王母在西，皆四方昏荒之国。"作为仙人，既称西王母，其居地自然在西。爰居：乃居。《诗·邶风·击鼓》："爰居爰处。"亦有迁居意。《三国志·吴志·钟离牧传》："少爰居永兴，躬自垦田。"此两意皆可用。②於鹊：乌鹊。於为乌之本字，郭璞注："於，读曰乌。"山海经注亦作乌。③嘉命：美好的命运，亦指上苍所赐之命。不迁：不移，不变。帝女：天帝之女。西王母自述为上帝之女。④翱翔：此作徘徊犹豫貌。宋苏轼《答李琮书》："今韩存宝等诸军，既不敢与乞弟战，但翱翔于近界百余里间。"⑤世民之子：世民，俗民，凡人。世民之子指周穆王姬满。望：希望，厚望。此处望读平声。《诗·小雅》："万夫所望。"

**解说**

西王母乃传说中的神人。《山海经·西山经》："西王母，其状如人，豹尾虎齿而善啸。"由此观之，西王母或西部是以虎豹为其图腾的部族之一。

诗录自逯钦立《先秦汉魏晋南北朝诗》，出《穆天子传》。《穆天子传》为西周神话故事，以西周穆王西游为背景，载于晋太康二年出土的《汲冢竹书》。此诗为西王母吟唱以酬穆王者。

诗前六句王母叙述其经历与身世，称其为天帝之女，受命迁往西方之土，于此荒僻，只能与虎豹为群，与乌鹊相处。此句亦有乌鸦负日，经一天运行，落于西方之意，故与乌鹊相处了。说明自己独处荒僻的寂寞与无奈。后六句有惜别之意。才相逢，又别离，又将孤栖独处，与虎豹禽鸟为邻，故心中徘徊悱恻。后两句为慰勉之言，劝穆王好自为之，不负上天之望，即不负百姓之望。

（何焱林补充）

## 国风·郑风·大叔于田

叔于田，乘乘马①。执辔如组，两骖如舞②。叔在薮③，火烈具举④。袒裼暴虎⑤，献于公所。将叔勿狃，戒其伤女⑥。

叔于田，乘乘黄⑦。两服上襄，两骖雁行⑧。叔在薮，火烈具扬⑨。叔善射忌，又良御忌⑩。抑磬控忌，抑纵送忌⑪。

叔于田，乘乘鸨⑫。两服齐首，两骖如手。叔在薮，火烈具阜⑬。叔马慢忌，叔发罕忌⑭，抑释掤忌，抑鬯弓忌⑮。

### 注释

①大叔，大读作太，大叔指郑庄公姬寤生之同母弟姬（叔）段。其封地名京，故又称京城大叔。注意，此京乃地名，非国都。乘乘（shèng）马：前为动词，后为名词。乘为古人计马数，四马为乘，《论语》："陈文子有马十乘。"清刘宝楠正义："一乘是四匹马。"②辔：马缰。如组：如同丝编之带。《郑笺》："如组者，如织组之为也。"骖（cān）：驾车四马中，两旁的两匹马称骖。③薮（sǒu）：湖泽边低地，草木丛生、禽兽聚居之所。④火烈：举火

炬烧草，逼使野兽从林薮逃出。一说烈同列，郑玄笺："列人持火俱举，言众同心。"孔颖达疏："火有行列，俱时举之。"具举：具借作俱，齐举。⑤袒裼（tǎn xī）：空拳赤膊。暴虎：与虎相搏。暴、搏古音相近。毛传："空手以搏之。"⑥将（qiāng）：请。《韵会》："七羊切，音锵。请也。"狃（niǔ）：习以为常，不以为意。⑦乘（shèng）黄：四马皆黄。又乘（chéng）黄，亦泛指良马。⑧服：驾辕的马。古为独辕车，左右各有一马驾辕。上襄：良马。《郑笺》："襄，驾也，上驾者，言众马之最良也。"或前驾。王引之《经义述闻·毛诗上》："上者，前也，上襄犹言前驾，谓并驾于车前。"两骖：古驾车服马旁边的二马称骖。雁行：若大雁左右排列。⑨具扬：同时举火把。⑩良御：驾车高手。忌：语气词。⑪抑：语气词。磬控：驾驭。毛传："骋马曰磬，止马曰控。"纵送：御者驰逐之貌。⑫鸨（bǎo）：同駂，乌骢，即黑白杂毛马。⑬齐首：齐头并进。如手：两边骖马如左右手听指挥。阜：旺盛。⑭发：发矢。罕：稀少。⑮抨（bīng）：箭筒的盖子，一指箭筒。鬯（chàng）弓：即装弓入囊。忌字为句末语词，如楚辞中之兮等。

### 解说

春秋时郑国地处中原，在今河南中部。出现了一种具有地方色彩的新曲，与雅乐别具一格，时人季札称其"美哉，其细也甚"。"郑风"绝大部分是情诗，此与郑国风习不无关系。"郑风"有诗21篇，皆为东周时期之诗。

大即太，大叔即京城太叔，庄公弟共叔段。关于太叔段的故事，见于《左传·郑伯克段于鄢》。歌中赞美大叔田猎时的英勇行为。诗歌分三章，第一章写围猎湖边，活捉猛虎；第二章写他是射猎神手，驾车能人；第三章总写打猎，凯旋而归。从三章反复吟唱其驾车的英姿和猎火的场面，热烈地颂扬这位青年猎手的善御、善射和善猎的本领，尤以其中的"袒裼暴虎，献于公所"的为公出猎，写得出色感人。状物写人形象逼真，叙事抒情优美动人。

（何焱林补注）

## 小雅·节南山之什·小旻

旻天疾威，敷于下土①。谋犹回遹，何日斯沮②？谋臧不从，不臧覆用③。我视谋犹，亦孔之邛④。

潝潝訿訿⑤，亦孔之哀。谋之其臧，则具是违⑥；谋之不臧，则具是依。我视谋犹，伊于胡底⑦。

我龟既厌，不我告犹⑧。谋夫孔多，是用不集⑨。发言盈庭，谁敢执其咎⑩？如匪行迈谋，是用不得于道⑪。

哀哉为犹，匪先民是程⑫，匪大犹是经⑬。维迩言是听，维迩言是争⑭。如彼筑室于道谋，是用不溃于成⑮。

国虽靡止，或圣或否⑯。民虽靡膴，或哲或谋，或肃或艾⑰。如彼泉流，无沦胥以败⑱。

不敢暴虎，不敢冯河⑲。人知其一，莫知其他。战战兢兢，如临深渊，如履薄冰。

### 注释

①旻（mín）：秋天，亦指苍天。这里指政治的寒天开始到来。疾威：施暴、暴虐，朱熹《诗集传》："疾威，犹暴虐也。"敷：遍布。下土：下界、黎民。②谋犹：犹通猷，谋猷为同义连词。回遹（yù）：邪僻、曲折。《毛传》："回，邪；遹，僻。"斯：指谋猷。沮（jǔ）：停止。③臧：善。覆（fù）：通复，反、还。④邛（qióng）：弊病。《广韵》："劳也，病也。"《诗·小雅·巧言》："匪其止共，维王之邛。"《注》："谗人不能共职，徒为王病也。"⑤潝潝（xì）訿訿（zǐ）：《毛传》："潝潝然患其上，訿訿然思不称乎上。"谓臣下不尽职责。《正义》："潝潝为小人之势，是作威福也。訿訿者，自营之状，是求私利也。"訿訿同訾訾。⑥臧（zāng）：善，美。具：同俱。⑦伊：推。《逸周书·大匡篇》："展尽不伊。"孔注："伊，推也。"于：往。底：至。句意为"走到何种地步方是尽头？"⑧龟：用于占卜的龟甲。既厌：数次占卜，龟也

厌恶不灵。不我告犹：犹，通"猷"，谋划，办法，即不告诉我办法。⑨谋夫：参与谋划之人，此指坐而论道者。是用：是，这个；是用，此用。集：成就。句意为：许多谋划者七嘴八舌，各是其是，各非其非，没有一条策略可以确立、使用。⑩咎（jiù）：罪过。谁敢执其咎：谁敢指出其过错？⑪匪：非，否定。行迈：行走，远行。《诗·王风·黍离》："行迈靡靡，中心如醉。"马瑞辰《通释》："迈亦为行，对行言，则为远行。行迈连言，犹《古诗》云'行行重行行'也。"不得于道：不得上路，迈不开步子。⑫犹：决策。匪：非。程：效法。匪先民是程：不效法先人。先民，此处指先人。⑬大犹：犹通猷，《毛传》："猷，道。"大犹，远大之谋略。经：实行、经营。匪大犹是经：不采用远大的谋略。⑭迩（ěr）：鄙陋、浅近。迩言：浅近粗鄙之言，亲爱佞幸之言。这两句说：只听得进佞幸浅近相同之言，只争论佞幸浅近不同之言。⑮溃：达到。此句言采用此等谋略，就像在大路中间修房子，是永远不能成功的。⑯靡止：指小；或指无礼。《毛传》："靡止，言小也。"《郑笺》："靡，无。止，礼。"或圣或否：二句言，诸侯大臣虽无礼仪法度，但国中亦有明允圣哲之人，亦有粗鄙不明事理之人。⑰妩（wǔ）：《毛传》："妩，法也。"民虽靡妩：意为民虽不明法律条款。谋：聪明，指有谋略的人。肃、艾（yì）：礼貌周到。《尚书·洪范》："貌曰恭，言曰从，恭作肃，从作乂"。艾通乂。艾亦有治义，《毛传》："艾，治也。"三句意为：民虽不大懂律条，但百姓中亦有通晓事理之哲人，善于谋划的精明能干之人，有通达治道之人，有恭敬听命之人，王上为什么不用多谋善断的诸侯，聪明睿智的民间长才来商略大计呢？⑱沦胥（xū）：当作沉沦壅塞解。败：败坏、腐臭。《郑笺》："王之为政，当如原泉之流，行则清。无相率率为恶，以自浊败。"⑲暴虎：徒手打虎。冯（píng）河：涉水过河。《易·泰》（䷊）："用冯河，不遐遗。"孔颖达疏："无舟渡水，冯陵于河，是顽愚之人。"

**解说**

全诗一共3层。一、二章为第一层，写政策邪僻；三、四章为第二层，写任用小人；五、六章告诫陈述，指出如不改弦更张，国家危机四伏。"不敢暴虎，不敢冯河"，《论语·述而》引申为"暴虎冯河，死而无悔者，吾不与也。"

诗的主旨是：讽刺统治者政策失误、听信谗言，为国事而担忧。《诗经中的《小雅》，大部分是贵族作品，部分是民间歌谣，产生于西周末期与东周。音调较轻快，反映的多是统治者的昏暴、政治废弛、人民大众悲怨和社会秩序比较混乱的情况，本诗亦是如此。

结尾二句，"如临深渊，如履薄冰"，亦成为千古以来在面临极端危险，极端窘迫的景况时，必须十分小心、谨慎的习惯用语。

（何焱林补注）

## 大雅·荡之什·韩奕

奕奕梁山，维禹甸之，有倬其道①。韩侯受命，王亲命之②：缵戎祖考，无废朕命③。夙夜匪解，虔共尔位，朕命不易④。干不庭方，以佐戎辟⑤。

四牡奕奕，孔修且张⑥。韩侯入觐，以其介圭，入觐于王⑦。王锡韩侯，淑旂绥章⑧，簟茀错衡，玄衮赤舄⑨，钩膺镂钖，鞹鞃浅幭，鞗革金厄⑩。

韩侯出祖，出宿于屠。显父饯之，清酒百壶⑪。其肴维何？炰鳖鲜鱼⑫。其蔌维何？维笋及蒲⑬。其赠维何？乘马路车⑭。笾豆有且，侯氏燕胥⑮。

韩侯取妻，汾王之甥，蹶父之子⑯。韩侯迎止，于蹶之里⑰。百两彭彭，八鸾锵锵，不显其光⑱。诸娣从之，祁祁如云⑲。韩侯顾之，烂其盈门⑳。

蹶父孔武，靡国不到，为韩姞相攸㉑，莫如韩乐。孔乐韩土，川泽訏訏，鲂鱮甫甫㉒，麀鹿噳噳㉓，有熊有罴，有猫有虎㉔。庆既令居，韩姞燕誉㉕。

溥彼韩城，燕师所完㉖。以先祖受命，因时百蛮㉗。王锡韩侯，其追其貊㉘。奄受北国，因以其伯㉙。实墉实壑㉚，实亩实籍。献其貔皮，赤豹黄罴㉛。

### 注释

①奕奕：高大貌。梁山：韩国之山，为其地标。甸：治理。有倬（zhuō）其道：有其显明美好的道德。倬，为高大，显著。②韩侯：春秋前有二韩国，国君均姓姬，为周宗室。一在今陕西韩城县南，即古之左冯翊，毛、郑、孔三家认为诗中之韩即此韩。另在今河北固安县东南，周武王之子始封于此。今人高亨认为诗中韩即此，并引江永《春秋地理考实》：“《水经注》：‘鲍丘水过潞县西，高梁水注之，水东径梁山。’潞县今之通州，其西有梁山。”受命：受周王命为侯。③缵戎：继承，绍继。《孔疏》：“王身亲命之云：‘汝当绍继光大其祖考之旧职，复为侯伯，以继先祖，无得弃我之教命而不用之。’”④夙夜匪解：夙夜，朝夕，日夜。《书·旅獒》：“夙夜罔或不勤，不矜细行，终累大德。”《孔传》：“言当早起夜寐。”匪解：匪，不；解，同懈，懈怠。《郑笺》：“匪，非也。”孔颖达疏：“早起夜卧，非有懈倦之时。”虔：坚守，诚敬。共：古同恭，供奉，此作守职解。朕：我，此为周王自称。不易：不会改变朕之成命。⑤干（gàn）：指古筑土墙所用之木板，其首有铅垂线，时时用于校正墙面的端直，故干有匡正意。庭：朝廷。方：四方之国。不庭方，指不朝周王的国家。戎：作第二人称代词，即你或你们。辟：君主。⑥牡：此指雄马。修：长。张：大。⑦觐：诸侯秋朝天子称觐。《说文》：“诸侯秋朝曰觐。劳王事。”《尔雅》：“觐，见也。”介圭：大圭，玉制之礼器，上尖下方。《书·顾命》：“太保承介圭。”《孔传》：“大圭尺二寸，天子守之。”⑧淑：秀美。旂：画有蛟龙之旗。绥章：染鸟羽或牦牛尾缀于旗杆首。朱熹《诗集传》：“绥章，染鸟羽或旄牛尾为之，注于旂竿之首，为表章者也。”王引之《经义述闻·毛诗下》：“所画于旂，交龙日月之章，绥然有文，故曰绥章，绥章与淑旂文正相对也。”⑨簟茀（diàn fú）：遮蔽车厢的竹席。《孔疏》：“茀者，车之蔽；簟者，席之名。言簟茀正是用席为蔽。”错衡：在车辕上涂有绘饰，《孔疏》：“错置文采为车之衡。”玄衮（gǔn）：王侯所着绣有龙之黑色礼服。赤舄（xì）：红色鞋子。⑩钩膺：马领及胸上革带，下垂缨饰。镂：雕刻。

钖（yáng）：马头上金属饰物，马走动时发出声响。鞹鞃（kuò hóng）：以皮包裹的把手。鞹为去毛之兽皮；鞃为车轼中段人所凭的横木。浅：高亨云借为虦（zhàn），即浅毛虎，一指浅毛兽皮。幭（miè）：车轼上的覆盖物。鞗（tiáo）革：马络头下的垂饰。孔颖达疏："鞗革，辔首垂也。"借指马笼头。金厄：以金为环，缠扼辔首。⑪祖：祖祭路神。出宿：来住宿。显父：周之卿士。百壶：言酒之多。⑫肴：荤菜。炰（páo）：烹煮。⑬蔌（sù）：蔬菜的总称。蒲：水生植物，嫩蒲可食。⑭乘马：四匹马。路车：大车，君王所乘之车。⑮笾豆：古祭祀及宴会所用之两种礼器，竹制为笾，木制为豆。且（jū）：多。侯氏：诸侯。燕：宴飨。胥：皆。⑯汾王：即厉王。《郑笺》："汾王，厉王也。厉王流于彘，彘在汾水之上，故时人因以号之。"蹶（guì）父：周宣王大臣，姓姞。一说蹶父为卿士。⑰迎止：迎娶。里：邑名，蹶父封邑。⑱两：借作辆，车辆。彭彭：盛大貌。鸾：此指马衔上的鸾铃，一马二铃，四马则八铃。不：通丕（pī），大。⑲娣：陪嫁之妹或侍女称娣。祁祁：众多貌。⑳顾：古时嫁娶有曲顾之礼。或作看视。烂：灿烂，有光彩。盈门：满门。㉑韩姞：蹶父的女儿，姓姞，因其为韩侯妻，故称韩姞。相：看。攸：所，居所。相攸，即找婆家。㉒訏（xū）訏：大。鲂：鲂鱼，与鳊鱼相似，银灰色，腹部隆起，生活在淡水中。经济鱼类之一。鱮（xù）：古指鲢鱼。甫甫：大而多貌。《毛传》："甫甫然大也。"《广雅·释训》："甫甫，众也。"㉓麀（yōu）：雌鹿。麋：雄鹿。噳噳（yǔ）：众多，指麋鹿成群相聚。《毛传》："噳噳然众也。"㉔罴：棕熊。猫：此指毛色浅淡之虎。㉕庆：善，喜爱，以韩为善之意。既：高亨释为取。令：使。燕誉：誉通豫，乐也，朱熹《诗集传》："燕，安；誉，乐也。"㉖溥（pǔ）：大。韩城：在今河北固安县东南，今名韩塞营。燕：周有二燕国，一为南燕，故城在今河南汲县西，国君姓姞，传为黄帝后裔；一为北燕，即今河北大兴县，国君姓姬，召公奭始封于此。此指北燕。师：众。㉗以先祖受命：沿用先祖受封的礼节。因时百蛮：因，以；时，是，凭借此百蛮以立国，统治百蛮掌握权柄。㉘追、貊（mò）：古族名。追为西戎，貊为北狄，貊古同貃。㉙奄：覆盖，尽有。《说文》："覆也，大有馀也。从大申；申，展也。"以：为。伯：诸侯长称伯。㉚实：是。墉：筑城墙。壑：深沟，指护城河。㉛亩：开田耕种及放牧。籍：税；一说户籍。貔（pí）：一作白狐。黄黑：熊类，一说为棕熊。

寅虎卷

**解　说**

　　这是尹吉甫（周宣王时重臣）赞颂周宣王任贤使能及韩侯才能出众的诗歌。《毛传》："《韩奕》，尹吉甫美宣王也。能锡命诸侯。"《大雅》共31篇，多为西周贵族之作，音调沉厚，反映的是王朝兴起、经济繁荣、社会安定，农业生产与狩猎的情况，篇中的"有熊有罴，有猫（虎豹亦称大猫）有虎"即指田猎的内容。从本篇即印证以上之说。

（何焱林补注）

## 招魂（摘录）

　　魂兮归来！君无上天些①。虎豹九关②，啄害下人些③。

**注　释**

　　①无上天：不要登上天去啊！些（suò）：句末助词，相当于"兮"之类。②九关：虎豹把守的九座关口。王逸《楚辞章句》注："言天门凡有九重，使神虎豹执其关闭。"③啄害：咬害，吞噬。啄本指鸟用嘴取食物，此泛指一般动物的咬食动作。

**解　说**

　　《招魂》作者主要有两说：一是王逸《楚辞章句》说为宋玉所作，即宋玉招屈原之魂。宋玉名子渊，传为屈原学生；战国时鄢（今襄樊宜城）人，曾事楚顷襄王。好辞赋，为屈原之后的辞赋家，与唐勒、景差齐名。一是司马迁《史记·屈原贾生列传》说是屈原所作，即屈原自招或为招楚怀王之魂。

　　统观全篇，以屈原招楚怀王魂之说最为可信。楚怀王被骗入秦，客死于秦，在楚国引起强烈反应。屈原既反对楚怀王与秦媾和而入秦，更痛恨顷襄王淫乐无度，置国家君父之仇而不顾，招魂之举，便曲折地流露出对二王行为的批评与抗议。"招魂"原本只是一种巫术仪式，在屈原手中则将它吸收、改造成了一种独特的叙述方法。它对天地四方罪恶艰危的诅咒和对故国闾里舒适惬意的赞美形成了强大的艺术张力，结束曲中又将对被招魂者的深切同情升华为对国家民族前景的忧虑。被后世誉为楚辞中仅次于《离骚》的优秀作品。

# 大招（摘录） 战国·楚·景差

魂乎无南！南有炎火千里①，蝮蛇蜓只②。山林险隘，虎豹蜿只③。鰅鳙短狐，王虺骞只④。魂乎无南，蜮伤躬只⑤。

**注释**

①无南：不要向南去。古人眼中，南方丙丁火，为炎烝之地。《汉书·律历志》："太阳者，南方。南，任也。阳气任养物，于时为夏。"即南方阳气太盛。炎火：烈火，或云火焰山。②蝮蛇：头呈三角形，体色灰褐有斑纹，口有毒牙。生活在平原及山野，以鼠、鸟、蛙等为食，也能伤人畜。毒腺的毒液可治麻风病。蜓：蛇行貌。只：语词。③险隘：山路陡峭高峻，多有阻隔。蜿（wān）：指虎匍匐潜行貌。④鰅鳙（yóng yōng）：或为河马。洪兴祖《楚辞补注》："鰅鳙，状如犁牛。"短狐：即蜮，一名射工。传说能含沙射影、使人生病。《诗·小雅·何人斯》："为鬼为蜮。"《毛传》："蜮，短狐也。"王虺：蟒蛇。骞：昂头作攻击态。⑤蜮（yù）：传说在水里暗中害人的怪物。躬：身体。

**解说**

作者景差，约公元前290年至前223年在世，芈姓，景氏，名差，为楚贵族，官至大夫。是与宋玉同时的辞赋家，有《大招》传世。王逸《大招序》称："屈原之所作也，或曰景差，疑不能明。"司马迁历数其所读屈原作品，未直接提到《大招》；从全文看，其文风更近于宋玉，当是与宋玉同时或稍后之人所作，故书为景差作较为恰当。

此段摘录，见作者以南方炎火千里，热不可当，且多虎豹王虺等猛兽毒蛇，妖异精怪，劝所招之魂不要南游，不要南游，速归故土，以免妖异精怪伤害其身。

（何焱林补注）

## 惜誓（摘录）

苍龙蚴虬于左骖兮①，白虎骋而为右𬴂②。建日月以为盖兮③，载玉女于后车④。

**注释**

①苍龙：青龙，东方七宿（角、亢、氐、房、心、尾、箕）的合称。蚴虬（yǒu qiú）：龙形屈曲之貌。左骖：车驾左边的马。②白虎：西方七宿奎、娄、胃、昴、毕、觜、参的合称。右𬴂（fēi）：车驾右边的马。③建：树立，设立。盖：车盖，这里指饰有日月之形的华盖。④后车：副车，侍从所乘车。《诗·小雅·绵蛮》："命彼后车，谓之载之。"郑玄笺："后车，倅车也。"陆德明《释文》："倅，七对反，副车。"倅音（cuì）。蔡琰《胡笳十八拍》："马边悬男头，马后载妇女。"玉女：天上神女。

**解说**

本篇作者不详，或谓贾谊作。王逸注："《惜誓》者，不知谁所作也。或曰贾谊，疑不能明也。惜者，哀也；誓者，信也，约也。言哀惜怀王与己信约而复背之也。古者君臣将共为治，必以信誓相约，然后言乃从而身以亲也。盖刺怀王有始而无终也。"一说他人所作，以哀悼屈原，究竟出于何人手笔，则人言人殊，亦无定论。

题目"誓"借为逝，即痛惜年华如逝水之意。全篇以大量笔墨铺叙屈原出楚时盛大的场面和仪式，接着写他誓死远浊世的意志，通过具体形象描绘和对世俗黑暗的剖析，突显了作者为屈原之死而痛惜的心情。

## 招隐士（摘录）

猿狖群啸兮虎豹嗥①，攀援桂枝兮聊淹留②。……罔兮沕③，憭兮栗④，虎豹穴。丛薄深林兮，人上栗⑤

**注 释**

①猿狖（yòu）：长尾猿。嗥（háo）：咆哮。②淹留：瞭望停留。③罔兮

汹（hū）：失魂落魄的样子。④憭（liáo）兮栗：惊恐战栗、伤心痛目。⑤虎豹穴：虎豹藏于洞穴之中，时时窥探行人踪迹，乘机捕食。丛薄：茂密草丛，洪兴祖《补注》："深草曰薄。"栗：惊恐，战栗。

### 解说

本篇作者亦有二说：一是据王逸《楚辞章句》："《招隐士》者，淮南小山之所作也。"二是萧统《文选·招隐士》采录时径署为刘安作。题目有招募隐居贤士之意。

文中反复陈述山中的艰苦险恶，劝告隐居的贤德俊杰之士归来。篇中注重描绘形象并极力渲染气氛，曲折展示了深沉的思想情感，是篇深远意境的抒情佳作。王夫之《楚辞通释》评论说："其可以类附《离骚》之后者，以音节局度，浏漓昂激。"

## 七谏·谬谏（摘录）　西汉·东方朔

虎啸而谷风至兮①，龙举而景云往②。音声之相和兮，言物类之相感也③。

### 注释

①啸：吼。谷风：山谷之风，《淮南子·天文训》："虎啸而谷风至，龙举而景云属。"②景云：浓厚而有光亮的云；一作祥云，瑞气之云。往：跟从、跟随之意。③以上两句疑经后人改写。洪兴祖《楚辞补注》："一云'音击而相和兮'，一无'言'及'也'字。"

### 解说

作者东方朔（前161或162～前93），字曼倩，平原厌次（今山东省陵县神头镇，一说山东省惠民县何坊乡钦风街）人。西汉辞赋家。汉武帝即位，东方朔上书自荐，诏拜为郎。后任常侍郎、太中大夫等职。性格诙谐，言词敏捷，滑稽多智，常在武帝前谈笑取乐，"然时观察颜色，直言切谏"。武帝始终把他当俳优看待，不得重用。一生著述甚丰，写有《答客难》《非有先生论》《封泰山》《责和氏璧》《试子诗》等，后人汇为《东方太中集》。

寅虎卷

题目"谬谏",即委婉进谏之意。

本篇与东方朔的身世经历密切相关,实可视为东方朔对自身状况的呈现。猛虎长啸谷风大作啊,长龙飞翔云飘而从。声音相互调和啊,如同同类间相互感应。本篇主要劝谏君主应当辨别忠奸,任用贤士。集中反映了东方朔与世俗和光同尘的心情。全篇不仅充满了怀才不遇的悲愤情绪,也充满了希望得到汉武帝重用,给他施展匡弼君王、一展抱负机会的迫切愿望。

## 九思·逢尤(摘录) 东汉·王逸

仰长叹兮气噎结①,悒殟绝兮咶复苏②。虎兕争兮于廷中③,豺狼斗兮我之隅。

**注释**

①噎(yē)结:气梗塞郁结。②悒殟(yì wēn):昏厥。绝:气绝。咶(huá):喘息。③虎兕(sì):虎与犀牛。比喻凶恶残暴的人。

**解说**

作者王逸(约89~158),字叔师,南郡宜城(今湖北宜城)人。东汉安帝时在朝担任校书郎,汉顺帝时为侍中,官至豫章太守。参加编修《东观汉纪》,擅长文学,所著赋、诔、书、论及杂文21篇,又作《汉诗》123篇,后人将其整理成集,名为《王逸集》,多已亡佚,唯存《楚辞章句》一书。

《九思》是继王褒《九怀》、刘向《九叹》之后,王逸代屈原抒发忧愤之情的作品。《逢尤》之"逢"为遭遇,"尤"为祸患。"逢尤"即遭遇祸患。本篇是《九思》的第一首,细腻地刻画了主人公在突然遭到陷害之后的一系列心理活动。仰天长叹啊忧愤之气梗塞郁结,忧愤以致昏厥啊久久才又苏醒。奸臣虎兕争夺啊在那朝堂之上,恶人豺狼争斗啊就在我的身旁。整首诗就在主人公遭祸而痛苦的心情与他对君王始终放不下的幻想之间来回转换,使读者深深体会到主人公极度矛盾、欲罢不能的痛苦。从中可见王逸对刘向的模仿,同时也体现了东汉时期知识分子对屈原普遍崇敬的心情。

## 猛虎行  晋·陆机

渴不饮盗泉水①,热不息恶木阴②。恶木岂无枝?志士多苦心。整驾肃时命,杖策将远寻③。饥食猛虎窟,寒栖野雀林。日归功未建,时往岁载阴④。崇云临岸骇,鸣条随风吟⑤。静言幽谷底,长啸高山岑⑥。急弦无懦响,亮节难为音⑦。人生诚未易,曷云开此衿⑧?眷我耿介怀,俯仰愧古今⑨。

### 注释

①盗泉:泉名,故址在今山东省泗水县东北。《尸子》卷下:"(孔子)过于盗泉,渴矣而不饮,恶其名也。"《淮南子·说林训》:"曾子立廉,不饮盗泉。"②恶木:难看难闻之木。李善注:"《管子》曰:夫士怀耿介之心,不荫恶木之枝。恶木尚能耻之,况与恶人同处!"③整驾:备车。肃:敬待、恭迎。《礼·曲礼》:"主人肃客而入。"此句意为备好行装,等待时命。杖策:杖、策同为一物,杖用为动词。④日归:日子空过。岁载阴:转向衰年。⑤崇云:积云。积云从高崖遽然升起。鸣条:风吹树枝声涛荡漾。即林涛。⑥静言:静下来。《诗·邶风·柏舟》:"静言思之,不能奋飞。"《毛传》:"静,安也。"处幽谷之底则静默无语。高山岑:山高。《文选·王粲〈登楼赋〉》:"平原远而极目兮,蔽荆山之高岑。"李善注:"山小而高曰岑。"登高山则长啸。⑦懦响:靡靡、迟缓之音。急速之弦无靡靡迟缓之音。亮节:高亢之声。高尚之音无人听,只有沉默。⑧曷:何。衿:此指怀抱,胸襟。⑨眷:顾。耿介:刚正不阿,廉洁自持。《楚辞·九辩》:"独耿介而不随兮,愿慕先圣之遗教。"王逸注:"执节守度,不枉倾也。"

### 解说

作者陆机(261~303),西晋文学家。祖逊,父抗,皆三国吴名将。太康(280~289)末,与弟陆云同至洛阳,文才倾动一时,人称"二陆"。所作《文赋》为古代重要的文学论文,是中国文学理论发展史上第一篇系统的创作论,对后世的文学创作和理论发展产生了重要影响。除文学创作外,他在史

寅虎卷

学、艺术方面也多有建树。然其参与廿四友之列，附事权贵，后死于八王之乱。

存诗104首，赋27篇。后人辑其著作成书者有明张溥《汉魏六朝百三名家集》中的《陆平原集》；中华书局1982年出版金涛声校点的《陆机集》；凤凰出版社2007年12月1日出版刘运好校注的《陆士衡文集校注》等。

诗题《猛虎行》，为古乐府歌辞专题，意气慷慨，属《相和歌·平调曲》。但又并非专用于咏虎，同类歌辞往往文不对题，这是古乐府歌辞的通例。

此篇是一首赞美游子洁身自好、不做非礼之事的诗。诗的开篇4句表明志士处世，往往用心慎重，爱惜身名，"渴不饮盗泉水，热不息恶木阴"，诗中以"盗泉""恶木"比喻恶劣的政治环境。作者在吴亡之初，曾"退居旧里，闭门勤学，积有十年"（《晋书·陆机传》），本不想涉足仕途。这四句旨在表白自己当初的心境。次四句写世势催迫，志士只得应从君命，恭敬地整驾出山任事。可是扶杖远行，道途辛苦，饥食于猛虎之窟，寒栖于野雀之林，由不得自己选择，留恋故乡之情在心灵上激荡得难以抑止，这里再现上年的心境。接着"日归功未建"等六句，诉说出仕后时间流逝，功业无成，天寒岁暮，引起新的忧思。崇云临峰兴起，枝条随风悲鸣，徘徊于山谷，低吟长啸，幽情难抒，政治处境的困顿，志士遭乱的悲辛，在此不难想见。诗的结尾前两句进一步表白心志，以奏乐为譬，"急弦无懦响"，表明有贞亮高节的人，所抒发的也一定是慷慨刚正之辞。可是不同于流俗，不为时君所赏识，"难以为音"，谗口反易得逞。最后四句对自己频年遭遇、抱负、反思，作出痛苦的小结：人生既多苦难，难以敞开胸襟倾吐积郁，自己操守正直，然而隐处山野既不可能，出山又难行其志，俯仰古今，难免感到愧疚。

通观全诗，作者虽为倾诉抑郁而作，但内容上现身说法，深刻表明有志之士其行藏出处，须始终慎重，执著坚持，否则稍有不慎，就会陷于进退两难的困境。从诗的艺术手法看，虽为模拟乐府歌辞而作，保有古乐府质朴真挚的一面，又注入了新的委婉曲折的抒情内容，形式上由古辞只有杂曲四句的参差句型，变为整齐凝练、注意修辞手法以五言为主的长诗。中间12句全行对仗，有流水对、比喻对、平列对，工稳妥帖，有些达到了珠圆玉润的程度，为后来齐、梁开了先例。《猛虎行》不愧为他的代表之作。

## 猛虎词  唐·储光羲

寒亦不忧雪，饥亦不食人。人肉岂不甘？所恶伤明神。太室为我宅，孟门为我邻①。百兽为我膳，五龙为我宾②。蒙马一何威，浮江亦以仁③。彩章耀朝日，爪牙雄武臣④。高云逐气浮，厚地随声振。君能贾馀勇，日夕长相亲⑤。

### 注释

①太室：即中岳嵩山，东为太室，西为少室。孟门：即壶口山，在龙门北，称龙门上口。②五龙：太昊伏羲时，龙马负图出于河，以龙纪官：春官青龙氏，夏官赤龙氏，秋官白龙氏，冬官黑龙氏，中官黄龙氏。③蒙马：一作蒙戎，飞扬貌。浮江：东汉刘昆为弘农太守，虎不为患，负子渡水而去。④彩章：虎皮斑纹。武臣：即爪牙引申义。《诗·小雅·祈父》："祈父予王之爪牙。"⑤振：原注：叶平声。按：《唐韵》《集韵》《类篇》《韵会》并侧邻切，音真。厚也。《诗·周南》："宜尔子孙振振兮。"《毛传》："仁厚也。""平水韵"十一真韵有振，与盛、震韵异。贾（gǔ）余勇：言有余勇可用。语出《左传·成公二年》："齐高固入晋师，桀石以投人，禽之，而乘其车，系桑本焉。以徇齐垒，曰：'欲勇者，贾余余勇。'"

### 解说

作者储光羲（约707~760），兖州（今山东省兖州市）人。唐玄宗开元十四年（726）进士，官监察御史。后因受安禄山伪职，安史之乱平定后，被贬岭南。他写了不少田园诗，多表现农村的宁静幽寂，借以抒发他追求闲适、向往隐逸的情怀，诗风质朴清新。储氏著述多逸，今有《储光羲集》5卷，《全唐诗》编为4卷。

这是一首写虎抒怀的五言古诗。开篇4句，问虎何以不食人，因其对神恭敬畏惧，不敢为恶。接着8句联系到人事，若施行仁政，虎将渡江而去。最后4句，以为政者凭借其虎威余勇的权力为政以德，则不仅人兽，而且上下官民亲善，长享太平，照应开篇之神明句。题旨围绕借助虎威，实施仁政，联系自身遭遇，求其所愿，以物述志，表达得委婉含蓄。

## 遣兴　唐·杜甫

猛虎凭其威，往往遭急缚①。雷吼徒咆哮，枝撑已在脚②。忽看皮寝处，无复睛闪烁③。人有甚于斯，足以劝元恶④。

**注释**

①急缚：紧紧捆绑。②枝撑：此指捕虎械具，以索或铁套虎之脚。③皮寝处：以虎皮作为茵褥，供寝坐之用。睛闪烁：虎眼闪烁有光。④元恶：大坏蛋，首恶。

**解说**

作者杜甫（712～770），字子美，号少陵，原籍湖北襄阳，生于河南巩县。盛唐大诗人。肃宗时，官左拾遗。入蜀后，友人严武推荐他做剑南节度府参谋，加检校工部员外郎。故后世又称他杜拾遗、杜工部。杜甫关心民间疾苦，反对穷兵黩武。与李白为友。一生写诗1500多首，诗艺精湛，后世尊为"诗圣"。详注见前。

诗首言猛虎逞威，却往往遭到被人捕猎，得到食其肉、寝其皮的下场。诗以虎的遭遇比喻人事，儆戒坏人，多行不义必自毙。这是一首古体诗，通篇以虎的前后对照，从生前的凶猛威风，到缚后的咆哮无奈，再到死后被寝其皮的悲惨下场，形象鲜明地规劝"元恶"以虎为鉴，毋施恶行。

## 曲江　唐·杜甫

自断此生休问天①，杜曲幸有桑麻田②，故将移住南山边③。短衣匹马随李广④，看射猛虎终残年⑤。

**注释**

①自断：自己推算。②杜曲：在长安县少陵原东南，杜甫曾住家于此。③南山：此指终南山，属秦岭山脉，在今陕西省西安市南。④李广：汉骁将，善骑射，匈奴畏服，号为飞将军。⑤看射：指李广射虎事。杜甫稍后的卢纶

《塞下曲》:"林暗草惊风,将军夜引弓,平明寻白羽,没在石棱中。"可解读此典。

**解说**

这也是一首古风。诗意说,求官不易,报国无门,还是回杜曲南山种田吧。但身在江湖,心系边庭,借李广因为命数奇、终生不得封侯之事,表明个人即使遭到不幸,却无时无刻不想到国家安危的情怀。末句引用李广射似虎之石的典故,表述老骥伏枥、壮心不已的感情。

## 复愁　唐·杜甫

人烟生僻处,虎迹过新蹄。
野鹘翻窥草①,村船迷上谿②。

**注释**

①鹘(hú):鹰隼之类。②谿:通溪。

**解说**

这是一首写景的五绝小诗。全诗以"生""过""翻""迷"四个动词描绘出动中有静、静中有动的荒僻野景。开篇两句点出猛虎的足迹,竟刚刚呈现在人烟稀少之处,使人惊心动魄;诗人置身其中,从荒凉僻野中透露着漂泊凄苦的愁绪。再衬托着鹰窥野草,船隐雾溪,一股家国忧思,从所见的景物中更添感伤。全诗主旨异常含蓄委婉,未写之情则情在景中,不愧是写景抒情的上乘之作。

## 山中夜宿　唐·顾况

凉月挂层峰,萝林落叶重①。
掩关深畏虎②,风起撼长松③。

**注释**

①萝:松萝,地衣类植物。萝林:长满地衣的林地。②掩关:此指关门。

唐吴少微《怨歌行》："长信重门昼掩关，清房晓帐幽且闲。"③风撼：传说风从虎，虎过生风。

**解　说**

作者顾况（725?～815?），海盐（今浙江省海盐县）人，至德二年（757）进士。一生郁郁不得志。李泌为相时，召为著作郎，后因作诗嘲谑权贵，被贬为饶州司户参军。不久即归隐茅山，自号"华阳真逸"。他的诗歌喜用口语，不避俚俗，质朴平易，通俗流畅，但有些作品往往失之粗率浅陋。有《华阳集》遗世。

这首五绝一、二句对偶，写所宿山中的环境和时间，在荒郊野岭的夜晚，此刻自然想到山中的野兽，第三、四句进一步突出山中的荒凉和夜宿的担心。山中有虎，正在松林，把门关好，才可安然入睡。

"掩关深畏虎"，早早关上房门，因为那也是山居之人几乎唯一的防虎屏障。常人说疑心生暗鬼，怕什么来什么，刚掩上门，风动撼长松，真的虎来了？那也未必，这正反映了人们的一种恐惧心理，只要你害怕，一有风吹草动，就觉得那物就在你身边，合了那句"说曹操曹操到"的谚语。

## 和李尚书画射虎图歌　唐·独孤及

饥虎呀呀立当路，万夫震恐百兽怒。彤弓金镞当者谁，鸣鞭飞控流星驰①。居然画中见真态，若务除恶不顾私。时和年丰五兵已，白额未诛壮士耻②。分铢远迩悬鹄中③，不中不发思全功。舍矢如破石可裂，应弦尽敌山为空④。杀气满堂观者骇，飒若崖谷生长风。精微入神在毫末，作绩造物可同工⑤。方叔秉钺受命新，丹青起予气益振⑥。底绥静难巧可拟⑦，嗟叹不足声成文。他时代天育万物，亦以此道安斯民。

**注　释**

①彤弓：朱漆弓。古天子赐给有功诸侯或大臣，使专征伐。《书·文侯之命》："用赉尔秬鬯一卣，彤弓一，彤矢百。"孔传："诸侯有大功，赐弓矢，

然后专征伐。"此壮射者弓箭精良。飞控：纵马奔驰，疾如流星。②五兵：矛、戟、弓、剑、戈。或解为矛、戟、钺、盾、弓矢。白额：虎之代称。唐李白《大猎赋》："虽凿齿磨牙而致伉，谁谓南山白额之足睹。"王琦注："白额虎盖虎之老者，力雄势猛，人所难御。"③分铢：古弓上测定射程远近的标志。《文选·潘岳〈射雉赋〉》："于是算分铢，商远迩，揆悬刀，骋绝技。"徐爰注："分铢，弩牙后刻画定矢所至远近之处也。"彀中：弓箭的有效射程。《庄子·德充符》："游于羿之彀中。"郭象注："弓矢所及为彀中。"④舍矢：放箭。《诗·小雅·车攻》："不失其驰，舍矢如破。"应弦尽敌：用汉李广事。《史记·李将军列传》："其射，见敌急，非在数十步之内，度不中不发，发即应弦而倒。"意为箭无虚发。⑤作缋（huì）：作画。缋：通绘。《礼·曲礼》："饰羔雁者以缋。"《疏》："画布为云气。"《类篇》："缋，一曰画也。"⑥方叔：即周宣王卿士尹吉甫，受命征讨狁，狁为古代北方少数民族。此句是说画作鼓起我的勇气。⑦底绥：平定。《书·盘庚上》："天其永我命于兹新邑，绍复先王之大业，底绥四方。"静难：平定祸乱。晋葛洪《抱朴子·行品》："奋果毅之壮烈，骋干戈以静难者，武人也。"

### 解说

作者独孤及（725～777），字至之。河南洛阳人。天宝十三载（754），举洞晓玄经科，授华阴尉。唐代宗时，召为左拾遗，历任礼部、吏部员外郎，出为濠、舒两州刺史，有善政。独孤及古文与萧颖士齐名，为古文运动先驱作家。为文重大义而不为章句之学。与贾至、高适等辈交往。韩愈作古文以其为法，并曾与其徒来往。《新唐书·艺文志》著录有独孤及《毗陵集》20 卷，其中诗 3 卷，文 17 卷，为其弟子梁肃所编，权德舆作序，赵氏亦有生斋刊本集"附录"1 卷，"补遗"1 卷，有《四部丛刊》影印本传世。

这是一首和画家李尚书作画的古体诗，李尚书不详何人，唐代画家有李思训（651～716 或 653～718），为唐高祖从弟长平王李叔良之孙，时代比作者略早，不可能是。此诗开篇 4 句描写李尚书所画射虎雄姿；接着 8 句写画家胸中抱负和武艺精湛，所以画得十分形象；再后 8 句照应题目，写画图的精致美好，画家作画时的情景；最后点明题意，"除恶不务私"，他时"代天育万物"者，即他日当官，代天子牧民，受此画之启迪，当"亦以此道安斯民"，全诗

寅虎卷

结穴于此，则画非为画而画，诗非为诗而诗，而是寓治国安民之大道于其中，使诗意画意都得到升华，确是点睛之笔。

（何焱林补注）

## 答东林道士　唐·韦应物

紫阁西边第几峰①，茅斋夜雪虎行踪②。
遥看黛色知何处③，欲出山门寻暮钟。

**注 释**

①紫阁：或指紫阁峰，峰在陕西鄠县东南三十里。仇兆鳌注杜诗《秋兴八首》引张礼《游城南记》："圭峰紫阁，在终南山寺之西。"②茅斋：亦作茆斋，茅草所盖房屋。斋，多指书房、学舍。《南齐书·刘善明传》："（善明）质素不好声色，所居茅斋斧木而已，床榻几案不加划削。"斧木即砍木而成，不刨不雕。③黛：青黑色。

**解 说**

作者韦应物（约737~789），京兆长安（今陕西西安）人。早年以三卫郎事唐玄宗，后应举中进士，出为滁州、江州、苏州刺史，世称"韦苏州"。韦应物的诗大多写田园山水，歌咏隐逸的。在艺术上深受陶渊明、王维的影响，形成一种自然淡远、秀丽澄澈的艺术风格。诗歌语言简淡朴素，绝少雕饰，是中唐初期艺术成就较高的诗人。今有10卷本《韦江州集》、两卷本《韦苏州诗集》、10卷本《韦苏州集》传世。散文仅存一篇。

这是一首纯写景的七绝诗，为回答道士之作，清幽淡远，超出人世。一、二句问道士住的道观在西边远山哪座山峰，走出茅屋低头所见，昨晚落雪留下虎迹新印，可见高人敢于与虎为伴，有降龙伏虎的能力。第三句表述举目眺望，青黑色的山峦连成一片，到底该如何去造访呢？忽然想到出紫阁山门，循着黄昏时的钟声前去也就不远了。两问愈显被访者隐逸的高远、神秘。

## 猛虎行　唐·张籍

南山北山树冥冥①，猛虎白日绕林行。向晚一身当道食②，山中麋鹿尽无声③。年年养子在空谷，雌雄上山不相逐④。谷中近窟有山村，长向村家取黄犊⑤。五陵年少不敢射⑥，空来林下看行迹。

### 注　释

①冥冥，昏暗貌。《诗·小雅·无将大车》："无将大车，维尘冥冥。"朱熹《诗集传》："冥冥，昏晦也。"②向晚：临近晚上，傍晚。李商隐《乐游原》："向晚意不适，驱车登古原。夕阳无限好，只是近黄昏。"当道：此为拦路。《史记·高祖本纪》："吾子，白帝子也，化为蛇，当道，今为赤帝子斩之。"拦路而食，既有人，也有禽畜。③麋鹿：四不像，此泛指鹿属。④不相逐：不相追逐。老虎平时独居，故雌雄平时不相追逐，发情期雌雄才聚在一起。⑤村家：山村人家。黄犊：原本为黄牛犊，此泛指牛犊。⑥五陵：古地名，原为汉朝五个皇帝的陵墓。为豪门贵族聚居之区，其少年子弟多游冶射猎之辈。

### 解　说

作者张籍（约766～830），吴郡（今江苏苏州）人。他出身寒微，虽曾进士及第，却一直做着太常寺太祝、水部员外郎、国子司业一类闲散官（世称"张水部""张司业"），又长期患眼疾，以至贫病交加。他的诗多写人民疾苦，并较深刻地揭露了当时的社会矛盾，尤以乐府诗著称于世。白居易《读张籍古乐府》曾称赞他："张君何为者？业文三十春。尤工乐府诗，举代少其伦。为诗意如何？六义互铺陈。风雅比兴外，未尝著空文。"有《张司业集》传世。

这是一首乐府体的寓言诗。表面上写猛虎危害村民的情景，实际是写社会上某些恶势力的猖獗，启示人们认识现实。诗的开头两句，发端立意，统领全篇，点出猛虎所居及其大胆妄为之状。猛虎本出入深山老林，而在光天化日之下竟敢绕村寻衅，比喻恶势力依仗权势，肆意横行。接着步步深入刻画老虎的凶恶残暴、肆无忌惮。傍晚，猛虎只身在大路上捕食生灵，山中的麋鹿不敢有

半点动静，比喻当时社会上一片恐慌，善良的百姓战战兢兢、忍气吞声地生活着。最后写"射虎"的人——"五陵年少"，即指豪侠少年，本善于骑射也不敢惹，只是来到林下看看它们的行迹。实际是讽刺朝廷姑息养奸，为掩人耳目故作姿态，"空来看行迹"而已。全诗处处写猛虎，句句喻人事，胸中怨悱，心忧国事，不能直言，婉转抒写。写"虎"能符合虎的特性，寓事能见事之所指，寄思遥深，无穷感慨。比喻贴切，描写生动，寓意十分深刻。

## 猛虎行　唐·韩愈

猛虎虽云恶，亦各有匹侪①。群行深谷间，百兽望风低。身食黄熊父②，子食赤豹麛③。择肉于熊豹，肯视兔与狸④。正昼当谷眠，眼有百步威。自矜无当对⑤，气性纵以乖。朝怒杀其子，暮还食其妃⑥。匹侪四散走，猛虎还孤栖。狐鸣门两旁，乌鹊从噪之，出逐猴入居，虎不知所归。谁云猛虎恶，中路正悲啼⑦。豹来衔其尾，熊来攫其颐⑧。猛虎死不辞，但惭前所为。虎坐无助死，况如汝细微⑨。故当结以信⑩，亲当结以私⑪。亲故且不保，人谁信汝为？

**注释**

①匹侪（chái）：同类、同辈。②黄熊：传说动物名，亦作黄能。唐陆德明《释文》："能，三足鳖也。"③赤豹麛（mí）：麛，幼鹿，此泛指幼兽，赤豹麛即豹幼仔。传说中伴随在美丽山鬼身边的仙兽。见《九歌·山鬼》。④肯视：岂肯看？瞧不起。⑤矜：自负，自大。当对：匹敌，对手，《尔雅·释诂上》："妃、合、会，对也。"晋郭璞注："皆相当对。"⑥妃（pèi）：古同配，此指配偶，母虎。⑦中路：半道。⑧攫（jué）：抓、抉。颐：脸、腮。⑨坐：因为，因什么，《汉书·赵尹韩张两王传》："又坐贼杀不辜、鞫狱故不以实、擅斥除骑士乏军兴数罪。"细微：能力不如虎者。⑩故：故旧，朋友。结以信：与朋友交则守信用，重然诺。⑪亲：亲人、戚属。结以私：以恩义相结。

**解说**

韩愈（768~824），字退之，唐河内河阳（今河南孟州市）人。自谓郡望昌黎，故世称韩昌黎。晚年任吏部侍郎，人亦称韩吏部。卒谥文公，故人称韩文公。唐代古文运动倡导者之一，后人列为唐宋八大家之首。有《韩昌黎集》等传世。

此诗分三层：第一层是说猛虎之为百兽王，需有同类相助相帮，才能称雄众兽，百步生威；第二层谈到虎由是自矜无敌，目空一切，使气纵乖，为所欲为，朝杀其子，暮食配偶，众叛亲离，群起攻之，连狐狸、乌鹊、猴群也要欺负它，落得豹衔其尾，熊攫其腮的可悲下场；第三层联想到人类，虎死于孤独无助，而人力不如虎，所以应当讲信义，重然诺，善亲戚，交友邻。否则亲友相叛，孤家寡人，其结果将是同样可悲的命运。这是一首五言乐府歌行的寓言诗，以猛虎的独行乖张为训，告诫人们立身行事，笃行信义的重要。

## 见乐天诗 唐·元稹

通州到日日平西①，江馆无人虎印泥。
忽向破檐残漏处，见君诗在柱心题。

**注释**

①通州：今四川达州市。日平西：太阳到了西边，接近傍晚。

**解说**

作者元稹（779～831），字微之，别字威明，洛阳人。初仕河中府，后与白居易同科及第，结为终生诗友。元稹出类拔萃，授秘书省校书郎。元和四年（809）为监察御史。因触犯宦官，次年贬江陵府士曹参军。后历通州司马、虢州长史。元和十四年（819）任膳部员外郎。长庆元年（821）迁中书舍人，充翰林院承旨。次年，居相位三月，出为同州刺史、浙东观察使。大和三年（829）为尚书左丞。他是新乐府运动的倡导者，与白居易齐名，世称"元白"。诗题中的"乐天"，是白居易（772～846）的号。

这首七绝，开篇叙述初到通州上任时，天色已晚，江边的宾馆里冷冷清清，但却留下许许多多老虎的脚印，可见当时当地猛虎横行之状，暗喻世道的艰难。就在这冷落萧条的破檐之下，却发现在柱子的中心，竟有好友白居易题写的诗句，从而得到了无比的温暖和慰藉，体现了患难之中友情的可贵。

（冯广宏补充）

## 猛虎行　唐·李贺

长戈莫舂，长弩莫抨①。乳孙哺子，教得生狞②。举头为城，掉尾为旌③。东海黄公，愁见夜行④。道逢驺虞，牛哀不平⑤。何用尺刀，壁上雷鸣⑥。泰山之下，妇人哭声⑦。官家有程⑧，吏不敢听。

### 注释

①抨：《说文》："抨，掸也。"义为拍，拂拭，此处用作弹拨。句意为长戈莫用以舂物，长弩莫作琴弹。②生狞：作凶猛解，宋李觏《俞秀才山风亭小饮》诗："雨意生狞云彩黑，秋容细碎树枝红。"③此句用鲧抗尧欲叛之典。事见《吕氏春秋·恃君览第八·行论》："尧以天下让舜。鲧为诸侯，怒于尧……（鲧）怒甚勐兽，欲以为乱。比兽之角，能以为城指举其尾，能以为旌。"勐义同猛。此间形容鲧怒甚猛兽，而非鲧化猛兽。"比兽之角，能以为城"指古称突起之额骨为角，如头角，总角，故此处角即指头。为城为旌，言其敢公然挑战尧之权威，自立仇城反帜，不听尧之诏令。后遂讹以鲧化为虎。④黄公：东海人，少时为术，能制蛇御虎，佩赤金刀，以绛缯束发，立兴云雾，坐成山河。及衰老，气力羸惫，饮酒过度，不能复行其术。秦末，有白虎见于东海，黄公乃赤刀往厌（镇压降伏）之，术既不行，遂为虎所杀。三辅人俗用以为戏，汉帝亦取以为角觝之戏焉。《文选》汉张平子（衡）《西京赋》："东海黄公，赤刀粤祝，冀厌白虎，卒不能救。"此处喻御虎终为虎伤。⑤驺虞：掌鸟兽之官。牛哀不平：牛哀为公牛哀之省。为鲁人，一说韩人，传其病七日而变虎，把来看他的哥哥吃掉了。见《淮南子·俶真训》。东汉张衡《思玄赋》："牛哀病而成虎兮，虽逢昆其必噬。"⑥尺刀：短刀。雷鸣：壁上虎哮如雷。⑦两句见《礼记·檀弓下》"孔子过泰山侧，有妇人哭于墓者而哀"的故事，因其父、其夫、其子都被虎所害。只因没有苛政，才一直住下去。⑧程：法律条文。意为官家有律条催款要税，吏不敢听妇人之述。

### 解说

作者李贺（790~816），字长吉，河南昌谷（今河南宜阳县）人。宗室郑王李亮之后。因父名晋肃，"晋""进"同音，故避讳不举进士。曾任协律郎。

少能文，为韩愈、皇甫湜所重。相传贺常骑驴出，小奴背古锦囊，途中得佳句，即书投囊中，及暮归，整理成篇。其诗想象丰富，炼词琢句，险峭幽诡，但因过于矜奇，有时流于晦涩。尤长于乐府，能合之弦管。有《李长吉文集》等传世。

　　这是一首四言乐府诗相和歌辞，比较少见。诗的主旨是表明苛政猛于虎。全篇结构严谨，语有出处。开篇以戈弩起兴，接言虎的子孙，个个凶猛。然后以鲧变虎，黄公老而畏虎，牛哀变虎，这一系列故事加以衬托。末尾举泰山妇人一家皆为虎害，悲痛异常，但为了逃避苛捐杂税，仍然想在虎丛中安家，不避虎患，说明政府的苛政，比虎牙更凶猛。此诗以劝诫之辞开头，引典铺叙，将道理故事化，形象生动，最后揭示根源，发人深省。

　　按：《猛虎行》是相和歌辞，相和歌辞是乐府诗集中的一类，盛行于汉魏时期。《乐府诗集》把乐府诗分为郊庙歌辞、燕射歌辞、鼓吹曲辞、横吹曲辞、相和歌辞、清商曲辞、舞曲歌辞、琴曲歌辞、杂曲歌辞、近代曲辞、杂歌谣辞和新乐府辞等十二大类。相和歌辞又分为相和六引、相和曲、吟叹曲、平调曲、清调曲、瑟调曲、楚调曲和大曲等类。

（何焱林补注）

寅虎卷

## 小游仙诗　唐·曹唐

　　百辟朝回闭玉除①，露风清宴桂花疏。
　　西归使者骑金虎②，䪌鞚垂鞭唱步虚③。

### 注　释

　　①百辟：诸侯、公卿。除：阶沿。玉除：仙府的阶沿。②金虎：即白虎。③䪌鞚（duǒ kòng）：放松马笼头。步虚：道家曲，一作步虚词。李白《题随州紫阳先生壁》诗："喘息餐妙气，步虚吟真声。"王琦注引《异苑》："陈思王游山，忽闻空里诵经声，清远遒亮，解音者则而写之，为神仙声。道士效之，作步虚声。"

### 解　说

　　游仙诗是道教诗词的一种体式。就其本义而言，指的是歌咏仙家漫游之诗。多为五言，句数或十句、十二句、十六句不等。游仙诗的类型，前人曾做过种种划分：或从作者思想倾向出发，以富贵者而游仙，为游仙诗之正体，以坎坷者而游仙，为游仙诗之变体；或从表现形式出发，以作者同神仙共游为古体，作者不在内，仅神仙自游为近体。这种诗体，今人亦有效仿。以游仙之体，说今世之事，所谓藉他人之杯酒，浇自己之块垒也。

作者曹唐，字尧宾。桂州（今广西桂林）人。初为道士，后举进士不第；咸通（860～873）中为使府从事。以游仙诗见长。

这是一首游仙体的七绝，想象神仙生活。说玉帝散朝了，西归的仙使骑着白虎，云中慢行，清风吹来桂香阵阵，随口唱起步虚词，勾绘出一幅仙境图画。个中快乐，实难取代。

## 题潞州壁　唐·释普满

此水连泾水①，双珠血满川。
青牛将赤虎②，还号太平年。

**注释**

①此水：指潞河，僧从泾川（发源于甘肃，流入陕西）来，故言相连。②青牛：乙丑年。赤虎：丙寅年。诗为丑寅两年之交所题。甲乙东方为木色青，丙丁南方为火色赤。

**解说**

作者释普满，居汾、晋间。所为率意，或歌或哭，莫喻其旨。或劝人修善，至有罢猎者。其生卒年未详。

诗题中潞州，即今山西长治市。此诗由写景联想到年辰，表达作者对未来美好的祝愿。

## 虎迹　五代·韦庄

白额频频夜到门①，水边踪迹渐成群。
我今避世栖岩穴②，岩穴如何又见君？

## 注释

①白额：猛虎。唐李白《大猎赋》："虽凿齿磨牙而致伉，谁谓南山白额之足睹。"王琦注："白额虎，盖虎之老者，力雄势猛，人所难御。"见前注。②栖岩穴：隐居高士住进山洞。泛指退隐。

## 解说

作者韦庄（836~910），字端己，长安杜陵（今西安）人。进士，曾任校书郎、左补阙等职。五代时入蜀，先为王建掌书记，王建称帝后做过宰相。他的诗词都很精彩，诗富画意，而词尤工。

这首七绝以老虎脚印为题，颇有深意。前两句讲猛虎经常半夜骚扰居民门户，而河边的虎迹又渐渐多了起来；后两句叙说连隐居的山洞，都发现了老虎的脚印，让人躲到哪里去呢？全诗暗指社会上虎豹横行，什么地方都不安全，连退隐都不太容易了。语似平淡，实甚沉痛。

（冯广宏补充）

## 猛虎行  五代·释齐己

磨尔牙，错尔爪①，狐莫威，兔莫狡。饥来吞噬取肠饱，横行不怕日月明，皇天产尔为生狞②。前村半夜闻吼声，何人按剑灯荧荧③。

## 注释

①错：磨。《广雅》："错，磨也。"②生狞：产生狞恶、凶暴。见前注。③按剑：手抚剑把，备击之姿。《史记·鲁仲连邹阳列传》："臣闻明月之珠，夜光之璧，以姿暗投人于道路，人无不按剑相眄者，何则？无因而至前也。"

## 解说

作者释齐己，名得生，姓胡氏，湖南益阳人。出家大沩山同庆寺，复栖衡岳东林。后欲入蜀，经江陵，为荆南节度使高季兴挽留，为僧正（管理众僧之官），居龙兴寺，自号衡岳沙门。齐己善作诗，颇有诗名。其咏物诗融情于景，含蓄有致。善于从不同角度捕捉物象，展开联想。有《白莲集》《霁雪集》

传世。

这是一首杂言古风,刻画虎的爪牙厉害,不愧为百兽之王,山林狐兔不过是小菜一碟。这不可一世的猛虎,天生的横暴性格,天不怕地不怕,前面村庄半夜就听到它的吼声。可是虎还不知道灯下的猎人正在磨刀,你的死期也就不远了。此诗讽喻之意明显,那些猛虎一般的世间恶人,横行无忌,终会得到与虎同样的下场。诗如歌谣,明白如话,比拟贴切,言浅意深。

## 缚虎图  宋·司马光

孙生非画师,趣尚颇奇伟①。为人少谐合,不肯畜妻子②。时时入深山,信足动百里③。萧然坐盘石④,尽日曾不起。精心忽有得,纵笔何恢诡⑤。万象皆自然,神工相表里⑥。流传落人间,万金易寸纸。君家《缚虎图》,用意尤精致。虽云锁纽牢,观者犹披靡⑦。昔闻刘纲妻⑧,制虎如犬豕。系之床脚间,垂头受鞭箠。孙生倘未见,画此亦何理。明知非世人,羽化实不死⑨。愿君他日归,置之成都市。必有乘槎人⑩,庶几能辨此⑪。

### 注释

①趣尚:志趣、爱好、崇尚。汉蔡邕《陈寔碑》:"是以邦之子弟,遐方后生,莫不同情瞻仰,由其模范,从其趣尚。"②谐合:投缘。少谐合:不喜与人交往。畜妻子:畜,供养,养育。不肯畜妻子:不肯结婚生子。③信足:随意闲行,犹信步,漫步。唐谷神子《博异志·阴隐客》:"自后不乐人间,遂不食五谷,信足而行。"④萧然:散逸、清寂、索漠。晋陶潜《五柳先生传》:"环堵萧然,不蔽风日。"⑤恢诡:夸张、怪异,荒诞。唐刘禹锡《和韩十八侍御见示岳阳楼别窦司直诗》:"鹍鹏疑变化,罔象何恢诡?"⑥神工表里:外有功夫,内有神韵。⑦披靡:惊惧退走。明谢肇淛《五杂俎·天部一》:"唐代州西有大槐树,震雷击之,中裂数丈,雷公为树所夹,狂吼弥日,众披靡不敢近。"⑧刘纲:三国时吴下邳人。传说他能檄召鬼神,后与妻樊云翘同入四明山仙去。传樊云翘曾以绳缚虎系于床头,虎驯如猫。⑨羽化:道家

谓人成仙为羽化。《晋书·许迈传》："玄自后莫测所终,好道者皆谓之羽化矣。"⑩乘槎人:槎为筏子。传说汉朝张骞乘槎寻黄河源,竟然到了天河,遇见织女,带回一块石头,去到成都,严君平竟能认出是织女的支机石。⑪庶几:或许,差不多,《易·系辞下》:"颜氏之子,其殆庶几乎?"高亨注:"庶几,近也,古成语,犹今语所谓'差不多'。"

### 解说

作者司马光（1019~1086），字君实，号迂夫，晚年号迂叟，世称涑水先生。死后追封温国公，故人称司马温公。陕州夏县人。宝元元年（1038）进士，历任宋仁宗、英宗、神宗三朝。熙宁间王安石推行新法，竭力反对，调外任。哲宗即位，入朝为相，尽改新法，恢复旧制。与刘恕等所编的《资治通鉴》，为我国重要的编年史巨著。此外尚有《温国文正司马公文集》《稽古录》《涑水记闻》《潜虚》等。

这是一首五言古诗。诗中通过缚虎与作画，即生活与创作的密切关系，说明生活是创作的基础。全诗分四层：第一层写孙生作画前深入生活，为创作做好准备；第二层写他作画的神态和作品的高贵价值；第三层揭示作画成功的原因，"虽云锁纽牢，观者犹披靡"，只有熟悉生活中威猛的虎，才有笔下的写真，这也是孙生不同于他人而取得成功的重要原因；最后一层的四句，以乘槎人或能明白其中的道理，再次强调《缚虎图》的珍贵和孙生成功的秘密。诗中典故贴切，层次分明，描述自然，一韵到底，读来节奏鲜明，含意隽永。

## 虎图　宋·王安石

壮哉非熊亦非貙①，目光夹镜当坐隅②。横行妥尾不畏逐③，顾盼欲去仍踌躇。卒然我见心为动④，熟视稍稍摩其须。固知画者巧为此，此物安肯来庭除⑤。想当盘礴欲画时⑥，睥睨众史如庸奴⑦。神闲意定始一扫，功与造化论锱铢⑧。悲风飒飒吹黄芦，上有寒雀惊相呼。槎枒古树鸣老乌⑨，向之俯啄如哺雏。山墙野壁黄昏后，冯妇遥看亦下车⑩。

### 注　释

①貙（chū）：貙虎，大如狗，文如狸。②夹镜：两眼如镜，圆而明亮。南朝宋颜延之《赭白马赋》："双瞳夹镜，两权协月。"唐杜甫《骢马行》："隅目青荧夹镜悬，肉鬃碨礌连钱动。"坐隅：座位旁。宋苏轼《鹤叹》诗："园中有鹤驯可呼，我欲呼之立坐隅。"③妥：同嚲，下垂貌。④卒：通猝，突然。⑤庭除：此指庭院。晋曹摅《思友人》诗："密云翳阳景，霖潦淹庭除。"⑥盘礴：箕踞，叉开双腿而坐，后专指画家神充气足，潇洒作画。《庄子·田子方》："宋元君将画图……有一史后至者，儃儃然不趋，受揖不立，因之舍。公使人视之，则解衣槃礴，臝。君曰：'可矣，是真画者也。'"成玄英疏："解衣箕坐，倮露赤身，曾无惧惮。"⑦睥睨：斜目而视，有傲视，不屑一顾义。《淮南子·修务训》："过者莫不左右睥睨而掩鼻。"众史：众画师。《庄子·田子方》："宋元君将画图，众史皆至，受揖而立。"成玄英疏："众史，画师。"⑧扫：动笔。扫亦有画义，张祜《集灵台》："淡扫蛾眉朝至尊。"造化：自然化生。锱铢：细微。⑨槎枒：多枝少叶。⑩冯妇：古勇士，善搏虎。详见他注。车：此处读如居。

### 解　说

作者王安石（1021~1086），字介甫，号半山，封荆国公。故人亦称其王荆公。临川（江西抚州）人，庆历二年（1042）进士。知鄞县（今浙江宁波市），政声颇佳。神宗即位，诏王安石知江宁府，召为翰林学士兼侍讲。熙宁二年（1069）擢参知政事，大力推行新法，以图富国强兵，但由于保守派反对等原因，成效不大。晚年退居金陵，卒谥文。他是北宋又一位诗文大家，为文重视社会意义，讲究实用。散文风格峭拔奇崛，笔力雄健，逻辑严谨，辨理深透，语言精练；其诗一如其文，长于说理，精于修辞，间有情韵深婉之作；词作不多，但清新刚健，一洗五代旧词。有《临川集》《临川先生歌曲》留世。

此诗描写一幅画得十分逼真的老虎，挂在坐隅，乍然一见，有些胆怯，熟视之后，才敢捋捋虎须。可见画家在作画之前，先牢固把握气势，然后神闲气定，画出来才可功同造化。画上还配有寒雀、老乌，活灵活现，甚至能引得搏虎勇士冯妇，摩拳擦掌。

## 阴山画虎图  宋·王安石

阴山健儿鞭鞚急①,走势能追北风及。逶迤一虎出马前②,白羽横穿更人立③。回旗倒戟四边动,抽矢当前放蹄入④。爪牙蹭蹬不得施⑤,碛上流丹看来湿⑥。胡天朔漠杀气高,烟云万里埋弓刀⑦。穹庐无工可貌此,汉使自解丹青包⑧。堂上绢素开欲裂,一见犹能动毛发⑨。低徊使我思古人,此地抟兵走戎羯⑩。禽逃兽遁亦萧然,岂若封疆今晏眠⑪。契丹弋猎汉耕作,飞将自老南山边⑫,还能射虎随少年。

### 注 释

①阴山健儿:指蒙古人或契丹人。鞚:缰绳。②逶迤:曲折匍匐行进貌。《楚辞·远游》:"方蠋虫象并出进兮,形蟉虬而逶蛇。"蛇,一本作"迤"。③白羽:箭。人立:受伤虎直立如人。④回旗倒戟:队伍向后运动。当前:当猛虎之前。放蹄:放开马蹄。句意为为当周围之人回旗倒戟被吓得向后运动时,阴山健儿却拔箭矢,放马蹄,直冲老虎而去。见其艺高人胆大。⑤蹭蹬:受困。⑥句意为血流沙碛之上,干燥的黄沙都变湿了。⑦胡天:当时指胡人所居之处,唐岑参《白雪歌送武判官归官》:"北风卷地白草折,胡天八月即飞雪。"朔漠:此指景色单调凄凉。杀气:侵凌嗜杀之戾气。弓刀:弓箭刀枪。句意为胡地万里,到处埋伏着南侵宋室的杀机。中原君臣不可不加倍留意!⑧貌此:说蒙古包里没有画工能把它画出来。何按:"此"原文作"比",讹,今改。汉使:当指宋朝出使辽的使者。⑨此句写汉使作画,素绢展开,笔触所在,虎形即欲裂绢爆炸而出。下句说:在场者一见画作,毛发不由悚动,以状画之栩栩如生。⑩抟:聚拢。戎羯:戎与羯,古族名。泛指西北少数民族。南朝梁沈约《齐故安陆昭王碑文》:"戎羯窥窬,伺我边隙。"⑪萧然:景象凄凉,空寂,索漠。晋陶潜《五柳先生传》:"环堵萧然,不蔽风日。"晏眠:睡懒觉。⑫契丹:古族名,源出东胡,居今辽河上游西拉木伦河一带,以游牧为生。北魏时自号契丹。唐末,迭剌部首领阿保机统一各部族,称帝建辽国。为宋边患之一。弋(yì):用系绳的箭射猎,箭可收回。飞将:汉李广号飞将军。

借指边将。

**解 说**

　　此七言古风描写一幅阴山健儿射虎图,动态俨然,连流在沙碛上的虎血看起来都像是湿的。但是绘画与射猎原是各有所长,胡人杀气虽高,作画却不行;亏得那汉使的丹青,才取得这样的效果。作者在画前徘徊之间,想起阴山原是战争之地,景象凄凉,怎么比得现在可以高枕安眠。如今契丹人只管打猎,汉人安心耕作,守边勇将可以在南山休老了。诗中寓意,和平环境的得来,是胡汉两家共同的福祉。诗虽是这么写,但客观历史表明,宋朝其实是向外族输贡纳币,才换来短暂的边境安宁。

　　王安石时,北方诸地为契丹所建之辽国控制,女真、蒙古诸部皆臣伏于辽,尚未立国。从"汉使自解丹青包"看,此图乃使辽的汉使所画,汉使当不会远离辽京,深入蒙古所处之地,故阴山健儿不必为蒙古人。

（何焱林补注）

## 月中曾题二小诗于南谿竹上既而忘之昨日再游见而录之　宋·苏轼

　　谁谓江湖居,而为虎豹宅。
　　焚山岂不能?爱此千竿碧。

**解 说**

　　作者苏轼（1037～1101）,字子瞻,又字和仲,号东坡居士,世人称其为"苏东坡"。眉州（今四川眉山）人。唐宋八大家之一,豪放派词人代表。其诗、词、赋、散文,成就极高,又善书法、绘画,是文学艺术史上罕见的全才。其散文与欧阳修并称欧苏;诗与黄庭坚并称苏黄;词与辛弃疾并称苏辛;书法名列"苏、黄、米、蔡"北宋四大书法家之一;画则开湖州一派。

　　题中南谿为县名,今属四川宜宾市。

　　此诗言隐士本可安居南谿竹林之中,而虎豹又来立足,想放火烧山,却舍不下许多竹。人总是在矛盾中生活着,因爱竹而不能焚山,表现了诗人情志的高雅。

## 题伯时画揩痒虎　宋·黄庭坚

猛虎肉醉初醒时①，揩摩苛痒风助威②。
枯楠未觉草先低③，木末应有行人知④。

### 注 释

①肉醉：饱食酣睡如醉，为方言，有软、懒、慢之意。②苛痒：患疥发痒。③楠（nán）：樟科常绿乔木。纹理细密，质地坚硬，香味浓郁，是建筑和制器具的贵重木材。李时珍《本草纲目》称其为南方之木，故字从南。所谓风从虎，枯楠干高龄大，不为所动，而草已经被这阵风吹得低下身来了。④木末：树梢，"木末就有行人知"，指从山上下来的行人，从这一阵风应当知道山下有老虎哦！

### 解 说

作者黄庭坚（1045~1105），分宁（江西省修水县）人。曾谪居涪州（今重庆涪陵），又号涪翁。治平四年进士，调叶县尉。哲宗时，预修《神宗实录》，迁著作佐郎，升起居舍人。章惇、蔡京以修《实录》不实，贬涪州别驾。至徽宗初召还。后又以文字除名，贬宜州（广西宜山县），卒于其地。他诗学杜甫，而能自辟门径，为江西诗派之祖。初与秦观、张耒、晁补之游于苏轼之门，人称"苏门四学士"。晚年位益黜，名益高，世以苏轼并称为"苏黄"。善书真、行、草，以真体为第一。

诗题揩痒，指在木石等硬物上摩擦解痒，元郑元佑《题揩痒马图》诗："摩擦树根休揩痒，明朝要尔战沙场。"

诗题中"伯时"为宋末著名画家李公麟（1049~1106）的字，自号龙眠居士，宋舒州（今舒城县）人，出身于书香门第。"揩痒虎"是指老虎在木石等硬物上摩擦解痒。以此为画，新颖别致；以此为诗，潇洒风趣。

此题画古体诗虽只有四句，但题材新颖，画上描绘老虎吃饱睡醒后擦痒的姿态，诗中实写虎的初醒揩痒，虚写草低树摇的风起，借风起而助虎的威猛，以静写动。赞美画家技法的精湛，寥寥数笔，如入其境。尤其末句，以诗人担心山间行人安危而烘托画家神来之妙笔。

此诗句句押韵,亦柏梁体之短章。

## 挂虎图于寝壁示秸秅  宋·张耒

画工出幻事①,缟素发原薮②。萧萧白茅低,凛凛北风走。眈然老於菟③,举步安不骤④。目光炯双射,怒吻呀欲受⑤。彼彪掷其旁,文彩淡初就⑥。虽然窃形似,已足走百兽⑦。烦君卫吾寝,振此蓬荜陋⑧。坐令盗肉鼠⑨,不敢窥白昼。

### 注 释

①出幻事:出奇异不寻常的事物,意为画工笔下,有出人意料之佳构,如有幻术。②缟素:用于绘画的绢帛。原薮(sǒu):原指高平之地。薮为水泽之地。③萧萧:风声,《战国策·燕策》:"风萧萧兮易水寒。"白茅:亦作白茆,明李时珍《本草纲目·草二·白茅》:"茅有白茅、菅茅、黄茅、香茅、芭茅数种,叶皆相似。白茅短小,三四月开白花成穗,结细实,其根甚长,白软如筋而有节,味甘,俗呼丝茅,可以苫盖及供祭祀苞苴之用。"眈:虎视。於菟(wū tú):楚地人古时称虎为於菟。④不骤:不急。喻虎自信无敌。⑤呀:愤怒之声,大吼。欲受:欲有所咬噬。⑥彪:幼虎。一作虎毛斑斓。掷:纵腾,跳跃。初就:小虎毛色较淡,初具色彩而已。⑦窃形似:窃,本义为偷盗,此处意谓虽然才偷偷地长得像其老父。走百兽:吓走百兽。⑧蓬荜:两种草名,贫士所居,以蓬为门,以荜为户,一般作称自己居室之谦词。⑨盗肉鼠:汉时有鼠白日盗肉,少年张汤列鼠罪,词笔如老狱吏。此用其典。

### 解 说

作者张耒(1054~1114),亳州谯县(安徽省亳县)人,后迁居楚州淮阴(今江苏清江)、熙宁六年(1073)进士。王安石负责提举,授临淮(今安徽泗县)主簿。后历任著作郎、史馆检讨。哲宗时,以直龙阁知润州。徽宗初,召为太常少卿。后被指为元佑党人,数遭贬谪。晚岁居于陈州。张耒为苏门四学士之一(其他为秦观、黄庭坚、晁补之),是辞世最晚而受唐音影响最深的作家。诗学白居易、张籍,平易舒坦,不尚雕琢;其词仅传6首,风格与柳永、秦观相近。著有《柯山集》《宛邱集》，词有《柯山诗余》传世。

何按：诗题中秸秠（jiē pī）当为人名。

这是一首以虎图镇邪的五言古诗。开头4句写虎生活的环境，"萧萧""凛凛"，草深风吼，令人生畏。接着8句写猛虎出现的神态，举步不快，目光四射，怒吻逼真，使百兽震恐。最后4句写图的功能，让吃人食的"鼠"等邪恶之类，再也不敢前来骚扰。诗中形象细致地描写画上老虎的威风，以它驱邪的功能，衬托出画家技艺的精妙。语言形象，意向集中，对比烘托，紧扣题旨。

## 猛虎行　宋·徐照

猛虎出林行，咆哮取人食。居人虑虎至，荆棘挂墙壁。虎乃爱其身，惊遁不近侧。人或虎不如，甘心堕荆棘。

**解说**

这是一首五言乐府寓言诗。诗以食人猛虎遇荆棘尚且回避，而人不如虎，为追逐私利不爱其身。这里的"荆棘"指人生道路（仕途、商场）中的高危陷阱。以明白虎谕不明白人，读之使人惊警。既形象鲜明，又寓意深刻。

## 捕虎行　宋·汪襄

猎夫鼓勇欲生擒，失利宁虞伤手足①。我令壮士八九辈②，袒裼而往敢退缩③。持戈踊跃皆直前，不顾爪牙加抵触。於菟怒斗力已困，白刃纷然刺其腹。不施陷阱设罗网，须臾俄闻就缚束。未逾半昼捷书来，抚掌惊嗟大神速。百夫肩舁向城市④，塞巷填街争纵目。皆云古昔未曾有，不比春山得麋鹿。

**注释**

①宁虞：岂能顾虑。②辈：人数众多。③袒裼（tǎn xī）：脱衣露臂。④於菟（wū tú）：楚人对虎的别称。肩舁（yú）：用肩抬着。

## 解 说

作者汪襄（1119～1125），字公弼，新安（今徽州）绩溪人。宣和中太学生。

这是具体表述猎杀猛虎的七言乐府诗。猎人与虎搏斗时，持戈踊跃，赤膊上阵，壮士气概何等英勇；及至白刃刺入虎腹，捷报传来，不能不佩服壮士们的高强本领。当他们凯旋时，民众塞巷填街，争相观看，共同欢呼为民除害。全诗写得非常生动形象，使人如临其境，如见其人。

## 虎洞　宋·陆游

空山秋高木叶黄，茫茫百草凋秋霜。逶迤深谷白昼静，群鸦竞噪众鸟翔。洞中有虎何猛烈，牙如利刀爪如铁。奋鬣掉尾初出穴，昂头四顾吐其舌。双睛忽动飞电回，层崖长啸阴风来。山中藜藿谁敢采①？野外狐兔皆悲哀。嗟虎之猛有如此，自是贪残日无已。岂无壮士裴将军②，弯弓射之殄其类③。方今上有明圣君，广爱民物怀深仁，推诚不但祝罗网，登用牧守需贤人。四郊无事民安静，有若刘昆多善政④。嗟虎虽猛当如何，胡为饮泉卷久阿⑤？明当负子东渡河！

## 注 释

①藜藿：野菜。②裴将军：即唐裴旻，善射虎。③殄（tiǎn）：消灭。④刘昆：东汉人（非晋人刘琨），为弘农太守时，多善政，虎不为患，负子渡河而去。⑤卷久阿：语出《大雅·卷阿》"有卷者阿，飘风自南。"卷（quán）是弯曲；阿是大丘。卷曲于旧日山丘。久（jiǔ）同旧，从前的意思。

## 解 说

作者陆游（1125～1210）字务观，号放翁，越州山阴（今浙江绍兴）人。绍兴中试礼部，因遭秦桧忌，被黜免。孝宗时赐进士出身，除枢密院编修，后任建康、夔州等地通判。转入王炎及范成大幕府。光宗时以宝章阁待制致仕。陆游力主抗金，屡受排挤。一生写诗近万首，题材广阔，多清新之作；其政治诗抒发爱国义愤，关心人民疾苦，风格雄浑豪迈，为南宋大家。词与散文成就亦高。著有《剑南诗稿》《渭南文集》《南唐书》《老学庵笔记》《放翁词》和《入蜀记》等。

这是一首抒发美好愿望的七言古诗。全诗可分四层：第一层开头4句，写虎洞的具体环境，群鸦竞噪，荒无人迹；第二层接着8句，写洞中之虎的威猛，藜藿谁敢来采，狐兔也感到悲哀；第三层紧接着8句，写猛虎的贪残，岂无能人制伏？可能是明君仁义贤才，不忍以暴力制恶。最后第四层5句，引刘昆善政的故事，居然能感化猛虎，也感化和告诫如虎的恶人改恶从善，使老百姓过上安居乐业的生活。此诗明写虎，实写人，陈其利害，广及苍生，将自然、人事融为一体，前后呼应。

## 题画虎　宋·楼钥

一虎弭耳行，一虎立而顾①。猛鸷乃天资②，亦尔相媚妩。媚妩尚眈眈，况复逢其怒。吾闻宣城包③，今古称独步。投老笔愈精④，爪牙利可怖。方其欲画时，闭户张绢素。磨墨备丹彩，饮酒至斗许。解衣恣盘礴⑤，手足平地踞。顾盼或腾拏⑥，窥之真如虎。投笔一挥成，神全威不露。此其真是欤？为我振蓬户⑦。藜藿将不采，何止尤狐兔。

**注　释**

①弭耳：顺从之状。顾：回头照看。②鸷：原指猛禽，这里借指猛虎。③宣城包：安徽宣城姓包的画家，名不详，最善画虎。④投老：垂老，到老年。⑤盘礴：随便席地盘坐。见前注。⑥腾拏（ná）：跳跃捕食之状。⑦蓬户：谦言家贫。⑧藜藿（lí huò）：野菜。尤：怪罪。

**解　说**

作者楼钥（1137～1213）南宋大臣、文学家。字大防，又字启伯，号攻媿主人，明州鄞县（今属浙江）人。隆兴元年（1163）进士，历官温州教授、乐清知县、翰林学士、吏部尚书兼翰林侍讲、资政殿学士、知太平州，卒谥宣献。乾道间，以书状官从舅父汪大猷使金，按日记叙途中所闻，成《北行日录》。喜藏书，东楼藏书逾万卷。善为文，真德秀称南宋文章，推其与李邴、汪藻为三大家。有文集120卷。

此五言古诗为题画而作，描写画上两只老虎，亲亲昵昵，凶暴中带点妩媚。这幅画有趣。宣城包画家为什么会画得这么好？听说他作画之前，准备好素绢丹青，喝酒至半醉，手足触地，模仿虎姿，聚精会神构思，然后一气呵成。如果这是他的真品，我这蓬户也该有点名气。狐兔也不敢糟损我的家园地了。这里道出了一条创作规律：动笔之前，必须细致观察，深入体会，了然于胸，进入角色，才能创作出栩栩如生的真品来。

## 画虎图　宋·游子明

平生射虎裴将军①，马狞如龙弓百钧②。手撚白羽旁无人③，注虎使虎不敢奔。须臾丛薄斑斓出④，人马不知俱辟易⑤。矢如蓬蒿弓减力，将军得归几败绩。徐行爪牙元不露，盱盱垂头若微顾。尾剪霜风林叶飞⑥，倏忽山头日光暮。包家画出真於菟⑦，我尚不敢编其须⑧。昔人作诗讥画图，吁嗟画图今亦无。

**注　释**

①裴将军：传为唐代善舞剑者裴旻的本家，或作裴旻本人。裴旻为唐开元、天宝间人，有剑圣之称。唐李肇《国史补》云："裴旻为龙华军使，守北平。北平多虎。旻善射。尝一日毙虎三十有一，既而于山下四顾自矜。有父老至曰：'此皆彪也，似虎而非。将军若遇真虎，无能为也。'旻曰：'真虎安在？'老父曰：'自此而北三十里，往往有之。'旻跃马而往，次丛薄中。果有一虎腾出，状小而势猛，据地一吼，山石震裂。旻马辟易，弓矢皆坠，殆不得免。自此惭惧，不复射虎。"此或述其事。②狞：此处作猛烈，气势、力量强大解。马如龙：马八尺曰龙。南朝宋范晔《后汉书·明德马皇后纪》："前过濯龙门上，见外家问起居者，车如流水，马如游龙。"钧：重量单位，一钧三十斤，百钧指开弓所用之力。③撚（niǎn）：用拇指与其他手指夹住。白羽：箭尾以羽为翎，故称箭为白羽。④须臾：片刻。丛薄：草木丛生处。⑤辟易：

退避。⑥剪霜风：传说虎过生风，有云从龙，风从虎之说。⑦於菟：古时楚人称虎为於菟。⑧掊：持。

### 解说

作者游子明名次公，建安人，号西池、南宁，又号寒岩，建安（今福建建瓯）人。乾道末（约1173）为范成大幕僚；曾为安仁令。淳熙十四年（1187）以奉议郎通判汀州。与范成大交厚，范帅桂林日，他曾入幕，常有诗词唱酬。生卒年及平生事迹未详。

此诗为题画的七言古风，首先提到勇猛的裴将军，平生习惯射虎。只要见虎，虎不敢奔。可是这次麻痹大意，人惊马退，开弓无力，矢如蓬蒿，失去了杀伤力。幸而将军安全得归，而虎却悠悠然，露出爪牙，徐行眈顾，向人示威。这一幅生动图画，可以作为笑料，可是现在连这样的笑料也没有了。诗意说即使有真本领，也不能麻痹轻敌。题材新颖，寓意深刻。

## 宣差射虎　金·李俊民

北原风劲霜草枯，草间出没藏於菟①。眈眈来此被谁驱，不防邂逅冯妇车②。将军胆气勇有馀，手中笑撚金仆姑③。等闲如射兔与狐，两眼错莫精光无④。深山大泽失所居，或撩汝头编汝须⑤。可惜肉食无远图⑥，伎俩不及黔之驴⑦。

### 注释

①於菟：古楚语中的老虎。②邂逅（xiè hòu）：意外相遇。冯妇：古代徒手搏虎之士。《孟子·尽心下》："晋人有冯妇者，善搏虎，卒为善士；则之野，有众逐虎，虎负嵎，莫之敢撄；望见冯妇，趋而迎之，冯妇攘臂下车，众皆悦之，其为士者笑之。"有技痒难耐之讥。③金仆姑：一种将帅所用的劲矢。④错莫：错乱昏暗。唐杜甫《远怀舍弟颖观等》诗："云天犹错莫，花萼尚萧疏。"仇兆鳌注："错莫，谓纷错冥莫。"⑤撩（liāo）：掀起。编：触摸。⑥肉食：指食肉动物，其实指在位有禄之人。《左传·曹刿论战》："肉食者鄙，未能远谋。"⑦黔驴：柳宗元《黔之驴》说：黔地之虎，初见驴，听其叫

声甚恐,久之,见其技只能用蹄,于是把驴吃了。

### 解说

作者李俊民(1176~1260),字用章,别号鹤鸣老人,泽州晋城(今山西晋城市)人,唐高祖李渊第十一子韩王李元嘉后裔,排行第三。金、元之际著名学者,名重一时,上至天文,下至地理,经史百家,无所不晓。有《庄靖集》传世。

诗题中"宣差"为帝王派遣的使者。南宋孟珙《蒙鞑备录·奉使》:"彼奉使曰宣差。自皇帝或国王处来者,所过州县及官兵头目处,悉来尊敬,不问官之高卑,皆分庭抗礼。"

此诗言一只老虎不幸被将军射死,被人撩头编须。谁教你不在深山大泽,而眈眈来此。可见肉食者没有远见,不如黔驴尚有一蹄之技,威风一时。明写虎,实喻人。

## 射虎得山字　金·冯延登

田翁太息论三害①,猎骑俄惊见一斑②。
涎口风生雷吼怒,角弓寒劲月痕弯③。
柳营共许千人敌④,鱼服仍馀一矢还⑤。
我欲残年赏神骏⑥,短衣匹马梦南山。

### 注释

①太息:叹息。三害:晋时有南山虎、长桥蛟、少年周处,人称三害,周处知之,乃射虎杀蛟,改过迁善。②一斑:一只斑斓猛虎。③月痕:劲弓如月。④柳营:汉周亚夫驻军细柳营,军纪严明。⑤鱼服:鱼皮制作的箭袋,服通"箙"。《诗·小雅·采薇》:"四牡翼翼,象弭鱼服。"孔颖达疏:"以鱼皮为矢服,故云鱼服。"⑥残年:暮年、晚年,《列子·汤问》:"以残年馀力,曾不能毁山之一毛。"

### 解说

作者冯延登,金承安二年(1197)进士。入为国史院编修官,改太常博士。蒙古来袭,城陷,自投井死。读《易》《左传》有所得,诗文皆有律度。为文喜苦思,尚奇;诗亦新巧可称。

题中"得山字",指多人共吟时大家分韵,作者分得山韵,即平水韵上平十五删韵。

此诗言南山有虎害,田翁讲到周处除害的故事时,十分感叹。于是猎骑往猎,诗人虽感年老,也想短衣匹马上南山,除此一害。诗以近体七律表述,中间两联表现了诗人老当益壮猎虎的雄姿。题材新颖用典精当,对仗工整,使人读来耳目一新。

## 题伊阳杨氏戏虎图 金·元好问

大斑哆笑口侵耳①,小斑蓄缩如乞怜②。
戏斗真成两劲敌,发机谁在卞庄前③?

### 注 释

①斑:斑斓之省,以虎纹斑斓借指老虎,大斑即大虎。哆(chǐ)笑:张口大笑。《说文》:"哆,张口也。"《诗·小雅》:"哆兮侈兮,成是南箕。"《传》:"哆,大貌。"②蓄缩:畏缩,唐柳宗元《贺进士王参元失火书》:"虽欲如向之蓄缩受侮,其可得乎!"③发机:触发机关,《孙子·势》:"是故善战者,其势险,其节短,势如彍弩,节如发机。"张预注:"如弩之张,势不可缓;如机之发,节不可远。"意为抓住时机,发动打击。卞庄:即卞庄子,鲁国大夫,好勇。有二虎食牛,卞庄欲刺虎,馆竖子认为二虎争食必相斗,斗必一死一伤,伤时再刺,既省力,又得二虎。事见《史记·陈轸传》。

### 解 说

作者元好问(1190~1257),太原秀容(今山西忻县)人。金宣宗兴定五年(1221)进士,做过镇平、内乡、南阳等县县令。后入朝为左司都事,转行尚书省左司员外郎。金亡辞官。工诗、词、散文,尤其以诗的成就为高。他论诗,提倡刚健质朴之风,主张表现真情。作品有较深刻的社会内容,风格沉雄,意境阔远。有《遗山集》,又名《遗山先生文集》,编有《中州集》。

此为题画诗，画面是被驯服的二虎表演戏斗节目，大虎张开大嘴，小虎缩头缩脑，装着互相敌对打斗的样子，虽然是一场游戏，却使人联想到同类如相争斗，必有伤残，作者通过此诗揭示出人类社会的一个普遍真理，古代的下庄子就善于利用这种机会。此诗寓意明确，用典贴切，言简意赅，形象具体。

### 赵邈龊伏虎图行　元·郝经

南山射虎曾得名，壁上忽见令我惊。何物敢尔来户庭，屡叱不动仍生狞①。画师前身是山灵②，胸中有虎无丹青。老橌数笔平扫成③，杀气惨淡猛气横。头颅半妥蹲孤城，怒尾倒插蟠霜旌，铁须张磔疑有声④，赤吻沥血犹带腥。抱石欲卧伏欲腾，爪入石角瞠不瞑，寒电夹镜骞两睛⑤，四座凛凛阴风生。威棱神彩出典型，邈龊乃是金天精⑥。伊昔诗家杜少陵，酷爱赋马并赋鹰，为怜神俊故屡称。我今赋虎亦有征，要得猛士建太平，坐令四海皆澄清。吁嗟掷笔还抚膺⑦，世间道路多棘荆，伥鬼磨牙不可行⑧。

**注 释**

①生狞：出现凶猛气氛。②山灵：山神，比喻画师赵邈龊对虎熟悉，画得毕肖。③橌：乔木，材质坚硬。老橌：此处借指赵邈龊，言其苍劲健挺如老橌木，数笔平扫，虎图即成。扫：作画笔法。④孤城、霜旌：用鳏化虎故事，详见李贺诗注。磔（zhé）：有力张开。⑤夹镜：双目明亮如镜。南朝宋颜延之《赭白马赋》："双瞳夹镜，两权协月。"宋王安石《虎图》："壮哉非黑亦非貙，目光夹镜当坐隅。"骞：通牵。全句说目如电闪且关乎天气。⑥金天：一解为秋天，也可解为华山。金天精：金为西方，西方庚申金，古人有左青龙右白虎之说，故金天精即虎精。汉张衡《思玄赋》："顾金天而叹息兮，吾欲往乎西嬉。"唐李白《上云乐》："金天之西，白日所没。"⑦膺：胸。⑧伥（chāng）：传说人被虎咬死，其鬼便替虎作向导，称为伥。

**解 说**

作者郝经（1223～1275），字伯常，金元间陵川（今山西晋城）人。在元忽必烈时先后做过昭文馆大学士、司徒等职，受封冀国公。郝经家世业儒，其祖郝天挺系金末元初大儒元好问之师。郝经本人亦深受元好问影响。其著尽收《陵川集》中，行于世。

诗题中"赵邈龊"，为宋代画家，宋《圣朝名画评》作邈卓。性质鲁，不喜修饰，故有此称。工画虎，有《伏崖》《战沙》《啸风》《舐掌》等虎图传世。树石亦佳，用笔如书法。

此七言古诗开篇4句，概说惊见壁上伏虎图的生动形象，接下14句具体描绘老虎蹲伏时的威猛状貌，夸赞画家技艺的高超。最后9句由杜甫（字少陵）爱赋马和鹰抒发忧世情怀，联想到画家画虎的意图，希望得到如虎猛士创建太平，澄清四海，可是环视当时社会，荆棘丛生，伥鬼磨牙，只好发出难以实现的慨叹。

## 赵邈龊虎图行　元·王恽

巅崖老树缠冰雪，石觜桠权横积铁。北平山深林樾黑①，下虽有径人迹灭。眈眈老虎底许来②？抱石踞坐何雄哉。目光夹镜尾束胯③，百兽却走潜风埃。赵侯欲尽神妙功，都著威棱阿堵中④。想当盘礴噀墨时⑤，众史缩手甘凡庸⑥。至今元气老不没⑦，神物所在缠阴风。前年驱马下靖边⑧，崖东突起草底眠。腰间恨无铁丝箭⑨，寝皮食肉空长叹。今朝过喜一嚼快⑩，熟视须顶为摩编⑪。货驯跁服暴戾息⑫，弭耳道义思拳拳⑬。主人爱玩中有谓，遇事炳变通经权⑭。我闻汉家大猎陛冰天⑮，豸冠思赋长杨篇⑯，四方猛士今云合⑰，早晚龙旗到渭畋⑱。

### 注　释

①樾（yuè）：林阴。②底许：几许，多少。宋吴潜《青玉案》词："为问新愁愁底许？酒边成醉，醉边成梦，梦断前山雨。"③夹镜：双目如明镜，南朝宋颜延之《赭白马赋》："双瞳夹镜，两权协月。"唐杜甫《骢马行》："隅目青荧夹镜悬，肉骏碨礌连钱动。"④威棱：威势，威风。《汉书·李广传》：

"是以名声暴于夷貊，威棱憺乎邻国。"王先谦补注："《一切经音义》十八引《通俗文》：'木四方为棱。'人有威，如有棱者然，故曰威棱。"阿堵：此物，这个。六朝口语，南朝宋刘义庆《世说新语·文学》："殷中军见佛经云，理亦应阿堵上。"⑤盘礴：箕踞，叉开双腿坐于席上或地上。语出《庄子·田子方》。苏轼《和〈饮酒〉》序："在扬州时，饮酒过午辄罢，客去，解衣盘礴终日，欢不足，而适有馀。"引申为不拘形迹，狂放自适。宋陆游《与李运使启》："至于盘礴游戏之翰墨，嬉笑怒骂之文章，过黄初而有馀，嗟正始之复见。"黄初：魏文帝曹丕年号；正始：魏齐王芳年号。其时士大夫多不拘形迹，所谓魏晋风度者。此处指画家兴之所至，恣意挥毫。噀（xùn）：喷。此处为落墨状。⑥众史：其他画家。⑦元气：指画中所蕴藏之气。⑧靖边：县名，位于陕西省北部偏西，榆林市西南部。⑨铁丝箭：箭杆细而箭头锐利之箭。杜甫《久雨期王将军不至》诗："忆尔腰间铁丝箭，射杀林中雪色鹿。"⑩一嚼快：看画虎比吃虎肉更愉快。⑪摩编：摩画上虎顶，捋画上虎须。⑫货：阳货，又名阳虎，春秋时鲁季氏家臣，古时以为乱政之人。跖：盗跖，本名柳下跖，春秋末人，古时以为大盗。⑬弭耳：俯首帖耳。⑭炳变：莫测之权谋。《易·革》（䷰）："九五。大人虎变，未占有孚。象曰：大人虎变，其文炳也。"经：常规。权：变通。⑮阹（qū）：围猎之圈。《扬雄·长杨赋序》："以冈为周阹。"《注》李奇曰："阹，遮禽兽围陈也。"⑯豸（zhì）冠：獬豸冠。獬豸为独角神兽，能辨曲直，见邪佞人，则以角触之。古人因其形，制为执法者之冠。长杨：赋名，西汉武帝时扬雄作《羽猎赋》《长杨赋》等名篇，文辞沉博绝丽，其中有践踏苍莞，夸诩众庶，农不得收之叹。⑰云合：此句化用汉高祖刘邦《大风歌》意。⑱畋：打猎。

**解说**

作者王恽（1227～1304），字仲谋，号秋涧，卫州路汲县（今河南卫辉市）人。元朝著名学者、诗人、政治家，《元史》卷一百六十七有传。一生仕宦，刚直不阿，清贫守职，好学善文，为元世祖忽必烈、裕宗皇太子真金、成宗皇帝铁木真三代谏臣。

与前首郝经所咏同一事物，惟志趣题旨不同。开篇8句写老虎生活的环境及踞坐的雄姿；接着6句称赞赵侯作画，出手不凡；再次8句抒写自己的经历和愿望；最后6句极言遇事要通权达变，进一步强调围猎要顺应时节，为民着想，让天下太平，使百姓安居乐业。诗以虎图借题发挥，卒章显志。

（何焱林补注）

## 和南山弟虎图行　元·何梦桂

高堂突兀生崇冈①，於菟眼电牙磨霜②。古言市虎人不信③，谁信挟一来座傍④。众犬僵仆儿辈走，猛士腰弩成蹶张⑤。老翁卒然亦惊怪，便欲骑取参西皇⑥。乾坤沴气产尤物⑦，谁为驱雷入神笔⑧。古树萧萧风刁刁，阴崖幽幽云墨墨。横行赑屃不畏人⑨，弄子庭除成穴窟。蓝田饮羽惊夜行⑩，今乃捋须当白日。画图画虎心自知，触目或疑犹喘息。世间多少涪村民⑪，毛爪未完心已易⑫。

### 注　释

①突兀：突然。崇冈：高冈。②於菟：古楚语中的老虎。③市虎：街市上本无虎，传言有虎是为谣。若有三人传谣便有人信。语出《韩非子·内储说上》："庞恭与太子质于邯郸，谓魏王曰：'今一人言市有虎，王信之乎？'曰：'不信。''二人言市有虎，王信之乎？'曰：'不信。''三人言市有虎，王信之乎？'王曰：'寡人信之。'庞恭曰：'夫市之无虎也明矣，然而三人言而成虎。今邯郸之去魏也远于市，议臣者过于三人，愿王察之。'"④傍：同旁。挟一来座傍，指将画虎挂于座旁。⑤弩：以机发箭之具。蹶张：以物作为拄杖，支持。或以脚踏强弩，使其张开。《史记·张丞相列传》："申屠丞相嘉者，梁人，以材官蹶张从高帝击项籍，迁为队率。"如淳曰："材官之多力，能脚蹋强弩张之，故曰蹶张。"此喻画虎之真，壮士惊惧欲射。⑥西皇：少昊金天氏，即黄帝之子青阳，西方之神。⑦沴（lì）气：不祥之气。尤物：美艳娇媚特出者。此处反用，借指威猛之尤。⑧雷：通擂。亦喻虎哮。⑨赑屃（bì xì）：壮猛有力貌。《文选·张衡〈西京赋〉》："巨灵赑屃，高掌远蹠。"薛综注："赑屃，作力之貌也。"此指猛虎。⑩饮羽：吞没箭尾。楚熊渠夜行，见虎，射之乃石，没矢饮羽。⑪涪村民：涪或为"涪沤"之省，涪沤为水泡。《艺文类聚》卷八引晋左芬《涪沤赋》："览庶类之肇化，何涪沤之独灵。"作

寅虎卷

者为南宋遗民，深怀亡国之憾，所以说浯沤易灭，"浯"村之民易变。⑫毛爪未完：以画虎为喻，毛爪未完，虎画未成，而心已别骛，心已改易。暗寓江山初改，一些人即急不可待地求官效力去了。

### 解说

作者何梦桂（1229～1303），字岩叟，别号潜斋，淳安文昌人。自幼从名师夏讷斋，咸淳元年（1265）省试第一，举进士，廷试第三名。其侄何景文亦登同榜进士。度宗得知何梦桂与黄蜕、方逢辰同堂就读于石峡书院，故御书"一门登两第，百里足三元"相赠。初为台州军判官，历官太常博士，咸淳十年（1274）任监察御史。引疾去，筑室富昌（后改名文昌）小酉源。元至元中，受御史程文海推荐，授江西儒学提举，屡召不赴；著书自娱，终老家中，人称"潜斋先生"。梦桂精于易，所著有《易衍》《中庸致用》《潜斋文集》等。

这是一首七言乐府题画诗。第一层8句，写虎貌虎威；第二层8句，写图画所绘具体之景；第三层最后4句生发开去，"心自知""犹喘息"。梦桂为南宋遗民，深怀亡国之痛，入元不仕，坚守对宋室之忠节。反观世上，一些人的心如雨天之浯沤（水泡），变化极快，没有准定，有如画虎，毛爪尚未画完，一幅画尚未完成一半，心思已想到别的地方去了。暗中有慨叹宋室方亡，一些士人已迫不及待地做上了元朝的官。诗意含蓄委婉，铺垫转韵，言近旨远。

（何焱林补注）

## 射虎　元·张弘范

黑风万骑卷空山①，怒吼岩林出锦斑②。
得意将军飞铁镞，忽惊一点草梢殷③。

### 注释

①骑（jì）：一人一马谓之一骑。②锦斑：虎。因虎皮有条文状花斑，鲜艳如锦，故以称虎。③殷（yān）：黑红色，此指虎血之色。

### 解说

作者张弘范（1238～1279），定兴（属河北）人。至元十五年（1278）为蒙古汉军都元帅，率兵侵宋，南下闽广，执文天祥于潮阳五坡岭，破张世杰、陆秀夫于崖山，丞相陆秀夫背着幼主赵昺跳海而死，宋遂亡。张弘范在石壁上刻了"镇国大将军张弘范灭宋于此"，以识其丰功伟业。后人却有诗曰："勒功奇石张弘范，不是胡儿是汉儿。"讥其臣伏异族，为虎作伥。见仁见智，历史总会有人评说。

这首七言绝句，描写将军射虎英姿，从"锦斑"怒吼到草梢呈殷，衬托出将军杰出的骑射本领。短短四句把射虎镜头刻画得十分生动传神，如闻其声，如见其人。

## 画虎图赠真一先生　元·虞集

猎猎霜风木叶干，月明曾过越王山①。
青龙久待蟠仙鼎②，赤豹相呼守帝关③。
终岁采芝茅阜曲④，丰年收谷杏林间⑤，
谁家稚子能为御，长与桃椎共往还⑥。

寅虎卷

### 注释

①猎猎：状风象声词，南朝宋鲍照《上浔阳还都道中作》诗："鳞鳞夕云起，猎猎晚风遒。"越王山：在江西奉新县，传为吴彩鸾、文箫跨虎登仙处。②青龙：古祥瑞四灵之一，《淮南子·览冥训》："凤皇翔于庭，麒麟游于郊。青龙进驾，飞黄伏皂。"仙鼎：传说盘古开天辟地，诸神以昆仑仙鼎创世，女娲以仙鼎造人及妖魔。一说是仙人炼丹之鼎。③赤豹：赤毛黑斑，仙人所骑。屈原《山鬼》："乘赤豹兮从文狸。"帝关：天门。④芝：灵芝。茅阜：武当七十二峰之一，有虎守护灵芝。⑤杏林：三国时名医董奉事。他为人治病，不取钱物，病愈者为之植杏树一株至五株，久之郁然成林，以虎逻守。杏结实则换米为生。⑥御：驾车。桃椎：即朱桃椎，隋末唐初成都人，结庐山中，常置十双草鞋于道上，买者自行置米作价而去，从不与人交接。

### 解说

作者虞集（1272～1348），四川仁寿人。寓居临川崇仁，人称邵庵先生，宋丞相虞允文五世孙。历任国子助教、集贤修撰、翰林直学士兼国子祭酒。参修《经世大典》。卒谥文靖。题中"真一先生"不详何人。

此诗言画虎一幅，借虎与仙灵共同的几个典故，为隐居修道的真一先生谈玄。先生身边虽无真虎，有此虎图，或可通仙意。若有人能为其驾车，就可以同从不与人的朱桃椎长相往来了。诗中借典仰崇对方所居之超凡，赞誉其人品之高尚，从祝愿中表达诗人的向往之情。用典虽多，却精到贴切，读之言简意赅。

## 题黄敬申虎图　元·虞集

当时玉帐蜀云西①，坐啸风生草木低。
传写馀威千载外，空山藜藿尚萋萋②。

**注 释**

①玉帐：主帅所居帐幕之美称，北齐颜之推《观我生赋》："守金城之汤池，转绛宫之玉帐。"唐李商隐《重有感》诗："玉帐牙旗得上游，安危须共主君忧。"蜀云西：蜀在西部，故称蜀云西。此或指黄敬申虎图在蜀中作。
②藜：蔓生植物，茎直立，叶子菱状卵形，边缘有齿牙，下面有粉状物，花黄绿色，嫩叶可食。藜茎可制杖，如藜杖。藿：指豆叶，嫩时可食，或指藿香。藜藿一般指粗劣食物，亦泛指野草。此当指山间丛草。

**解 说**

诗题中的黄敬申，如为画家，则疑是元代画家黄公望（1269～1354）；如为画卷的收藏者，则应是当时的四川将军。

这首七绝为题画诗，画面上呈现出的虎威，完全是将军之威，这一绝句把将军的威风具体化了，馀威千载，全凭图画传留。以人拟虎，十分贴切。末句言老虎把吃草的动物都赶走了，空山里的野菜十分丰富，尽够隐士们前来享用。

## 题胡氏杀虎图  元·陈旅

沙河野黑秋风麤①,枣阳戍卒车载孥②。道旁老虎夕未餔③。车中健妇不见夫,仓皇下车持虎足,呼儿授刀刲其腹④,夫骨已断不可续,泣与孤儿餐虎肉⑤。

**注释**

①麤:粗字的异体。②枣阳:今湖北枣阳市。戍卒:边防兵。此卒名刘平。孥(nú):妻儿。③餔(bū):申时吃的饭,晚餐。亦作吃意。④刲(zì):用刀刺入。⑤孤:无父为孤,无母为哀。

**解说**

作者陈旅(1288～1343),字众仲,莆田人。笃志于学。为闽海儒学官。中丞马祖常与游京师;又为虞集所知,延至馆中;赵世延引为国子助教。又召入为应奉翰林文字。至正元年(1341)迁国子监丞。为文典雅峻洁,不徇世好。著有《安雅堂集》13卷。

这是一首七言古诗,表述一幅真实事件的载图。短短8句,情节一波三折,一家人坐车、虎饥、夫死、儿孤、妇泣;图上描绘的"健妇",悲壮、激昂;诗中描绘的胡氏,武勇、机智,场景尤其感人。何须长篇,这一短章叙事言情即令人扼腕,文字白描,文风质朴,读之亦惨亦烈。

寅虎卷

## 题虎图  元·陈旅

於菟啸林风怒生①,草木瑟缩空山惊。斧牙凿齿新发硎②,去食田豕求西成③。伊昔报祭先啬并④,谁复骂汝偷牺牲。包生盘礴图金睛⑤,悬之高堂气冯陵⑥。游光野仲急遁形⑦。西阿执钺神赫灵⑧。

**注释**

①於菟:楚语中的老虎。②硎:磨刀石。暗喻虎牙如新磨之刀。③田豕:野猪。西成:秋收。《书·尧典》:"平秩西成。"④伊昔:从前。先啬(sè):

稷神，嗇古同穑。《礼记·郊特牲》："蜡之祭也，主先嗇而祭司嗇也。"郑玄注："先嗇，若神农者。"⑤包生：安徽宣城姓包的画家，最善画虎。盘磷：随便席地盘坐。指叉开两腿箕踞而坐。详见前注。⑥冯（píng）陵：气势逼人。⑦游光、野仲：两个恶鬼名。⑧西阿执钺：事见《国语·晋语》：虢公梦在庙，有神人面白毛，虎爪，执钺立于西阿，公惧而走。神曰："无走！帝命曰：'使晋袭于尔门。'"公拜稽首。觉，召史嚚占之，对曰："如君之言，则蓐收也，天之刑神也。天事宫成。"公使囚之，且使国人贺梦。六年，虢乃亡。神：指西方之神蓐（rù）收。

**解说**

这首七言古诗仍为题画，共10句。前6句写虎的发威是食野猪、保稼穑，客观上有功于农；这与许多虎诗倾向于刻画老虎的残暴，大有区别。后4句是写虎图悬于高堂，希望它也能吃掉野猪，驱走恶鬼，保家宅平安。全诗从一个侧面反映当时社会之不宁，人民生活之不安，以及对太平生活的向往。

## 杀虎行  元·杨维桢

刘平妻胡氏，从平戍枣阳，平为虎擒，胡杀虎争夫，千载义烈，有足歌者。犹恨时之士大夫，其作未雄，故为赋是章。

夫从军，妾从主，梦魂犹痛刀剑瘢①，况乃全躯饲豹虎。拔刀誓天天为怒，眼视於菟小于鼠②。血号虎鬼冤魂语，精光夜贯新阡土③。可怜三世不复仇，泰山之妇何足数④。

**注释**

①刀剑瘢：作战负伤伤疤。②於菟：古楚语中的虎。③阡土：坟土。阡本墓道，后亦指坟，欧阳修《泷冈阡表》："其子修始克表于其阡。"④泰山妇：孔子过泰山，有妇人哭，问之，言其舅（公公）死于虎，其夫死于虎，今其子又死于虎。问何不迁居？妇言此地无苛政。孔子叹道：苛政猛于虎也。事见《礼记·檀弓》。

**解说**

作者杨维桢（1296～1370），诸暨（浙江）人，元泰定年间进士，官至建德路总管府推官。晚年居松江,张士诚据浙西,屡召不赴。明太祖召其撰修礼、乐、书志,作《老客妇谣》一首,以明不仕两朝之意。至京,修书叙例略定,即请归,抵家而卒。所作乐府,或以史事和神仙传说为题材,或取材元末时事。诗风奇诡,文字奇古,明初人对其有"文妖"之讥。善行、草书。所著有《东维子文集》《铁崖先生古乐府》等。

这首杂言古风所咏,与前面陈旅的诗为同一事件,惟其表现手法不同。妻子热爱丈夫,对他的伤疤,都很心痛,何况被虎所食,正该怒气冲天,视虎如鼠,为夫报仇,告慰于新坟之下。对比起孔子遇见的泰山妇人来,家人三世死于虎,却不知报仇,就有天壤之别了。

## 女杀虎行  元·吴莱

山深日落猛虎行,长风振木威挐挐①。父樵未归女在室,心已与虎同死生。扬睛调尾腥满地,狭路残榛苦遭噬②。岂非一气通呼吸③,徒以柔躯扼强鸷④。君不见冯妇来下车⑤,众中无人尚负嵎⑥;又不见裴将军出鸣镝⑦,一时鞍马俱辟易⑧。丈夫英雄却不武⑨,临事越趄汗流雨⑩。关东贤女不足数⑪,孝女千年传杀虎。

**注 释**

①长风:随虎之风。②榛:灌木丛生。噬(shì):咬,吞。③一气:言父女天性一气相通。④强鸷:猛禽,借指恶虎。⑤冯妇:古代徒手搏虎的勇士。⑥负嵎:背靠山曲处。⑦裴将军:李白的好友裴旻。善射虎。鸣镝:响箭。⑧辟易:躲闪。⑨不武:没有智勇。⑩越趄(zī jū):犹豫不前。⑪关东贤女:曹植《精微篇》诗:"关东有贤女,自字苏来卿。壮年报父仇,身没垂功名。女休逢赦书,白刃几在颈。俱上列仙籍,去死独就生。"

**解 说**

作者吴莱(1297～1340),字立夫,浦阳(今浙江浦江)人,门人私谥"渊颖先生"。延祐间举进士不第,隐居松山,深研经史,宋濂曾从其学。所作散文,于当时的社会危机有所触及,要求"德化"与"刑辟"并举,以维护元朝统治。能诗,著有《渊颖吴先生集》。

诗说老父出樵，在狭路残榛间，为虎所噬。其女名苏来卿，因父女天性，在家里久等而父不归来，就料到为虎所食，便决定以柔躯来拼命，扼杀猛虎，她的英勇行动竟然得到成功。作者感叹说，由于群众中没有像冯妇那样的勇士，所以老虎就可以负嵎而吼，没人敢惹它。或者像裴旻将军那样提虚劲，说要射虎，但一遇虎，却又人惊马退。可见男子逞英雄，智勇反不如这一孝女。苏来卿为父报仇的义勇行为，应当让人们千年传颂。

## 答禄将军射虎行  元·纳延

将军部曲瀚海东①，三千铁骑精且雄②。久知天命属真主，奋身来建非常功。世祖神谟涵宇宙③，坐使英雄皆入彀④。十年转战淮蔡平，帐下论功封太守⑤。信阳郭外山嵯峨⑥，长林大谷青松多。白额於菟踞当道⑦，城边日落无人过。将军闻之毛发竖，拔剑誓天期杀虎⑧。弯弓走马出东门，倾城来看夸豪武。猛虎磨牙当路噑，目光睒睒斑尾摇⑨。据鞍一叱双眦裂⑩，鸟飞木落风萧萧。金哨珊弓铁丝箭⑪，满月弦开正当面。雕翎射没锦毛摧⑫，崖石倾颓腥血溅。万人欢笑声震天，剖开一箭当心穿。父老持杯马前拜，祝公眉寿三千年⑬。将军立功期不朽，奇事相传在人口。可怜李广不封侯⑭，却喜将军今有后。承平公子秘书郎，文场百步曾穿杨⑮。咫尺风云看豹变⑯，鸣珂曳履登朝堂⑰。

### 注释

①部曲：军队的编制或行列，特指部落领主的军队。瀚海：在今喀尔喀地，蒙古语谓戈壁。②骑（jì）：骑兵数量单位，一人一马合称一骑。③世祖神谟：言元世祖忽必烈的才略如神。④彀：弓箭射程之内。⑤淮蔡：此用唐淮西节度使吴元济反蔡州事，表示戡定祸乱。吴元济（783～817）为唐宪宗时叛藩的首领。元济之父吴少阳为淮西节度使，治蔡州（今河南汝南）。代宗、德宗以来，淮西镇勾结河北诸镇，成为唐室心腹大患。宪宗元和九年（814），吴少阳死，元济匿不发丧，伪造少阳表，请以元济为留后。朝廷不许。元济于

是叛。宪宗发兵讨伐。时河北藩镇中之王承宗、李师道与吴元济勾结，派刺客入京刺杀武元衡，砍伤裴度，企图打击主战派。宪宗不为动摇，以裴度继武元衡为宰相，主持讨伐事宜。两方相持数年。元和十二年（817）十月，李愬在降将李佑导引下，于雪夜奇袭蔡州，破城俘元济。十一月，吴元济被斩于长安。至此，唐朝统一的局面暂时有所加强。⑥郭：外城。⑦白额於菟：白额老虎。⑧誓天：对天发誓。期：希望、决心。⑨嗥（háo）：吼叫。睒睒：同闪闪。⑩眦（zì）：眼眶。将军因怒目，所以眦如裂。⑪弰（shāo）：弓的末梢。铁丝箭：箭杆细而箭头锐利之箭。⑫翎：箭尾为羽翎制成，称箭为羽翎。⑬眉寿：长寿。《诗·豳风·七月》："为此春酒，以介眉寿。"《毛传》："眉寿，豪眉也。"孔颖达疏："人年老者必有豪眉秀出者。"⑭李广：汉代名将，曾误以石为虎，射之入石。⑮穿杨：即百步穿杨，本为射艺。文场穿杨，当是文正对题。⑯豹变：意为文采更加美丽。也指事业更有进展。《易·革》（）：君子豹变，其文蔚也。⑰鸣珂：显贵马身上的玉饰，马行则丁当作响，此喻身居高位。

### 解说

作者纳延，一作遒贤（1309～?），元后期色目人，字易之，葛逻禄氏，世居金山（阿尔泰山）之西，后寓居南阳（今属河南），称南阳人；出生于浙江鄞县。人称其诗风清新俊逸，有萨都剌之才情。

这是一首赞颂答禄将军为民除害的乐府诗。全诗共分四层：第一层前8句，略写这位将军原来领有铁骑，认知时势，来归属忽必烈，建功立业，当了地方官长。第二层接着6句，讲述他的辖区内信阳县，又出了白额猛虎，百姓不安，于是将军决心射虎。诗中着重写他的神勇、武功。第三层紧接8句，写射虎成功，为民除害，万人欢笑，百姓欢呼拜祝。第四层最后4句，祝愿将军文韬武略，更加精进，仕途青云直上。老百姓最容易满足，凡是为官者能为百姓除一害，行一善，替百姓做了好事实事，总是会受到百姓拥护，百姓总是会心存感激，长久怀念其德惠，传颂其善政，甚至立庙祭祀的。

## 题虎树亭　元·王逢

题注：宋聪禅师住华亭时，有二虎噬人，师降伏之，命名曰大青、小青。师卒，虎亦死，弟子瘗师塔旁，逾年生银杏树二，今主僧隐公辟亭树间，扁曰虎树。

舟泊东西客，诗招大小青①。
山高白月堕，草偃黑风腥②。
植物钟英爽③，精蓝被宠灵④。
凉阴慎剪伐，留护石函经⑤。

**注　释**

①此为以诗招大小青之魂。大小青：两只老虎的名字。②偃：仰卧，倒伏。③植物：指虎树。钟：集聚、荟萃。植物为英灵爽气所钟。④蓝：蓝婆，恶鬼。精蓝即虎之鬼。宠灵：宠惠光耀，《左传·昭公七年》："今君若步玉趾，辱见寡君，宠灵楚国，以信蜀之役，致君之嘉惠，是寡君既受贶矣，何蜀之敢望！"孔颖达疏："言开其恩宠，赐以威灵，以及楚国。"⑤凉阴：指树阴浓密，惠人阴凉。石函：石匣。唐温庭筠《老君庙》诗："自怜金骨无人识，知有飞龟在石函。"

**解　说**

作者王逢（1319～1388），字元吉，号梧溪，江阴人，客游吴中，筑室青龙江上，以吟咏自娱。因纪念其祖母喜欢梧桐树，舍名梧溪精舍。王逢活动于元末明初，以遗民自居，入明不仕。著《梧溪集》七卷，记载宋、元之际人才、国事，多为史乘所未备。卷三中为诗，清赵翼《檐曝杂记》称其"古体诗音节高古，时有汉唐遗韵"；其《黄道婆祠》一诗，是最早歌咏黄道婆业绩的诗作。

据江苏《松江府志》载：宋代有聪道人为苦行僧，见佘山林密山幽，在此结庐居住，专为当地人行医治病。相传当时佘山有两虎，聪道人加以驯养，起名叫"大青、小青"。两虎性情温顺，从不伤人，常随他出诊云游。道人死后，两虎不思进食，终日守候在冢旁吼叫不止，后来相继死去。当地居民将两虎葬于道人冢旁。翌年，虎坟上各长出一株银杏树。人们为了纪念聪道人和他驯养的老虎，在冢旁建立一亭，名为虎树亭。本诗就是吟咏其事。

诗所称之两只恶虎，被禅师降伏，不再吃人，虎死后，亦还瘗埋在禅师塔（僧墓）之下，其鬼也继续受禅师管教，竟然聚为灵气，化生为二树。此树既然有些来历，就不要随便砍伐。以护石函内之经书。虽是附会神话，但诗甚工整，对保护两棵树木实有好处。

古人崇拜自然，对于一切生物乃至山水工石，皆赋予灵性，所谓万物有灵。特别对于古木大树，人们常视之为神灵，视之为风水，君不见现今还有一些虔诚的人，在一些名木古树上系上红布条，用以祈福祛灾。人们往往讥之为迷信，其实，这也是一种朴素的环保意识，正因为如此，中国一些村头镇尾，不是以宝塔琼楼作地标，而是以古树名木作地标，有的地方直接以其命名，如三槐树、泡桐树、黄桷坪等。正因为如此，神州大地才山长绿，水长清，生物群落富集。记得一段时间，为了爱护古树，人们修道路，建房屋，宁可多花钱，多费工，也要绕开这些古树名木。留得青山在，留得古树在，不仅自己可得阴凉，更可惠及儿孙。

## 题百禽噪虎图　元·张渥

短草空山怒养威，百禽惊噪向斜晖。
寝皮食肉堪怜处，且喜将军出猎稀。

**解说**

作者张渥，字叔厚，号贞期，又号江海客，祖籍淮南，居杭州，约活动于元代至正年间（1341～1370）。他屡试不第，遂专心诗画，以白描人物著称于世。师法李公麟，用笔流利潇洒，人物意态生动，时有"李龙眠后一人""妙绝当世"之评。传世作品有《九歌图》，张渥自题临自李公麟本；另有《雪夜访戴图》藏于上海博物馆。

此诗代虎而言，我在这空山短草中宁神养威，你们这些鸟儿惊怕什么？噪叫什么？幸得没有引动将军出猎，否则，我将被他们食肉寝皮了。这是又一幅伏虎图画，以虎的担心遭到不幸，暗喻着人间世事的担忧，明述虎，暗含人。宕开旧说，颇有新意。

## 虎　元·於汝玉

班寅赢得号将军①，月黑深山星目分②。

长啸一声风括地，雄跳三励兽奔群③。
　　不堪羊质披文炳④，无奈狐行假焰熏⑤。
　　蠚毒由来人共慑⑥，岂知更有猛于君⑦。

**注释**

①班寅：说寅生肖属虎。将军：古时军中有虎牙将军、虎贲将军等称号。《汉书·王莽传下》："莽拜将军九人，皆以虎为号，号曰'九虎'，将北军精兵数万人东，内其妻子宫中以为质。"后遂用为勇将通称。②星目：虎目闪烁如星。③三励：传说虎扑物或相斗时，用技三次。④羊质：成语"羊质虎皮"之省，喻虚有其表。汉扬雄《法言·吾子》："羊质虎皮，见草而悦，见豺而战，忘其皮之虎也。"李轨注："羊假虎皮，见豺则战（发抖）。"文炳：喻虎皮。《易·革》（☱）象辞："大人虎变，其文炳也。"⑤焰熏：气焰熏天。成语狐假虎威，借势欺人。⑥蠚（shì）毒：蜂、蝎等尾针蠚刺之毒。慑：害怕。⑦猛于君：指苛政猛于虎。

**解说**

作者於（wū）汝玉，元人，善属文，精诗，亦有称其为於汝立者。余未详。

这首七律大有深意。前4句写虎的威风，何等令人生畏；后4句话锋一转，说现今有人借虎之皮，假虎之威，大干坏事；最后以"岂知更有猛于君"点题，联系到人世形形色色的社会表现，比老虎更加令人生畏。全诗寓意深刻，发人深省。

## 画虎　明·汪广洋

　　虎为百兽尊，罔敢触其怒①。
　　惟有父子情，临行更相顾。

**注释**

①罔敢：莫敢。

**解说**

作者汪广洋（？～1379），字朝宗，江苏高邮人，少从余阙学，通经能文,善篆、隶大书,庄重非时人所及,早年流寓太平。元至正十五年(1355)朱元璋渡江,攻下采石矶,召其进见,汪献"高筑墙,广积粮,缓称王"之策。朱元璋登基后,历任多官,慑于当时政治气候,无所作为。洪武十二年十二月,因刘基为胡惟庸毒死一案,朱元璋斥汪广洋朋党欺君,贬谪海南,途中下诏赐死。著有《凤池吟稿》《淮南汪广洋朝宗先生凤池吟稿》《汪右丞集》等。

诗题自己所画虎图。寥寥四句,说明虎在人的眼里虽然暴虐,却也有温柔的亲情存在。"无情未必真豪杰,怜子如何不丈夫。知否兴风吟啸者,回眸时看小於菟。"鲁迅这首诗,是此诗最好的解读。动物尚且重情,何况于人?

## 猛虎行　明·高启

阴风吹林乌鹊悲①,猛虎欲出人先知。
目光煟煟当路坐②,将军一见弧矢堕③。
几家插棘高作门④,未到日没收猪豚。
猛虎虽猛犹可喜,横行只在深山里。

### 注　释

①阴风:随虎之风。②煟(tóng):火热貌,此指眼中凶光。③将军:指裴将军,即李白好友裴旻。弧矢:弓箭。《易·系辞下》:"弦木为弧,剡木为矢,弧矢之利,以威天下。"④意为防虎。

### 解　说

作者高启(1336～1374),字季迪,号青丘子。长洲(江苏苏州)人。洪武初召修元史,授翰林院国史编修,擢户部右侍郎,不受。曾因作诗讥讽朝廷,为明太祖所厌。罢官后与知府魏观过从甚密。魏观因修改府志获罪,在抄检其家时,发现了高启为他写的上梁文。明太祖大怒,将其腰斩于市。高启少有才名,博学工诗,与杨基、张羽、徐贲齐名,时人比之初唐四杰。他才情富健,作诗兼师各家之长,清新俊逸,卓具灵性。可惜死得太早,才华未得充分发挥。有《高太史大全集》留世。

此诗为古风,两句一韵,平仄交替。全诗言猛虎出没时,引起了风声,乌鹊惊叫报警，于是人便可以防备。而且猛虎有自己的地盘，往往是人迹罕至的深山，尚有可喜之处。若是官家的苛政，直接加在民众的头上，那就无法逃避了，岂不比猛虎更加可怕。弦外之音，语言沉痛，含义深刻。

## 虎图　明·方孝孺

踊跃谷生风，峥嵘百兽中。
岂知王者瑞，足不履生虫①。

**注释**

①王者瑞：古来传说，白虎是一种瑞兽，又称驺虞。黑文白体，尾长于躯。王有德则见，应德而至者也。不履生虫：相传驺虞仁兽，不食生物，不履生虫，不践生草。

**解说**

作者方孝孺（1357~1402），浙江宁海人，宋濂弟子。洪武时为汉中教授，蜀献王聘为世子师，名其书室为"正学"，人称"正学先生"。建文时任侍读学士。燕王朱棣起兵，当时朝廷诏檄多出其手。燕兵入京师（今南京），朱棣命孝孺草即位诏，孝孺不从，被杀。宗族、亲友连坐死者，凡十族，达847人。

此是题画诗，言虎虽在百兽中称王称尊，行动能使山谷生风，但人们哪里知道称驺虞的白虎是仁者之兽，王者之瑞；它与麒麟一样，不食生草，不履生虫。短短20字，以虎之为瑞，表明儒家施行仁爱之心的主张。诗把抽象道理寓于形象对比之中，十分简练而深刻。

## 顾进士所藏画虎　明·王直

赵廉画虎名天下①，好事求之不论价。披图忽然见此物②，坐卧虽殊貌闲暇。冈头树绿风气凉，下有流水声浪浪③。萧条古路绝行迹，但见藜藿如人长④。深山麋鹿可充腹，莫向田家取黄犊。祸机一发戕尔躯⑤,岂若安常一身足。

### 注释

①赵廉:为明永乐间画虎名家,有"赵虎"之称。②披:翻开,打开。③浪浪(láng):水流貌,此状水声。④萧条:荒凉冷落凋敝。《楚辞·远游》:"山萧条而无兽兮,野寂漠其无人。"藜藿:藜似藿而色赤,借指野生菜豆,常为贫士所食。因惧虎,贫士藜藿不敢采。⑤祸机:机为捕虎之具,作机之人,必有机心,所谓包藏祸心,你若有心取人之狭,人即有心取你性命。戕(qiāng):杀害。

### 解说

作者王直,字行俭,泰和人,永乐二年(1404)进士。有《抑菴文集》存世。生卒及平生事迹未详。

诗题顾进士所藏之画。全诗分三层。第一层写藏画的珍贵;第二层写画中的生动情景;第三层是祝愿之辞。作者在欣赏画虎图时,对虎祝告,老虎的出现危害到民众的正常生活,主要是袭击农家的耕牛;这样一来,民众定然要设陷阱机关来捕杀;如果老虎只在山中以麋鹿为食,不再骚扰农家,何以至此?这不就释了祸机吗?诗中暗喻人须安常若素,莫作非分之想,就会一生太平。此诗四句一转韵,层层递进,篇末点明主旨。

## 题虎  明·周述

长松落落盘苍龙①,下有猛虎来腥风。双瞳夹镜悬秋月②,长啸一声山欲裂。独行眈眈势莫当,百兽辟易安敢尝③。郡中贤侯今始遇④,昨夜分明渡江去⑤。

### 注释

①苍龙:松树盘虬如龙。②夹镜:两眼像镜子一样明亮。③辟易:躲闪,避开。《史记·项羽本纪》:"是时,赤泉侯为骑将;追项王,项王瞋目而叱之,赤泉侯人马俱惊,辟易数里。"尝:尝试。《小尔雅》:"尝,试也。"此处意为不敢与之相遇。④贤侯:侯为郡守尊称,也用来尊称县官。⑤渡江:东汉

寅虎卷

刘昆为弘农太守，有德政，虎不为患，负子渡水而去。

**解 说**

作者周述（？～1436），字崇述，号东墅，江西吉水人。明永乐朝宿儒。永乐二年（1404）与从弟孟简同举进士，成祖比之为"二苏"，并选入文渊阁读书，授编修。官至左春坊左庶子。其文章赡雅，有《东墅诗集》行于世。

这首古风仍为题画诗，两句一韵。言山上松林下有虎，两目眈眈，啸声可怖。可是现在来了好官，昨夜老虎已经过江走了。言外之意，是希望这位贤侯，把官做得更好。这是一首寓言诗，其中的"虎"，实指前任如虎的贪吏及其苛赋。从"题虎"的祝愿中，反映出老百姓生活中艰难痛苦的遭遇。

## 题李都督虎　明·邱浚

阴雨飕飕振林木，百兽魂飞草中伏，举首为旗尾作旌①，白昼横行谁敢触。汝虎虽猛何如人，慎勿夜逢李将军。将军射石尚没羽②，薄肉浅毛何足数？

**注 释**

①尾作旌：鲧变成老虎的传说典故。《吕氏春秋·行论》："尧以天下让舜。鲧为诸侯，怒于尧曰：'得天之道者为帝，得地之道者为三公。今我得地之道，而不以我为三公。'以尧为失论，欲得三公。怒甚猛兽，欲以为乱。比兽之角，能以为城；举其尾，能以为旌。召之不来，仿佯于野以患帝。舜于是殛之于羽山，副之以吴刀。"②将军射石：汉将李广故事。李广见到山石俯伏，以为是一只老虎，连忙张弓去射，结果箭镞深入石中。

**解 说**

作者丘浚（1418～1495），字仲深，号琛庵，又号玉峰、琼台，别号海山道人，世称琼台先生。琼山人，广东琼州府（今海南省海口市）人。明英宗到孝宗四朝为官，官至文渊阁大学士。他博学能文，兼通医理，著有《琼台会集》《家礼仪节》《本草格式》《重刊明堂经络前图》《重刊明堂经络后图》《大学衍义补》《丘文庄集》《投笔记》等。

此诗前4句描写虎威,有如上古时代"首为旗、尾作旌"鲦的凶猛;后4句则把李都督与李将军相提比类。全诗对虎先扬后抑,以虎来烘托人,歌颂李都督如同汉朝飞将军李广一样神武,深得赠诗之体。

何按:当代人洪世清(1929~2008)戊午孟冬所作虎图题诗为如此,恐是洪世清题画时误书,《吕氏春秋》原文与李贺诗皆不作"举首为旗",且旗与旌义则一,不当一句如此反复。

## 题画虎  明·刘溥

千山万山日向晡①,哑哑老树愁啼乌。长途迢递人迹绝②,奋跃只有黄於菟。长风飕飗震林木③,百兽纷披望风伏④。霜牙凛凛摧万夫,金镜瞳瞳射双目⑤。饥来择肉惟熊罴⑥,不更小取豺与狸。田家黄犊要耕种,又肯搏攫夸能为⑦?如今天关求守备⑧,盖世雄威素称异。举首为城掉尾旌⑨,愿保皇家千万世。

**注释**

①晡:申时,日在西。②迢递:道路旷远貌。三国魏嵇康《琴赋》:"指苍梧之迢递,临回江之威夷。"③飕飗(sōu liú):风声。④纷披:散乱、分崩。北周庾信《枯树赋》:"纷披草树,散乱烟霞。"⑤凛凛:犀利,威严,宋罗烨《醉翁谈录·吴氏寄夫歌》:"昔君初奏三千牍,凛凛文锋谁敢触?"瞳瞳:明亮貌。南朝梁何逊《苦热行》:"昔闻草木焦,今睹沙石烂。暄暄风愈静,瞳瞳日渐旰。"⑥罴(pí):棕熊,亦称人熊。哺乳动物,体大,肩部隆起,能爬树、游水。胆入药。⑦搏攫(jué):搏杀抓取。⑧天关:此指朝廷。宋陈鹄《耆旧续闻》卷九:"天关启钥趋朝后,侍史焚香起草初。"⑨举首为城:见前注。与上首虽属同一典故,所列则一反一正。

**解说**

作者刘溥,约1436年前后在世,字原博,长洲(今江苏苏州)人。宣德初授惠州局,调太医吏目。通医术,精天文数律;幼有神童之誉。

这首诗亦为题画诗,别出一格,将虎拟人,加以美化。前8句着力表现虎威,接着说它只吃像熊罴一样肥大的猛兽,连小偷小摸的豺和狸都不去吃,岂肯去吃田家用来耕种的牛犊?这里把虎视为有鉴别能力的动物,与人为善。接着引申开去,如果求得这样的虎将作为把关的守备,就像上古的鲧那样,城池是它的头,旗帜就是它的尾,可保万世太平。由此可见,这也是一首寓言诗。以虎喻人,隐射官僚之辈反不如虎。婉转写来,讽刺意味颇浓。

## 虎引子图  明·王佐

嗟彼猛虎群,纵横负隅穴。
眈眈劲气喷,桓桓威武烈①。
一啸风木号,两眸电光掣。
惟有父子心,相从复相挈②。

**注释**

①眈眈:注视、威视,《易·颐》(䷚):"虎视眈眈,其欲逐逐。"虎视眈眈亦成成语。桓桓:武勇貌。《书·牧誓》:"勖哉夫子!尚桓桓。"孔传:"桓桓,武貌。"②相挈(qiè):互相搀扶。

**解说**

作者王佐(1428~1512),字汝学,号桐乡。临高县(今属海南省)人。正统十二年(1447)乡试中举,入国子监读书,每试名列前茅。因权势者压制,未能考取进士。景泰六年(1455),明代宗敕令监察御史彭烈、临高知县杨获等亲抵透滩村,为其建立"礼魁坊",以示表彰。后任广东高州同知等职,史载其"所至以廉操闻,遗爱于民"。王佐一生好学,晚年归家常与密友谈论诗文,著书自乐。主要著作有《鸡肋集》《琼台外纪》等。其诗词后世评价很高。

此诗寓意同前,叙述虎有人性。前6句写虎之威:其中一、二句特写虎出,则活动环境纵横披靡;下面4句写虎的雄姿威猛,既写状貌,又绘声音;以上皆为卒章铺垫。最后两句点明虽然是虎,但仍然父子情深。亲情可贵,万物一理。

## 画虎　明·吴宽

是谁捉笔图猛虎，出山眈眈气犹怒。便欲当前一扼之，自笑书生不能武。乱山西绕洞庭波，山下争传虎迹多。千年故事刘昆得①，何日偶然来渡河。

**注释**

①刘昆：东汉弘农太守，有德政，虎负子渡水而去。

**解说**

作者吴宽（1435～1504），字原博，号匏庵，玉亭主，直隶长州（今江苏苏州）人。成化八年进士第一，授修撰。明孝宗即位，迁左庶子，预修《宪宗实录》，官至礼部尚书。其诗自成一家，著有《匏庵集》。善书，虽学于苏，而多所得。

这是一首以虎喻人的七言古诗，是借虎讽世的题画诗。前4句写作画时的感慨，自笑书生，无能扼虎。后4句写到处都是如"虎"的官吏，压榨盘剥百姓，但愿来的官长不是虎，而是像东汉刘昆那样的好官，虎也不敢为患，连夜渡河而去。天下乌鸦一般黑，这只是作者的善良愿望而已。

## 题虎图　明·程敏政

一啸风生百草枯①，阴霾消处见於菟。
眼中颇觉妖狐静，不道相看是画图。

**注释**

①一啸风生：形容虎威。《北史·张定和传论》："虎啸风生，龙腾云起，英贤奋发，亦各因时。"

**解说**

作者程敏政（1446～1499），字克勤，南直隶徽州府人。十岁时以神童荐于翰林院读书，成化年间中进士。后居歙县篁墩（今屯溪篁墩），乃号篁墩居士、篁墩老人、留暖道人，时人称为程篁墩，是明代著名理学家、文献学家。文与李东阳齐名。

其编著刊刻者有《明文衡》《篁墩文集》《新安文献志》《咏史诗》《宋遗民录》《唐氏三先生集》《仪礼逸经》《大学重订本》《胡子知言》《苏氏祷机》等近二十种，五百余卷。《休宁志》38卷，为休宁现存最早县志。

此诗言虎一啸风生，阴霾消处，一只猛虎雄踞于此，奇怪的是狐狸好生安静。可是仔细一看，原来是画的猛虎，镇压了百邪。此诗使人仿佛身临其境，使人产生错觉。这里以虎动狐静两相对照，赞美图画的生动传神。有动有静，情景结合，无愧为题画诗中的精品。

## 题虎　明·林景清

壮哉负猛气，玄文连旧斑①。双睛夹明镜②，据地当南山③。南山百兽不敢出，远近闻风心胆栗④。空林巡绕张雄威，掉尾磨牙如待食。一声长啸慑万夫，松梢灵鹊惊相呼⑤。飞云谷口日将暮，大风飒飒吹黄芦⑥。吁嗟恶性本可怕，人有善心当感化。君不见刘昆牧伯异政多⑦，负子会看远渡河。

### 注释

①玄文：浅黑色斑纹。②夹明镜：两眼如同明镜。③南山：晋周处少时横行，与南山虎、长桥蛟共为三害，周处杀虎斩蛟，改过为善士。后常以南山代指恶虎巢穴。④胆栗：同胆慄，即胆战，胆寒，唐司空图《容城侯传》："历试台阁，号为明达。挟奸邪以事上者，见之胆栗辄自披露。"⑤灵鹊：喜鹊。《禽经》："灵鹊兆喜。"张华注："鹊噪则喜生。"⑥黄芦：芦苇之一种，唐白居易《琵琶行》："黄芦苦竹绕宅生。"⑦刘昆：见前注。牧伯：州郡长官。

### 解说

作者林景清，明成化（1465～1488）、弘治（1488～1506）间人，善诗词书法。

此诗以五言起,以七言继。读了前数章,首先体会到虎的威猛可怕,从正面到侧面刻画其可怕的恶性。然后以"苛政猛于虎"的旧题接叙,希望好官刘昆再世,多出些这样的"牧伯",消除苛政,感化恶虎,负子远远渡河而去。虽内容仍是老生常谈,但人心盼望善政之思,自然千古如一。

## 谢希大虎皮　明·储巏

风檐短札墨渐开①,多谢皋比撤送来②。
食肉我非投笔相③,寝皮君有控弦材④。
毫端拟画真难类⑤,座上闻谈只漫猜⑥。
却笑衔恩还恋阙⑦,车茵稳称不须裁⑧。

**注释**

①札:便函。渐:冻墨化开。②皋比:虎皮。《左传·庄公十年》:"自雩门窃出,蒙皋比而先犯之。"杜预注:"皋比,虎皮。"撤送:撤下来赠送。③投笔:弃文从武。④控弦:射箭。⑤难类:类,相似,像。谚语有"画虎不成反类犬"之说,此用其意。⑥闻谈:谚有"谈虎色变"之说,此用其意。⑦阙:宫阙,朝廷。⑧茵:褥,坐垫。

**解说**

作者储巏(quán)(1457~1513),字静夫,号柴墟,直隶泰州人。他16岁中秀才,有神童之称;后殿试为二甲进士第一,授南京吏部考功清吏司主事。历任两京多官。诗题中"谢希大"三字,有三种理解方式,一是视为人名,即送虎皮给作者之人;二是感谢"希大"送虎皮,"希大"为赠者之名;三是将"希大"视为状语,说虎皮是稀有而巨大的东西。

此诗言在檐下溶开冻墨,写封短信,以感谢友人送来虎皮。我没有用武的手段,而您却有骑射的本领。我不但画不好虎,甚至听人谈虎都害怕。现在上朝,车上有了这张坐垫,刚好,谢谢。全诗生动风趣,深浅适度。

## 画虎行　明·陆灿

　　山人示我画虎图，邀我为作画虎行。我生城郭不识虎，向来浪说真无凭。自从谪居傍夷落①，时惊夜啸风生壑。似闻行旅遭搏食，往往白骨撑丛薄②。朝来击鼓驱猎徒，於菟中箭人欢呼③。儿童奔走我亦俱，近前谛视摩其须。初观据地疑未死，金睛荧荧吻血紫。却归更与展图看，意态狰狞宛相似。画手尔何人，谁遣为此笔？丹青浅事何足问，物理试思堪太息④！我闻太平世，野兽恒避人。吁嗟猛虎今为群，渡河无复逢刘昆⑤。黄公赤刀伥鬼窃⑥，裴旻李广俱澌灭⑦。书生徒手无寸铁，对画空令双眦裂⑧。还君画，为君歌，道上虎迹今转多。

### 注释

①夷：少数民族。落：部落、村落。②丛薄：草木交错丛生。③於菟：楚语的虎。④物理：人事物理，事物的常理。⑤刘昆：东汉弘农太守，有德政，虎负子渡水而去。⑥黄公：秦末术士，有异术，能制蛇伏虎，晚年病酒，伥乱其术，反为虎所噬。伥鬼：传说虎吃人后，还役使其鬼为之作伥，代它寻找可吃之人。⑦裴旻：唐人，时称剑圣，为北平太守，一日射杀三十一虎。李广：汉代名将。澌灭：死去。⑧眦：眼角。

### 解说

作者陆灿（1494～1551），明诗人、文学家，余未详。

山人作画，作者为歌，从看所画虎图想到谪居夷落，忆及在民族地区亲见射虎的情景，有闻有见而又见识真虎，且与儿童一起去捋过虎须，当时还怕老虎未曾射死哩。现在展开画图，感慨万千。一时一地的虎害终于为人所除，可是今世猛虎成群，道上虎迹转多，官府中又没有刘昆、黄公、裴旻、李广那样的人物，书生手无寸铁，只得对画作空洞的恼恨，感叹处世之艰难。全诗以乐府歌行体表述，四句一转韵，平仄互押，读来朗朗上口。情感亦随之抑扬，时起时伏，令人逐渐领会诗中深意。

## 题狮子搏虎图　明·王世贞

山君夜啸山月迷，当其所遇无衡蹄①。何来斗尾青狻猊②，万木草偃天为低③。两雄相值其一雌④，须臾力尽气亦夺⑤，欲窜不窜足如绁⑥。哀呼踣地地欲裂⑦，金精沦光夜深发⑧，身作狻猊掌中血。君不见赤豹栗，玄熊靡⑨，狐兔走为麋鹿喜⑩，尔曹肉余行及尔⑪。风尘草昧人自奇⑫，男儿堕地须知几⑬。又不见李密未遇秦王时⑭。

### 注释

①山君：老虎别称。《说文·虎部》："虎，山兽之君。"《骈雅·释兽》："山君，虎也。"衡蹄：横行。②斗尾：尾状如北斗之杓。狻猊（suān ní）：狮子。③偃：卧倒，倒伏。④雌：处于弱势。不作性别解。⑤须臾：少时。⑥绁：捆缚。⑦踣（bó）地：倒地。⑧金精：指虎。古人称左青龙，右白虎，右为西方之位，故虎为金精。石氏《星经》："昴者，西方白虎之宿，太白者，金之精。太白入昴，金虎相薄，主有兵乱。"沦光：悲凄之光。⑨栗：颤抖。靡：不能站立。⑩喜：报喜。句意为狐兔报喜，吃鹿的虎却被狮所吃。⑪肉余：即吃我的肉。此处肉为动词，余为宾语，主语为虎。⑫风尘：指纷扰之世，江湖之中。晋郭璞《游仙诗》："高蹈风尘外，长揖谢夷齐。"草昧：指庶民百姓，亦人之自谦，宋梅尧臣《读范桐庐述严先生祠堂碑》诗："所遇在草昧，既贵不为起。"⑬几（jī）：先兆。⑭李密（582~619）：字法主。京兆长安人，祖籍辽东襄平（今辽宁辽阳南）。隋末起义群雄之一，瓦岗寨主。大业十二年（616），入瓦岗军。密擅谋略，使瓦岗军迅速壮大。后为王世充击败，李密乃于九月渡河至河阳降唐。十一月，李渊遣李密等到山东去招收旧部。他感到已被猜疑，遂叛唐，与其亲随王伯当出逃。唐将盛彦师斩李密于邢公岘。秦王：李世民，唐高祖时封为秦王，后即皇帝位，谥太宗。

### 解说

作者王世贞（1526~1590），太仓（今属江苏省）人。嘉靖时进士，官至南京刑部尚书。早年与李攀龙同为"后七子"领袖；攀龙死后，他独主诗坛

寅虎卷

二十年。他论文必秦汉，论诗必盛唐。晚年观点有所改变。其才力雄健，学识渊博，非同时诸人可及。著述极富，有《弇州山人四部稿》《弇山堂别集》。

此诗言一只老虎夜啸，谁敢横冲直撞遇上它？却遇上一头狮子，就处于下风了。相斗少时，凄惨地为狮子所噬。此时赤豹吓得发抖，黑熊吓得趴下，而一些小动物则相互报喜：平时你吃我们，现在吃到你头上。此诗比譬人事，当年李密杀翟让，据瓦岗，想灭群雄，得天下。后来遇到李世民，有如山君遇到狻猊，也就完了。警示以强凌弱者，若肆无忌惮，最终会被更强者所消灭，遭到老虎同样的下场。诗中写"风尘草昧人自奇"，提醒居高位者，有大力者，不要自以天下无敌，不要轻视底层之民，风尘草昧之间，广野大泽之中，自有奇人在，有能人在，不要把事做绝了。全诗具体描绘狮缚虎的经过，形象生动，鲜明深刻，最后点明题意，发人深省。

（何焱林补注）

## 荆谿杂曲　明·王叔承

卖残竹菌笋还来，收罢兰花蕙又开①。
但使山田饶秫米②，何妨虎迹遍莓苔。

### 注　释

①蕙：似兰而一茎多花。②秫（shú）米：糯高粱米。一指糯米。

### 解　说

作者王叔承（1537～1601），初名光允，字叔承，晚更名灵岳，字子幻，自号昆仑承山人，吴江人。喜游学，纵游齐、鲁、燕、赵、闽、楚。其诗为王世贞兄弟所推崇。曾纵观西苑园内之胜，作汉宫曲数十阕，流传禁中。著有《潇湘编》《吴越游集》《宫词》《壮游编》《蟭螟寄杂录》《后吴越编》《荔子编》《岳色编》《芙蓉阁遗稿》等。

题中荆谿，在今江苏宜兴。

此诗言有虎并不可怕，只要有取不尽的竹林产品，闻不断的兰蕙幽香，吃不完的山田秫米就好。"何妨虎迹遍莓苔"，这"虎迹"明写自然之虎，暗指人类社会之"虎"。官府要抢夺盘剥，前提是百姓要有这赖以生存的资源才有可能。这里指出"藏富于民"是根本。诗写苛政，却别开生面，既鲜明又深刻。

## 虎洞  明·金大章

灵山通上界①，羸马涉遥岑②。
天净峰如掌，风悲虎出林。
空岩春昼冷，石洞夜坛阴。
渐悟真如性③，还同出世心④。

**注释**

①灵山：仙山福地，此指虎洞。上界：天界，神佛所居之地。唐张九龄《祠紫盖山经玉泉山寺》诗："上界投佛影，中天扬梵音。"②羸（léi）：疲瘦。岑：高而锐之山。③真如：佛理。《唯识论》："勿谓虚幻，理非妄倒，是谓真如。"④出世：脱离尘世。

**解说**

作者金大章，明朝金筑安抚司（今贵州长顺县广顺镇）土司。明万历二十九年（1601）曾经上书朝廷，要求改土为流。万历四十年（1612），钦定改金筑安抚司置广顺州，添设流官，属贵阳军民府。诗题中的虎洞，原是佛家之语。

此诗的首联和颔联，概写虎生活的环境，是在高山密林之中，即虎洞的背景。颈联具体写虎洞的空间是"空岩""石洞"，时令是"春昼冷""夜坛阴"，即非一般人类所住，只有道法高深的禅师，才敢居留。最后尾联点明只有到了这里，才能悟出超凡出世的禅心来。以虎洞写禅家的渐悟，独特新颖，意味深长。

## 追和张外史游仙诗  明·余善

城阙芙蓉晓未分，身骑金虎谒元君①。
青童不道天家近②，笑指空中五色云③。

## 注释

①金虎：西方七宿，亦在白虎之位，西方属金。元君：即斗姥，北斗七星之母。也泛称女仙。②青童：青衣仙童。南朝梁任昉《述异记》卷上："（洞庭山）昔有青童秉烛飙飞轮之车至此，其迹存焉。"此指导游者，或传说中的仙人青童君。③五色云：又称卿云，庆云，祥云。

## 解说

作者余善，明诗人，诗出钱谦益《列朝诗集·闰集第一》。诗题中"外史"本为礼部属官，后来文人多用作别号。

这首游仙诗属于应和酬答之作。诗中描述侵晨晓色朦胧，城上芙蓉还和城墙混为一体，灵魂出窍，骑上老虎，去拜北斗女仙；可是前来接引的青童却不说天宫的远近，只是嬉笑地指着空中漂浮着的五色卿云。此诗想象丰富，运笔飘逸，颇合游仙诗体。人间事务繁乱，自然向往天界清闲，虽则不能如愿，亦可欣慰于一时。

## 山居杂咏　明·释慧浸

行到深深一翠微①，人多畏虎闭山扉。
我今最爱兹山住，虎迹多时人迹稀。

## 注释

①翠微：山色青翠缥缈。

## 解说

作者释慧浸（1566～1621），明华严宗僧人，善于讲说，有诗文传世。

此诗极力描绘出家人最喜清净之地，深山野岭正好修行，俗人害怕老虎，不敢来到此地，这正是僧家求之不得的事。"虎迹多时人迹稀"之句，道出了僧家独特的出世心态。

## 山居诗　明·释法杲

青山叠叠绕珠林，磬响时兼流水音。

虎不避人人避虎，虎能先我息机心①。

**注释**

①机心：智巧变诈的心计。

**解说**

作者法杲（gǎo），明无锡僧人，能诗。余未详。

此诗言虎的行为，出自本能，不生机心。其实老虎并不与人为敌，伤人的情况往往是人的敌对情绪所造成。诗中一、二句写山居清幽的环境，三、四句说老虎在这样的环境里生存，反而使俗人不敢前来问津，更利于佛子的修行，所以虎能"先我息机心"。作为出家人的我，还有什么机心不能息灭呢？山中修行悟道，破除一切理障，当有一定道理。

## 猛虎行　　清·冯班

　　烟霏霏，雨微微，伥鬼啼①，猛虎饥。山家苦竹围茅屋，遥见烟中尾矗矗。夜闻前村失黄犊，村路泥深印虎足。天胡恩此物②，而俾之食肉③？不见泰山之下妇人哭④！

**注释**

①伥（chāng）：被老虎吃掉的人变成鬼，又帮助老虎害人。成语"为虎作伥"之伥，即此伥鬼也。②胡恩：何以赐恩？③俾（bǐ）：使，助。④妇人哭：孔子所遇三代亲人被虎所害的啼哭妇人，只因无苛政，一直不愿搬走。

**解说**

作者冯班（1602～1671），字定远，晚号钝吟老人。江苏常熟人。明末诸生，从钱谦益学诗，少时与兄冯舒齐名，人称"海虞二冯"。入清未仕，常就座中恸哭，人称其为"二痴"。冯班是虞山诗派的重要人物，论诗讲究"无字无来历"，反对严羽《沧浪诗话》的妙悟说。有《钝吟集》《钝吟杂录》《钝吟书要》和《钝吟诗文稿》等。

此诗属歌行体。首言烟雨霏微，虎势逼迫，已然吃掉了山家的黄犊，而且居人也在危险之中。接着提问，老天为什么要使虎类成为食肉动物？何时才能

不再看见泰山下妇人为被老虎咬死的丈夫和儿子而哭泣呢？最后一句点明主旨：猛虎可恶，而苛政尤甚。

## 猛虎行  清·李化楠

暗风惨惨入林壑，喷雾藏烟日色薄。危坡直下二十里①，云水阴寒气参错②。蓦地如雷吼一声③，行客软战不能行。公然白昼攫人食，负嵎咆哮谁敢撄④。居人惶怖路人苦，传闻共道山有虎。我来经过问居民，尔县谁欤实守土⑤。人恶害人当即除，虎恶比人定何如？居民答言县官好，政简刑清民不扰。朝朝驱虎北渡河，山中猛虎还更多。

### 注释

①危坡：高坡，陡坡。②参错：参差错杂。汉董仲舒《春秋繁露·玉杯》："《春秋》论十二世之事，人道浃而王道备，法布二百四十二年之中，相为左右，以成文采。其居参错，非袭古也。"③蓦地：出乎意料，突然。④负嵎：背靠山曲。《孟子·尽心下》："有众逐虎，虎负嵎，莫之敢撄。"撄：触犯。⑤守土：守卫疆土，守境安民为地方官职责。

### 解说

作者李化楠（1713~1769），字廷节，号石亭、让斋，四川罗江人。乾隆六年中举，乾隆七年连中进士，历任浙江余姚、顺天府北路同知等。颇有政声，被誉为浙江第一循良。在顺天时，乾隆嘉其为强项令。工吟咏，喜藏书，造醒园，筑书楼，"以川中书少，多购诸江浙，航来于家贮之"。有《醒园录》2卷，《石亭诗集》10卷，《石亭文集》6卷。

全诗分两层：第一层前10句，写有虎公然白昼食人，居人惶怖，路人裹足。第二层后8句，作者严正质疑："我来经过问居民"，地方官干什么去了？居民说虽然县官好，只是驱虎不动，虎不渡河，还日渐更多。那些百姓不敢明说，只能婉转地说"朝朝驱虎""猛虎还更多"这些话，显然讥刺那里的县官没有作为。

比之刘昆辈，此官空有政声，空有虚誉，没有实绩，这些政声，若非民畏官，定是受收买者，或谄谀者所说，若真能政通人和，福惠百姓，则虎早已自行渡河而去，不劳驱赶。

## 捕虎行　清·黄景仁

枢星夜落号空山①，青枫飒飒阴云寒。千岩出没不可测，白昼足迹留荒滩。商人结队不敢过，山中捕者夜还坐。祖父留与搏虎方，搏得壮虎作奇货。山人捕虎如捕狗，虎踏机弓怒还走。咆哮百步仆草间，笑出缚之只空手。捕虎先祭当头伥②，伥得酒食忘虎伤。虎皮售人肉可食，当年亦是山中王。入阱纷纷不可数，只呼山猫不呼虎。嗟哉凭藉那可无③，使君使君尔何苦④！

### 注释

①枢星：北斗星，夜深后向地平线落下。②伥：被虎所害找替身的鬼。成语"为虎作伥"即据此。③凭藉：可依仗的事物。④使君：州郡长官之尊称。《三国志·蜀志·刘璋传》："（张松）还，疵毁曹公，劝璋自绝，因说璋曰：'刘豫州，使君之肺腑，可与交通。'"又老虎的代称。南朝梁任昉《述异记》："汉宣城郡守封邵，一日忽化为虎，食郡民。民呼曰'封使君'，因去，不复来。故时人语曰：'天作封使君，生不治民死食民'。"此句语意双关。明说虎，实说如虎之官吏。

### 解说

作者黄景仁（1749～1783），字汉镛，一字仲则，武进（江苏）人。乾隆时诸生，少有狂名，与同里洪亮吉齐名，称"洪黄"。一生贫而多病，又屡试而不得一第，寄食四方。工诗，出入北京诸家，豪宕感慨，有《两当轩集》。

诗言山中之王，夜间出没号啸，甚至白昼亦留迹荒滩，导致商队不敢经过，专职捕猎者夜夜厮守，逼得人们千方百计设机弓，诱其入阱；祖祖辈辈流传捕虎秘诀，甚至只用空手，捕虎也像捕狗一样容易，从而获得虎皮虎肉的收益。这时老虎简直失去了称作山王的资格，只能叫作山猫，最后被人食肉寝

寅虎卷

皮。山中使君呀，你何苦呀！此诗起伏跌宕，生动有趣，明写虎可悲的遭遇，暗喻恶行如虎的人会得到同样的下场。

## 圈虎行　清·黄景仁

都门岁首陈百技，鱼龙怪兽罕不备。何物市上游手儿，役使山君作儿戏①。初舁虎圈来广场②，倾城观者如堵墙。四围立栅虎牵出，毛拳耳戢气不扬③。先撩虎须虎犹帖，以棓卓地虎人立④。人呼虎吼声如雷，牙爪丛中奋身入。虎口呀开大如斗，人转从容探以手。更脱头颅抵虎口，以头饲虎虎不受，虎舌舐人如舐觳⑤。忽按虎脊叱虎行，虎便逡巡绕栏走。翻身踞地蹴冻尘，浑身抖开花锦茵。盘回舞势学胡旋⑥，似张虎威实媚人。少焉仰卧若佯死，投之以肉霍然起⑦。观者一笑争醵钱⑧，人既得钱虎摇尾。仍驱入圈负以趋，此间乐亦忘山居。依人虎任人颐使，伴虎人皆虎唾馀。我观此状气消沮，嗟尔斑奴亦何苦⑨，不能决蹯尔不智⑩，不能破槛尔不武。此曹一生衣食尔，彼岂有力如中黄⑪？复以梁鸯能喜怒⑫？汝得残餐究奚补？怅鬼羞颜亦更主。旧山同伴倘相逢，笑尔行藏不如鼠。

### 注释

①山君：对虎的雅称，犹山大王。②舁（yú）：抬。③拳：通蜷，卷曲。戢：收敛。④棓：同棒。⑤觳（hù）：兽名或虎子。⑥胡旋：胡人旋转舞。⑦霍然：精神爽快。⑧醵（jù）：凑集。⑨斑奴：虎身有斑纹，故称虎为斑奴。⑩决蹯：逃跑。⑪中黄：古勇士，一称中黄伯。《文选·陈琳〈为袁绍檄豫州〉》："奋中黄、育、获之士，骋良弓劲弩之势。"吕延济注："中黄伯、夏育、乌获，皆古之力士也。"⑫梁鸯：周宣王时为牧正，擅长驯兽。黄庭坚有诗说："猛虎依山林，眼有百步威。一从梁鸯食，风月何时归。"

### 解说

这首七言古风，以笼中的"圈虎"为题，诗境别开，颇有新意。虎本威猛之兽，山中称王，落入游手儿手中，进入杂技团，被扭曲了本性，毛拳耳戤,一点儿虎气也没有了,还要受他人颐指气使,舞蹈媚人,摇尾乞怜,以博观者一笑。作者见到此状,既为虎鸣不平,同时也嗤笑虎之不智不武,卖力表演之后,仅仅吃点残羹剩馔,连伥鬼都会跳槽,如果再遇到山中同伴,应该羞愧死了。全诗气韵生动,语言精致,道出作者一腔愤懑。作者虽一生贫病,生活坎坷,但坚守志趣,对不幸遭遇的人,常常告诫他们要有气节,不要像杂技团里的虎,为眼前的一点残食私利,而消除应有的斗志和尊严。全诗基本采用偶句,间以奇句平仄换韵,叙事生动,感慨深沉,从吟读中,老虎那种摇尾乞怜、供人驱使的形象跃然纸上,使人笑中带泪。

## 虎啸风生　清·胡葆锷

风狂原似虎,虎啸亦生风①。厉响千山答,高呼万窍通。骑应身御列②,快想臂攘冯③。飒飒咆哮候,耽耽叱咤中。先声能撼树,无翼亦拿空。奔误扬尘鹿,追劳逐电骢④。半天惊霹雳,一气应雌雄。更有文章炳⑤,星芒耀碧穹⑥。

### 注 释

①虎啸生风:语出《北史·张定和传论》。②列:列御寇,战国郑人。《庄子》篇中有他善于御风而行的传说。③冯(féng):这里指古代攘臂(捋起衣袖伸脖)搏虎的冯妇。④逐电:追逐闪电,喻骢马之快速。骢:青白杂毛的马。⑤炳:文采华美。⑥碧穹:蔚蓝色的太空。

### 解 说

此诗为试帖诗,所谓试帖诗,是唐以来科举考试中采用的一种诗体。大抵以古人诗、文句命题,其诗或五言或七言,或八韵或六韵,常冠以"赋得"二字,如白居易的《赋得古原草送别》,故亦称赋得体。这是以虎啸生风烘托文章华美的一首试帖诗。一、二句点题,三、四句写声远,五、六句写行疾。接着三联8句具体刻画虎啸风生的气势和情景。最后两句点题,以耀眼碧空的繁星,衬托应试者文章文采光华美丽。全诗两两相对,韵律整齐,围绕题旨,气势奔放,一气呵成。

## 风从虎　　清·吴熊

虎啸山林震，雄风卷地从。作威声飒飒，挟势走汹汹。夜黑雷鸣吼，尘黄月色封。平岗痕偃草，急阵响摇松。并入咆哮际，吹成惨淡容①。德原君子叱，变忽大人逢②。此气如相感，其来俨有踪③。圣朝文教洽④，遇顺庆登庸⑤。

**注　释**

①惨淡容：天空暗淡无光。②大人：用《易经·革》（☰）"大人虎变"意。③俨：俨然，居然。④洽：融洽，和谐。⑤登庸：举用。《书·尧典》："帝曰：畴咨若时登庸。"《传》："畴，谁；庸，用也。谁能咸熙庶绩，顺是事者，将登用之。"

**解　说**

这首试帖诗题出自《易经》乾卦（☰），格式与上首相似，分两层，前10句写虎啸声势，后8句写应试者的愿望。以虎啸雄风表达如能得到明君贤臣的赏识，录取举用，则将施展自己才华实现抱负，但愿在这融洽和谐的盛世，能够顺利成功吧！

# 古代涉虎词曲

## 水调歌头　宋·辛弃疾

文字觑天巧①,亭榭定风流。平生丘壑②,岁晚也作稻粱谋③。五亩园中秀野,一水田将绿绕,穮秛不胜秋④。饭饱对花竹,可是便忘忧。　　吾老矣,探禹穴⑤,欠东游。君家风月几许,白鸟去悠悠⑥。插架牙签万轴⑦,射虎南山一骑⑧,容我揽须不⑨。更欲劝君酒,百尺卧高楼⑩。

### 注释

①觑:瞄,窥视。②丘壑:深山幽谷,常指隐居的地方。③稻粱谋:原指鸟觅食,后喻人谋求衣食。清龚自珍《咏史》:"避席畏闻文字狱,著书都为稻粱谋。"④穮秛:稻名。不胜(shēng):承受不起。⑤禹穴:在浙江绍兴县之会稽山,传说是夏禹葬地。⑥白鸟:白羽之鸟,如鹤、鹭之类。⑦牙签:象牙制的图书标签。韩愈《送诸葛觉往随州读书》诗:"邺侯家多书,插架三万轴。一一悬牙签,新若手未触。"邺侯为唐李泌。⑧南山:指住地南面的山。陶潜《饮酒》诗:"采菊东篱下,悠然见南山。"其意相同。又暗用周处除三害典及王维《老将行》"射杀山中白额虎,肯数邺下黄须儿"句,作者未尝无以王维诗中老将自况之意。⑨不(fǒu),常用于疑问句,与否(fǒu)义略异。揽须:揽虎须,披逆鳞,暗示作者仍有与金人一争锋芒的心意。⑩百尺

楼：形容楼高。此用三国魏陈登事，《三国志·魏志·陈登传》："汜（许汜）曰：'昔遭乱过下邳，见元龙（陈登）。元龙无客主之意，久不相与语，自上大床卧，使客卧下床。'备（刘备）曰：'君求田问舍，言无可采，是元龙所讳也。何缘当与君语？如小人，欲卧百尺楼上，卧君于地，何但上下床之间邪？'"示作者仍欲驰骋疆场，而不愿为五亩园之田舍翁，作稻粱之谋。与上阕相照应。

**解 说**

作者辛弃疾（1140～1207），字幼安，号稼轩，历城（今山东济南）人。少时参加抗金义军，为掌书记，后率师归宋，历任大理寺少卿，以及湖南、江西、福建、湖北、浙东安抚使等职。为人慷慨有大略，曾献《美芹十论》《九议》等，主张革新政治，整顿军旅，后落职闲居信州（今江西上饶市）近二十年。为词悲壮激烈，雄浑豪放，与苏轼齐名，并称"苏辛"。著有《稼轩长短句》。

此词的主旨是雄心未已，报国无门。上阕写隐居信州乡间，过着安闲的农居生活，人闲而心不闲；下阕写常想到国事堪忧，虽入老境，却时刻怀抗金报国之心。"射虎南山一骑"之语，谓当年英姿犹在，可叹主战不纳，感到无限怅惘。全词表面写闲适，实写内心的激励，耿耿忠心，感染世代后人。

## 人月圆·吴门怀古　元·张可久

山藏白虎云藏寺，池上老梅枝。洞庭归兴①，香柑红树，鲈脍银丝②。　　白家池馆③，吴王花草④，长似坡诗。可人怜处，啼乌夜月，犹怨西施⑤。

**注 释**

①洞庭：山名，在江苏省太湖中。有东西二山，东山古名莫釐山、胥母山，元明后与陆地相连，成半岛。西山即古包山。②鲈脍：以鲈鱼作小脍。《世说新语·识鉴》：晋代吴郡人"张季鹰（翰）辟齐王东曹掾，在洛，见秋风起，因思吴中菇菜羹、鲈鱼脍曰：'人生贵得适意尔，何能羁宦数千里以要名爵。'遂命驾便归。"唐岑参《送张秘书》诗："鲈脍剩堪忆，莼羹殊可餐。"

③白家池馆：指白居易时所修建的池馆。④吴王花草：李白《登金陵凤凰台》诗有"吴宫花草埋幽径，晋代衣冠成古丘"之句，意为吴王时的花草已不复存在了。⑤西施：春秋越国苎萝人。传说越人败于会稽，命范蠡求得美女西施，进于吴王夫差，吴王许和。越王生聚教训，终得灭吴，西施归范蠡，从游五湖而去。

### 解说

作者张可久（约1275～约1348），庆元（今浙江省鄞县）人。是元代致力于小令写作的名手，曾以路吏转首领官，仕途并不得意。一生漫游，足迹遍江南，晚年在杭州西湖定居。著有《今乐府》《苏堤渔唱》《吴盐》《新乐府》四种散曲集留世。

《人月圆》为词牌名，又名《青衫湿》。《中原音韵》入"黄钟宫"，48字，前后阕各两平韵。题中"吴门"，为古吴县城的别称，即今之苏州市。

这是一首怀古词。作者通过吴郡风光、古迹的游览，感慨风物常在而往事如烟，应珍惜现在，享受生活。全词围绕"吴门"用典贴切，起句"山藏白虎云藏寺"，暗含风云变幻，物是人非，形象生动地为下文作好铺垫，给人印象深刻。

## 沁园春·虎　元·王玠

生在西山，常居东谷，出没无时。向枯树岩前，幽泉涧畔，饥餐渴饮，饱暖随宜。一任纵横，平生勇猛，走入丛林万木披。谁知得，但无忧无惧，断绝狐疑①。　　等闲剔起双眉。有万里风生八面威。自踏叶巡山，不离元所，一灵不昧，百兽皈依②。跳下悬崖，咆哮振地，月白山寒水满溪。收牙爪，且藏身遁迹，独步云归。

### 注释

①狐疑：怀疑，犹疑，《汉书·文帝纪》："方大臣诛诸吕迎朕，朕狐疑，皆止朕，唯中尉宋昌劝朕。"颜师古注："狐之为兽，其性多疑，每渡冰河，且听且渡。故言疑者，而称狐疑。"②一灵：心灵、灵魂、本性。唐韩偓《赠僧》诗："三接旧承前席遇，一灵今用戒香燻。"皈依：佛教用语。原指佛教

寅虎卷

的入教仪式。表示对佛、法、僧三者归顺依附，故也称三皈依。唐李顾《宿莹公禅房闻梵》诗："始觉浮生无住著，顿令心地欲皈依。"此借指百兽率服。

### ◆ 解 说

作者王玠，字道渊，号混然子。南昌修水（今属江西省）人。道士，擅长词曲，著作有《还真集》传世。

整首词写虎的生活习性和在百兽中的威猛。它一任纵横，所向无敌，它风生八面，百兽皈依，不愧为山中之王。可最后点明词的主旨，"收牙爪，藏身遁迹，独步云归"。词以虎喻人，位高权重者，须韬光养性，谨慎为人，不可肆无忌惮，树敌过多，否则，强中更有强中手，最终必将带来不测之灾。语句通俗，意韵深广。

## 【双调】沉醉东风·归田　元·汪元亨

怕缠手焚了素书①，懒钻头拽倒茅庐②。骑虎时捋虎须③，画蛇处添蛇足④，一任教那般要誉⑤。拣个溪山好处居⑥，与几树梅花做主。

### ◆ 注 释

①缠手：怕事情难办或疾病难治。素书：古人书信写在白绢上，因称"素书"。②钻头：即低头。俗谚有"来到矮檐下，怎能不低头。"反其意而用。③捋虎须：《三国志·吴志·朱桓传》："臣疾当自愈"，裴松之注引晋张勃《吴录》："桓奉觞曰：'臣当远去，愿一捋陛下须，无所复恨。'权（吴大帝孙权）冯几前席，桓进前捋须曰：'臣今日真可谓捋虎须也。'权大笑。"后以为撩拨权势者之代词。④添蛇足：喻欲益反损。"楚有祠者，赐其舍人卮酒。舍人相谓曰：'数人饮之不足，一人饮之有馀，请画地为蛇，先成者饮酒。'一人蛇先成，引酒且饮之，乃左手持卮，右手画蛇曰：'吾能为之足。'未成，一人之蛇成，夺其卮曰：'蛇固无足，子安能为之足？'遂饮其酒。为蛇足者，终亡其酒。"⑤要誉：猎取名声。《孟子·公孙丑上》："今人乍见孺子将入于井，皆有怵惕恻隐之心，非所以内交于孺子之父母也，非所以要誉于乡党朋友也。"⑥溪山：溪流，青山，隐者所居之境。

## 解 说

作者汪元亨，字协贞，号云林，又号临川佚老。饶州（今江西波阳县）人。元至正间出仕浙江省掾，后徙居常熟，官至尚书。为元代后期曲家，所作杂剧有《斑竹记》《仁宋认母》《桃源洞》等，均失传。散曲今存《小隐余音》百首，散见于《雍熙乐府》《乐府群珠》《南北词广韵选》等集中。

这首"沉醉东风"属双调曲牌，中心是赞美归田的隐居生活。开篇类举四件事，其中一句说虎。这四句刻画出人们为了追求名利，沽名钓誉，内心产生许多矛盾、风险和无聊，使人患得患失，左顾右盼；尤其在官场中"骑虎时"还得"捋虎须"，何等担惊受怕。相比于溪山居处，与几树梅花做伴，那才是应该追求的自由而惬意的生活。

（何焱林补注）

## 【双调】水仙子  元·无名氏

退毛鸾凤不如鸡，虎离岩前被兔欺。龙居浅水虾蟆戏，一时间遭困危。有一日起一阵风雷，虎一扑十硕力①，凤凰展翅飞，那其间别辨高低②！

### 注 释

①十硕力：即十石力。旧时一石为三百斤，此言力气之大。②别辨：分辨。

### 解 说

此曲所题"双调"，本为商调乐律名；元明以来，一般常把两叠的词称为双调。

曲中说鸾凤与龙虎皆禽兽之王，它们也有遭受厄运的时候，但它们毕竟不同于一般动物，这只是短暂的现象。比喻有作为的人，有朝一日摆脱了困境，如虎一扑便生十硕之力。试看凤凰展翅高飞之日，那些如同鸡、兔、蛤蟆一类暂时得势的小人，将会自惭形秽，被人们耻笑、唾弃，受到历史的惩罚。词语类比通俗，对照鲜明，言浅而意深。

## 雁门关存孝打虎　元·无名氏

（正末①上，云）自家安敬思的便是，在这雁门关居住②，与这邓大户家牧羊度日。我想来，学成十八般武艺③。几时是峥嵘发达的时节也呵！（唱）

【南吕】【一枝花④】屈沉杀大丈夫，埋没了英雄汉。有分受辛勤捱日月，几时得施谋略展江山。天数轮还，想太公在磻溪岸⑤。他虽然成事晚，也曾钓西风蓑笠纶竿，到换做朝北阙乌靴象简⑥。

【梁州】比似我守辛勤放羊北海⑦，几时得逞英雄射虎南山⑧。眼前光景成虚幻。怕的是雁门月冷，紫塞风寒⑨，黄沙漠漠，衰草班班。几般儿生熬的人皓首苍颜，消磨尽义胆忠肝。用功劳如韩信周勃，施妙策如张良谢安⑩，呀，呀，呀！逞英堆似乐毅田单⑪。枉将人等闲小看。便有那吐虹霓志气冲霄汉，命不济枉长叹。每日价相伴着沙陀老契丹⑫，受了些摧残。

（去）我把这羊赶在山坡崖下，有水有草去处，着他吃些，我在这盘陀石上⑬，盹睡，盹睡，看有甚么人来。（正末盹睡科）（李克用领众将上⑭）

（布围场科⑮）（李克用云）周德威摆开人马。快布围场不要走了獐狍野鹿⑯，虎豹豺狼。（卒子云）理会的。

### 注释

①正末：元杂剧里扮演男主角的角色行当，相当于明以后戏剧里的"生"。②自家：自己，前人常以此自称。雁门关：在山西代县北部，长城重要关口之一。唐于雁门山顶置关，明移今址。向为山西南北交通要冲。古为汉与少数民族交会之地，兵家必争。③十八般武艺：一般指使用十八种兵器的本领。《水浒传》第二回："史进每日求王教头点拨十八般武艺，一一从头指教。那十八般武艺？矛锤弓弩铳，鞭简剑链挝，斧钺并戈戟，牌棒与枪杈。"也泛指众多武艺。④南吕：古代乐律调名，为十二律之一，属阴律。一枝花：曲牌

名。下类此。⑤磻溪：一名璜河。在今陕西宝鸡市东南。源出南山兹谷，北流入渭水。相传吕尚（姜太公）垂钓于此而遇周文王。⑥北阙：此指朝廷。汉李陵《答苏武书》："男儿生以不成名，死则葬蛮夷中，谁复能屈身稽颡，还向北阙，使刀笔之吏弄其文墨耶？"乌靴：古代官员所穿靴，多黑色。象简：象牙所做之笏，官员上朝时所带，记事以备忘。⑦北海：今贝加尔湖，用苏武持节出使匈奴被扣，牧羊北海事。⑧南山：用周处射南山猛虎事。此处意为一显射艺，一展经纶。⑨雁门：雁门关之省称，在山西代县北部。唐李白《古风》之六："昔别雁门关，今戍龙庭前。"王琦注："《山西通志》：'雁门山在代州北三十五里，双阙陡绝，雁欲过者必由此径，故名。一名雁门塞。依山立关，谓之雁门关。'"紫塞：崔豹《古今注·都邑》："秦筑长城，土色皆紫，汉塞亦然，故称紫塞焉。"此处雁门、紫塞泛指边关。⑩韩信、周勃：西汉开国时将领。张良：西汉开国谋士。谢安：东晋谋士，曾与其侄儿谢玄，于淝水之战，大破十六国之前秦符坚军，使东晋转危为安。⑪乐毅：战国时燕国大将，曾统兵克齐七十余城，唯莒与即墨未下。田单：齐将，用计离间燕君臣，使乐毅被罢黜；复用火牛阵大破燕军，全复齐之失地。⑫沙陀：西突厥别部，即沙陀突厥。唐贞观间居金莎山（今尼赤金山）之南，蒲类海（今新疆巴里坤湖）之东。其境内有大碛（今古尔班通古特沙漠），因以为名。契丹：古族名。源于东胡。居今辽河上游西拉木伦河一带，以游牧为生。北魏时自号契丹。唐末，迭剌部首领阿保机统一各部，称帝建立辽国。宋宣和七年（1125）为金所灭。此处沙陀老契丹用以戏称所牧之羊。⑬盘陀石：一作磐陀石，圆而不平之石头。⑭李克用（856~908）：沙陀人，唐末受封为晋王，其子李存勖建立后唐，追尊为后唐太祖。性格勇猛急躁，别号"李鸦儿"。因一目失明，又号"独眼龙"。李克用早年随父出兵镇压庞勋起义，常冲锋陷阵，军中称之为"飞虎子"。⑮围场：打猎场地，尤指帝王显贵打猎场地，《宋史·礼志二四》："太祖建隆二年，始校猎于近郊，先出禁军为围场。"⑯狍（páo）：狍子，中型鹿类，颈长，耳、眼大，雄性有角。

（扮虎上，冲科）

（李克用云）围场中赶过甚么去了？

（周德威云）赶过牛来大一个大虫①，跳过山涧去了。

（李克用云）呀。那盘陀石上，睡着一个年纪小的后生。则怕那毒虫伤害了那小的性命，叫他起来。

（卒子叫云）兀那放羊的后生，虎咬了羊也。

（正末做醒科，云）今日不见了羊，明日也不见了羊，俺主人家邓大户家，则说我卖了羊，原来是你这泼毛团吃了这羊②，好无理也。（唱）

【隔尾】我则见八面威的猛兽偎深涧，他可早一跳身番飞过浅山，把我这贪水食的群羊尽哄散。这厮将咱恼犯。我这里将皮袭紧拴，大踏步望前舍死的赶。

（李克用云）周德威，我从见日月交食③，不曾见这个好争斗的后生，见了那大虫，无些儿害怕。你和他说，他敢打这虎，我与他筛锣擂鼓，呐喊摇旗，助着威风，你可打这毒虫。

（周德威云）兀那放羊的后生，俺元帅说来，你敢打那大虫，俺与你筛锣擂鼓，呐喊摇旗，助着威风，你打那大虫。

（正末云）你与我助着威风，看我打这大虫。（唱）

【牧羊关】血鼻凹扑碌碌连打十余下，死尸骸骨鲁鲁滚到四五番，恨不的莽拳头打挫牙关。八面威气象全无，十石力身躯软瘫。泥污了数尺金橡尾④，血模糊几道剪刀斑⑤。舒不出钢钩似十八爪，闪不开金铃也一对眼。

（正末打死虎科）（李克用云）周德威，你看那牧羊的后生，将那大虫三拳两脚，打死了也。这虎乃兽中之王，有十石之力，百步之威。人见虎骨肉皆瘫，此人真乃壮士也。你对壮士说，这毒虫原是我围场中赶出去的，教他还我来。

（周德威云）兀那打虎的壮士，俺元帅说来，那虎原是俺这围场中赶出去的，你还俺来。

（正末云）你靠后，我丢与你。（正末丢虎科）

（李克用做惊科，云）隔着许来大山涧，丢将过来，着他寻一条蚰蜒小路过来⑥，我与他说话。

（周德威云）兀那壮士，俺元帅教你寻条蚰蜒小路过来，与你说话。

（正末云）我那里寻那蚰蜒小路着的呵。（做跳涧科）

（李克用云）兀那壮士，你是那里人氏？姓甚名谁？你说一遍我听。

（正末云）大人不嫌絮，听小人说一遍者。（唱）

【贺新郎】小人本家住在雁门关，（李克用云）你做甚买卖营生？（正末唱）与人家牧牛羊，（李克用云）你和他同财合本？（正末唱）则是苟图些衣饭。（李克用云）你有甚么亲眷？（正末唱）没亲眷独自个单身汉。（李克用云）你姓甚名谁？（正末唱）名敬思小人姓安。（李克用云）你十八般武艺，那一般精熟？（正末唱）我学的十八般武艺熟闲。（李克用云）你既然学成十八般武艺，见如今黄巢作乱⑦，纵横天下，你肯去破黄巢么？（正末唱）不是这习兵书的好汉少，赤紧的养剑客的主人难⑧。（李克用云）看了你威风凛凛，状貌堂堂，何不进取功名？（正末唱）觑了这穷身泼命难把功名干，（李克用云）你既有打虎之威，取功名有何难哉。（正末唱）端的是入山擒虎易，叉手告人难⑨。（李克用云）兀那壮士，既学成十八般武艺，何不进取功名，在此受这等艰难？（正末唱）

【哭皇天】只为俺衣饭难迭办⑩，不得已在他人眉睫间⑪。（李克用云）你在那里居住。（正末唱）则这安敬思在飞虎峪，（李克用云）你为何在此受苦？（正末云）大人，不争小人一个受苦，上辈古人，多有受窘的哩。（李克用云）可是那几个古人受窘？（正末唱）便似班定远在玉门关⑫。空学的兵书战策，争奈运拙时艰⑬。淹留在此去住无门⑭，便似苏武般陷番⑮。打虎的壮士，牧羊的家奴，似梁园采木⑯，把我做凡花例看。你觑的黄巢利害，我看似等闲。

（李克用云）兀那壮士，你若肯去破黄巢，我助你十万鸦兵⑰，你意下如何？（正末云）不要，不要。（唱）

【乌夜啼】也不要锦衣绣袄军十万，我手里要恢复你大唐江山。

寅虎卷

可怜见荒荒百姓遭涂炭⑱,见如今地乱天番⑲,我直教国泰民安。不能勾开疆展土笑谈间⑳,算甚么顶天立地男儿汉?枉了你厮听使,相调慢㉑,花根本艳,虎体元斑㉒。

### 注释

①周德威:后唐名将。字镇远,小字阳五,朔州马邑(今山西朔县)人。勇而多谋,久在云中(今山西大同),谙知边事。唐乾宁中,随晋王李克用攻王行瑜,以功由铁林军使升检校左仆射、衙内指挥使。大虫:老虎别称。②泼毛团:泼有横蛮、无赖义,如泼皮,泼辣。泼毛团即恶畜生!③日月交食:日月食交相发生,比喻奇事怪事。元武汉臣《生金阁》第二折:"爷!怪事,怪事!只见日月交食,不曾见辘轴退皮。"④金橡尾:橡,放在檩子上盖瓦或盖草的木条,俗称橡子,一般用以形容粗大,如橡笔等,此说虎尾大而坚硬如金铁。⑤剪刀斑:虎皮斑纹交错如剪,故称,后常以剪刀斑或剪刀称虎。⑥蚰蜒(yóu yán):节足动物,像蜈蚣而略小,体色黄褐,有细长的脚十五对,生活在阴湿地方,捕食小虫,有益农事。此指弯曲小道。⑦黄巢(820—884):曹州冤句(今山东菏泽)人,唐末农民起义领袖。⑧赤紧:元人口语,意为实在、真个、无奈。后亦作吃紧。剑客:精于剑术者。《汉书·李陵传》:"臣所将屯边者,皆荆楚勇士奇材剑客也。"此指娴习武艺者。⑨叉手:两手交于胸前,表示恭敬,亲肃。告人:请求,乞告于人。⑩迭办:打理,筹措,元时俗语,元白朴《梧桐雨》第二折:"嘱付你仙音院莫怠慢,道与你教坊司要迭办。"⑪眉睫间:眼皮底下,意为看人脸色。《魏书·崔亮传》:"亮曰:'弟妹饥寒,岂可独饱?自可观书于市,安能看人眉睫乎!'"⑫班定远:即班超,曾封定远侯,故人称班定远。班超字仲升,汉扶风平陵(今陕西咸阳东北)人,东汉军事家和外交家。曾出使西域,为促进民族融合,做出巨大贡献。⑬运拙时艰:命运不好,时事艰难。⑭淹留:滞留,羁留。《楚辞·离骚》:"时缤纷其变易兮,又何可以淹留?"⑮苏武(前140~前60):字子卿,杜陵(今陕西西安东南)人。汉武帝时为郎。天汉元年(前100)奉命以中郎将持节出使匈奴,被扣留。匈奴贵族多次威胁利诱,欲使其投降;后将他迁到北海(今贝加尔湖)边牧羊。苏武历尽艰辛,留居匈奴十九年,持节不屈。至始元六年(前81年),方获释回汉。陷番:陷入番人之手,指羁留匈奴事。⑯梁

园，一名梁苑，西汉梁孝王所建东苑，故址在今河南开封市东南。园林规模宏大，方三百余里，宫室相连属，梁孝王在其中广纳宾客，当时名士司马相如、枚乘、邹阳等均为座上客。也称兔园。⑰鸦兵：来去无踪、神出鬼没之兵。宋彭大雅《黑鞑事略》："故其骑突也，或远或近，或多或少，或聚或散，或出或没，来如天坠，去如电逝，谓之鸦兵撒星阵。"⑱荒荒：惊恐不安，荒通慌，也有苍茫、广大义。《宣和遗事》前集："当初只为五代时分，天下荒荒离乱，朝属梁而暮属晋，干戈不息。"涂炭：陷入极端痛苦，无法解脱之境地。《书·仲虺之诰》："有夏昏德，民坠涂炭。"孔传："民之危险，若陷泥坠火。"⑲见通现，番同翻。⑳能勾：同能够。勾同够。㉑厮：这人，你厮，你这人。听使：听话，听说。调慢：调通掉，此处有怠慢意。整句话为表示歉意，听我唠叨了这许久，实在是耽误你了。㉒花根本艳：元王实甫《西厢记》第二折楔子："花根本艳公卿子，虎体元斑将相孙。"为花之艳丽，原本自有。虎体元斑：虎纹斑斓，元同原。老虎身上的斑纹与生俱来。两句指李克用等为天潢贵胄，公卿子弟，出身名门，不用拼搏已跻身富贵。安思敬则必须自我奋斗，靠一颗脑袋，两支拳头，打出一片天下。

## 解 说

此曲摘自元杂剧，为古典戏曲的一种。作者不详。杂剧盛行于元代，流行于北方地区，由院本和诸宫调演变发展而成。剧中全用北方曲调，由正末或正旦一人独唱至终。在形式上，采用分"本"、分"折"的方式，每本有其独立性，篇幅较短，多为四折，有的另加楔子为五折。每折用同一宫调的若干曲牌组成套曲演唱。杂剧作家多为北方人，如元代的关汉卿、王实甫、马致远等。

这个故事流传颇广，各地方剧种都有移植。它是根据唐代李克用、李存勖（父子）真实史事改编而来。剧中通过安敬思（后改名为李存孝）打虎，表现了他非凡本领的英雄本色。剧中的唱段，说明他不仅武艺高强，而且有着效法古贤解民疾苦、为国立功的可贵抱负。剧情通过正末（即主要演员）存孝的独唱和动作表演，以及与配角演员的对白来展示剧情，衬托主角的高大形象，使作者要歌颂的人物更加丰满，使该剧数百年来长演不衰。

（何焱林注）

寅虎卷

# 古代涉虎赋

## 猛虎赋　明·王廷相

华山有虎患，郡吏督虞人擒之①，歼六虎。予哀夫以强力贪得而毙者，不独虎也，遂赋之：

嗟猛兽之扬厉②，据薮泽以为雄。孰樵采之敢入，望溪壑而忧恫③。彼麋豕以何辜④，偶邂逅而途穷。力于尔以不敌，遂填吻而饱胸。狐欺媚以相假，亦走猱而诧狱⑤。矧咆哮而叱咤⑥，倏风飒而昼曚⑦。胡恣行而远出，乃于人而肆凶。惨细物之莫报，智加尔夫奚容⑧。驱虞人以掩袭，火山泽而远攻⑨。陷阱伺镈，爵罗揭秘⑩，劲弩四发，药镞森会，前殪后僵，朋歼品毙⑪。以杠以栖，或剥或刋⑫。目炯炯以电灭，革斑斑而文碎。非于尔以寡仁，反狗马之帷盖⑬。要施报之所宜，视为益而为害。龙出没以造神，沛霖雨而泽世。虽一睹之莫即，孰机陷之可逮。世赫赫以并称，羞神明之莫配⑭。彼贪夫之殉财，乃忍情而为鳌⑮。积众怨以销骨⑯，终殒生而败类。兹逐臭而蹈污⑰，实见小而遗大⑱。哀灵物之寡谋，匪斯兽之独慨。

## 注释

①虞人：古为掌山泽之官，此处指猎户。②扬厉：亦作扬励，意气风发貌，抖威风。本《礼记·乐记》："发扬蹈厉，太公之事也。"③恟（xiōng）：恐惧。④麋（mí）：大型鹿，体长约2米。冬毛灰棕色，夏毛赤褐色。尾特别长，可达65厘米，为鹿科中最长者。过去认为它头似马非马，角似鹿非鹿，身似驴非驴，蹄似牛非牛，俗称四不像。为我国特产动物。20世纪初，野生种群在我国绝迹。豕（shǐ）：猪。⑤走猱（náo）侘狨（róng）：狐假其威，可使猱狨等百兽惊走。猱为猴之一种，善攀登。狨为猿猴类，体小尾长，形似松鼠。⑥矧（shěn）：况。⑦曚（méng）：昏暗。⑧细物：指细小动物，无力反抗者。智加尔：智者对尔惩治。⑨掩袭：近处突然袭击。远攻：远处放火烧山，围而歼之。⑩罅（xià）：缝隙。罻（wèi）罗：兜捕鸟兽之网。⑪殪（yì）：死。朋：伙伴。品：众类。《说文》："品，众庶也。"⑫刿（guì）：割裂，剖开。⑬帷盖：车的帷幕与篷盖。《檀弓》：帷盖不弃，以埋狗马。⑭莫配：实不相配。⑮盭（lì）：同戾。⑯销骨：销毁骨肉。成语有积毁销骨。⑰逐臭：指追随做坏事者。《吕氏春秋·遇合》："人有大臭者，其亲戚兄弟妻妾知识无能与居者，自苦而居海上。海上人有说其臭者，昼夜随之而弗能去。"典出此。⑱大：古读"代"（dài）。与慨等押韵。

## 解说

作者王廷相（1474～1544），字子衡，号浚川，潞州（今山西长治市）人。弘治八年（1495）乡试中举，十五年中进士，授庶吉士，选入翰林院。曾任兵科给事中，辅助处理奏章，后因得罪大宦官刘瑾，贬任都察院副都御史并巡抚四川，后又升为兵部左、右侍郎、南京兵部尚书。为明代思想家，著作有《归田稿》等。

这篇赋的主旨，表面是说猛虎贪力而遭毙，实际是以虎喻人，诫之在贪。全文有两个部分，一为序言，一为正文。序言点明本事主旨，而正文又分三层。第一层为开篇前16句，描写猛虎称威，不可一世，山野惊恐，百兽躲避。第二层接着14句，描写虎被围歼，往日的目炯电灭，革斑文碎，令人生畏，最后却落得个可悲的下场。第三层最后16句，全属议论。以虎的咎由自取，推及人类，赫赫于世者并不泽被世人，反而忍情为戾，其结果是积怨销骨，逐臭蹈污，见小遗大，遭遇与猛虎相同的命运。全篇以六字句为主，间以四字句写杀虎经过，一气呵成。前后对照，描写细致，分层转韵，发人深思。

(李之正注，何焱林补注)

## 双虎赋  明·屠大山

嘉靖甲寅三月廿有八日黎明，予行潜江之野，忽人马辟易①，从者告予曰：有二虎去车密迩②。予审视之，皆黝黑，而其一额有白文，徐入苇中③，良久乃伏。予以事纡回此地，适睹兹兽，有感于中，述斯赋焉！

驱予车于潜野，际旭景之初分。循春堤以前迈，欣麦垅之氤氲。俨人惊而马颤，若丧魄而忘魂。仆夫速予以避虎④，曰姑停策以俟群⑤。褰予帏以凝睇⑥，睹双猛于丘坟。振长风于江汉，炳玄燿于乾坤。虽爪牙之罔露，固威棱之具存。彼独行之鲜敌，矧偶遇而专邨⑦。下林皋之雄步⑧，踟溪涧之逡巡⑨。众鼓噪而靡慑，迫陉险而弗奔。戢咆哮之烈气，闭精光而卑蹲⑩。初竖尾以前却，竟旋趾而傍轮。面予车以延伫，若欲语而声吞。岂戒备于暴悍，抑谕悐于晨昏⑪。将招隐于闲旷，或警弱于柔仁。嗟予性之昧墨⑫，舍利路而弗遵。秉孤志以直往，每遭踬而邅屯⑬。行邅回于潭畔⑭，心怫郁之谁陈。私闵怜之悯惘⑮，悄宵旦之昏昏。含客感之默默，悽离绪之纭纭。意二物之来格⑯，殆灵祇之启人。谢刺术于卞庄⑰，陋射艺于裴旻⑱。模懿矩于廉蔺⑲，惩私斗于复恂⑳。测灵情以自诏，著斯文而书绅。

## 注释

①辟易：退避。②密迩：靠近。③苇：苇草。④速：催请。⑤停策：停鞭，即停车。俟群：等候人群众多时再走。⑥褰（qiān）：撩起，揭开。凝睇（dì）：注视，注目斜视。⑦矧（shěn）：况。偶遇：遇见两只。专邨：常居之处。邨同村。⑧林皋：山林皋壤、树林水岸。⑨踟（jú）：踟促。逡巡：此言观望而行。⑩戢（jí）：止、收敛。卑蹲：谦卑地蹲下。⑪谕悐：警告。⑫昧

墨：昏暗，不知时务。《晏子春秋·谏下二》："昧墨与人比居。"张纯一校注："昧墨，犹言黑暗。"⑬踬（zhì）：绊倒，跌倒。遭踬：遭遇坎坷挫折。遘（gòu）屯：遇到屯卦。因屯卦为难，为遭难之意。《易·屯卦》(☳)："屯，刚柔始交而难生。"⑭邅（zhān）回：徘徊难进貌。《淮南子·原道训》："邅回川谷之间，而滔腾大荒之野。"高诱注："邅回，犹委曲也。"潭畔：深泽之畔。暗用屈原行吟泽畔意。⑮惘惘：迷惑无所适从貌。《楚辞·九章·悲回风》："抚珮衽以案志兮，超惘惘而遂行。"王逸注："失志惶遽。"⑯来格：即来到。⑰卞庄：鲁之勇士。见二虎食牛，欲刺虎，有竖子止之，说待二虎相争，必有一死一伤，那时再刺，既省力又得二虎。⑱裴旻：唐人，时称剑圣，李白曾从之学剑术。为北平守，一日射三十一虎，四顾自矜。有老人告诉他，所射为彪，非真虎。于是北行三十里，遇真虎，虎据地一吼，裴旻之马惊恐逃避，弓矢皆失，几乎丧命，从此即不言射虎。⑲廉蔺：廉颇和蔺相如。廉颇为赵国大将，屡辱相国蔺相如，后闻蔺相如以国事为重，未与计较，乃负荆谢过，二人结为刎颈之交。⑳复恂：贾复与寇恂，二人同为东汉光武帝刘秀将领。贾复部将在颍川杀人，寇恂将其明正典刑，斩首示众。贾复深以为耻，心怀怨恨。必欲手刺恂。寇恂不与计较。刘秀召寇恂入朝。贾复适在殿中，他起身躲避。刘秀说："天下未定，两虎安得私斗？今日朕分之。"三人并坐极欢，贾复与寇恂同车出，结友而去。事见《后汉书》。

### 解说

作者屠大山（1500~1579），鄞（今浙江宁波）人。明嘉靖间登进士第，知四川合州，累迁川湖总督。后改任南京兵部侍郎，应天巡抚、兼提督军务，曾参与抗击倭寇，因军事失利而遭罢黜。与范钦、张时彻并称为"东海三司马"。

本篇也分序和正文两个部分。序文介绍文章的背景和写作的缘由；正文可分三层。第一层开篇8句，叙述驱车途中遇虎；第二层接着22句，观察双虎的状貌：前面写虎威棱具存的雄姿，后面写虎的敛威，警弱柔仁；第三层最后18句，联系到自己的坎坷经历，从中悟出道理：捐弃私斗，以求和谐，古时的廉颇、蔺相如；东汉时的寇恂、贾复就是榜样。人之与虎，人之与人，都应该这样。全篇一韵到底，以第二层为重点，着力刻画双虎的戢咆哮、闭精光、

尾前却、趾傍轮、声吞柔仁的息事宁人形象，为后面叙写主旨作好铺垫，新颖生动而言近旨远。

（李之正注，何焱林补注）

## 戮双虎赋　明·邹鲁

正德上章执徐①，春仲甲申，吉水龚公令安溪之四月，悯兹邑民，久罹虎患，乃楚文于城隍之祠②，天神必获。越翌日乙酉，果戮其一，越三日戊子，又戮其一，民胥神之③。予目击其事，乃为赋其实焉。辞曰：

繄皇穹之赋物兮④，厥洪纤之夥繁⑤。溥元气而磅礴兮，均虫臂与鼠肝⑥。亶造化之无心兮⑦，纷并育乎两间。胡惑沴以妨化兮⑧，乃黠悍而冥顽。蛟鳄产于溪潭兮，蛈蛋丛于荆菅⑨。鬼车凌空以呈怪兮⑩，鼪鼯螟蝘之恣夫贪残⑪。惟虎狼之虤狞兮⑫，伍众丑其尤烈。虽魌魋之殊形兮⑬，具养威于岩穴。朵逐逐之馋颐兮⑭，攒虓虢而咋啮⑮。悁生民之罹毒兮⑯，俳栖止之脆脆⑰。駴欣掔触而褫魄兮⑱，胖瀚吭之弗盈⑲。嘷狨龙以惊焱兮⑳，豨貗曾曷以宁㮃㉑。弥町疃于郊坰兮㉒，时跋扈而凭陵㉓。嗟复斋之遐逝兮㉔，孰化罩于生生㉕。

### 注 释

①上章执徐：庚辰的古称，即明武宗正德十五年（1520）。②祠：指福建安溪城隍庙，传言十分灵异，至今犹驰名东南亚，远来进香者甚众，为旅游胜地。③胥：皆。④繄（yī）：助词。皇穹：天，大自然。⑤洪纤：壮大与细小。⑥虫臂鼠肝：言物类随缘而化之意。《庄子·大宗师》："以汝为鼠肝乎？以汝为虫臂乎？"成玄英疏："叹彼大造，弘普无私，偶尔为人，忽然返化。不知方外适往何道，变作何物。将汝五藏为鼠之肝，或化四支为虫之臂。任化而往，所遇皆适也。"⑦亶（dǎn）：诚然。⑧沴（lì）：灾害，伤害。⑨蛈蛋（tiě è）：蝮蛇之属。菅（jiān）：多年生草本植物，叶子细长而尖，花绿色，结颖果，褐色。亦为茅草的总称。⑩鬼车：夜空发光之物，今人所谓UFO。或指鬼车鸟，传说中的怪鸟。唐段成式《酉阳杂俎·羽篇》："鬼车鸟，相传此鸟昔有十首，能收人魂，一首为犬所噬。秦中天阴，有时有声，声如鬼车

鸣。或言是水鸡过也。"宋周密《齐东野语·鬼车鸟》："鬼车，俗称九头鸟，陆长源《辨疑志》又名渠逸鸟。世传此鸟昔有十头，为犬噬其一，至今血滴人家，能为灾咎，故闻之者必叱犬灭灯，以速其过。"⑪鼪（shēng）：黄鼠狼。鼯（wú）：鼯鼠。哺乳动物，形似松鼠，能从树上飞降下来。住在树洞中，昼伏夜出。螟蟘（tè）：螟食苗心，蟘食叶，为害庄稼之虫。⑫虓（xiāo）狘：凶恶。⑬䶉䶃（hán shù）：白虎和黑虎。⑭朵馋颐：朵颐为嚼食之状。⑮㹭（xuàn）：古人所说的类犬兽。咋啮（zé niè）：吞啖、啃咬。⑯悁（yuān）：忧愁。⑰悱（fěi）：忧愤。脆脆（niè）：动摇不安。⑱骇（hài）：同骇。欣猳（jiā）：猴类。一说是公猪。褫魄：魂飞魄散。⑲牂羭（zāng yú）：母羊。⑳狣（zhào）：大狗。尨（máng）：杂色多毛狗。㉑豨狶（xī xī）：泛指猪类。豨为猪，狶为小猪。曾曷：屡屡恐惧。橧（zēng）：猪圈和猪睡的垫草。㉒町疃（tǐng tuǎn）：亦作町畽，田舍边空地。垌（jiōng）：远郊。㉓跋扈、凭陵：均为横暴意。㉔复斋：明许浩书斋名，代指许浩。㉕化覃（tán）：德化广被。北周王褒《京师突厥寺碑》："道被寰中，化覃无外。"

乃唯西方之美人兮①，龚渤海之华裔②。咀椒兰而佩芷蕙兮，葺药蘅以为户③。皇既重之以修能兮④，锡龙章与倓土⑤。挽清溪而湔宿弊兮⑥，脱瘝痌以煦妪⑦。彼猛兽之为患兮，固前政之攸瘝⑧。侯引咎以责躬兮⑨，谓天儆予以纷攘⑩。爰作册兮禋祷⑪，适闶逢兮辰良⑫。与灵修兮订约⑬，冀速进兮退方⑭。

**注释**

①西方美人：指龚县令，因其家为江西吉水人，在安溪之西。②龚渤海：汉龚遂为渤海太守，令民卖刀买牛，其郡大治。华裔：指优秀后裔。③椒、兰、芷、蕙：皆芳香植物。以香草为喻。药蘅：皆为香草。药为芍药，蘅为蘅芜。④修能：美德良才。一作施展才能，汉王符《潜夫论·贤难》："孙膑修能于楚，庞涓自魏变色，诱以刖之；韩非明治于韩，李斯自秦作思，致而杀之。"⑤锡：赐予，赋予。龙章：绣龙之旗，此言得到任命。倓（tán）土：安静之地。⑥湔（jiān）：洗。⑦瘝痌（guān tōng）：病痛。煦妪（xù yǔ）：抚育、长养。《礼记·乐记》："天地䜣合，阴阳相得，煦妪覆育万物。"郑玄注：

"气曰煦，体曰妪。"孔颖达疏："天以气煦之，地以形妪之，是天煦覆而地妪育，故言煦妪覆育万物也。"⑧瘝（máng）：病困。攸瘝：长远之积弊。⑨侯：对县令的尊称。⑩儆（jǐng）：警醒，警示。⑪爰：乃、于是。作册：指制作祭神表文。禋（yīn）：诚心祭祀。⑫阏（yān）逢：天干中甲的别称。⑬灵修：泛指神灵。此指山君老虎。⑭逝：指速迁往远方。

越厥明兮旃蒙①，有奔告兮侯之官。曰：虎夜涉波兮，兹困于丛。洵侯之丹悃兮②，幽明以通。侯心覈其奋速兮③，选狞矍以从事④。羲和屏翳为之先驱兮⑤，羌发纵而指示。鸣钲鼓而赑屃兮⑥，劐豃谺之砰訇⑦。操戈矛与弓矢兮，直戡往而前撄⑧。恶物咆哮以跳踉兮，挠万夫而辟易⑨。获山灵之默相兮⑩，我威用以倏赫⑪。爰洞厥膫兮贯喝⑫，血若泉兮流红。乃陈功兮车下，载戢戟兮櫜弓⑬。越三日兮著雍，于溪浒兮复殄其雄⑭。徐以彙而遐奔兮，徧黔黎以席庆⑮。念伊谁之攸庇兮，荃有翼之人龙⑯。予追夫昔之伊耆兮，殀猰貐与封豨⑰。进犀象于穷荒兮，畴克缵乎苍姬⑱。彼驱鳄而戮蛟兮，固圣谟之莫企也⑲。亦流芳于千载兮，侯骎之而曷愧也⑳。

**注 释**

①越厥明：至次晨。旃蒙：乙酉日。②洵：诚然。丹悃：至诚。③覈（hé）：同核。奋速：如飞般疾速。④狞矍（jué）：勇武。⑤羲和：为日驾车之御者。屏翳：云神，一说雨师，一说雷师，一说风神。⑥羌：助词。发纵：调度指挥。钲鼓：古指挥作战的两种响器。赑屃（bì xì）：猛勇有力。⑦劐豃谺（huò hān xiā）：劐为破裂声，象声词。豃谺言山谷空阔。砰訇（pēng hōng）：象声词，疾雷声。⑧戡（kān）往前撄（yīng）：回刺前击。⑨挠：阻碍，搅扰。⑩默相：默默相助。此相作辅助解，读去声，《集韵》："相，助也。"《易·泰卦》（☷）："辅相天地之宜。"⑪倏赫：迅速彰显。⑫洞膫贯喝：穿透腰腹和口喙。⑬戢戟櫜弓：收戟套弓。⑭著雍：戊子日。溪浒：溪边。⑮彙（huì）：今通汇，一起。徧：同遍，所有的。席庆：设筵相庆。⑯庇：同庇，庇护。荃：香草，常用以称贤人，君王。《离骚》："荃不揆余之中

情兮。"王注:"荃:香草也。"此指龚县令。人龙:人中之龙,美化龚县令之词。⑰伊耆:上古炎帝名。猰貐(yà yǔ):古时食人猛兽。出《山海经·海内北经》。封豨:大猪。⑱畴:同俦,谁。苍姬:苍林氏,姬姓,黄帝次子青阳之后。⑲驱鳄:指韩愈《祭鳄鱼文》,将鳄鱼驱逐出境。戮蛟:用晋周处除三害故事。⑳侯:指龚县令。骖之:与周处、韩愈并而为三。骖借作三。曷愧:曷同何,曷愧即无愧于。

重曰①:维彼於菟②,肆厥凶兮;民罔攸措③,心忡忡兮。有赫者侯④,愤于衷兮;爰明册祝⑤,达神聪兮;精诚感召,置邮同兮⑥;寻殪其觙⑦,馀潜踪兮。民以宁止,颂声丛兮;粤昔九江⑧,洎弘农兮⑨;哲人风响,迄今雄兮⑩;侯之硕肤⑪,谅同功兮。我摛厥辞⑫,劚镌砻兮⑬;千秋万禩⑭,以永誉无穷兮。

## 注释

①重:结语,尾声。②於菟:虎之别名。③罔:不知。④有赫:声名盛大。⑤册祝:以册书祝祷。⑥置邮同:如同投递邮件那样达于神灵。⑦觙(yán):虎怒。此处当解为双虎。⑧粤昔:从前。九江:指东汉人宋均。《续汉书》曰:宋均为九江太守。五日一听事,冬以日中,夏以平旦。时多虎,均曰:"夫虎豹在山,鼋鼍在泉,物性之所托。故江淮之间有猛兽,犹江北之鸡豚也。数为民害,咎在贪残。今退槛阱,进忠良。"虎遂东渡江。⑨洎(jì):后来。弘农:指弘农人刘宽。《续汉书》:"刘宽字文饶,弘农人,为南阳太守。温仁多恕,遇民如子,口不出詈言。吏人有过,但用蒲鞭罚之,示辱而已。"⑩迄今:到今,于今。雄:能干,有作为。⑪硕肤:盛美德行。《诗·豳风·狼跋》:"公孙硕肤,赤舃几几。"《毛传》:"硕,大;肤,美也。"⑫摛(chī):铺陈文辞。⑬镌砻(juān lóng):刻石记事。镌为雕刻,砻为磨光。⑭禩(sì):同祀,祭祀。

## 解说

作者邹鲁,活动于明弘治、正德年间,曾为曹县知县。
赋文共分三部分。第一部分(即第一段)为序文,概写作赋的背景和缘

由，为安溪人三日戮双虎事所感动。第二部分（即第二段至第四段）为正文。第二自然段，写天生百虫之害，以虎为剧。第三自然段，写龚县令美德良才，决心为民除害。第四自然段是本文重点，一写在神明的指示和佑护下，产生三日杀两虎的经过，戮虎过程形象感人；一写百姓欢庆，歌颂其功若先圣。第三部分（即第五段）为结语颂辞。作者以龚县令之德，城隍神之灵，摘辞镌砉，使之永誉无穷，流传千古。全篇写龚县令带领人民戮双虎、驱余类、保安宁，得到百姓称颂，一气呵成，气韵流动。文中虽带有迷信色彩，且过分推崇龚县令之功，但能说明，凡为人民做过好事、实事的官吏，人民是不会忘记他们的。全篇模仿《离骚》之体，铺陈文辞，抒情写景颇为生动，值得一读。

（李之正注，何焱林补注）

## 嗤彪赋　明·汤显祖

予郡巴丘南百折山中①，有道士善槛虎，两函桁之以铁②，中不通也。左关羊而开右入虎，悬机下焉③。饿之，抽其桁，出其爪牙，楔而锧之④，绠其舌已⑤。重饿之，饲之十铢之肉而已⑥。久则羸然弭然⑦，始饲以饭一杯，菜一盂，未尝不食也，亦不复有一铢之肉矣，以至童子皆能饲之。已而出诸囚，都无雄心，道士时与扑跌为戏⑧。因而卖与人守门，以为常，率虎千钱⑨，大者千五百钱。初犹惊动马牛，后反见犬牛而惊矣。或时伸腰振首，辄受呵叱，已不复尔。常置庭中以娱宾，月须请道士诊其口爪，镌剔扰洗各有期⑩。道士死，其业废。予独嗤夫虎⑪，雄虫也，贪羊而穷，以至于斯辱也，赋之：

### 注 释

①巴丘：在湖南岳阳，范仲淹《岳阳楼记》"含远山"似指此山。②桁（héng）：本指梁或门框等上的横木，此指两笼间的隔板。③悬机：活动控键。④楔（xiē）：作动词，用物楔进虎之爪牙间。锧（zhēn）：古刑具，刀下之砧板，此仍为动词，谓在虎之爪牙下加砧板类物，使其尖牙利爪无用。⑤绠（gěng）：大绳，此作动词，用绳刮虎之舌。⑥铢：重量词，等于一两的二十四分之一，即言很少。⑦羸然弭（mǐ）然：瘦削而驯顺。⑧扑跌（fū）：扑跌嬉戏。⑨率（shuài）：大概、寻常。⑩镌剔扰洗：镌剔其爪，挠搔梳理其毛，洗其身。⑪嗤：讥诮，诋漫。

夫何山中之一兽兮，受猛质于西旻①。貌低团而项廷，鼻黝隆而齿银②。目斜匡而电烁，声倨颔以雷殷③。舌理粗而锉树④，鬣锋横而猎人⑤。爪含铦而卷曲⑥，尾拂篲而绠伸⑦。吡形模其足怖，矧精威之绝尘⑧。静啸而阴飚猝起，坦步则稠林自分。凛气候之相制，隐形势而见尊。况百折之深山，常此窟之成群。黄斑属而卧陇⑨，白颊连而饮津⑩。初涉味于牛马，遂舐及于人民⑪。户震躬而屏徙，或重迁而远藩⑫。

**注释**

①西旻：西天。古人以西为白虎之位，故有此说。②黝（yǒu）：黑色。隆：高。③倨（jù）颔：下颚张开。雷殷（yǐn）：雷声隐隐。《诗·召南·殷其雷》："殷其雷，在南山之阳。"④句意为虎舌之纹理粗糙到可以锉下树皮。⑤句意为鬣毛如剑锋横出可以刺人。⑥铦（xiān）：锐利。⑦篲（huì）：同彗，竹扫帚，俗称叉头扫把。绠伸：喻虎尾像大绳一样粗直。⑧矧（shěn）：况且。⑨黄斑：虎身之黄色花斑。⑩颊（è）：鼻梁。⑪舐（shì）：舔，意为吃。⑫重迁：一迁再迁。远藩：远地。指搬去远处。

独无生之道士①，故有心而与邻②。力不加于子路③，术不诡于黄神④。布石关之宛转，交铁叶以缤纷⑤。界鸣羊于接槛，诱闻亶而见循⑥。进密历以穷路，退蹢躅而下门⑦。遂乃聊浪掷跌，偪仄轮囷⑧。始伦狞而怒涌，久牢骚而意烦。气屈而瘨，力殚而骏⑨。羌局拘而势改，积威约而理均⑩。于是道士欣焉，待旦及晨，举之于悬处，饿之以兼旬。待威神之委顿，任处置之纷纭⑪。未陷头而投鬘，先胃爪而剔蹯⑫。揍槿牙于巨斧，磨刺舌以疏巾⑬。香沺变其肠胃⑭，清水洗其喉唇。欲次第而施食，已随宜而致驯。初犹啖以砧肉，次则习以盘飧⑮。或设以秭粒之馀，或投以菘芥之根⑯。既苦饥而伏槛，敢择食以怼恩⑰？

**注释**

①无生：释家语，谓无生无灭。②与邻：助邻。③子路：孔子弟子仲由，

好勇。④黄神：秦末黄公有异术，能制蛇御虎，晚年病酒，反为虎噬。⑤石关：石门。宛转：有迷离曲折意。铁叶：指铁隔板。缤纷：缤纷。⑥接槛：隔在笼槛之一边。见循：循膻气而来。⑦密历：即槛笼。蹢躅：同踯躅，徘徊不进貌。⑧轮囷（qūn）：盘曲。⑨虪：同颤。踆（cūn，又读作 cún）：屈腿。⑩积威：强大威势。约：制约、减少。均：和。⑪纷纭：繁多，任便。⑫罥（juàn）：网住、悬挂。刐蹯（fán，又读作 fān）：刐除其脚掌上之利爪。⑬挒（liè）：折断。榱（cuī）：坚木，借以形容虎牙之坚硬。或榱（zhǐ）：众木堆积，形容虎牙众多如积木。⑭泔：淘米水。⑮盘飧（sūn）：盘中盛食之总称。⑯秠：米麦之壳。菘（sōng）：白菜。⑰憝（duì）：怨恨。

遂乃改山林之性气，狎鸡犬之见闻。遇夫人之下视，即弭耳而意亲。谅厓柴之已去①，放牧野之逡巡②。非止柔性，兼弱其筋。圆腰纤而胁息，艳斑摧而襞皴③。抚之而亦喜，扑之而不嗔。似巨狸之扰足④，若卑犬之缠身。偶循隅而吐啍⑤，辄蒙呵而怆魂。昔有大虫之号，今有小畜之云。懊撑踞之无时，委降戠于非伦⑥。虽山君之短智，亦梁荞之浅仁⑦。见其弱而可弄，牵以售而论斤。有守犬其未足，借虚名而守阍。既爪牙之久折，亦何威而见奔。第周旋于苑薄⑧，得混迹于麏麋⑨。学婆娑而昵主，戏瞿绰以娱宾⑩。感知音之君子，被叹涕之殷勤。伟兹灵之巨猛，郁有武而有文。偶唇吻之所及，皆性命之相因。论雄心与刚力，固决乾而倒坤。略网经而风飞⑪，触熛燎以雷喷⑫。哮怒则千人自废，愤蹶而万瓦犹震。非胥疏其有欲⑬，何牢槛之敢陈。偶朵颐于跛羊，落一发于千钧。饥窘来而饵施，利器往而性泯。足人间之玩扰，何气决之可存⑭。谅如此而久生，固不如即死之麒麟⑮！

**注　释**

①厓（yá）柴：即崖柴，张牙舞爪之态。裴松之注《三国志·魏志·曹爽传》引三国魏鱼豢《魏略》："故于时谤书，谓'台中有三狗，二狗崖柴不可当，一狗凭默作疽囊。'"②逡（qūn）巡：徘徊、迟疑、犹豫。③胁息：恐

惧无力。《文选·宋玉〈高唐赋〉》:"股战胁息,安敢妄挚。"李善注:"胁息,犹翕(xī)息也。"用现在的话说,就是不敢大声出气。襞皱(bì cūn):折皱、裂开。④狸:大猫。⑤循隅:在角落里。吐喑(yīn):怒吼。⑥撑踞:亦作撑拒,反抗、抵御。降戢:降服,屈服。非伦:不相当;不匹配。⑦梁𦳝(téng):食虎之怪。此处借指道士。⑧第:语词。苑薄:苑囿林薄。⑨毚麇(chán jūn):兔和獐。⑩矍绰(jué chuò):怯而媚。⑪略:通掠,掠过。网绖(dié):捕禽兽之罗网和缚兽之绳。⑫熛燎:火焰迸射。⑬胥(xū):片刻。疏:疏忽。⑭气决:果敢、有魄力。⑮即死:立刻死去。麒麟:传为瑞兽。

### 解说

作者汤显祖(1550～1616),字义仍,号海若、又号若士,晚号茧翁,自署清远道人,别号玉茗堂主人。江西临川(今属江西抚州)人。明代杰出的戏剧家。主要著作为"临川四梦",即《紫钗记》《还魂记》(《牡丹亭》)《南柯记》《邯郸记》,尤以《牡丹亭》最著名,在中国和世界文学史上占有重要地位。

赋文分为序文和正文两部分。正文主要说山中猛虎,被道人诱捕,经百般折磨而一改野性和食性,驯养后,卖与人家守门。学婆婆而昵主,戏矍绰以娱宾。如绕足之猫,缠身之犬,其状可叹可嗤。只因疏其有欲,到头生不如死。是一则富于戏剧性的故事,文辞通畅有趣,无愧戏剧大师手笔!

(李之正注)

# 编后记

《中国生肖诗歌大典》第二辑，由《丑牛卷》与《寅虎卷》组成。牛与虎，一多力，一威猛，昔人有"九牛二虎之力"的说法，仿佛虎力比牛力大，实则以力量相较，虎不如牛，但以锐爪利牙，搏攫技巧论，牛远逊于虎，这是由其进化过程决定的。

牛勤于人事，为农耕社会支柱之一，为生产与生活不可或缺的动力来源与生活资料来源。虎则为肉食动物，凭其尖牙利爪与膂力，居于食物链之顶端，常危害人畜，牛亦为其攻击对象之一。当然，牛亦非总是俯首帖耳，任虎吞噬。即使牛犊，有时也敢奋力一搏，故民谚有"初生牛犊不怕虎"之说。牛不仅出于自卫敢与虎搏，有时出于"公义"，出于恩义，也敢与虎较真，《丑牛》卷之《义牯行》说的便是两头牛合力守护牧童，以免为虎踩躏的故事。

虎也非一无可取，其威猛勇武可以为人借鉴，当国家多事之秋，受到外敌侵犯之际，为将为兵者，当如虎之武勇，拼搏于疆场，洒血于黄沙，逐敌出国门。所谓虎罴之师，为国干城。《大典》诗中所述之虎，亦有通人性者，如汉刘昆有善政，虎为不扰昆所治之地，夜晚渡江离去，都是。

两卷合成一辑，也是机缘巧合。因第一辑有《前言》，有《总论》，有《子鼠》，有总目录，若加上丑牛，则卷帙过丰，后续诸卷则不免单薄。

本书编撰，从搜集我国最早的诗学作品《诗经》《楚辞》中涉牛涉虎的诗篇入手，因为这些诗、辞，是最早出现在诗学、文学作品中的牛与虎，虽不像后世有些作品对牛、虎作专门描写，但从其零章短句中，也可看出，这些生肖动物在当时人们生活中扮演的角色，及人们牧养、对待这些动物的态度、办法，及用相关生物属性所作的隐喻，宣示的喜好与憎恶，规范的道德标准及待人处事的方式方法。

其实，即使专门写牛写虎的诗与赋，也是从人文的视角，而不是从生物学的视角进行描写，作者总是有所寄托，有所讽喻。绝对生物学的描写，非诗赋家所当务。

自《诗经》《楚辞》以下，遍搜历代涉牛涉虎的诗、词、曲、赋作品，按诗、词、曲、赋的顺序，并按作者出生年月排列。使读者对历代涉牛涉虎的诗、词、曲、赋有一个系统的印象与了解。

在版面编排中，《诗经》《楚辞》一般分章排列，古风、歌行体及排律体诗，一般连排，不分行。近体诗，即五言绝、律；七言绝、律，则两行一排，过于长的也连排。赋则分段连排。接下来是注释，解说。对于较难读之字，用汉语拼音注音以便读者。

本书重在注释与解说。注释是为了扫清读者阅读的障碍，并获得与相关内容有密切联系的更多文学与历史知识，因而不仅释其今义，并力求究其源头，即所谓辞源。不仅期望为一般爱好者提供一部可读性、趣味强的生肖读物，也期望为从事生肖研究工作者提供一套可资参考的工具书。

解说则是与读者共享编者的读诗读赋心得，首先是与读者一起了解作者的生平事迹。为此，我们先做作者简介。有些作者一生事迹及其文学成就的评介，洋洋洒洒，连篇累牍，则筛选其重要且具代表性者呈献于读者之前；有些作者则相反，有如神龙见首不见尾，只要有一鳞半爪可供了解作者信息，也苦索穷搜；实在连一鳞半爪也搜寻不得，只好暂付阙如，以待来日。

其次是评介作者写作之技巧，所欲表达之感情、真意，以及文心诗眼，音韵节律，使读者能进入到作者写这首诗，这首赋的精神境界，也欣赏到诗赋的华美。

第三是与读者探讨一些存疑的问题，并希得到读者的回馈与赐教。

牛、虎与人关系密切，十二生肖与人关系本来就密切么，牛姑无论，它至今与人密切相关，虽然役使机会在日益减少，但食其肉，饮其乳的人却从越来越多。至于虎，尤其在古代，也经常与人照面。古代之虎，不像现在关在公园

的铁笼子里，三年五载，难得一相其面，一闻其声。野外之虎，恐怕是绝大多数人一生一世，也难谋其面的。古代之虎，却时时游走于乡里，逡巡于村舍，时时闯入农家，伤畜乃至伤人，即使城市附近的郊区，也不时可见它的踪迹。人们避之唯恐不及，至有谈虎色变之忧。读读清人文章，即使到了晚清，人们出得城郭，如果前途有丘山丛林，往往也要结伴同行，锣鼓炮杖随身携带，以备驱虎。解放初期，重庆缙云山，也有虎豹伤人之事发生。

  读读本辑的诗赋，可以了解古人如何与牛相处，与虎相处，看看古人在与牛、虎相处中有哪些行为，发出过什么感慨，悟出过哪些道理，又用它们来说明过什么问题。其实写牛写虎，归根结底在写人、写人世、写人生、写人情、写人性、写人伦、写人与动物、人与自然的关系。如《丑牛卷》中之《牛诉冤》，一只老牌，为主人一家衣食竭尽毕生精力，临了还被主人为了蝇头小利，卖与不逞之徒，难免一刀之苦，分尸之劫。《寅虎卷》中之《女杀虎行》，一个柔弱女子，平时或许见到一只老鼠都会害怕，但父死于虎口，或夫死于虎口，为报父仇，雪夫恨，敢于拿起利刃，直刺虎喉。这些都是十分动人的篇章。读这一辑书，一定能让读者欣享文学的盛宴，激扬精神的华彩。

  由于编者的学术水准不高，相关资料不富，难免有鲁鱼亥豕之讹、张冠李戴之误，敬希读者鉴原，并请不吝赐教。

  丑牛卷由冯广宏校改、何焱林核补、杨吉成校核。寅虎卷由陈述爵校改，何焱林、冯广宏核补，杨吉成校核。

编者识